文心开朗如满月

WENXIN KAILANG RU MANYUE

何诚斌 著

合肥工業大學出版社

序《独秀文丛》

丁酉年是我的本命年。年初，我即作出一个决定：暂别京城回故乡。沈从文说：一个士兵不是战死沙场，便是回到故乡。我不是士兵，北京之于我也算不得战场，但我现在需要回到故乡。父母业已离去，故乡即是家园。我在安庆的江畔购置了一处房产，三楼是工作区域，有书房和画室，有阳光房和茶室。每日在这里写写画画，闲暇南望，眼前大江一横，水天一色，江南峰峦一带，江上帆樯几点——颇有点张陶庵《湖心亭看雪》的意思。而我这里，叫“泊心堂望江”——泊心堂是我的斋号。岁末迁入新居之际，适逢朱移山出差到此，顺便给我捎来了两件宣纸。那天来的朋友很多，济济一堂。茶过三巡，朱移山即给我出了题目，说怀宁有五位中青年作家，将在他供职的出版社集中出一套散文集，名号“独秀文丛”，希望我能写个序言。我未作踌躇当即答应，对家乡涌现出来的这些比我年轻很多的写作者，我是高兴的，尽管这是件多余的事。

对于一个写作者，都会面临这样一个不是问题的问题，即：为什么需要写作？诚然，写作的动机因人而异。去年安徽文艺出版社出版“潘军小说典藏”，在序言中对此我有如下阐述——

> 我是个自由散漫的人。换言之，我毕生都在追求自由散漫。当初选择写作，看中的正是这一职业高度蕴含着我的诉求。通过文字进行天马

行空的想象与自由表达，以此建筑自己的理想王国。这种苦中作乐的美好与舒适，只有写作者亲历才可体味。

这是我写作的动机。但不是全部。随着时间的推移，我意识到，我的写作动机其实还包括对写作本身的迷恋，或者说是对文字叙述的迷恋。我们习惯把好的散文称作美文，这美，在我这里主要是语言文字之美。语言文字其实也不仅是载体，同时也应是被载的一部分，如同喝红酒，总会向往一只高脚酒杯，尽管用瓷缸来喝丝毫不改变酒的味道，但会让你感到一种莫名的缺憾。文字之美的发现与领悟，是需要历练的，年轻时容易会被华丽、冷僻甚至艰涩的辞藻所迷惑，以为这样才是与众不同的高深，其实不然。后来就会觉得，准确平白的文字更耐人寻味，朴素的美终是大美。然而这种朴素的文字之美往往是不易察觉的，比如“一株是枣树，另一株也是枣树。”（鲁迅《野草·秋夜》）鲁迅没有直说“我的后园有两株枣树”，当你第一次读时，你或许会放过这样的句子与表述，甚至会觉得啰嗦。可能某一天，你再与这样的句子邂逅时，你会怦然心动，你会发觉这其中大有意味。至少，我会觉得这样的表述有语气上徐缓，有形式上的映照，有视角上的转换。1993年，我在海口与前辈作家汪曾祺先生有过一次关于小说语言的谈话，他说很多人说他的小说像散文，他说自己也分不清小说与散文的界限在哪里。但他认为：某种意义上，写小说就是写语言。这句话给我印象极深，我想对于每一位写作者都应该是很好的启迪。

我与散文的写作没有多少经验，写得也不多。在我浏览过五位作者的若干篇什之后，我更多的是被他们写作的姿态所打动。一个时代总会拥有她的写作者，如今的文学，早已远离了喜庆的年月，失去了热闹，倒是意外获得了一份安静。这种源自心灵的安静，正是一个真正的写作者需要恪守的。就散文创作而言，在我这里，现当代散文的高度，依然是周氏兄弟。他们的散文，我每年都会读。有时候我会想，我的这种偏爱究竟是何缘故？是钦佩鲁迅的思想深度，还是欣赏周作人的冲淡文风？最后我发现，我喜爱的是他们的文字。白话文写作，始于胡适，终于鲁迅。如果说胡适开启了白话文写作的局面，那么，最终由鲁迅呈现出辉煌。我甚至认为，只有深爱文字的人才能写出好的散文。

怀宁是一块文化的土地。近现代史上出现过陈独秀这样划时代的新文化运动领袖，当代史上出现过海子这样的浪漫诗人——今天，是海子的诞辰，也是他的忌日。1989年的这一天，我在芜湖，突然接到他离世的消息，悲从天降，盘踞心头久不散去。二十九年后的今天，我为他作了一幅画，以寄托我的哀思：一片苍茫的雪原，一株瘦弱的树，一个渺小远去的背影，给我们留下一派广袤的寂寥。我想以圣洁代替惨烈。所以当我写这篇文字时，心情是沉重而复杂的。我只想告诉几位比我年轻的朋友，写作的路只会越走越窄，但是，也会越走越远。

是为序。

潘　军

2018年3月26日，于安庆

时光的研磨（代自序）

何诚斌

夜与昼循环，轮回，像研磨的转动不息。不是空转，人在其中，生命和精神。

感到研磨沉重的压力，是在“有所求”和“求不得”的时候，是在身不由己地被什么控制的时候，忙碌，疲于奔命，常常有窒息的感觉。

“无可逃于天地之间”，在时光的研磨中，每个人都是被上帝研磨的对象。并非对生命的无情，而是对其创造的“作品”进行必要的加工，不放弃任何角色。一切意义都在过程之中，结果是假象——假设与想象。在研磨中，上帝查验的是人的灵魂和心态。

很多动物会感受到昼与夜的不同及其交替带来的世界的变化，而哪些动物会感知无限的时间，对于生命呈现“具象”，并释放出有形的力量？昼与夜，是永恒而坚固的物质，组合为研磨。人从胎盘里出来，然后进入时光的研磨。幼小的孩子，童年时生活在成年人身躯之间的空隙，感受不到研磨的存在，所以他们天真而快乐。

也有快乐的成年人，他们在研磨中撑起了精神支柱，于是抗压性强，也很耐磨。快乐保护了自己，其人生就是体味时光，玩味经历。有精神支柱的人并非都快乐，孤独的思想者在研磨中迸发智慧的火花，照亮长夜。他自己或许痛苦、艰难，而时光的研磨上却留下了他的印迹、他的声音、他的气息。他的思想给别人带来了快乐与充实，他的光芒消除了恐惧与痛苦。

我喜欢多思、静思。我感觉时光更多的时候在研磨我的思想、我的意念。我推不动研磨，也逃不开研磨，我发现我可以帮助上帝——向时光的研磨中投入被思想浸泡的文字，使研磨转动起来更润滑些、轻松些，我从中得到的是生命意识——自我的存在，除了肉体，还有精神。我理解为上帝，或冥冥之中对我的暗示。我在精神上的张扬与思想上的充裕，带来了对物质方面的节制和对生活的淡定。这个世界并非只有我，尽管思想的宇宙是我的，但物质的尘世是大家的，节制是在意别人的存在——生命意识提升为对生命的普遍尊重。

我可以选择一个很小的空间思考，不可以贪占很大的空间影响别人。我能够逃避别人的侵害，不能够容忍别人侵犯我自由的心灵。我理解不同人有不同的活法，不理解有人对人格尊严的蔑视与抹杀。我需要与天地对话而心怀敬畏，不需要争强好胜而害怕人际。我注视自然的秩序中那些偶然的因子，无视甚嚣尘上的那些必然的虚妄。

觉得思想被研磨，比没有思想而让生命直接被研磨要强。我乐于让思想承受之重。当我烦恼、紧张、寂寞、无聊、愤怒、忧郁、思乡、病痛……我的思想开始浸泡我的文字。这本身是很有意思的，至少形而下能够宣泄情绪。时光的研磨没有因我的思想而停止转动。我投入思想的文字，使内心获得了平静。

原载于2011年3月17日《教师报》文苑　副刊

目　　录

上部　作文

下部　谈文

上部　作文

坐在屋里，你不知道屋顶上有没有栖息的鸟儿；你可以想象有一只鸟儿，但想象不出鸟儿如何想象它头顶上的云朵。

甲 卷

倾听流水

晚上，流水声从窗外传来。随思入梦，又因其而梦醒。白天，河水也在流动，却不属于我的耳朵，很多声音强过流水声，有的是侵占，有的是欺骗。古代有个洗耳翁，当今学不了他，成天忙于洗耳，我将无法生活，被强迫症困扰。能在夜晚听到流水声，耳根清净，算是非常不错的环境了。

不只是我，有不少人离河道很近。一只只耳朵，听出了什么？我听出了流水的从容，听出了流水的坦荡，还听出了流水一路收藏的秘密。深山幽谷兰草的品质、松树的精神和石头的坚韧，都在流水声中显现。不仅仅这些，还有更多的内容传到我的心里，让我细细品味。大山里的流水，没有市井的嘈杂，更没有闹衢的压抑与紧张。倾听流水，素心无尘。即使失眠之夜，躺在床上，伴流水声胡思乱想，心也不累。

我想到了家乡的河流与故乡的河流。故乡的河流，是童年和少年最鲜活的血液，我的成长依赖洪铺镇老街屋后的那条河。它也是从山中逶迤而来，但已离开大山几公里、十几公里，流水平缓，声音柔和。但天上之水，即大雨倾泻之后，小河暴涨，流水声“哗哗”轰鸣起来。临河的小房间，潮湿的床上，那个即将告别少年时光的我，让“淙淙”流水声与“沙沙”翻书声组合成既忧郁又充满幻想的人生歌咏。没有人教育我、指引我，我却爱上了文学。带着文学，离开了故园，我来到后来一直生活至今而成为家乡的月山。楼下也有一条河，一条让我牵挂和思念了几十年，今天仍然充满乡愁的河流，一条总能让我触景生情、激发创作灵感的河流。我的很多文章写于这条河的岸边，听着流水声，一段段文字也有着流水的形质。

现在，这条异乡的河流，我曾离开过，可我又回到了它的身边，回到流水的声音中。我曾在一首诗中写道："离开一条河流/会被另一条河流接纳/我站在河岸的树梢上/在河流的上空飞翔/鸟儿和我的思想//我不会抛弃家乡的河流/虽然需要一条讨生活的河流/在异乡的人流中……"

再次来到这条河流旁，我生活在流水声荡开的无垠的空间，想象无限放大、发散。穿越大山、丘陵、平原。连接少年、青年、中年。人，本身就是一条河流。有多少波涛，有多少浪花，浅浅激荡，滚滚奔流，打湿了多少人，惊动了多少人，吵醒了多少人？又让多少人误听，让多少人唾骂，让多少人击打？人本身这条河流，也多半在夜深人静，面对自己的时候，才发出真实的声音，或被人听到真实的声音。我们，如果连面对自己的时间都没有，或者连自己都不能面对，那么，人这条河流是没有灵魂的，没有品格的，会是一条被污染的河流，一条容易干涸的河流。

上善若水。人心如水，善性流动的水，洒到更多人的心田，滋润更多的生命。这是先哲所倡导的。在物质至上的年代，到处都是物流的涌动，压住了河流的声音。人们听到的是物流的声音，难得听到河流的声音。上善若水这句话，越来越抽象，让很多人不知道它的表现形式，不清楚它的流程。即使住在河流旁，也让人无知无觉于流水声蕴含的自然大爱大美大智慧。浸淫于欲望，迷惑于名利，受诱于金钱，失去单纯和清高，流水的稀声真音，如何进入人的内心呢？

我感到我的心律与流水声，常常是不合拍的，这说明我的人文情怀受世俗影响而弱化了。我不满于这种状态。于是，我调整自己，要像以前一样，继续让文学陶冶情操，洗涤心灵。倾听流水，阅读书籍，我属于自己这条恪守初心、奔向理想的河流。

原载于 2017 年 10 月 27 日《皖江晚报》天门山　副刊

身近造化

黄昏，余晖西窗外。啾啾鸟声中，我在想，还是黎明时唤醒我的那些鸟鸣叫吗？我对鸟的敬畏，早年是受父母教育的缘故，后来冥冥中觉得鸟一定向人类传递着或暗示着某些神秘的信号，一个人被一些鸟所熟知，人的行为被鸟们所掌握。

居住于不与鸟相处的环境，也就是人离开了鸟的视野，人与鸟之间感官内外的信号消失，敬畏之心也就钝化了、没有了。这必然不是什么好事，人被社会异化之后，名利场上连对同类都视其为异类，何况对待其他生灵，更无“同体大悲”意识。在古代先哲和耕作于土地的劳动者看来，上天的警告或嘉许有广泛的表现形式，包括“列三光以垂照，布六气以效祥，候鸟兽以通灵”。

中国人以动物为生肖属相，意义即在于感应它们，而不以异类相残。人自身有许多局限、缺陷、无知，需要在动物那里获得启示、弥补、帮助。《庄子》上，有个假托孔子之口表达的观点：乌鸦喜鹊孵化而生，鱼濡沫而生，蜂类是化生……我很久没有和造化交朋友了；不去和造化交结为友，怎么可以去造化人?!

鸟在一天的两个时间段，即昼夜交替，早晨和傍晚，鸣叫声蕴含天道。即使你日日被鸟“吵醒”，也该庆幸自己身近造化，不至于不知身旁除了人，除了物质，除了网络游戏，还有鸟和自然万物的造化。可是，鸟儿归巢了，人还在喧哗。

所谓“天人合一”的“天”，就包括鸟。苍穹之下，一切众生之类同生并作。我们称赞某人有造化，指其造化于天，造化于自然，并体现于纯真的人格素养。人的良知哪来？格物致知，道法自然。儒家鼓励进取，但仁义良知随行，“天地有正气，杂然赋流形。下则为河岳，上则为日星。于人曰浩然，沛乎塞苍冥”。人性如日月经天，不戾不暴，不馁不亏。道家更是讲究人的自然属性，“不通于自然者不足以言道”。陶渊明知道自己“质性自然，非矫厉所得”，于是效之“云无心以出岫，鸟倦飞而知还”。世间许多人常常弄反了物我关系，把非身外之物抛弃，却拼命追逐权力金钱这些身外之物。

清初画家石涛认为“墨受于天”“笔操于人”“山川与予神遇而迹化”。黄宾虹说：“知师古人，不知师造化，终无以得山川之灵秀也。”书画上品“气韵生动”，而音乐极致莫过于“天籁之音”。刘昼《刘子·辩乐》说：“顺天地之体，成万物之性，协律吕之情，和阴阳之气，调八风之韵，通九歌之分。”凡心通自然的艺术家，多坦荡潇洒，嵇康“目送归鸿，手挥五弦，俯仰自得，游心太玄”；欧阳修“青山绿水日在目前，无复俗累，琴虽不佳，意则自释”；连理学家朱熹也愿过“耕山钓水，养性读书，弹琴鼓缶，以咏先王之风”的生活。

暮色四合之后，鸟声息了。若鸟鸣于黑夜，乃为异常，或被惊扰，或造化传递、预告人所难知的多维世界的变故。夜里鸟叫声阴森恐怖，怪怪的，尖锐，粗重，让人紧张、悸栗。记得早年，我陪母亲聊天于卧室灯下，我们突然听见沉闷的鸟声，从屋后河的上游传来，然后渐渐消失在旷远的河的下游。母亲说：“镇上哪家要死人。”母亲的话刚说完，从上街传来噼噼啪啪的鞭炮声。母亲随即说：“真的死人了。”第二天被证实镇上有人去世了。我惊奇于母亲的判断，更敬畏于自然造化的神秘。只能说，我所能知道的，敏感的东西，及其关系、逻辑、结构、能量、变化太少太少。

这一夜，雷声阵阵，暴雨如注。早晨，我不再是闻鸟鸣而起。透过雨声，我隐约听见几声微弱的鸟鸣。一会儿，更远处，传来布谷鸟的叫声。突然雷声大作，布谷鸟声消失，而窗外树丛中，仍交织着数声鸟鸣，低低浅浅，依然悦耳柔和。

原载于2017年10月17日《青岛日报》随笔　副刊

栖迹白杨林

每个枝头都有鸟的眺望，枝头有高有低，

天空一样的遥远，所不同的是每个枝头颤动的频率。

——题记

细瞧，一鸟衔枝搭巢

有些猜想，无法抵达鸟的内心、思维及生命密码。它衔枝寻找到搭巢的位置，却放不下嘴里那根细小的树枝；或者即使放下了，却没能稳定住，瞬间落了下去。鸟得重新在树上折树枝，或者到地上拾起枯树枝。它衔枝立在树上，发出双音节的叫声，是呼唤同伴来帮忙？

真的有鸟来帮忙，用嘴衔住树枝的一端，它们配合着把树枝放到丫杈上，可是仍然没有放稳，飘落了下去。这是很凄美的一幕，它们有协作意识和行为，可是失败了。它们的情感或者情绪，通过鸣叫声传递。我心戚戚然。它们应该有更多的配合，或者召集更多的合作者。然而，几个月过去了，连鸟巢的框架都还没有形成。它们不急，因为时间对于它们来说不同于人类。

发现多半是孤鸟搭巢，这又让我不得不去猜想，林子里鸟巢并不多，一只鸟衔枝搭巢，只是一种求偶信号？凭它的能力是完全能够搭建一只巢的，但那没有意义，所以它需要另一只鸟跟它一起搭巢，自始至终的完成才有意义。它衔枝，穿梭于林中，时而发出一声鸣叫。知音少，嗓子叫疼了有谁听？

几个月前在黑夜坍塌的那个鸟巢，剩下残存的遗迹——底座还在。为什么不在那上面重建鸟巢呢？那会省很多精力。何况底座是多么难搭啊。这是个秘密，我只能目光带着思绪，在林子里飞翔，观察猜想，满足自己的好奇心。毕竟，这段日子，我和鸟生活在同一片树林中。

难忘那个无风无雨的黎明的惊愕，一夜间“覆巢”，在我看来是个重大的林中事件。我相信我的分析属于人类的世俗想法，参照的是人类的伦理和现实。是那巢里的鸟们内部不和毁巢散伙，还是拆掉老巢筑新巢？抑或遭到外部天敌的攻击而覆巢？现在想来，我们人类常常也不在废墟上重建家园，鸟的选择自然有它们自己的精神指令。

不管怎样，我想看到这临窗的林子里，出现新的鸟巢！

异 遇

白杨树的絮飘进屋内，轻轻地，附着于床褥上、家具上，地板上一团团、一缕缕，随气流滚动。

因此说白杨树污染。

这污染却是针对人而来，白杨树扬花飞絮是自然之性，在季节中随性顺时，交由风吹送世界。

叶子肥硕，掩映了村舍和池塘。鸟巢隐藏在枝叶间，闻鸟鸣，不见鸟影。相较于冬天、早春，空间改变了，能够看见与看不见不同了。

能够看见与看不见，都不敢让人相信这就是真相、原样。世界没有真相与原样，只有知与未知。人再聪明，也不知道树上有多少叶子、多少鸟。走进树林，人境靠经验想象林外大地天空；走出树林，人世以记忆判断林内的存在和变化。谁能全知全能？

一只蝙蝠，什么时候来到这间我已居住半年的宿舍，浑然不知。它翅膀的飞动声惊醒了我。拉亮灯，我却惊吓了它。黑色身影在灯光照彻的房间东碰西撞。它要离开这里，还是不想离开这里？连续几天夜里，我惊醒后打开门窗，驱赶它出去。它都没有出去。

蝙蝠成了与我相伴的精灵，白天不见动静，我晚上熄灯睡觉进入梦里，它出来了。我被它影响了睡眠，飞翔声，黑色身影，都让我恐惧。它是误入，而不能方便地离开，还是被哪个派来，传递一种信息？

有一白天读钱穆《八十忆双亲、师友杂忆合刊》，从其回忆“三兼小学”时遇狐魅之事，颇感蹊跷。“某夕深夜，余欲起床小解，开亮电灯，忽见床前地上两鞋，只剩一只。明是关着寝室门才上床，望寝室门依然关着，但床前那只鞋却不翼而飞，不见了。清晨遍觅不获，后见此鞋乃在帐顶之上。”钱穆当年18岁，任教之始，即“奇异环境中”遇此“凄凉、寂寞、阴森古怪之种种情状”数次，直到用朱笔在黄纸上写一文焚于园中，“以后此等事遂绝”。

我想到蝙蝠是一种吉祥的图腾符号，刻印在建筑上如徽州木雕、砖雕，还有或饰品或用品上，心里立即消除了恐惧。

除了蝙蝠，还有没有我感知不到的生命，也在这房间里？我并非独处，每时每刻都生活在大千世界。

人的意识即以触物而生，随一物又一物的迁转。可以设想人在成胎过程，即被生命密码编入意识程序，生命的过程既有意识随时空而出现。

鸟立枝头

听见鸟鸣，我以为天快亮了，却发现还在凌晨三点多。的确，跟黎明时嘹亮、清脆的鸟鸣不同，这深夜鸟声显得温柔、轻细，是缱绻呢喃的情语，是重温回味的呓语，是哺育幼雏的爱语……我只有想象，无法听懂。

林子里，白天鸟鸣不息，众鸟喧闹，当是它们甜蜜梦语中繁衍生命的结果得以表现。我伴鸟的梦语，进入自己的梦乡。我的梦语，会不会被鸟听见？一定会被什么东西听见。我坦然无私，正念非邪，何惮梦语外泄？

“林莺巢燕总无声，但月夜、常啼杜宇。”半辈子在外漂泊的陆游，夜闻鸟鸣而思归。我，独居老屋，听鸟梦语，尤为挂念在外的亲人，于梦中相见欢聚。

一只鸟立在树梢的顶端，像一片叶子，在风中摇曳。它喜欢这个高度，这种姿势？

我童年时，常常想站到树冠上，可连将手高过树冠也没能实现。母亲教诲“爬树莫爬梢”，是怕我摔死。上了中学后，不再爬树，也看不到爬树的同学。

几年前，读卡尔维诺的小说《树上的男爵》，觉得那个爬上树再不愿下来一直生活在树上的柯希莫，是人类的天性使然，只有天真的孩子才敢往树的最高处攀爬。他们的灵魂很轻，是长着翅膀的鸟儿。

“鸟儿愿为一朵云。云儿愿为一只鸟。”泰戈尔写这句诗时，是否看到最高的枝头，一只与白云相视的鸟？想必就如同我打量蓊郁的夏树，只见一只只鸟或绕飞或穿梭，终有一只扶摇而上，靠近蓝天，守望云朵。

原载于2017年11月15日《今日文艺报》

林子中的镜子

一面藏在林子中的镜子，我面对着它，打量自己和身后的树木。还有别的镜子，也藏在林子里，但唯有这面镜子是属于我的，至少在我离开林子之前。房子藏在林子中，镜子藏在房子中，我藏在镜子中。

曾经在群山环抱的地方工作了几年，一开始觉得那里空气好、景色美，可不久就感到地域空间小、封闭、压抑，越来越待不下去，越来越不愿与人相处，且形成一种观念：大山里的人对山外来客熟悉之后，其最初的热情会换成一种排外的姿态、紧张的情绪，他们视留下来的外乡人是在与他们争抢本就不宽阔的生存空间。只有当他们走出去，发现世界之大，才可能有包容与合作的格局境界。

现在，在林子中的镜子前，我对以前的观念产生了质疑，因为镜子里的树影闪现出另外一些观念，对立于自己的观念，迫使我放弃偏见——我确定自己是带着偏见离开大山的。不知道为什么，省城郊外平原上的林子，弥漫着一种神秘氛围，童话一般，清涤着我的心。自然贴得这么近，一棵棵树站在窗外，也像我一样看着镜子中的自己。树外还有树，林子外又是林子，目光穿透不了整个林子。靠近窗台的镜子，似乎把树移植到了房间，树叶摇曳，阳光闪动。晚上，一钩明月停在树梢上，我走向她，她莞尔一笑而绕开我。我不敢追她，怕迷失在这林子里。我起得很早，拉开窗帘，擦亮镜子。窗外出现微微光亮时，我关了电灯，迎接黎明。林霭匍匐，悠悠氤氲，缓缓升腾，一些树消失了，一些树忽隐忽现，还有一些树明亮清晰。

看着林子，只是一隅；换个位置，也只是一隅。除非飞到树林之上俯瞰，可那是离开林子的空中人，而不是林中人了。即使是鸟，爱飞，也不会睡眠于云中。鸟，是林子中的鸟，它们筑巢树上，繁衍生息。它们更乐于绕着树飞，或于林中穿插迂回地飞，这比飞在空中的时间多得多，否则我不会只看到林子上空寥寥鸟影。鸟待在树上，鸣叫，嬉戏，觅食。巢中有孵化的鸟，地上有跳跃的鸟。一只鸟飞到窗台外，向房间窥探，一只变成了两只，因为镜子里也有一只。鸟认识自己吗？宇宙蕴藏无限不被人知的神秘现象，难道鸟不知道自己的长相以及同类的样子？林中分布着一些池塘，那就是鸟的镜子，我以为。还有一个问题，想出来也符合自己的世界观：我的出现，鸟认出来了吗？到一个有狗的地方，狗一下子就知道此人陌生或曾经来过，听狗叫，让人不由得产生自我约束的心理。林子，这是树的天地，也是鸟的领地，还是昆虫的世界，我相信我不只是进入了十几个人的目光，还进入了更多的鸟的视野。

我是林子中的人，接受着眼睛非广镜头的视力局限。林子中的目光，是生命的镜子，精神的镜子。我在取景自照。现在只有几个人得知我在什么地方、什么位置。我的存在、境遇和状况，只有自己最清楚。没有想到自己于秋冬交替的日子，来到一片林子中。尽管在这之前，我在等待和寻找一个新的地方，延长生计道路。我可以立即告诉更多人，我在林子中，但我没有。林子中，以前与我无关的人，现在与我“有关”了，先辨识他们的相貌、声音，接着询问他们的姓名、籍贯，了解他们的工作、特长、性格、爱好、品德，再接着甚至想知道对方的一切……这个过程，成为一种习惯和逻辑，与人熟悉之后，相处就常态化了。

我被神秘包围，或者我在神秘中也把自己搞得神秘起来。可是，我毕竟不是梭罗，来林子里是工作而非闲居，但我做到了“心闲”，感受着林子的变化，以及鸟鸣的差异。树木在身旁呼吸，散发清新的气息。白杨树的叶子在寒风中摇动、飘落，枝丫疏朗，树干愈加显得挺拔，昂扬向上；而低矮的常绿灌木，依然葱葱郁郁。风息了，阳光暖暖的，我放下工作，走出镜子，离开房间，在林子里漫步，思考，想象。脑子里一些词语跑出来，演变为具象的符号，点缀意象的枝头；地上的落叶也铺展成句子，一句连一句，都进入我的腹稿；树一行行，一排排，都成了诗歌，鸟儿在朗诵。

原载于2017年9月2日《安庆日报》天柱山　副刊

鸟巢齐窗

鸟巢，比一只篮球大一点，筑在白杨树的三角杈上，平行于这栋房子四楼的窗户，相距不足十米。人与鸟比邻而居，是否相互感知存在，甚至有着某种参照？它们发现我，可能比我发现它们更早。我是一位寄寓者，不知道自己要在这里住多久。这个鸟的邻居，是一位爱好状物抒情，喜欢随口念“感时花溅泪，恨别鸟惊心”，“千山鸟飞绝，万径人踪灭”的附庸风雅之辈。我想，自己伫立窗前凝视鸟巢，是不是侵犯了它们的隐私权？

冬天，我比鸟起得早；其他季节鸟比我起得早，尤其在春天我总是被鸟鸣声唤醒。冬天时凌晨 5 点，生物钟就敲我起床。鸟的生物钟似乎在冬天调整了，巢外黑暗消退，物体轮廓朦胧，接着一缕缕光线从空中往林子里绕，它们还是没有鸣叫。我望着鸟巢，不见动静，便纳闷，难道林子里没有鸟吗？这是一个空巢？当我回到桌前读完十几页书，耳畔才有了鸟鸣。我奔向窗口，发现三只鸟停在巢旁边的两棵树上，位置比巢高。树上只剩下几片枯叶，散发着寒意。三只鸟望着最高的枝头上的两片叶子，仍没有鸣叫，它们也像叶子一样，于这无风的早晨，静止在树枝上。

鸟叫声大约出现在 7 点钟，阳光已从树林东边的上空柔柔地照过来，树上比刚才多出了许多鸟，至少有五种不同种类的鸟，忽高忽低地飞，鸣叫着。我这个邻居对鸟的习性了解甚少，没有观察到鸟是什么时候飞出鸟巢的，就像黄昏或傍晚也没有看到它们归巢的身影。站在窗前所能望见的这片林子，只有一个鸟巢，而鸟却很多，我不知道除了这巢的居住者，众鸟如何夜宿。

它们的巢筑在不被人知的地方？或者就在草丛里、落叶中？

在我看来，树上的巢是鸟类显赫的标志性建筑。它是否代表了鸟的身世背景或身份？我不应该用人类本位思维来判断林子里的鸟，“鹊巢鸠占”这个成语影响了我的心理，尽管没有亲眼见到鸟类争巢夺窠的场面。我的目光掠过鸟巢，往上抬，看到远处一排排楼群，一座座大厦。被称为“高房价年代”的当今城市，数量庞大的陌生人在一扇扇窗户内，感受着物质与经济的变化。对于家和巢，人鸟情同本性。人拥有房产的多少，却是欲望的需要，它超出了“家”的概念，建筑为无钱购房者（或不愿做房奴）以租赁的方式提供临时住所，正是由于人们将“住所”与“家”相区别，纷纷追求“属于自己的房子”，以至于涌向城市的人越多，家就越多，房子就越贵，有一批人就因此成了投资者，大量占有房源。

有无数的树可以筑巢，但鸟巢却很少，我在窗前能看到的只有这一个鸟巢，而树在视野中延伸，错落……据了解，这地方曾是庄稼地，后来退耕还林，既有国家保护林，也有当地村民的经济林。经济林的每棵树都是有主人的。会不会鸟类也划了地盘，不许随意开发鸟巢？这是我无法知晓的。我没有能力和时间观察以鸟巢为中心的多大范围内，什么鸟的势力最大，数量最多。我很容易地回到自己的角度，狭隘地理解鸟类。同样是生命，人与鸟住于林中，人恍惚又成了主角。人制造了这片林子，也可以毁掉这片林子。我听到一位村干部说，省城还不算大，要是建三环，这地方就是市区了。这种意识，代表了时代发展的主流，是积极的而非消极的，是进步的而非落后的。鸟敏感地捕捉到人的想法，因而淡薄了树上筑巢的意识？

一些鸟发现了我，它们打量着在屋内走来走去，或者在窗前一站就是十多分钟的“怪异者”。它们和我对视，我说，你们可以飞进这房子，而我却进不了你的巢。现代社会，鸟巢在城市转化为一种喻体，工业文明解散了鸟巢，然后又利用先进技术建造鸟巢型的建筑，人可以在里面活动。我突然想起小时候掏鸟窝的情景，手进入温暖的鸟巢，过程极短。有一次遭遇了两只八哥的顽强抵御，我差点被它们啄了，最后少年强盗的手还是残忍地抢走了几枚彩色的鸟蛋。这件事，让我后来很忏悔，认为自己做得最大的坏事就是这个。我曾用弹弓打过麻雀，但没有看到它们死亡前的惨叫和同类的猛烈反击。八哥先是惊悸地叫，接着愤怒地叫，当我拿着鸟蛋从树上滑下来逃跑时，它们在我的头顶悲伤地叫。它们的叫声，永远响在我的记忆里，在我心中留下抹不掉的阴影。

最冷的冬季还没到，我想象着“林海雪原”，想象着“冰天雪地”，那时林子里的鸟怎么过冬？面对鸟巢……在我来这里之前，有多少人面对鸟巢？树一日日长大，鸟巢随之升高。这栋房子，以前是一所学校，当周边的村子成为“空村”，学校也停办了，现在一家公司落户于此，打造特色园区，这倒是保护生态的善举。人有幸，鸟也有幸矣！最冷的冬季，鸟巢是一面旗帜，是一道风景，这样最好。

原载于2017年12月17日《安徽商报》阅读·笔记　副刊

寒　野

人须有冬天的心境
才能看霜，看雪
裹满了松树的枝丫
人须自己长期挨冻
才能看杜松挂满冰针……

——斯蒂文斯《雪中人》

寒野凝朝雾

天亮后看着窗外的大雾，吟诵“天寒气不歇，景晦色方深”。想起一个问题：除了人类，还有什么动物关注“能见度”？人类引以为豪的车行速度，在大雾中缓慢下来。高速公路封闭，车不得行也。

慢生活，不是雾所能带来的，因为心在另一个地方。多少人靠隐蔽身体逃离喧嚣，陷入孤独难耐之中？如果不能跟相爱的人在一起，雾令人倍加焦虑，厚重的阻隔，如穿不透的物体。车子能穿过高山隧道，但穿不过茫茫浓雾。那天，同事王青松在合肥打电话给我说：“你前天幸亏没有跟我的车，大雾，高速路封了，回不了。”回不了，意味着迟到或者旷工。

这时，才真正体会“雾失楼台，月迷津渡，桃源望断无寻处”的感受惆怅凄切，望着雾，思念着一个人。

孟光对梁鸿说：“我听说你品德高尚，选择对象很严，几位女子你都未同意；我也挑选过好几个人，不满意。现在我被你选上，我有什么过失，请你明说，好让我改正。”梁鸿回答道：“我想找一个衣着朴素的人，一同到深山里隐居。现在你穿着鲜亮的衣裳，涂脂抹粉，难道是我所希望的女人吗？”孟光说："我是故意考验你的，我还有隐居时穿的衣服呢。"于是，孟光把头发改成椎髻，穿上布衣，一身劳动者的打扮，走到梁鸿面前。梁鸿大喜道："这才真是梁鸿的老婆呀！能和我过一辈子了！"

隐隐看到雾中一个劳作的男人和一个相伴劳作的女人，随即想起东汉"梁孟"夫妇。汉时的雾聚聚散散，而今城市的雾变质了，无数的人离开乡村，去呼吸有毒的霾，无奈，不得已。

在山中，这雾依然是当初野雾的形态？一位男士说："我要是有500万元，我就住到山里，过清静的日子。"另一位男士说："500万哪里够，1000万才行。"他们选择环境，想过空气好又逍遥的生活，前提是物质的充分保障，不做穷人的僻居，而做富人的隐居。这是普遍的心理。

有多少人，无一点物质的牵累，心地纯粹地赏雾？抑或没有一点精神的牵挂，心情愉悦地玩味于雾？

试图拍一张雾晨的照片，没有参照物，混沌一团。打开微信，恰看到这几段文字：

"有没有这样一个地方，带月荷锄，青青园田，淡淡菊花香；把酒临风，青青子衿，悠悠逍遥游？"

"有没有这样一个地方，可以什么都不用管、不用顾、不用费思量，可以带自己接近天堂，激情尽头有平凡生命无法给予的温柔，有看透世事摒弃繁华后的小小欢喜？"

"有没有这样一个地方，可以让魂魄忘我地相依，让灵魂诗意地栖息？"

"寒野凝朝雾"，岳西天堂镇衙前河，宁静中透出天籁之音，如雾的移动声，雾的堆积声，雾的摩挲声，雾的呢喃声。万物表象消失，内在于雾中，按自己的方式进行心灵的感应及精神的调节。一定有神秘的力量存在。雾被吸附，被稀释的过程，一缕缕光线从雾的缝隙中露出。这时，草地上的霜显得格外的白。河水也清澈了。鸟的翅膀轻灵地滑过树的枝条，俯冲而下，又扶摇而上。

雾到哪里去了呢？它凝重地拥有整个世界，它又清爽地把世界交给了一双双眼睛。

寒枝，鸟影

向往鸟一样自由飞翔的人，也许没想到冰天雪地中鸟觅食之艰难。寒冬，萧瑟苍茫，零落万象，亦少见空中飞鸟、树上栖鸟。

不闻啼鸟的黎明，生物钟唤醒我的时间却往前挪移了。入住这里，第一夜随意拉了一半窗帘，从此就再没动过，并非渴望被窥的怪癖心理。除了能透视黑暗的天穹之眼，再没什么可看见熄灯后的我吧。我相信神明的存在，尤其独处时。目光移动之时，黑暗突然被光亮替代，似乎一瞬间完成夜昼交替。那些树，轮廓清晰，仍然悄无声息。

曾经，我为读到“鸟是树的花朵”这句唯美的妙喻而感动，后来看到冬天光秃秃的树枝上小麻雀啄闹争食，怎么也不觉得它们有花朵之艳丽。大概我没有诗情吧，或许诗情被义理冲销，即使能超越鸟之良劣、木之好恶即道德判断，却超越不了妍媸之审美倾向，而花朵，喻意美好。

不只是为了食物，良鸟选择与寻找嘉木，冒凛冽寒风，而不降低标准，宁愿“枕着翅膀在空中睡眠”？千山鸟飞绝，是否因嘉木太少？我唏嘘寒枝凌厉，肃杀之气逼走了鸟。昨夜一个梦，刺激得我心疼。上一家公司老板安丰先生身上多处受伤，痛苦地对我诉说着什么。在那几个月里，我听到了员工们对他太多的批评、怨恨及负面的评价，尽管他待我不薄，可我还是离开了他。我是负义，还是弃恶？是被公共语言障蔽，还是顺应“民意”？

这个低温的季节，我有意识地寻找鸟影。我看见了一些古代清高的人，用精神御寒忍饥，澡雪砥砺。苏轼词曰：“拣尽寒枝不肯栖，寂寞沙洲冷。”

寻找不到鸟影。

记忆的旷野中，一棵树，一只鸟；一片树林，一些鸟巢。现实，树枝在朔风中抖动，发出怪异的叫声。

我不禁打了个寒战。为找鸟影而望寒枝，抑或因寒枝而寻鸟影，如此“形而下”，又何必呢？也就作罢。

香在无心处

尚未下雪，有人念“踏雪寻梅”，诗意地期待一场雪。到了雪覆盖原野之时，他未必就真的去寻梅。我从没有寻梅的想法，而激情总在与梅不期而遇时被燃起。

一点点幽香，在寒风中释放，我心醉了。残雪，断垣，还有枯草。我闻到了寒梅的香，然后发现几株梅枝，数朵小小的梅花。梅，生长于此不良环境，让我不禁产生人文的观照，有“孤”“暗”“酸”“冷”的感觉，如林黛玉之“借得梅花一缕魂”的命运喻示。随又想起龚自珍的名言：“梅之欹之疏之曲，又非蠢蠢求钱之民能以其智力为也。”无疑，它在这有碍观瞻的角落里得以保持自然的状态。

身旁有人对我说：“你想要吗？我送给你。”我急忙转身而去，不想改变废址之上梅的境况。

素不去寻梅，而梅香每每穿过凛冽的寒气，或者混沌的浓雾，抵达我的面前。我这样说，不是指梅多么钟情于我，而是我无心于闻香，不刻意地寻找，也就是禅家所说的“不执念”，反而心外有更多的香了，这需要一定的经历和思考才能懂得。我不是“梅痴”，做不到李渔“既有妻梅之心，当筹寝处之法”。需要吃些严寒冷冻的苦头，才能得到踏雪寻梅的风雅，怕身体消受不了，他于是索性带着账房上山，“实三面而虚其前，制同汤网，其中多设炉炭，既可致温，复备暖酒之用”。李梅痴的“闲情”，却是“有心求香”耳。

不去寻梅，不只是担心自己按捺不住“爱美之心”，效仿他人“折取一枝悬竹杖，归来随路有清香”；更主要原因是不想使“寻梅”成为一桩有意而为的“雅事”。我喜欢徐渭的这首诗：“从来不见梅花谱，信手拈来自有神。不信试看千万树，东风吹着便成春。”也许不认识梅花，心外的香走进心内，不经意间，自然而然，更加喜悦和感动。更何况，除了梅，还有许许多多花树散发香气，只要你热爱生活和自然，哪里闻不到香呢？天涯何处无芳草！

似乎，方孝孺的识见和境界又非同一般，他诗曰：“微雪初消月半池，篱边遥见两三枝。清香传得天心在，未话寻常草木知。”他宁死不屈，坦荡明志。本来，朱棣是很欣赏方孝孺这株老梅的，可是梅香变成“毒香”，他不仅斩断了这株老梅，并且灭了方氏“十族”。

不去寻梅，一如梅之“无意苦争春，一任群芳妒。零落成泥碾作尘，只有香如故”。

原载于 2017 年 11 月 14 日《池州日报》九华　副刊

河流昔影

我那细细的影子，永远在那条瘦瘦的河床上闪动，
只是不再沉重，而越来越轻盈，但显得愈加清晰。

——题记

沙井

季节的手掌在秋天收完果实显出本有的干枯。河流细若纹路，被烟尘遮蒙。期待一场雨，一场能让河水洗净手掌泥垢的大雨。一只只木桶在河边徘徊、逗留，面对泛着青苔和微生物的浅水，最后还是由瓢低下了头，舀起水，装入桶中。

我扛着铁锹站在沙石裸露的河床上，四顾茫然，努力判断哪里可以挖一眼井，不仅渗水量大，而且离家比较近。每天都得吃水，能从较近的地方挑水回家，这是我必要的选择。我开始挖井，一两锹挖下去，出现了散发着臭气的黑泥，立即放弃。泥井中的水带着腐殖气，不是万不得已不敢吃。

连续挖了几个地方，还是接触到了淤泥，心里就很不舒服。抬头，目光穿过柳叶飘飞的河岸树林，竟然一时找不到自己家的门，心里更加急躁起来。半天后，终于挖了一眼沙井，水在铁锹下慷慨地渗出，多情地往上涨。铁锹在水中兴奋地发出哗哗声响，像在饱饮一顿。这时，木桶追逐木桶，涌向我

挖出的沙井。

大家一起等待混浊的水沉淀，枯涩的眼神闪动欲望。水尚未澄清，就有一些饥渴的瓢蠢蠢欲动，被我的瓢制止了。井是我挖的，我的瓢就理直气壮。但很快无数的瓢将我的瓢打败了。不断加入的瓢，不以为这井是我挖的就该由我优先舀水。已有人在这个沙井的旁边另挖一个沙井。我告诉他不要靠得太近，否则我这井就没水了。他不理睬我，继续挖，挖了一个更大的井。我很生气，但没有发怒，因为那井引走了一些瓢，给这井减轻了压力。

井水清澈后，木桶向瓢发出舀水的指令，水倒进木桶的声音，悦耳动听。一只瓢伸进井中，另一只瓢也伸进井中。小小的井，瓢与瓢碰撞，争吵，人影重叠，覆盖，井水消失了。半桶水，拎回去不成，至少还得将另一只桶盛上半桶，这样我好挑回家，倒进那个静守在灶台旁的水缸。

挑一担水需要花很长时间，不如在等待的时候，再去挖一个新的沙井。我右肩挑着空桶，左肩扛着铁锹，径直走向离家五百米的地方。河道在那里转弯，尽管别的河段河水似隐若现，不时断流于沙石之下，而河湾处最干旱的日子也蓄留着水，数平方米，几十厘米深，它将全镇的妇女召唤了过来，差不多每户人家都在此洗菜、洗衣服。

白天，这里的水不能直接挑回家食用。空空的水缸自然会驱使人们去把水面上的星星、月亮挑回来，即使是漆黑的夜也得去。小鱼小虾溜进瓢，跃入桶，将一缸水弄出腥气。半个月水缸得清洗一次。父亲晚上回家，朝水缸里瞅一眼，二话不说就去挑水。我不用解释自己不是偷懒而是河里没水可挑，乖乖地提着马灯走在父亲身旁，给他照亮，高一脚低一脚地走向那个河湾。河湾处有一盏灯扑闪、扑闪，远远地传来水欢畅地进入木桶的声音。河湾又亮起一盏灯，我手上的灯。

父亲用瓢舀水的时候，我说可以直接将桶按入水中，向上一提就有半桶水，可以省力省事。父亲没有那样做，他认为将桶按入水里必然发生搅动，离开水面沉淀物会泛上来，把水弄脏。这样，别人会骂我们。父亲一瓢一瓢地舀，舀满了两只桶，他站起来，从我手上接过扁担。他执意要亲自挑，我实在拗不过他，就像我拗不过老天爷一样。

还是来说那天下午的事吧，我在干干净净的阳光下沿河道行走，走向河湾。在我之前已有人挖了一个比较大的沙井，我接连几天让桶加入嘈杂的队伍寂寞等待。我从人们身体的缝隙中看去，欣赏不同颜色的瓢在沙井之上舞动，耳旁是人们对井水的夸赞。季节的寒意在加重，而井水却一天比一天温暖。此言不虚，我将瓢插入井中，手接触到了水的肌肤，让人感动的温度停留指间。需要感动的人，催促正在感动的我动作快一点。

我将铁锹挖下去的时候，所有人的目光刷地射过来。有人反对，不允许我破坏泉眼。我的第二锹代表我不相信他们所言这里只能存在一口井。可我还没有挖第三锹，一个人抡着扁担冲了过来，我赶紧扔下了锹。我只得服输地坐在木桶旁，手上搓着沙子，一边观察一位姑娘洗衣服——她是我的同学。我竟忘了挪动身子，结果有人插队将桶放在了我的桶的前头，我后面的一个人向他的桶里悄悄扔进了一把沙子。

早晨起床，揉着惺忪的眼睛，打着哈欠，想起昨天回答母亲的话，妈，水缸里还有水，明天再挑吧。父亲很晚回家再没有力气去挑水，第二天他在用水的时候即使发现水缸已见底也没工夫去挑水。我皱着眉头走到屋后，突然产生了幻觉一般，只见河水滔滔，将所有的沙井淹没了。这一定是真实的，因为比我起得早的母亲，没有到我的床头叮嘱我去挑水。

水凼

大水离开，像往年一样，会留下一些礼物，当然不是那些没有漂走的树叶，也不是长在凼底的水草。白天，一把把锄头在彼此监视下守候，当水缓缓流退使水凼露出一丝形状，锄头噼里啪啦在其周围争锋，挖掘一个个小小的口子，按上竹制的鱼篓——鱼便成了小镇人的礼物。

我的眼睛已在早春挖的水凼上滴溜溜转了几天，那上面闪动的波光嵌着一只只眼珠，不只是我的眼珠。涨水之前，我挖了平生第一个水凼，它不大，但符合我的欲望，能获得十来斤鱼就心满意足了。铲子磨破了我手上的皮，虎口处流出了血。铲子软了，吃不住泥土，但更加硬硬地摩擦我的手。我把它扔下，其他人的铲子一片欢笑。

河滩上的铲子已纷纷回家，一个个水凼张着大嘴望天，迎接雨水的到来。我的铲子显得孤零零，在旷野被黄昏的残霞染红。我以为我的手在大面积流血。我将怨气全部发到铲子上，似乎被它欺负了。这实在不应该，虽然铲头与铲柄脱离过一次，但铲刃没有卷起，柄也没有断，这样的铲子算是非常优秀的了。父亲将铲子接好后，要替我将未挖好的水凼完工。铲子在父子之间跑来跑去，最后它选择了一双嫩手。

水凼挖好，我比别人多花了数倍的时间和精力。我大嘘了一口气，然后扛着铲子，三步一回头地回家。回家后就想象，就梦想有一天早晨，看见水凼消失在河水之下，顿时内心盈满了幸福。我的意念在河水中驱赶鱼进入水凼，意念同时织成一张网，围住水凼留下鱼。听见母亲对父亲说，要是水凼里有鱼就好了。母亲的声音里有一种叫作期待的东西将我撞击得很兴奋。父亲的耳朵里有一条饥饿的虫子爬了出来，使得他的回答怪里怪气的，他说情愿没有大水，庄稼地就能保住……水凼那么高的位置，水能上去吗？挖得那么浅，会有多少鱼呢？

父亲的话惊醒了我的梦。原来我在挖水凼时，那么多铲子发出讥笑，是因为水凼位置高，水上不去，待不久；原来父亲要替我挖，他是想将水凼挖深一些。这时，我的目光投向水凼之上的一汪水，希望变成了焦虑。我暗中有个很坏的祈愿，涨起的水高过水凼。可那样必会使庄稼受灾。这想法，让我感到自己有罪过，于是又很忏悔。在涨水的日子，我一会儿这样想，一会儿那样想。白天的想法，到晚上又变了；梦中的想法，到第二天成了相反的想法。

铲子已不再被我关注，它该干什么就干什么去。我已把锄头检查了几遍，它要及时地在水凼朝下游的地方挖一个恰到好处的口子。鱼篓也已准备好了，锄头与鱼篓没有放在一起，但它们之间由我传递待命的消息。盼望水在白天把水凼呈现出来，口子越早挖开装上鱼篓越使鱼少跑掉一些。可往往水凼在夜里露形。每个锄头发现这种情况，都是不高兴的。除了极少数人守夜，让锄头处于警惕状态，大多数人还是选择睡觉，让梦连接着水凼。

我想守夜，因为实在害怕这一夜水退得厉害。母亲说，淹死了怎么办？父亲像是饱食了多日，竟然也反对我去守夜，而他自己又不去守夜。我决定半夜的时候悄悄溜出去。可是，锄头不见了，鱼篓不见了。我以为父亲去守夜了，一边骂他抢占胜利果实，一边冲向水凼的地方。结果没有看到父亲，而看见了别人的身影。锄头在星光下奏出一阵阵美妙的声音。我返身往家跑，路过厕所，锄头喊住了我。父亲将它藏在厕所里，而鱼篓在什么地方呢？柴堆上的一粒星光召唤了我，我冲过去夹起了两只鱼篓。

很庆幸，我在水凼刚刚露形的第一时间，挖了一个口子，将鱼篓装上了。

我的所有的心思开始浓缩到鱼篓中。鱼篓在天亮的一刹那被我快速提起，另一只鱼篓装到口子上。鱼篓脱水的声音不对头，我听见有人抛过来一句，有多少？我一看鱼篓，空空如也。回答了一句，有三条，两条小的，一条大的。大的大概多重？我不再回答。别人的鱼篓在我面前清晰起来，白花花的鱼一闪一闪，闪得我心头痒痒的，酸酸的。

什么时候弟弟过来了，我吼了一声，你来干啥？弟弟笑着，伸头朝鱼桶里瞅了一眼。我小声说，不要急嘛，鱼在凼底睡觉，还没醒来呢。弟弟却站到别人的水凼旁看鱼儿跳跃，将我给忘了。我反复起篓装篓、装篓起篓，只得到了几条小鱼。我被鱼篓脱水的声音击打着，精神沉重，心中绝望。我喊来弟弟，让他接收水留下的礼物。弟弟却不服从，他认为水凼里水快退完了，不会再有鱼。我狠狠地反驳他，水凼里的水退干净，至少要三天……

锄头服从了我的意志，将凼口给堵了起来。我留下一句，这水凼是属于我的，然后提着鱼篓回家，肚子饿得咕咕叫。接下来几天，我不再去看水凼——它是我的耻辱！母亲安慰我，明年提前找个好的位置，全家人都去挖，挖个大大的水凼。我哭了，哭得很伤心。父亲递给我一只脸盆，他要我去把水凼里的水全部舀出，小鱼小虾也是不错的收获。

我跳进敞开的水凼，踩着十几厘米深的水，使劲地舀水，泼向凼外。黑泥慢慢现了出来，一条条小鱼和一只只河虾在黑泥上蹦跳，然后一一落进寂寞了一年的鱼桶。

草　须

只有铁耙知道草须的坚韧，拔草须的手在凛冽的寒风中也炼成了铁耙。实际上手和铁耙很像，铁耙的齿和手的指头达成了兄弟般的默契，铁耙挖着紧抓草须的泥土，手指插向草须，拎起来，抖掉上面的土碴，扔到一旁。

摊开在鹅卵石上晾晒的草须，散发药草的气味，把冬天的河滩弄得病蔫蔫的，时而又有些亢奋。云彩压得很低，雨雪随时都会降下来。草须或许曾进入某个乡间郎中的方剂，但它们不是药草，铁耙和十指还没有盲目到目不识草的地步，尽管无知于艰辛生活的背景。草须只是一种做饭的柴火，并且是最差的一种柴火，依赖于用最差的柴火将饭菜做熟，将水烧开，可见居民日常的能源已濒临枯竭。

铁耙在几个哥哥之间传递，有一年传到了我的手上，说明我的手骨可以打成铁耙了。在这之前，哥哥在前头挖草须，我跟在他身后拔草须。他常常扭头很不高兴地说，快一点，有气无力的，没吃饭啊！饭是吃了，但没吃饱。我懒得回答他。我遇到了一丛没有被铁耙挖动的草须，我便生铁耙的气，并跟草须较量上了，双手刨土、拔草、再刨、再拔，将早餐的食物育出的力气用完了也没有拔起草须。哥哥见我与他落了一段距离，跑过来，瞪了我一眼，铁耙的五根尖齿闪着锋利的银色光芒。

我的手从草须的根部抽出，感觉火辣辣的疼，血冲开沾在指头的泥土，流出来。哥哥看了一眼没当回事，我也没当回事。干活磨破手上皮肉流血不值得大惊小怪，我逼视咬我手指的草须。这时候，愧疚的铁耙涌出一股我为报仇的怒气，它在我哥哥的吼叫声中，重重地挖向草须的根部，然后向上一撬，草须颤抖了几下，露出败迹。我冲上前，很轻松地将它拔了出来。

铁耙传到我手上时，它已经掌握我拔草的能耐，因而它的力度控制得非常好。我自己挖自己拔。弟弟养得惯，我指挥不了他，也就不指望他。现在我跟铁耙的关系，是任何人也离间不了的。相较于他人的铁耙，它的确不算好铁耙，五齿的长度和间距都不太理想，它容易被那些顽强的草须绊住，堵塞齿隙，挖向地上被弹回，深入不了土层。他人的铁耙发现我的铁耙的拙劣，就有了欺负之意，把应该属于它的位置强占过去。我叫铁耙守着一丛草须，自己跑上前夺下他人的铁耙。我说，这是我的地盘，你凭什么来挖？对方说，这是公家的地盘，谁都可以挖！

我似乎听到了铁耙的叫唤，便回到它的身旁，拿起它使劲地挖。突然遇到了类似树根的东西，铁耙被卡住了，弄了半天也拔不出来。我垂头丧气地盯着它发呆。这时候，一只只铁耙都在嘲笑我的铁耙无能，挖草须的声音在河堤之下的河床上回荡，风吹不散。我的目光回避着那一只只得意的铁耙，望着枯草萋萋的河堤的坡面。河堤上的草是挖不得的，谁挖它谁就是破坏水利。铁耙的品质有好有坏，但它们都坚守着一个底线，可以在河床上肆意争抢草须，而不打堤草的主意。河床上的草，是河堤上的草蔓延过来的，由于土质比较松，秋水退潮之后，很快就长出了一片草，但很快又在秋霜和寒风中枯黄。河堤上的草就叫草，河床上的草根须长，所以叫它草须。

一只铁耙的停滞，意味着其他铁耙会有更多的收获，在家家需要越冬柴火的小镇，铁耙的忙碌与竞争空前的高涨。就在我的铁耙告诉我无法将它从树根的牙口中拔出，让我赶快回家搬兵时，一只铁耙的身影投了过来，它将我被困的铁耙四周的土挖开了，挖出一个坑，我的铁耙终于露了出来，它果真挖在盘结的树根上，挖破了其中的一根，深深地扎在里面，被其他树根死死缠住，不能离开。

我感谢主动来帮我的人，并有些不好意思。他不仅费了很大的力气，额头上汗珠滚滚，并且会因帮了我而耽误挖草须。然而后一点更重要，于是我决定用草须回报他。他说，你先不要说用草须来感谢我，我们得把铁耙取出来。于是，我跟他并肩一起使力，“啪”的一声，铁耙取出来了，可是却断了一根耙齿。我脑子里轰了一下，天空暗了，河床在转动。我回家怎么交代？我家只有这只铁耙啊！帮我的人穿上外套，看了一眼断齿的铁耙，转身走了。他的铁耙在他的肩头，冲我露齿笑个不停。

缺了一个齿的铁耙，始终是我的一个伤痛，我对它补偿的方式，是用手指头更加卖力地拔草须，拔不动时也不再怨怪铁耙没有尽责。我把手指头打造成了锋利无比的铁耙，收获的草须也就不比别人少，这一点得到了父母的肯定。母亲在灶口恨不得掘地三尺，却找不到一种可用来当柴火的可燃物，正当她急得团团转，眼看就要煮成一锅夹生饭时，我抱着一怀草须放到了她的身边。母亲热泪盈眶。我说，妈，你哭什么？母亲说，烟熏的。没有晒干的草须，烟雾大于火焰，弥漫整个屋子。

父亲把晒干的草须挑回家，堆放在柴房里，并塞满了灶口，他的心情特别好，说就是大雪封门十天半月也不愁了。听见这话，我又拿起铁耙。该在下雪之前再去挖些草须，不是吗？

原载于《阳光》杂志2015年第10期

秋天的河床

潮水退落后，河床呈现一层夹杂着腐烂的树叶的黑色的淤泥。这时，从黑泥上升起无数渴盼的目光，解读天上的云彩，等待一场大雨冲刷河中的淤泥，露出干干净净的石头和沙子。雨迟迟不下，淤泥上已经留下深深浅浅的脚印，有人的，有动物的。人也是动物，尤其是少年们，将野性泼洒在河床上，直到大雨倾盆，咆哮的洪水驱赶他们离开。

雨甚至一个秋天也不下，淤泥渐渐龟裂成上帝的符号，季节深处充塞了叹息，向冬天传递生命受困的信息。少年行走和跳跃在晒干的泥块上，发现了蚯蚓运动的轨迹，连贯向前延伸的颗粒状的泥土是蚯蚓分泌的杰作，却醒目地将它们暴露成目标。一把把钉耙、牙锄，将泥块下、土层中的蚯蚓挖了出来，一只只竹筒、陶罐将蚯蚓带到河岸上一户户人家。这下鸭子的食物充足了，主人的日子也就过得很兴奋。

大雨如果及时地在退潮后将河床洗干净，那么镇上的人们不仅过河不会弄脏鞋子，还感觉连饮用的水也多了一分清澈，舀水的瓢和盛水的桶发出饱含快乐、陶醉的声音。潮水退后，下午不再有落日的红光反射到屋子里，家里少了暑热，也少了红霞映照的色彩。堂轩一角的母亲，白发被彩霞染红，像河水波纹一样闪动。她的脸色更加红润，美丽。秋阳似乎随潮水的退落而改变了方向。最美的东西没有被潮水留下，一道走了，消逝在岁月的遥远的天际和时光沉浮的地平线之上。

我奔跑在河床上，挥动着空空的葫芦瓢，追逐那一汪秋水。我再也欣赏不到水面少女的倒影了，不像之前她们在河边浣衣洗菜，现在她们去了很远的挤满了女人的河湾，而我没有去那里的理由，水桶也会阻止瓢去舀起洗用的水回家吃。这条季节性很强的河，带给我们的失落与惊喜一样多。不像有些河，尽管水也会涨涨落落，但不像这条连江的内河，潮水来时，河床一日日涨满；它停下来，两个月一静如镜，平波鉴影；然后退落，时慢时快，河道一天天干瘦，一溪流水，让人们担心干涸，勤奋的瓢奈何不了天数的变化运算。潮水像梦一样走了之后，河床显得无比的空旷。吃水、用水紧张时，空旷就变成了空茫，人们精神加倍沉重。秋阳下，河床空地上搭起了一个个晒架，晒着萝卜、月亮菜、玉米棒，还有小鱼小虾……这是对冬天，乃至明年春天的一个交代。

寻找蚯蚓的钉耙，遇到同样寻找蚯蚓的牙锄，一起离开河床沙滩，走向没有沙石也没有生草的土地。不像少年，可以在沙滩上玩一整天的游戏，而蚯蚓不喜欢沙子，也不喜欢杂草丛生的结实的土层。它们制造松软，喜欢松软。可是，所有的锄头更加喜欢松软。鸭子在河床边、在柳林里嘎嘎叫，歌唱有蚯蚓的生活。鸭子也必须对人有个交代，那就是下蛋，最好每天下一枚，大大的蛋。

原载于2013年9月19日《合肥晚报》杏花村 副刊

冬天的堤坝

每天走在匡河大桥上，目光都会落到北岸的堤坝上看一会儿，而对于南岸却不怎么留意，南岸是一条绿化带掩映的水泥小道，供人们沿河散步。因这北岸的堤坝，让我感觉这座扩张的城市依稀有着几分乡野的味道。

北岸堤坝上的杨树，叶子由绿转黄，早冬的阳光洒在上面，经风吹拂金光闪闪。不久堤坝将被落叶覆盖，萧瑟，苍茫。当然，这是人心对于大地颜色的感受。有时堤坝会因此影响心境，使心中也垒起一道不同于现实的堤坝，急于延伸到一个温暖光亮的地方。心境与物境就这样重合了，在河桥之上。

曾经，心中的堤坝延伸的地方是某个不再让人忧郁的异乡，给我带来快乐和幸福的城市。十七八岁的那年，一个冬天，我和朋友四清边聊天边漫步，走出了小镇，来到寒风中的堤坝上。一种荒凉同时袭击了我们的青春，使心中对爱情的渴望，对未来的憧憬都变得暗弱无力，而现实的不如意、不完美却在堤坝上坚硬地展现，与衰草一起对心理进行暗示。就在我们茫然地站在堤坝上，望着远处的河水，另一个朋友用照相机悄悄拍下了两个年轻人的背影，我和四清。我至今保留着那张褪色发黄的背影照，每次看它都会感受出在青春的鲜艳之外另一种灰色对精神的侵入。

有一天夜里，我和朋友郑平在一勾弯月的微光下踏上了堤坝，一直往前走，直到夜幕下的皖河将我俩拦截住了。我们揣着相同的梦想：离开家乡，去遥远的城市，恋爱，成家；我们愿做一名流浪者，或者当一个牧马人，在草原放歌。我们都是没有通过高考改变命运的人，而小镇却提供不了“不伤害我们自尊”的职业。他父亲是篾匠，逼着他学同样的手艺。我父母没有工作，我只能进街道猪鬃厂与一帮妇女一起清理猪鬃。我和他都感到自己正在被不光彩的工作羞辱，威胁了青春，也威胁了爱情，于是产生叛逆心理，逃出家庭和小镇，去寻找我们需要的自由和美好。

我们不知道此行的目的地在哪，仿佛皖河对岸朦胧的月光下那条堤坝会带我们抵达理想的所在。必须离开脚下这条内河的堤坝，登上那条通往长江的皖河大堤，才能沿着堤坝走向长江边的某座城市。我们知道长江两岸有不少城市，除了安庆，其他城市都没有去过。我们彼此鼓励，将激情点燃。皖河岸边泊着几只渡船，风中发出拍水的声音。我们高声叫喊过河的请求，有只船上传来了拒绝的声音：“夜里不摆渡，你们天亮后来吧。”我们一次次哀求，都被拒绝了。我们撒谎，说是到镇上来抓药的，不连夜赶回去，奶奶就会死。可终究没有打动寒风中摆渡人的冰冷的心。

那一夜，我们失落而归，又回到各自的家里睡觉。夜逃没有成功，使我后来常常回忆起当时的情景——烦恼真的很沉重，困境中突围的心念在堤坝上极容易变成逃离现实的盲目行动。离开堤坝之后似乎不在它的指引之下，反而妥协地接受现实的安排。我们不能不走到一起，走到一起之后，堤坝就在脚下震动，尤其在进入冬天预示这一年又将过去，感觉堤坝于凄迷的目光中如箭一样射向远方。

这种强烈的意识抑或生命现象，出现在离开学校步入社会向往爱情的人生阶段。往后就不好说了，因为我毕竟在 18 岁时被安排到外地工作。往前追溯到少年时代，冬天是很少到堤坝上玩耍的，也没有因堤坝影响情绪，或者将情绪宣泄于堤坝。后来，我们有的人离开了那条堤坝，跨到了另一条堤坝上，或者堤坝消失在生活中的某个地方；有的人留在了小镇，恋爱、结婚、生子，他们与青春挥手，与日子相抱，视野里始终有着那条数公里长的堤坝……想必这冬季，夜霜进入晨光是多么的厚重。

原载于《川东文学》杂志 2014 年第 4 期

老树童心

需要三个孩子手牵手才能抱住的粗壮的柳树，部分枝干已枯朽，但它的主干还活着。在没有郑虎允许的情况下，谁也不敢从离地一尺的那个敞开的树洞钻进去。常常是郑虎率先从树的顶部露出他的一张得意的面孔，接着他的双臂也在树冠上出现了，他向树下的跟屁虫们挥手，显得特别的自豪，神气。

暴雨之后，洪水在老树旁飞浪奔涌，裹挟着被冲毁的庄稼和植物，时而出现黑乎乎的动物的尸体，树上的郑虎比平日更具一种无所畏惧的气概，很英雄。他巴不得每时每刻站在树上，接受我们的仰视。可他即使是一块铁也得吃饭。他居高临下地指挥他的弟弟回家拿饭，用他扔下的绳子系住竹篮轻悠悠地吊上去，然后坐在树上有滋有味地享受……若干年后我读到小说《树上的男爵》，立马想到了郑虎，尽管我知道 12 岁上树从此一生生活在树上的柯希莫男爵是卡尔维诺虚构的人物，但我相信现实中的确有人渴望并尝试生活在树上，如我童年的伙伴郑虎就曾一度疯狂地迷恋老家河边的那棵老柳树。

有一天，郑虎被洪水困在了树上。我们没有料到水淹没树干底部那个洞口之后，他不敢通过树的内部向下溜出，他怕找不到出口被呛死，或者爬出洞口后被洪水卷走。这是理智的，但他的形象却因“胆小怕死”受到了影响。该轮到站在岸上的孩子们高兴了，希望郑虎永远也下不来。天色已晚，郑虎总不能在树上过夜吧。他终于忍不住开口求我们去抬一架梯子放在树上好让他下来。我们“良心发现”后便去他家搬梯子。他父亲知道了郑虎在树上下不来，很生气地扛着梯子跑到河边，冲树上大吼了几声。郑虎从树上顺着梯子爬了下来，他挨了一顿打。后来郑虎还会经常光顾那棵老树，当然，他希望在一双双充满羡慕的眼睛前完成一套老到利索的攀登老树的动作。

当所有的孩子都能效仿郑虎，或公开或秘密地从树洞中上上下下时，我们对老树的兴趣就渐渐淡了，无疑老树见证了一批孩子“长大了”，而它却愈加苍老了。尤其隆冬阴沉的天穹下数只寒鸦或停栖其上或绕着它飞，发出凄厉的叫声，老树更显露出气数将尽的衰亡之相。我们以为它死了，去折树枝当柴火，可一时折不断，它分明还活着，活在自己残存的一丝气息中，用大人的话说“还没有死透”。那些真正枯死的枝丫，横七竖八地躺在风息后的河岸上——不只是冬天。很长一段时间，老树让人们，包括大人和小孩，一看到它就打量它死没死，而不能准确判断是死了，还是仍活着。翻起的树皮，轻轻地一剥就脱离了树身，连一声清脆的响声都没有。

每一场大雪都会把那棵老树包裹得严严实实，雪融化的过程总要比别的树长，并且老树上垂挂的冰溜溜又长又粗，凛凛然，直指大地。承受不住重量的枝桠在某个时段折断，与冰溜溜一道落到雪地上，像是一起事件似的引起人们驻足观看。老树上的枝丫越来越少，但郑虎家仍没有将老树砍伐。即使所有人都认为老树死透了，它也仍旧立在人们的视野里。连续多天的雨水之后，老树身上不少地方加剧着风化腐烂。天一晴，树上长出了蘑菇，一丛丛，很招眼。有人去摘它炒了吃；也有人说，那菇子有毒不能吃。而我并没听说谁吃了树菇被毒死了。争抢树菇的除了人类，还有鸟类，它们方便地穿梭在河岸柳林里，寻找树菇，喳喳啄食。

老树被锯倒，差不多到了它全身朽枯的时候，那个春天河岸杨柳青青，它却没能长出一根新枝，一片新叶。郑虎找遍了树身也没发现他母亲交代要查找的叶苞，但他向父母汇报老树还活着——他显然不愿老树被砍掉。在郑虎的父亲看来，如果不是一批批孩子的折腾，老树会活得更长久些；他同时认为如果不是郑虎带着一帮野孩子调皮捣蛋，郑虎的奶奶会活得更长寿些。郑虎又老又病的奶奶那天在木榻上睡觉，孩子们在屋里钻来钻去，把木榻给弄翻了，郑虎奶奶倒在地上折断了一条腿，那条没有脂肪，皮包骨头的瘦细的腿，看了让人惊悚。郑虎奶奶像一朵棉花，轻飘飘的，被我们抱着放到床上。彼此问，我们老了都会这样小，这样轻吗？从此，我们在砸老树上的冰溜溜时，总能听到郑虎奶奶从屋里传出的痛苦的呻吟声……

老树被锯倒的那一瞬，我感觉天空明亮了许多，世界也年轻了许多。树洞里有草须、秸秆、树叶和鸟的羽毛。鸟巢一次次被我们破坏，又一次次搭建起来，随着老树的倒下鸟类就不再与人类进行意志的对抗了。几个孩子合抱的很粗的树，重量却很轻，我们随便就把它运到了郑虎家屋后的柴房里。郑虎母亲说，树都烂了，不经烧，有什么用。她虽这么说，但还是很高兴地把柴房上了锁。接下来，不少人帮郑虎挖树根。既然老树生前提供了我们玩耍的场所，现在将树根挖出来为郑虎家增添柴火是应该的，这是一种符合情理的逻辑。这逻辑的确立与认同，还包括郑虎奶奶出殡那天，我们双手举着花圈，排成长队，在鞭炮声中朝镇外的山冈或徐行，或猛奔。

足足挖了两天，才把老树的树根挖出来，还不包括细长的延伸部分。我们挖了一米多深的坑，发现树根横向伸展的范围很大，似乎无穷无尽。郑虎家的邻居一再告诫，不要伤了他们家的树根。在挖开的坑下，树根交错着，盘缠着。要将整个树根一次性吊上来简直不可能。最后只能用斧子劈碎树根，一截一截、一块一块地弄上来。老树的树身朽烂，而它的根却那么坚韧地抓着大地。后来我对“树老根多”这句话更多地理解为生命的年限越长，于这世界的关系越多，对于生养的土地的感情越深。

原载于2018年1月22日《青岛日报》琴岛　副刊

雪　格

从空中落下的不是雪花，是雪粉，铺在地上颜色有些发黄，它颠覆了我对雪之“洁白”的认知与印象，怀疑它不是雪而是另类物质——这是2011年，在北京见到的一场雪，我称之为“黄雪”，并想起曾经工作过的一家水泥厂，煤烟飘落到雪地制造出很糟糕的大煞风景的“黑雪”。

中国传统文化赋予雪一种美好的象征，这是因为雪从天穹飘下，洁白而干净。雪具有清白的品质，它将大地上一切肮脏丑陋的东西全覆盖了，以至于它被人们用来比喻洗刷冤情，如平反昭雪、报怨雪耻、洗雪污蔑之词，等等。中国著名十大古曲之一的《阳春白雪》，其“白雪”乃“取凛然清洁、雪竹琳琅之音”。这样的白雪为瑞雪，而“瑞雪兆丰年”，故“阳春”天籁，喻示着“万物知春，和风淡荡”。

古人将“雪格”比喻一种高洁的品格。贯休：“松品落落，雪格索索。”杨万里：“一别高人又十年，霜筋雪骨健依然。”庄子主张用雪洁身，清净神志，“疏瀹而心，澡雪而精神”。后来“澡雪精神”用来比喻清除人意念中庸俗的东西，使神志、思路保持纯正。文品即人品，你要写出好作品，“是以陶钧文思，贵在虚静，疏瀹五藏，澡雪精神”。（刘勰《文心雕龙·神思》）当代国学大师饶宗颐先生希望：“世俗社会的人们多些精神的澡雪，少些物欲的追求。”

记得以前，尤其小时候，雪后数日大地仍白皑皑一片。我们玩雪时禁不住吃起雪来，这正印证了那句“秀色可餐”的成语，形容是有道理的，符合人的心理，而脏兮兮的雪是不可能刺激人的食欲的。由于儿时有过吃雪的经历，成年之后我写了一篇主人公吃雪的小说：在特殊年代，一位饥民出现幻觉，将雪当作粮食，大把大把地吃，且不允许别人在雪地里“糟蹋粮食”。这篇小说于1995年发表，写得怎么样不好说，至少得到了当时编辑的共鸣，现在的年轻人如果看了可能在经验上产生一定的陌生感，但我认为它是源于生活的，而非胡编乱造。

我母亲总会在冬天储一缸雪，来年春夏用它来腌菜。一旦河床被大雪冰封，不能担水回家，我们就用脸盆、水桶装雪放在家里融化，然后煮沸食用。这是许多人家的传统和习惯。福建龙岩的钟兄告诉我，他们闽西客家人，喜欢在冬天收集雪，第二年夏天在雪水里加入稻草灰和一些佐料，然后以此做卤水用来浸泡鲜豆腐，一天后捞出洗净，浇上香油、青辣椒、蒜泥、香菜末、酱油和少许盐，成为一道佐餐小菜，特别好吃。

雪水和天落水，古人称之为“天泉”，尤其是雪水，被视作美的精灵——“寒英”。范仲淹说：“昨宵天意骤回复，繁阴一布飘寒英。裁成片片尽六出，化工造物何其精。”元代谢宗可的一首诗也有名，诗这样写道：“夜扫寒英煮绿尘，松风入鼎更清新。月圆影落银河水，云脚香融玉树春。”

煮雪烹茶是文人的雅事，“煮雪问茶味，当风看雁行”莫过于冬季最温馨快活的事了，白居易“扫雪煎香茗”，辛弃疾“细写茶经煮茶雪”，曹雪芹“扫将新雪及时烹”……营造了多少佳境，又留下了多少佳话。曹雪芹自然是十分爱雪的，并且推崇雪的精神，他以为懂得扫雪煮茶的女子，是能做红颜知己的。他笔下爱读《庄子》的妙玉是个高洁的女子，“不同流俗，不趋权势”，这恰是雪的品质。妙玉招待黛玉、宝钗、宝玉喝“体己茶”——烹茶的水是她五年前收的梅花瓣上的雪。

现在不知可还有“煮雪烹茶”的人，除非居深山无可饮之水，只得将雪化了喝。我不见喝雪水的人，也没亲饮雪水泡的茶，这冬天过得真不够雅兴。问题是，现在落下来很快就被污染变色的雪，还敢食用吗？不少人看到下雪特别兴奋，说明雪的气场与人的精神气场是相通的，或者说雪给人带来好的气场。下在城里的雪，一定程度上净化了空气，可随着浮尘而落，委实算不上“寒英”。车子碾过，行人践踏，地上脏污不堪。倒是希望天快些晴，让阳光收去那淤泥一般的浊物。

原载于2017年12月5日《大江晚报》镜湖星月　副刊

爱　莲

《爱莲说》文短而易记，我在包公（包拯）的故乡合肥赏莲时，情不自禁地朗诵起《爱莲说》，一字不漏。我想，这么多观莲之游客，其中能背诵《爱莲说》的人一定不少，即使背诵不了，也会说："出淤泥而不染，濯清涟而不妖。"可是，有多少人能够理解周敦颐揄扬、鞭策人们敢于爱莲、真正爱莲之良苦用心呢？

比周敦颐大 18 岁的包公，也是爱莲的，爱它的清香、清净、玉立的特性，爱它的飘逸、脱俗的神采，爱它的"中通外直，不蔓不枝"的品格。我们知道包公自己就是一位至善、清净和不染的君子。包公镇上的包公故宅虽然不存在了，但东西并列仅相距百米的包家井、包家塘至今依然呈现。塘名清净塘，又名荷花塘、清明塘，水特别清澈。包拯以为官清正、铁面无私、执法如山而闻名于世。这与莲的品质以及人们对莲的推崇与喜爱所形成的中华民族人格心理是相一致的。清末启蒙思想家宋衡有诗曰："清溪流出荷花水，犹是龙图不染心。"

莲是一种"宁静度"很高的植物，而能使人宁静的，减少欲望，放下利益，胸怀大爱。周敦颐在《通书》中说："无欲则静虚动直。静虚则明，明则通；动直则公，公正则广大。"周敦颐当时被士大夫们誉为与包拯齐名的清官，宋宁宗赐谥为"元公"。他"以名节自砥砺"，虽在各地做官，但俸禄甚微，即使这样，他还是把自己的积蓄给了故里宗族。周敦颐自述道："芋蔬可卒岁，绢布是衣食，饱暖大富贵，康宁无价金，吾乐盖易足，廉名朝暮箴。"

他一生践行“君子以道充为贵，身安为富”，做到了濂溪无染，名节清高，可谓万代仁人君子。

那些内心充满欲望的人，是静不下来的，是做不到自我观照，检阅灵魂，进行“慎独”的。周敦颐认为，“养心不止于寡焉而存耳，盖寡焉以至于无。”（《养心亭说》）。他的弟子程颐说：“人多思虑，不能自宁，只是做他心主不定。”（《二程遗书》）。面对物质的刺激、名利的诱惑而“不动心”，当是一种修炼，一种境界。这修炼境界源于在淤泥中“养心”，在清涟中“养心”。

“莲之爱，同予者何人?”还有谁敢像周敦颐这样自视为君子，真正的“爱廉”，干干净净做人？周敦颐之所以敢这样说，他把人性看得很清楚。爱廉是君子之道，此道“入乎耳，存乎心，蕴之为德行，行之为事业”（《通书》）。这是君子内求于己，施爱于人的终生追求。否则，就是把刀架在脖子上，走到莲池旁，也成不了爱莲之君子，更形成不了廉洁完美的人格。宋代之后的明代，朱元璋治贪是最厉害的，杀了不少贪官污吏。每次诛杀重大贪污犯，朱元璋命令刑部将其罪行印发至各县衙门，广为张贴，还命令官员都到刑场观斩，以受教育。朱元璋说：“老老实实地守着自己的薪俸过日子，就好像守着井底之泉。井虽然不满，却可以每天汲水，泉不会干。受贿来的外财真有益处吗?你搜刮民财，闹得民怨沸腾，再高明的密谋也隐瞒不住。”（《大诰·谕官之任》）。可是，严刑峻法没有杜绝贪污腐败。物质腾嚣，趋利者如飞蛾扑火，沉湎于感官刺激中，失去内心的宁静，失去自我把持，中塞外曲，纠缠于世俗的利益虚荣。

读过《爱莲说》且喜欢它，从学校到社会，乃至伴随整个人生，我们能保持“爱莲”意识或积极的心理暗示吗?“莲之爱，同予者何人?”我们可以自重、自爱且自信得像周敦颐一样发自内心地爱莲、亲近莲、学习莲，从精神到灵魂，展示清雅宁静之美。

原载于2017年8月1日《联谊报》说吧　副刊

映山红

映山红那么鲜艳、热烈，进入黑夜后，我却看不到那令人振奋的色彩。想必杜鹃鸟能看见，因为它的魂灵附着于映山红，使此花又名杜鹃。

我曾在大别山腹地岳西县工作数年，从没专门去看映山红，山野没去，园林也没去，映山红文化节更无兴趣参加。我不追美，不喜欢刻意而为的热闹。现在，我已与映山红相伴半年，从秋雨到冬雪，再到这三春花期。很自然，人生旅途的相遇，然后关注。我的心思，等待多于期待。这里的映山红为“植物移民”，它们来自深山峡谷，离开土生土长的老家，在海拔、土壤、空气都不一样的环境中，能够存活下来，很不简单。

四月中旬，园子里映山红竞相绽放，引来一批批游客观赏。这座城市及郊外均不生长映山红，人们也算有眼福，见到奇葩了。一盆盆映山红全部开放，确实很壮观，大红、粉红、桃红、牡丹红，一团团、一簇簇、一丛丛。我发现照片上自己有些憔悴，便对朋友说，女人跟映山红拍照显得更美，而男人不适合花前留影。竟有人赞同，说男人在花前拍照很俗气，只配到怪石前拍照。

这个春天，可谓悲欣交集。“繁艳向人啼宿露，落英飘砌怨春风”，岳母和岳父相继不幸去世，我一度跌入精神低谷，抑郁悲痛；“但知烂漫恣情开，莫怕南宾桃李妒”，经受十月怀胎之苦的女儿在南京顺利生产而我升级为外公，一部三年打磨的图书在省城成功出版而再添新著，我一度又兴奋欲狂；“迟日霁光搜客思，晓来山路恨如迷”，当无法排遣无边的寂寞，我不知道该选择怎样的生活方式；“羁客有家归未得，对花无语两含情”，乡愁来袭，我陷入巨大的孤独……

并且，我还能感知到身边同伴跟我类似的情绪、感受，甚至穿越时空，想到“岭上开遍映山红”的大别山，曾经的热血男儿，为了理想和情怀，“血染红旗旗更红，火映红星星更亮”，花开花谢几十年，很多人付出了生命，写下一座山脉的悲壮与凄美，一段历史的浓郁与惨烈。有一天，来自大别山霍山县的盆景师班先生，指着一株映山红对我说：“那是国旗红，很珍贵！”不用他解释，我就知道“国旗红”名称的来历，以及它的寓意。

当人们将目光投向映山红的花朵、花蕊，我却凝视着映山红的枝干和半截外露的根——山里野生映山红，是看不到根部的。映山红盆景除了新品种培植，还有直接来自野生。只见有的根被石头挤压成扁状，有的根伸展如网形，均显现生命与自然两种力量，在漫长时间中显现相互抵抗、较量、渗透的痕迹。这些根被行家赋予名称：或曰根抱石，或曰石抱根，或曰根石嵌。我发现，有的根已钙化，触摸一下感觉质地如石头一般坚硬。这座映山红文化园是一位叫亚彬的诗人企业家（或叫企业家诗人）投资兴建的，他如此感叹：“万物自有风情，可谁能体会，那曲干虬枝背后，那颗抱朴守拙的心？”他是大别山人（潜山县），创业十年，转型搞文化旅游，建特色小镇，启动区首先展示的是映山红，他要营造“梦中永远的家”。

诗歌意象，个性化语言呈现，有着思想的维度。近日收到安徽少年儿童出版社编审何正国先生的新著《左岸春风　右岸芦苇》，里面有一首《映山红》，他表达的是另一种思想维度，映山红成为爱情的象征，“乡间的小妹就要出嫁/她绚丽的背影/在谁的燃烧的相思里/开成一路/好看的红杜鹃”。何正国先生也是从大别山（太湖县）走出来的诗人，“所有的花朵成为背影”，而写不完山村物事，梦里、记忆里永远相随着映山红。

这些日子，我一边看映山红，一边看看映山红的人。我毕竟不是冲映山红而来的游客，而是日夜生活在映山红旁边的游子，虽然映山红是我的观照之物，但它却不是孤立的。我眼里还有当地农民种植的白杨树，它们已经身披绿装，而鸟巢却被稠密的枝叶遮蔽了。我见证了鸟鹊筑巢的艰辛，尤其搭框架、做基础，非常难，每放稳一根树枝都不容易。需要天时，风大了不行；需要地利，周围环境嘈杂了不行；需要“鸟和”，没有合作者不行。由于需要这些条件，所以筑巢数月才竣工。早晨，我看到鸟巢被树叶掩映，不由得感发：“筑巢守望，隐遁于春光。”这现象，何尝不反映了一种境界、一种天道？

除了杜鹃，其他鸟和映山红又是怎样的情感、命运的交集？映山红改变了这片天地的色彩、光芒，会影响多少生命的精神世界呢？游客离开后，道路之上，我的思想在徘徊，意识在踯躅，念头在纠结，生活在进行……

原载于2017年4月21日《安庆晚报》月光城　副刊

石与草

这地方名叫水吼。我没有听到水吼声，也不会怀疑曾经的激流奔腾如狮吼，或许下暴雨洪水咆哮如狮吼。我们在白马潭漂流，水势缓缓的，不惊险，没刺激。但这不等于无趣味，没意思。于深山峡谷，曲行水上，赏两岸苍松青篁，峭壁悬崖，引发一些遐想和思考，身心是很轻松的。

河滩上的石头和茅草，一硬一软。硬的石头被水冲了百万年，千万年，形状或圆或趋于圆，散发着柔润之气息。软的茅草也被水冲击，却依然挺立，多少次回黄转绿，生命自然更替，而形态没有变异。千年前李白、王安石、苏轼在此看到的茅草，今天还是那形质，那姿色吧。

水吼声中的石头和茅草，白马潭里的茅草和石头，它们相伴而存及其各自物性就够我来审视和探索一番了，所以虽水流不湍急，我坐在竹排上仍饶有兴致地品味这个过程。撑排人，一个中年汉子。他先是拉竹排逆水而上。我们同情他，让他掉头带我们顺漂，他没有接受，坚持拉排向上。突然，竹排搁浅了。我们以为撑排人这时会将竹排掉头，他却站在水中，将一些河石耙开，直到竹排能够继续上行。石头在铁耙下发出哗啦啦好听的声响。这时，我似乎听见河岸边的茅草在春风中发出轻轻的笑声。

石头的位置在变动，一季的茅草笑过多少路过的石头？石头在吼声和笑声中圆滑，成为大小不一的鹅卵石，且不断缩小，最后成为沙粒。茅草经验主义地评价河流并见证石头的移动，变化。白马潭是皖河上游的一个支流，河底以石头为主，而皖河到了潜山梅城，河底为粗沙；到了怀宁石牌，河底为细沙；到了古镇山口和入江河口，河底为泥沙。不到两百公里的行程，大山深涧中的石头，变成下游的泥沙，如果有时间记忆的话，这一路的改变，经过了多少水的磨砺，忘记了多少茅草的笑声。

竹排顺流而漂之后，撑排人就不怎么花力气了，他气定神闲地坐在排头，横斜的竹篙挑着白云和青翠的山影。我还是乐意关注清晰可见的石头和岸边的茅草，不同于几个同伴希望能在清潭水面发现鱼儿。水与鱼的关联性，我觉得没有多少新意。诗人柏羊说，不能一写水就写鱼。我很认同。即使看到鱼而惊喜，又能有什么诗意？即使有诗意，又能写出什么特别的意象？当然，对鱼感兴趣，是你的自由。

石头在我可感知的力量下移动，它没有鱼那样的鳃、鳞和眼睛，而不影响它呼吸、感觉与观看，它沉于河底，又露出水面。我觉得河石与河草都是生命之物，通过水彼此观照，它们让我思维中对刚、柔的界定发生动摇，对自然秩序的认识也在改变。

我不喜欢按照既定的逻辑在白马潭一漂而过，害怕被线性思维将自己搁浅。非常喜欢潜山大儒张必刚的摩崖石刻“超然物表”四字。不过，有个年轻女诗人将茅草说成芦苇，就是物种不分而并非不著于相了。分清茅草和芦苇，然后解除被其概念的约束，脱离固有的印象，人就通达了许多，身体在竹排上没有动，漂流的是意识、观念、思想、灵魂。

于上午十点多坐上竹排，大概漂了一个多小时，到了正午。一女士说，要是我们在竹排上边漂边啃鸭脖、饮酒、弹琴，那多美妙。我却以为如此美妙的事情放在半下午进行更好，夕阳徐徐落山，晚霞映照河谷水面，掠过一只只归巢的鸟影，光线越来越淡，灰，暗，慢慢暮色四合，天空出现星星、月亮。我的描述得到了大家的赞同，可却没能在当天下午体验。我们在景区吃过午饭，然后驱车回程。我套用了一句话：没带走白马潭一块石头、一片茅草。

原载于2015年5月7日《安庆晚报》月光城　副刊

杈枝下行走

杈枝，树的形。杈枝，树的质。含天性，显天分，示天才。鸟爱杈枝，筑巢其上。阳光从杈枝上洒下来，叶子闪亮。浓密的杈枝，层层抵挡光芒，鸟深隐其中啾啾鸣唱，或者翅膀穿过杈枝发出窸窣声，不同于轻风带动整个林子的微微颤动，更不同于大风撞击杈枝，叶子哗哗如疾雨。

这是一棵树，还是五棵树？我停下来仔细辨识。如果是一棵树的话，离地面很近，就有四根粗细相差无几的杈枝从主干上长出，且竞相生长，其情形让人分不清谁是主干，谁是杈枝。结果摆在面前，它们没能长多高，一棵畸形的树！如果是五棵树的话，它们又为何纠缠在一起，争抢一处土壤，使谁都没能长得像模像样？这就是自然，树的天分决定的吧。

那些高大的树，长到一定的高度才有杈枝。树干很粗壮，杈枝也粗壮。杈枝上又有杈枝，层层叠叠。有的杈枝，如长长的手臂，伸到十几米外的河面上，作掬水的姿势。相邻的树，杈枝在空中你中有我、我中有你的相处。杈枝在高处形成庞大的树冠，遮挡住了天空和高楼大厦。

人们喜欢从自然中得到某些启示，或者暗示，尽管人们理解的自然常常并不是自然的真正本性。自然给人以“发现”，人赋予自然以“意义”，往往是价值取向与心理认同的作用。这会陷入功利的盘根错节，观点混乱，言论喧嚣。古代一些智者意识到了这一点，于是“百感绝，百虑冥，而吾之本心乃与天地之精神一相接焉”，绘画最好是“以自然之心体物，以自然之舌言情”，写诗最好是“辞主乎达，不论其繁与简也”，音乐最好是“夫乐者，天地之体，万物之性也”，处世最好是“体天下之物”。

我用手机拍了一些杈枝，写了一句话：“刚刚生长的树就分杈，长不高大。树长到一定高度，才会枝繁叶茂。”发到微信上。歌曲《再见吧，大别山》的词作家王和泉先生评论道：“说明一个道理：还没有积累到很充分的能量，就急于分杈，一般都长得不够高大。绝大多数的童星一闪即逝、迅速坠落，雄辩地说明了这个问题。”朋友小五说：“合作的角度。”等等，他们无疑都在我的“思维植入”与“意在笔先”的引导下，对于树的不同的分杈这一自然现象，给予了人文的思索和文化的提升。

天理蕴于自然中？阮籍说：“不通于自然者不足以言道。”我们如何“道法自然”得其天理呢？这不是一件容易的事。“夫观百物，然后识化工之神；聚众材，然后知作室之用。”古人讲“格物致知”，获得读书所达不到的修养与境界。“故圣人与天地合其德，日月合其明，四时合其序。”现在，我们离自然很远，感知自然万物生长的机会特别少。漠视自然与不懂自然，却将任性而为，甚至将为所欲为也视作顺其自然。人的自然性，在人类社会化中却是人性的冲突。很多矛盾、痛苦、压力、憎恨都是违背自然造成的。办公室里十几个人，犹如一棵树上的杈枝。只有一个人抽烟，他选择到外面去抽。这是一种顺其自然的行为，没有伤害他人。如果办公室里只有一个人不抽烟，大家会到外面去抽吗？不抽烟的人避不开侵害，只能以付出健康为代价坚持忍受。这不是顺其自然。前提是，二手烟有害成为公知。否则，自然与道德的构成又有所不同。天凉后，不需要再开空调了，可有一个人仍然觉得热而打开空调。这个人不是顺其自然，而是满足一己之需的自私行为。如果他不开空调，才是顺其自然。

杈枝或高或低，行走其下，或静坐其侧。夏天享受一丛丛、一片片的阴凉，秋天赏心悦目于色彩的变化。冬天和春天，感受杈枝之上冰雪底下新生杈枝的激情萌动，杈枝之上绿叶中老杈枝的劲节硬度。被城市疏离的这片自然，季节在杈枝上返璞归真，隐藏天理与天机。

原载于2015年11月6日《安庆日报》百花亭 副刊

乙　卷

曾经着魔于购书

镇上有一家国营新华书店，几平方米的门面，摆放着一些被阳光晒旧的农林牧方面的图书，夹杂着几本大路货的文学名著。两个店员一天到晚在那里下象棋，柜台上布满了灰尘，有人进来，他们连眼皮也不抬一下。尽管这里一年添加不了几本新的图书，但我还是经常光临，趴在书架上看，总想得到惊喜。

每次进城都像小孩似的特别高兴，工友们去看电影，去游公园，我却一头扎进书店。在书架前一边挪动脚步一边翻看图书，非常过瘾。只是常因囊中羞涩，将挑出来的书筛选到能付得起钱的时候，再看一眼放回书架的书，顿有剜心之痛，尤其是此次忍痛割爱，下次在书店已不见其芳影，更是十分的失落，哀哀不幸，苦思多日。读书之余便梦想，若是谁能赞助我买书就好了，这样我就可以读更多想读的书。于是功利性地找了个喜欢看书的女孩恋爱，希望通过两个人的工资，来丰富我的藏书，增大我的读书量。

到了你愿嫁我愿娶的地步，两个人自然就有了“通财之义”，钱放在一起开销。一开始她很乐意陪着我，在书店静悄悄地消磨时光，可我变成老公，她变成老婆后，物质生活与精神生活时而出现矛盾。她的耐心就像一部书越翻越薄，到了书店前，眉头皱成小山峰。我们只得分头活动，她去买衣呀鞋呀之类的东西，我去书店看书。女人购物不一定大方掏钱，但看这瞧那绝对舍得花费时间。所以，我有足够的工夫逛完这家书店又去逛那家书店。可有时我却遗忘了时间，泡在书店出不来了。那时还没有手机，妻子在碰头地点等我半天，不见人影，又气又急。好多回她一家家书店找我，直到把我揪出来。这时，我差不多已淘到一些心爱的图书，所以无论妻子怎样的埋怨，我的心情都非常的好。

上世纪90年代，我与妻子的收入加起来不到一千元，可我进了书店就像着了魔似的，不将身上的钱花光不愿脱身。有一次独个儿进城，先是光临国营新华书店，然后又去泡有名的民营书店红叶与德林。将书捆扎好，然后去车站乘车回家，可是翻遍了衣袋，才找到一块硬币。这下糟了，回不了家了。我站在街头发呆。是将书退回去一本，还是步行二十多公里回家呢？这是艰难的抉择。每部书都是我喜欢的，退回一本，下回进城不一定能买到它。最后我决定走回家，读万卷书，行万里路，扛着书行路，此体验别有一番滋味！于是，我扛起书，咚咚咚，穿过大街小巷，朝城北郊外一步步走去。

由于已过中饭时间，我的肚子非常饿，又扛着书，所以浑身无力，不得不走一会儿就停下来大口大口地喘气。如此速度，大概天黑了也走不回家。这时候多么希望遇到熟人，我可以向其求助。突然想到了同事张军，他几年前离开单位回城工作，我曾去过他的家，知道在城北什么地方。可怎么好意思开口向人家借几块钱作路费呢？只顾买书，没路费回家，不是挺傻吗？读书人的臭面子驱使我扛着书又走了一程，实在太累了，最后一咬牙，转身朝张军家走去。张军在家，他听了我的“遭遇”，哈哈大笑，说了两个字“感动”，然后做饭招待，待我吃饱喝足后，拿出“盘缠”——两块钱，让我乘车回了家。

这件事让我很长一段时间都觉得难为情，购书成癖与嗜赌成瘾又有什么两样？妻子说，不一样，读书毕竟是在自家里，不像赌博容易闯祸，走上犯罪道路。听了这句话，心里暖暖的。从那以后，妻子教了我一招，出门前将回程路费郑重地搁在内衣口袋，即使在书店花光了包里的钱，也不能动路费，这样就不至于将自己困在路上无法回家。

原载于2010年7月23日《长江周刊》花径　副刊

我和书都在风尘之中

两箱子书跟着我一起穿过雪后刺骨的寒风，来到了布满灰尘的书房。它们有的是从这书房出去的，现在又回来了，有的是新的入住者，不得不适应这较为拥挤的空间。

行途中，沉重的书被我提上火车，放到行李架上，我的目光透过箱子抚慰它，抚慰它也是欣慰自己，缓解身心的疲劳。其他东西邮寄了，却舍不得花费邮资寄书，认为省下的钱又可以买两本书了。可为什么不说省下烟钱和酒钱可以买更多书呢？我总是这么不会算账地带着一包包书，一箱箱书出发，回归家乡或到异乡去。

一路颠簸，直到把风的凛冽关在门外，心里才安宁了一些。可是面对书房里的灰尘，我又皱起了眉头。门窗关得很严，灰尘仍然侵蚀了房子，蒙上那些堆放在茶几、书桌上的书。我怕风，也怕灰尘，可偏偏这两样东西难以逃避，为生计奔波，哪一天不风尘仆仆？我把灰尘抹掉后，才感到轻松下来。坐在沙发上，看着书橱里五颜六色的书，心里暖和、舒服、宁静，生命充盈起来。

箱子打开，将一部分书安排了位置，剩下的暂且堆在墙脚下。常在不能给所有书分配位置而犯愁时，才真正地渴望大房子。自己无所谓，无非一张床睡觉而已，来了客人如果家里坐不下，可以到饭店或茶馆去，只是书东堆西码的尴尬处境让我感到房子小不自在。这时，想起一个人——爱好读书写作的农民陈崇坤先生。上次回来，我送了他 20 多本书和期刊，他读完了没有？我打通了他家的电话，告诉他我回来了，再送他一些书。

老陈第二天一早就赶来了，呼啸的寒风没能阻止他。这一次，我送了他30多本书和期刊。他惊喜万分，把书抱在怀里说：“我没什么东西送给你……”我没有利益交换的想法，不需要他任何东西。我觉得把书送给他是让书历经一个最佳的生命站点——穿过时间的风尘，落在一个热爱阅读的人手中，书的价值再实现，书的生命再延伸。老陈家经济不宽裕，掏钱买书需要很大勇气，他的购书量非常有限，而家中又不能上网阅读。与他交往，我每次送书给他，他都如获至宝般高兴。农耕之余读读书是老陈最大的乐趣，有时还写写文章。他现在投稿还是用稿纸誊写邮寄，大多遭到编辑的拒绝，偶有发表。他对书的珍爱、对写书人以及对身边作者的敬重，产生于最质朴的情感和发自最纯真的心灵，无一丝纤尘。

随我从异乡回到书房的书籍，其中有几本还没有找到位置，又启程了，去另一个需要阅读的人家。跟它们一起启程的还有我已读过觉得不会再读的书。我不是藏书家，还是把阅读价值看作高于收藏价值吧。当然，我是指某些书，而不是所有书。书房里保留着我读过的书，这样才有一种记忆、思想与时光叠加营造的温馨的氛围。公司里有几架书，我在那里得不到在自家书房里的感觉，那些书是冰冷的，坚硬的，跟我的精神有隔膜，有距离。

老陈到了屋外后用身躯抵挡着北风，走到自行车旁，把书放进了一只大包里。他上车后，我担心车子在书的重量与风的力量下失去重心，很不放心，直到他安全地回到镇外那个小山村。我多年没去过老陈的家了，不知道当年那个只装了屈指可数的几十本书的书架里，经过这些年的积累增加了多少书？

网络时代，我仍不断买书，说明我喜欢纸质书的气息，这一辈子是很难改变了，有一种“糠糟之妻不下堂”的意思，这也差不多成为我的人格心理不可或缺的存在，支撑着某种能说得清道得明的读书人的尊严。这些年，我在外打拼，带回家最多的东西，就是书；送人最多的东西，也是书。我和书都在风尘之中。

原载于2013年2月5日《联谊报》说吧　副刊

填充书橱的日子

近期我在用心填充书橱。不是家里几个书橱，家里书橱多年前就塞满了书。是公司员工宿舍的一只物品架——我住单间，下班面对空空如也的物品架，决定将其变成书橱，摆上一本本书。于是从家里带来书，或网购一些书。我觉得速度太慢了，看着空余的地方，就特别想快点用书充实。

自从关注起这个书橱，我下班后心情不一样了，尤其是书橱里未读的书越来越多，内心有了一种期待感，而不同于手机阅读焦虑萦怀。这种改变或者回归，对于我太重要了。我是一个疏于交际、懒得闲聊的人，异乡独居宁闭门索然也不愿四处消解寂寞。年少时拒学麻将，今不可能与人打那玩意儿。意气风发的年华无风流之性，今仍不解风情。我承认自己独在异乡常常无聊，时时无趣。我心紊乱不静，有厌倦当下之感。这是有害于身心的状态。身边有书，从家里带来，读完又带回家。我和书一起漂，翅膀很沉重。

书橱里空余位置在减少，像是内心的空虚在减少，即便是被我很快读完的一本书，它立到书橱里，就成了与我有过交心的伙伴，不是简单的存在，而是构成灵魂自由呼吸的空间。我在读手头上的书时，书橱里其他的书都在注视着我，注视着我手上的书。

书，不应孤独。房子里需要书与书一起增加能量、热量、气量。一本书，或在孤独中固执一个人的心性，或在单一中固化一个人的思维。出行，带一本书上路，这书并不是预想的那么好看，失望加剧了孤独。若确实写得好，沉迷于其中，结果却混淆了读书与旅行的真正目的。

曾经，我出门必带一本书，能做到不顾他人的眼神、表情和情绪，沉浸于文字中。后来，书读多了，出门带什么书还得挑拣一番，可常常带出去的书却读不进去，陡增行李的重量。同程的书孑然一身沉寂于黑暗中，而我形影相吊选择旅途的思考，下榻宾馆靠在床上冥想天上人间，忘了那本只读了几行的书。直到回家从包里拿出它，我才感到冷落了它。这些年出差不带书了，似乎没什么书值得打发旅途和住宿的时光，似乎拿出一本书来读有不食人间烟火之古董的矫情，过于不合群，尽管人人玩手机彼此并无多少交谈，却共同沐浴在新文化的阳光下，群群相逢。

从戏剧和小说中看到，中国古代书生出行有书童担书相随，宣纸刊印的书很轻，所带之书何其充足，书不孤独，到了住所又是一面书墙、一座书城，思想的交流，语言的温度，读书人异乡寄寓，一间陋室，一所破庙，有精神的依傍，被书簇拥，人书交融，浩气流动，充盈生命，孤独化为心灵的力量，变成书画诗词的唯美形式。这是人与书共同将孤独排除的单纯、简素、清高、雅兴，很难在崇尚物质的人之间传承。现在人们消除孤独的手段非常多，而孤独感更严重了，包括我身边以知识为身份界定的文化人。孤独本身的成分复杂了，变异为疑难杂症，极易迁延为抑郁症、狂躁症。

行囊中没书，或只有一本孤独的书。现在的书非常沉，我这无车代步者，多带几本书就感到吃力。发现有车的人其车后备厢鲜有书籍，暗叹书之孤独，人之孤独，乃时代之流行病。

背井离乡谋生，需要住下来。我找一本繁体竖排古籍相伴，长夜，目光在艰涩中缓慢踯躅，心思缠绵古意，时空穿越，古今往返。想换一本书平复一下情感，调剂一下口味，手边却没有。一本书把我带向深沉，带向执着，带向偏见，带向另一种孤独。

我留下了古籍，没有一起返乡，见它孤独的样子，我不禁笑了。我留下它，不仅因为我会回来，并且还会带上另一本书，或两本书，或数本书，一起回来，咱们就是一个大集体了。家里没读过的书很少，只能选还想重读的书带上，同时上网购了《琅嬛文集》《明清之际士大夫研究》《生命册》《一个人的朝圣》等。把宿舍弄成书房，这个目标让工作压力山大的我难得的兴奋起来，储书的过程就已减轻了我的孤独感。

一位同事对我说：“你不断地添置书，哪天辞职不干回家，好麻烦哟。”我回答他，到时候再说，不要为了那预测的未来的麻烦，而放弃现在适合我摆脱孤独无聊的途径。活在与众书相伴的当下，以此抵挡一些让人不快乐的想法、念头、欲望；让我接近神性再反观人性，思维清晰，透视世界的规律和隐蔽的秩序。

原载于2016年9月4日《合肥晚报》文苑 副刊

打开情感的包裹

一日不知被什么意识指使，翻箱倒柜找出一大包捆扎起来的小说习作草稿，估计有 30 万字，这些粗糙的、稚拙的文字，曾熬去了我不少心血，然而当年精力那么旺盛，情感那么真纯，一个对缪斯痴恋的青年，把所思所梦筑成宏伟的语言的殿堂，却是虔诚的、神圣的……

我多次想焚毁掉这些旧稿，但最后一刹那改变了念头。我烧掉了停止写日记前所有的日记，却保留下这些“文学作品”。几次迁徙，从一个地方搬到另一个地方，我舍弃了不少东西，却舍弃不了旧稿，尽管我把它放在一个不见天日的阴暗角落，并很快封存于记忆中。

日记是心灵隐秘的记录，小说是精神人格的构建，虽然是不成熟的作品，但一个只读了初中（考上汉语言文学专科是后来的事）然后与一帮哥儿们鬼混的青年，爱上文学，需要付出多少的毅力和勇气。从街头浪子到屋角的笔耕者，从茶肆酒楼的泼皮男儿到孤灯黄卷前的清贫书生，这期间，是一个什么样的转化过程！……所以，烧毁日记我没有犹豫；一闪念要烧毁这些小说，我就感到如同“青春祭”地颤抖起来，心痛不已。粉碎最珍贵的梦，对情感的否定，莫过于生命的劫难，精神的自戕。这些倾注我热血的作品，一打开便闻到一股活的气息，融在作品中与其浑然一体的我的青春气息，它让我激动和兴奋，沉醉于回忆之中。

最初的路崎岖不平，最初的路很是弯曲，我以宗教般的信念，背着简单的行囊，艰难跋涉，跌倒了，自个儿爬起来。有时跌得非常厉害，伤了元气，可调养恢复元气之后，继续赶路。起先还害怕哥儿们的讽刺与挖苦，躲躲闪闪，到后来已无意于别人的冷言，因为写作已经成为我的习惯，成为我生命的一部分，心灵、情绪、思想都离不开写作这一表达方式。一开始的功利不知不觉退到次要的位置，尽管渴望成功，但成功已不能使我停止写作。一个行者，启程时心中想着目的地，在行程中却把“行”视作了真正的价值的主体。

这一天是个假日，打开旧稿后，我失去了平静，一部计划今天读完的书扔到了一边。我沉浸在清澈的时间的温泉中。在有的人看来，30 万字付出了多少无谓的牺牲，若能发表，稿费将是多少？殊不知，如果不付出，我会不会一样与哥儿们干其他坏事被关进监狱？会不会像他们一样经常无所事事而空虚？30 万字，净化着我的灵魂，改变了我的方向，这里升腾着令我沉吟低回不敢亵渎的人性与神性。我在语言中洗礼、锻炼、参悟、追求，它支撑了我精神的大厦。

直到黄昏，那一摞泛黄的稿纸，还堆放在书桌上。心中充满着难以言尽的思绪与感怀。我突然追问自己，到底要干什么？将来我一定要写出更多比这些更好的作品来。然而某种特定的情感与思想却不能重复，就像过去的生活不能重复一样。想到这里，我再次把这些旧作打包捆扎，不让那思想与情感流失，它是属于我的，属于我一个人的，所以它不是垃圾，而是一种巨大的财富。打开后必须再关上，外面的世界精彩但充斥物欲。我没有丢失那枚打开保留灵魂净土的后花园的钥匙。

原载于 2003 年 3 月 26 日《江淮晨报》副刊

亮堂里读书

还记得在亮堂里读书的情景，那亮堂不是学校的什么地方，而是以前镇上老屋的堂厅。中国传统住宅是非常重视堂厅的（功能有别于现在的客厅），屋子再小也得有堂厅。堂厅里挂着“中堂”，贴着毛主席像，还有一张张奖状（三好学生），后来奖状撕下来，换上电影明星的剧照。由于没有属于我个人的房间，更由于堂厅里光线好，我就每日在堂厅里读一部部古今中外文学名著，并学着写一篇篇所谓的小说。

镇上面街的屋子宽度只有四米，深度有几十米，整个屋子显得非常狭窄。一进屋是堂厅，接着是父母的卧室，再接着是厨房，堂厅和厨房之间由一条走廊连接，走廊右侧开扇门通向父母的卧室。由于隔壁左右都是人家，卧室厨房无法开窗，采光靠屋顶亮瓦。堂厅没有亮瓦，因为上面是供我们兄弟睡觉的阁楼，但堂厅比所有地方都亮，打开大门，然后把窗上一块块木板卸下来，堂厅顿时敞开，射进明亮的光线。于是，我将堂厅称之为亮堂。

亮堂里读书，打发了我两年多待业的时光。那时堂厅里没什么家具，就一张饭桌和几条凳子。饭桌就是我的书桌，到了吃饭时我随便将书拢一下，腾出位置；吃完饭又接着将其变为书桌。父母不明白我为什么念书时不好好念，进了社会反而手不释卷。街坊邻居也不明白，并且十分好奇，常有人走到我家门口禁不住停住脚步，朝堂厅里张望。有人甚至走进来，问我读什么呀，写什么呀。我读什么可以如实相告，但写什么绝对是保密的。越保密，对方就越想弄清楚，以致不少人向我家人打听“天天写写画画的做什么”。一开始父母以为我在练字，哥哥以为我在写日记。后来，隔三岔五就有邮递员向我家送信——退稿——父母便要我不可隐瞒，说出到底写什么，我只得说写小说，反正没事，写着好玩。父母没有惊讶，只是越来越担心不断退稿会不会让他们的儿子想不开犯神经病。

父母没有反对我读书写作，原因之一是家里吃商品粮，我的工作须等待国家安排，无业青年，无事可干，读读写写比在街上当“二流子”强。最初，我接触的是哥哥拿回来的文学期刊，看着看着就上瘾了，于是一有钱就去买书，更多的时候是借书与租书看。书看多了梦中就有了许多稀奇的故事情节；然后就想入非非，冲动着把故事情节写下来。写得手发软也乐此不疲。哥哥要看，我不给；弟弟不想看，我却强迫他看，并指挥他给我誊一遍，然后寄出去。就这样，我伏在堂厅饭桌上，天天读读写写。常有邻居走进来，我也没发现，直到他的身影投到桌上，我才一惊，猛地抬起头……我常常一边思考书中的问题一边望着街上的来往行人，或者一边构思小说中的某个情节一边对着街道发呆……这使得我家的堂厅比街上所有人家的堂厅多了一种“内容”，吸引着街坊邻居很多人的目光，引发人们的谈论。

我曾尝试换一个地方，可家里没有一个角落比堂厅光线好。母亲卧室顶上有两块亮瓦，室内上午有几个小时的亮光，其他时间都是阴暗的，不开灯无法看书，我一个等待工作的人由父母养着，衣来伸手，饭来张口，怎么再好意思大白天用电呢？厨房里就更不易读书了，它不仅是做饭之处还是我母亲与人谈心的地方。我还是老老实实地在堂厅待着，把自己的“身影”亮给别人看。差不多到了很多人都知道我为何读书，以及在写什么时，我已“厚颜无耻”了，每天清晨朗诵戴望舒的诗、徐志摩的诗、泰戈尔的诗、史蒂文森的诗，还有我自己写的一首首、一篇篇“得意之作”，不怕异样的目光，也不管调侃的言语。

堂厅里写的东西尽管没有发表，但都是我用功写的，真心写的，还有那一本本“大部头”著作，是认认真真地读的，甚至算得上刻苦地“钻研”了一番。堂厅里，我感到身心亮堂，人生亮堂。直至今日，我还在感念那段时光。

2009 年第十九届全国图书交易博览会“知书识礼，共建和谐”全国有奖读书征文一等奖

两本残书

我爱上文学与两本残书有一定关系，虽然读残书的时候脑子里并没有文学的概念。20 世纪 70 年代中叶，我还很小，一个少年，看小人书像许多伙伴一样只是觉得好玩，直到接触两本残书，我才有了真正意义上的“阅读”，出现了“掩卷而思”“心灵震撼”等这些情状，或者所谓的审美心理反应与共鸣。

一本残书叫《红旗谱》。书名是到 20 世纪 80 年代末才知道的。自学汉语言（文学），在读《现当代文学作品选》时，突然“朱老忠”这熟悉的名字跃入眼帘，不禁“呀”了一声，原来我当年读了一遍又一遍的那本无头无尾的残书，是梁斌的长篇小说《红旗谱》，朱老忠是小说的主人公。那部小说显然是我的哪位哥哥带回来的，读完就放在家里了，它竟成了我的第一部文学读物，一段时间我放学回家就捧着它，被书中的故事情节所吸引，被朱老忠的精神所打动。父母要将残书撕了生炉子，或者当罐盖，或者用作便纸。我抱着它跑开了，然后将它藏到一个只有我自己知道的地方。现在已记不清读了多少遍。我将那些卷起的纸角一一弄平，还用旧画报给书做了封面、封底。

尽管在往后十多年中，我都没弄清残书叫什么名字，作者是谁，但小说中朱老忠刚强的性格与不屈的精神，感染和影响了我，使我在那些与小人书截然不同的文字中，品到了一种特别的让人振奋的意味；书中虽然没有插图，但我却犹如亲睹了比小人书更逼真的人物形象，常思之、念之。无疑，艺术的力量，俘获了一个少年。

那年继《红旗谱》之后，家里又出现一本残书。因为有了第一本残书的阅读快感，所以它尽管同样没有封面和封底，没有开头和结尾，但我还是眼前一亮，拿过来就读。读完第一遍，还想读第二遍时，它却被哥哥的一位同学拿走了，从此再没有见到它。可见那时候一本书要经多少人传阅，其间发生的争阅、偷阅、不慎丢失、无意得到、故意毁坏的故事一定很多，也就难免被搞得面目全非，残破不堪。直到纪念抗美援朝五十周年时，我在一张介绍朝鲜战争题材小说的报纸上，发现我早年读的残书叫《剑》，作者是杨佩瑾。我竟然很感动，好像一个多年的悬案终于破解了。

《剑》打动我的是它的惊险的故事情节，英勇的中国人民志愿军某侦察小分队一行数人，像剑一样插入敌军前沿阵地，窥探情报，最后将敌王牌“眼镜蛇”歼灭。其间一波三折，扣人心弦。对于一个在“英雄主义”时代环境中成长的少年，第一回阅读对战争进行纯文学记述的大部头“文本”，自然是新奇、紧张、激动，身心受其影响可谓大矣！

后来，我读了几百部小说，并且很多小说的艺术价值高于《红旗谱》和《剑》，但是，给我留下深刻印象的并不多，而当年的两本残书的情节，却在记忆里无法磨掉。现在，我的书橱里有不少精装书，美装书，但它们没有挤走“素装”的《红旗谱》。每次逛旧书店，心想要是遇到《剑》就好了，可一直没有这种缘分。

原载于2013年5月25日《新安晚报》人生百味　副刊

被书设计的人生

都说“知识改变命运”，我不知道我算不算有知识的人，回头检阅走过的历程，倒觉得是书设计了我的人生。

就像在母体中我不知道我是谁一样，最初的阅读是不带一点功利色彩的纯粹的爱好，没有意识到这爱好将使我成为被书设计的对象，决定我的人生方向。我的第一次读书高潮是在童年时代，跟后两次高潮一样的疼痛。家里穷得叮当响，我所读的小人书和故事书，都是别人的，伙伴当中，哪个人有书哪个人就可以成为我的精神领袖，我对他俯首帖耳、百依百顺。反过来，谁有图书谁就可以随便欺负我，好多回，我的头被人砸破，鼻孔被打出血，那家伙拿出小人书塞到我手上，就立即使我停止哭泣，并答应回家后不告诉父母是谁打的。为了看更多的书，我甚至得了一个不好听的绰号——王连举（《红灯记》上的叛徒）——因为我经常叛变，孩子群体任何一个“派别”都可以用图书收买我、招降我。我很忌讳这个绰号，为自己立场不坚定而痛苦，可我无法抵挡书的诱惑。这何尝不是书对我的人生开始了最初的设计，它把一个弱小的生命设计得那么固执或坚韧，它让我爱上它，然后完全听它的安排。书接替母亲的角色，滋养了我，或者说我被另一个母体——书，再次分娩了一回，否则我怎么在没有人告诉我“读书重要”的小小年纪，一离开它，就像婴儿离开母乳哇哇大哭呢？

接下来的一次发愤读书，是功利意识促成的，而我被书设计的情形也就更明显了。1983 年，我被招工进入一家制砖厂当工人，高强度的体力活，让 18 岁的我苦不堪言。同时进厂的大多数人后来不是变换了工种，就是调离了单位。我没有条件像他们一样改变自己，备感痛苦和失望。我拼命地读书写作，立志成为一名作家，来结束“苦难”的生活。读完了单位阅览室几十本图书后，拜托家在县城的工友到县图书馆借书给我看，一个姓毕的同事拿了他姐姐的借书证，让我看了几十部中外文学名著，后来他在回城还书时把图书证给弄丢了，从此我断了一条借书的线。我那时不仅想当作家，还想圆一个大学梦，于是又参加高等教育自学考试（后拿到了汉语言文学专科文凭）。在砖厂三年，我每天比鸡起得早，比狗睡得迟，那段苦读的经历，是把自己交给书并由它进行的一次人生的设计，尽管它没能极快兑现使我干上一份“好工作”，但我身上分明出现了精神与物质的分离，或者我更注重起精神生活。读书起于功利，读着读着，功利时而隐而不见，以至读书成了一种生存状态，和我的生命一同呈现。

砖厂倒闭后，我被安置到一家水泥厂。其实这句话可以省掉，关键是 12 年后我下岗了。下岗后经济负担重，我不去努力找工作，却关起门来读了三年书。人近中年，应该不惑了，可我似乎别无选择地行走于由书设计的人生轨道上。我已拥有几大橱藏书，下岗那天，书向我伸出了“再就业”的手，它们喊：“来呀，来读我，我们能让你实现梦想……”我先是把过去没有读的书读了，然后重读经典，并先后买了几百本书，大有“一读到底”的悲壮。不去挣钱，反而又买书，弄得家里差不多缸无余米了，妻子的眉头皱起来。我竟与她理论，我是用稿费买书的，没动那一百多元的下岗生活费，却回避谈一百多元是否能撑起一个有老婆有孩子的男人的腰杆。读书读到如此田地，我真有时光倒回几百年、几千年的感觉，自尊得要命，清高得要命。

许多人表示对我不理解，甚至有人建议我把书卖了作本钱，拿来做生意，我轰走了他。我仍自得其乐地读着，等待戈多，接受冥冥中的书的安排和设计。我选择了书，书选择了我。我对书的选择，现在只能是哪些书读、哪些书不去读，而书选择了我，它却无时不显示着它设计我的人生轨迹的力量。我甘愿臣服于它，正是它的力量的体现。现在我有了一份与文字有关的工作，这何尝不是书为我设计的一个人生驿站。工作之余，我继续读书、写作，我无悔于把自己的命运交给了书。

2003 年《安庆日报·下午版》“人与书”征文一等奖，安徽省“图书馆与终生学习”征文二等奖

心随书定

我现在的心很不安定，如果让老婆过来陪伴，情状会改善一些，但我还是会十分想念小镇上的家，那里有我几大书橱已读过与少部分堆在墙下还没有读的书籍。读过的书比没有读过的书对于我更加重要，因为它们融入了我的生命记忆，留下了我思想与心灵的气息。除非老婆将书全部搬过来与我一起定居，可凭经济条件只能租很小的房子，怎么也安置不下那些书，所以这些年我也就没底气动员老婆过来，与其长年心不定，不如忍受几个月，然后回家，心随书定。

这不是自我假设而选择的生活方式。前年女儿读高中，我们在县城租了房子陪读，由于考虑只有一年时间，也就没有将家里书搬过去，虽平时买了一些书看，但我还是经常想家，隔段时间回家，站在书橱前心才定下来。这不是说老婆在我心中的位置不如那些书，而是说分居两地的日子虽思念她胜于那些书，但有她，书同时也是不可缺少的。甚至可以这样肯定，有她才有家，有家才有那些书，她所住的地方没有那些书，那地方就不是家。

我与书的这种情感，是几十年培养出来的，不爱读书的人是想象不到的，或者没有让心完全浸润到书中的人也是体会不深的。年轻的时候，我住集体宿舍，书在传阅的过程中容易流失，我便将书与衣服一起锁进一只木箱。书多衣服少。箱子装不下书的时候，只得往老家转移，让父母照管。每个月休假的那几天是我与书相爱的最好时光，幸福极了。这是种比喻。实际上我与老婆恋爱倒是真的与书有关，她愿意与我在一起的很大因素是她欣赏我手不离书的样子——现在要是有人拿本书与女孩约会，一定俗得让人晕死。

单位分配了一间十几平方米的房子供我们结婚，婚前我从老家将书全部搬过来，她把一位同事家闲置不用的竹书架借了来。书架紧挨着床，随手一拿就是一本书，那段时间兴奋得上班都没心思，一下班就往回跑。筹办婚事时我直接对她说，你陪嫁得有一架书橱。她父亲找木匠师傅打了一架，与洗衣机、沙发一起搬了过来。我和老婆不是一个班次，她上班后，我就躺在床上边读书边等她。有了孩子后，我一只手摇摇篮，另一只手拿着书读，孩子哭的时候，我就朗诵文章给她听。几年后，换了个附设厨房的屋子，于是我又买了一架书橱。往后一次次搬家，都会有一面墙属于书橱的位置，并且书越来越多，我又接连买了两架书橱。婚后，我所有的潇洒浪漫，所有的憧憬梦想，都转移到了书上，以及与书有关的事情上。这期间的贫穷、病痛，都没能动摇我读书的心念，反而因读书而遗忘了贫穷，缓解了病痛，消除了寒冷与酷热。我在阅读中保持住平稳的心态，平抑了对物质的渴求。当世俗社会鄙视弱势，是书籍让我不卑不亢，有尊严地活着。失业那几年，经济上处于人生低谷，但坐于小小的书斋，精神世界峰值越来越高。

毕竟，我不是不食人间烟火的人，为了养家糊口，我走出了书斋，到异乡打工。公司里上网方便，网上也可以读电子书，但我更乐意捧着书读。平日买了一些书，读完后下次返乡带回家，以致这些年家中新添的书大多是我在省城买的，而寓居的这地方至今没办法立一架属于自己的书橱。漂泊感因此而笼罩着我，常常心神不定。如果读过的书就在身边，在眼前，随时能看看它们那多好。想重读某部书，或者要重温某个章节，或者要念某段温暖的句子，或者要查找某个材料，或者要核对某个事例出处……这些，我现在都无法做到。我读过的书，那么熟悉，那么友好，却又那么遥远。

2015 年《光明日报》“逐梦中国·我的读书故事”全民阅读征文　优秀提名奖

手　推　车

福克纳对自己说："你算是倒了霉了。下半辈子你可得隔三岔五便去干苦体力活儿了。"那是在 1929 年，福克纳 32 岁，他再次遭遇出版的阻力，长篇小说《圣殿》被出版商拒绝。这不是第一次，他的《喧哗与骚动》连续两年不断遭到退稿，他差不多"相信自己再也不会有作品得到出版了"，乃至"都不再往出版这条路上考虑自己的前途了"。

像福克纳这种出版上的"不顺"，中外不少作家经历过，或正在经历，所以我无意于就此感发言论，尽管我的一部长篇小说早在 2012 年被某出版社定为公费出版，并且签了合同，却拖延到 2015 年以小说中某个人物"负能量"为由而单方面撕毁合同不予出版，令人愤怒；尽管去年创作的另一部长篇小说辗转于一家家出版社，前途堪忧。我倒是被福克纳的"手推车"吸引了，且想起了自己的"手推车"。

先说福克纳的"手推车"。他在 1932 年回忆 1929 年的夏天："我当时在发电厂找到一个活儿，是晚班，从下午六时到次日早晨六时，当的是运煤工。我把煤棚里的煤铲进手推车，推进厂房，把煤倒在火夫身边，让他一挥铲就能把煤送进炉口。"他的笔没能让他拥有生活成本而做一个纯粹的写作者，不得不接受手推车所能给予他的基本保障。当然，他没有放下笔，仍偷闲写小说。

我将煤矸石熟料铲进手推车，装满，推到庞大的轮碾旁，托起两个车柄，卸下矸石熟料，由轮碾工一锹锹铲进轮碾槽。那是 1983 年秋，然后冬，直到

1986 年春工厂倒闭，我都与手推车打交道。我那时 20 岁左右，开始尝试写小说，投稿，无一篇发表。我读了一些西方文学名著，还不知道福克纳的“手推车”和他在手推车旁完成的作品。我想通过写作改变命运，摆脱手推车；而福克纳 20 岁的时候过得浪荡潇洒，是小镇上的一名“另类”青年，他从祖父留下的藏书中接触到了所谓文学，他说：“我读诗，利用诗，首先是为了进一步多姿态地调情。”

那家国营工厂破产后，我暂时离开了手推车。“暂时”，因为我利用失业一年半的时间所写的一些中短篇小说，均被退稿，到再就业时又不得不在另一家工厂干起手推车的活儿。26 岁时，我曾与同事一起被一车车水泥物料弄疯了，连放下手推车喘口气的时间都没有，我非常悲观，宣泄于文字。我停止了写小说，改为写杂文随笔。我读了更多书，但还是没有读到福克纳的小说。

1923 年 26 岁的福克纳写了第一本书，创作的动机纯粹是为了赚钱。事实是写书赚钱并非他最初想的那么容易，从自信，到坚强，再到软弱，怀疑。饿肚子，需要父亲接济。于是首先得解决生存问题，他学历低进不了写字楼，他推起了手推车。他继续写作，精神上“愉悦自我”。

这里，我不是特意与福克纳相比较，他的文学成就及诺贝尔奖的巨大光环，只会让别人耻笑我与他做比较，连小巫都算不上。像我这种有文学梦想的人太多，尽管这个时代出版小说非常难。

我在 1998 年二次失业，读了《喧哗与骚动》，折服于福克纳的意识流写法。我那时仍然没有远离手推车，虽然写作让我干了 5 年文案和行政工作，但体制的力量时时要把我拉回国企的手推车旁。当失业救济金无法生活，我于 1999 年上了矿山采石场，开破碎机，日日面对的是一辆辆堆满石头的手推车，男工女工，将手推车推到我的身旁，将石头倒进破碎机。那些被阳光晒得黑黝黝，使她们看上去比实际年龄大许多的女工，推着手推车过来，我可以熟视无睹，但却忍不住上前帮她们一把。那时我又开始写小说，其中写到运石女工。有一天我带了一本发了我一篇一万多字的小说的期刊给司磅员看，推车女工都知道了，议论一个会写小说的人怎么被安排到矿山工作。我干了 8 个月，连矿山也不接纳我了，裁减人员，投票决定谁下岗。我主动弃权，给老工人饭碗，于 2000 年下岗，文学成为我在人生低谷中的一种慰藉，营造一个接一个幻境，不知道它能给自己带来什么。我用手推车推着我的沉重的梦想前行，稿费收入可以维持生计了，后来甚至可以供女儿上高中，读大学了。我却转入纯粹赚钱即市场化写作与个性化纯文学写作的冲突和纠结当中，尴尬不自在了。

福克纳承认《喧哗与骚动》的出版是他写作生涯的转折点，在这之前他写了三部小说，报酬收入越来越少，希望幻灭。除了笔，他还有手推车。终有一日，他离开了手推车，而后用笔推出了19部长篇小说，120部短篇小说。

我从来不怀念手推车，那种工作不是我乐意干的，但我觉得写长篇小说，像推手推车一样需要臂力和平衡力，没有臂力推不动，上不了斜坡；不掌握平衡，车子摇晃倾覆。连续的工作，考验耐力韧性。显然，我用手推车运物，经数年锻炼掌握了节奏、平衡、速度，当年几次被评为先进工作者。这与小说没有写出色彩，或小说没遇上能欣赏的编辑，对“活儿”本身来说不影响两者比较的意义。相信福克纳在天之灵，也会理解我——中国过去的手推车劳动者兼文学爱好者，现在读《福克纳随笔》时对美国曾经的手推车工作者兼小说家穿越时空的打量。

原载于2017年9月2日《浔阳晚报》浔阳楼　副刊

早

有许多观念、思想、故事都随着“早”这个字、这个词、这个概念、这个题目纷至沓来，我的时空全是经验的、了解的、知道的、懂得的早的含义，早的哲理，早的意象。

早计划，早准备，早发现，早行动，早成名，早成功……我试图摆脱这种思维——抑或价值取向，于是放眼大自然，有什么是早的？早只是一个时段而已！早是时间的本身。时间在流动，早会消失，所以才说“时不我待”，不是吗？万物每时每刻都是“时”，都不能误，什么时候种子入地，什么时候生出小苗，什么时候开花，什么时候结果，生命记忆的密码与时间是相通的，于是就有了自然万物的规律。

因此，我愿意将“早”看作名词，而不是形容词，因为后者最容易被恪守教条的人所宠爱，而将其变为催促，变为强制——早一点，再早一点，“莫道君行早，更有早行人”——时间的真义反而失去了，尤其在这个人们远离自然而热衷于追逐名利的物质化时代，“早”往往负载着过重的欲望，以至于很多人变得浮躁，变得盲动，没有闲情逸致停下脚步听听早晨清脆的鸟鸣，看看沾着昨夜露珠的花叶。一日之计在于晨，没有错，但是早晨的时光也是供我们享受的、欣赏的，我们可以拥有它、热爱它，而不是打早晨起来就紧张兮兮的，压力重重，忙碌不休。当不能从自然世界所呈现的和谐轻松的品质风貌中得到启示，人类创造的是文明吗？还是让自身神经错乱的迷宫？

我当然不会拒绝“早”所蕴含的哲理，它的光辉照耀着我，鼓舞着我。

秋天了，我想起了春天迟迟才长出新叶的那棵树。当时人们以为它枯死了，而实际上它活着。它不是在等待，也并非麻木迟钝，它的生命体征，或者说它的“时间观”决定了它什么时候长出新叶。幸亏它没有在人们的怀疑、否定，甚至责怪中被击倒。在它身边，树木绿叶满枝的时候，它的枝桠依然光秃秃地指着天空——原来是在与自然对话。只有鸟儿最清楚它的心思，它的意念，它那活泼的生机。现在，是树叶飘落的季节，它仍然郁郁葱葱，枝叶繁茂。在它上面鸣叫的鸟，曾经不笨，这时也不笨。我不知道鸟从哪儿飞来，但我明白鸟的到来，是喜欢这棵晚长出新叶的树。有先飞的鸟，有后飞的鸟，它们在天空飞翔，也穿梭于树隙之间。鸟儿不同，一如树的不同。鸟和树对于时间的感受一定是相同的，那就是“道法自然”。

守时，不错，我对“早”最乐于认同的是“守时”的意义。守住了时间，也就守住了时机，也才会得到我们想要的东西。被我们安排好了的时间，就成了规律。“早”是一个时间点，在这个时间点的前面是无限的虚空，可以填进你很多的精力，但浪费与损耗的是生命的能量与等待过程的激情。这个时间点的后面是有限的区域，不可能总是接受你拖延的理由，缩短与葬送的是生命的长度与成熟的时机。只有守时，才是恰到好处；只有守时，才能守住充分的自我与自己的位置，才能在时间中获得精神解放与心灵自由，才能真正倾听到大自然美妙的声音，以及它带给我们的真谛。

早，带着观念而来，随着种种象征、比喻进入我的生活，与那些诸如张良早起受兵书、尾生抱柱而淹死、勾践筹谋伐吴、哥伦布航海准备、比尔·盖茨创业计划等无数故事一道演化成文化的符号。而我所需要的其实是一根坚固的时间链条，上面是一个个早、一个个中、一个个晚，它们不停地变换着位置，而我知道自己在哪里，应该干什么，并努力干好它，这才是最重要的！

原载于《新高考》（高二语数外）杂志2010年第11期　卷首语

吃力要讨好

最初读到西西弗斯的故事，可怜他受到的惩罚——把巨石推向山顶，巨石滚下来，接着再往上推，反反复复……后来才知道那是一种精神。与咱们的愚公精神不同。

智叟劝阻愚公挖山，根据是“吃力不讨好”；愚公不听劝阻，是不相信“吃力不讨好”——他们都直接指向结果，并且纠结于结果。而西西弗斯却将推石上山的过程转换为当下的存在，与其要看到停石于山顶的希望，不如否定推石上山是为了让石头停在山上。

“人们必须相信，垒山不止就是幸福！”这是诺贝尔文学奖获得者 阿贝尔·加缪说的。在加缪眼里，人只有注重于生命自身的存在，通过与自己的和解，达到对命运的征服，才能真正获得精神的自由。

加缪参透人生的过程就是“吃力要讨好”，当遭遇内心与现实的冲突，人必须“讨好”自己，肯定自己，在过程中感受幸福。他否定既定的传统观念对人的先验性价值定义，不做思维的锁定，因此当别人因“吃力不讨好”走向焦虑不安时，加缪走向了幸福——他“讨好”了自己，扩充了精神领地。

大凡有所成就的人，往往善于改变思维对待“吃力”与“讨好”，克服漫长过程的寂寞与痛苦，战胜失败和挫折。过程，甚至被有些人看作是“歧途”，如果不换个角度，怎么会有信心和精神坚持呢？

爱因斯坦曾问数学导师闵可夫斯基，一个人怎样才能在人生的道路上，留下闪光足迹？闵可夫斯基拉着爱因斯坦朝一处刚刚铺平的水泥地面上走去。

爱因斯坦不解地问，这不是领我误入歧途吗？闵可夫斯基可不这样认为，他说，只有在尚未凝固的地方，才能留下深深的脚印；只有在新的领域，才能做出更多的探索和贡献。然而，在新的领域可得“吃力要讨好”——相信自己所付出的努力本身是有意义的。

当今，人们常说，白费力气，做无用功，浪费的是时间和精力；既要努力，又要掌握方法；要善于推销自己，使对方能看到你的成绩；一个好主意，胜过十年辛苦的奋斗；做事要有四两拨千斤的方法；事情的着眼点不对，费再多的力气也是无用……这些说法都对，可是，当技巧与方法被人们最为看重，纷纷追求“吃力”的捷径的时候，却轻视了“吃力”的过程。殊不知，“吃力”也还是第一位的。

据说有个文学青年问马克·吐温，听说鱼骨头里含有大量的磷脂，而磷脂有助于补脑。请问要想成为一个举世闻名的大作家，是不是多吃鱼才行？你是否吃过很多的鱼？马克·吐温回答道：“看来你得吃一对鲸鱼才行。”

吃力不讨好的人，经常会吃掉一对鲸鱼！

原载于《格言》杂志2012年第14期　卷首语

丙 卷

松枝挂满银铃铛

行走山冈野径，目光摘取松枝上挂缀的松塔，放进记忆的竹篮，很快就满了。见到地上散落的松塔，便不想走了，坐下来拾起一只松塔细细端详。它像绽开的花朵，于我的手掌之上，辉映岁月的光芒，一层层，一瓣瓣，吸引着当年疾速奔跑的少年。

谁跑得快，手脚利索，谁自然就会多捡些松塔，我常常是半篮而归，或者篮子里是枯干的松枝而非松塔。漫山遍野都是捡松塔的男孩和女孩，还夹杂着成年人。捡完了地上的松塔，大家就盯着树上的松塔。“打松塔”和“捡松塔”的目的一样而形式不同。松塔实在不易于捡到，伙伴多是说：“走，打松塔去。”来到镇外的山上，用一根竹棍敲打松塔。松塔像飞弹一般落到地上，引起一阵义无反顾的兴奋地争抢，砸到头上也不感觉疼。松塔还会成为“手雷”，在孩子们之间扔来扔去，中弹者往往收获更多的柴火。

读初中时，我和几个同学经常不走平坦的大路，而绕道翻过一座座山冈，然后在学校的后门进入。发现学校后山的松塔比别处多，它们静寂地躺在松针与落叶中，张嘴冲我们怪笑。处在叛逆期的我们，不再担负为家庭捡柴的任务，而将松塔踢得满山乱滚。或者捡起松塔，瞄准松枝上的松塔，掷过去。如果打中几只一起落下，就觉得自己很了不起。我们较量着，一天天持续这种游戏。无疑被一种散漫的天性所控制，却忘了学习成绩的好坏关系到自己将来出息与否。我们不少时光被山上的松塔吞噬，以至于我们从课堂上、书本中学到的知识远远不如班上其他同学。

几年后，一些同学考上大学，进入名校，我参加全县招工考试分配到群山环抱中的一家国营工厂。我又看到了松塔，它们这时由怪笑变成了冷笑：在学校不好好读书，进入社会却要“自学成材”，这将比别人付出无数倍的艰辛，还不一定有什么好的结果。当然，这其实是工友们对我的嘲笑仍萦绕耳畔。大夜班下班，或者翻班轮休，我避开他们，背着书包和一天的干粮，独自来到山上，读书，写读书笔记；创作，朗诵自己的“作品”。松塔就在我的身旁和头顶静静地注视着我。山风嗖嗖，我感觉松塔分明对我有着跟同事一样的冷嘲热讽。

“松枝上，露滴晶光闪亮，好像绿漆的宝塔，挂满银铃铛。”作为文学青年，我在山上松林里读顾城的这首《松塔》，信念悄然绽放，照进了梦想。

在山上读书，有时会碰上一些捡松塔的男孩、女孩。隐约听见远处传来的说话声、脚步声，不知什么时候，我一抬头，看见他们离我很近，我蓦然发现他们一如拎着竹篮、背着背篓的少年的我；或者，恍惚我的身影就在他们当中。这些孩子比我幸运，很容易捡到松塔，不像我老家镇外的山上松塔少之又少。我又比他们幸运——虽没有多少学历却可以享受“工人阶级”的待遇，每月有工资拿，还有劳保福利。我对一个小男孩说：“今天星期几啊，怎么不上学？”另一个男孩抢着回答：“他考试考鸭蛋，他妈妈不要他念了。”我转而问他：“那你呢，怎么也不念书？”他说：“我在念呀，今天下午只有两节课，放学后才上山的。”

有一天，我遇到了几个年轻的姑娘，她们一边唱着歌，一边捡松塔。从年龄判断，她们大概只读了几年级或者顶多读完小学就辍学了。农村里女孩多是这样。我从她们投向我的目光中感觉出她们羡慕我读书。她们很惊奇——为什么一个人来到山上读书？附近只有一个工厂，她们眼里陌生的读书人显然是那个厂的工人了。后来，我和她们在山上又数次相遇，彼此便熟识了。有一回厂里放露天电影，一个姑娘站到我的宿舍窗前喊我，冲我笑，说在山上见过我，她要我借个凳子给她。我答应了，打开门，拿起凳子递给她。她怯怯地问我：“你不看电影吗？”我说：“不想看。”我当时读书已经入魔，觉得看电影是浪费时间。

在那家工厂，我工作了三年，离开时刚二十岁。我今天已记不清最后一次在山上读书的具体日期和情景，但阳光透过松枝和松塔投在书页上的光斑，一直闪动不息，三十年了。现在想来，人这一生多一些读书的经历，创造一些读书的场景，也是挺有意思的。

原载于2017年7月26日《教师报》文苑　副刊

悠悠籽粒

稻子、麦子、豌豆、花生、南瓜子、绿豆、红豆、黄豆这些谷物籽粒，我都生吃过，童年的好奇心放大了饥肠对于食物的需求。

苦楝树的果子、白子树（乌桕）的果子，还有蓖麻子，更是在我眼前闪动，发出诱惑的光芒，使我贪馋的、饥饿的目光总在它们身上停留很长时间，耳畔却是大人"不能吃"的告诫。真的不能吃吗？我质疑，但没有偷尝，无奈地收回目光，然后想念那些能吃的极少人家栽种的桃树、杏树、梨树、葡萄藤上的果子……

小镇上很多人家屋后栽有苦楝树，我家也有几棵，盛夏时节，果子挂满了枝头，可它却不能吃。少年们很是不解，果子既然不能吃，为何还要栽这种树？有的少年胆子就是大，勇敢地将苦楝树果塞进了嘴里，"咔嘣"咬嚼，结果难受得不得不立即吐出来，于是才明白大人没有撒谎，苦楝树的果子真的不能吃。什么味道？旁边的伙伴问。回答：你自己吃一粒就知道了。平日，我们将摘下来的苦楝树果，当作飞弹，互相掷着玩，倒是很开心。用它打弹弓，以为没有石子厉害，结果还是将对方的脑门打了个肿包，甚者打伤了对方的眼睛，这就真的是"吃苦果"了。

那时，我从没听说谁偷吃苦楝树的果子被毒死了，或许是再怎么顽皮、叛逆的孩子也咽不下那"禁果"吧。果子有毒，其味道特别苦，因此我们与它相伴，仍然安全。要是甜果，且有毒，人们敢在屋后栽种吗？有一回，听说小镇附近有人因吃蓖麻子被毒死，我就想到蓖麻子的味道肯定不会太差。

不少人家在闲置的空地上或者不远处的河坝上栽种蓖麻子，它是一种药材，可以带来不是很可观但却特别重要的额外收入。少年世界不是经济的，却是食物的，对什么果子都会产生食欲。这就充满了危险性。我们避开大人，摘了蓖麻子，在手头把玩。有人要吃它，有人说不能吃，吃了会死。于是，一次次彼此成功阻止了可怕的“集体自杀”。当别人将蓖麻子扔掉，我却将它捡起来放进口袋。回家后继续把玩，抚摸，与它对视。睡觉时，将它从外衣口袋转移到内衣口袋。第二天，母亲在叠被子时发现了蓖麻子，喊我到她跟前训斥，质问为什么摘蓖麻子？它不能吃，已经有人毒死了！你也想死吗？从此，我再也不玩蓖麻子了，尽管和伙伴们经常穿越蓖麻林，去挖野菜。

白子树的果实（籽粒）小小的，白白的，煞是可爱。它也是一味中药，常被人们采摘晒干后，拿到中药店去卖。后来得知它利水、通便，治疥疮、湿疹、皮肤皲裂、水肿、便秘等。白子质量轻，加上采摘的人多，积累到能够出售的分量实在不容易，何况大坝上的白子树是公家（生产队）的，有专人值勤巡逻——不是防止白子被人采摘，而是怕人伤了树，影响大坝的安全。我们涉水过河，悄悄地爬上树，躲在枝叶间，一边警觉周围的动静，一边采摘白子，当值勤的老头发现树上有人而破口大骂时，我们就说摘几片树叶敷疮（那时人们害疮，大多用白子树叶，涂上唾液进行敷贴）。值勤的老头叫喊着让我们下树，他瞪着眼、跺着脚将我们轰过河去。我花了整个暑假和秋天的时间，也没采摘多少白子。父母看见它，要我扔掉。我说，我知道它不能吃，玩一玩都不行吗？父母回答，不行！你的嘴馋，说不定什么时候放进嘴里吃下去。我便将白子撒向天空，看它散落一地，感到很惋惜。因为，同时扔掉了挣钱买几本小人书的梦想。

原载于2009年10月12日《大江晚报》镜湖星月　副刊

那两个小时的光亮

童年的我，对“子丑寅卯”等对应的时间并不了解，直到有一天，我知道了“戌时”是指晚上七点至九点这两个小时，并且在电灯亮起来的瞬间，感受到了“戌时”既是时间的概念，又是逐走黑暗打开世界的空间概念。

多年过去，依稀记得1976年那个夏天的对话。“今晚送电，你们要注意一点。”镇上一位女干部站在我家门口通知，显得异常兴奋。母亲问：“几点送?”“七点，快到了。九点熄灯，要干活，就在戌时加紧干。”母亲笑道：“就亮一个时辰呀。”“就一个时辰。已经不错了，乡下还不知道什么时候才能用上电呢。”

那女干部离开后，我问母亲：“戌时是什么意思?”母亲告诉我：“一天十二个时辰，一个时辰两个小时。晚上七点至九点是戌时，你做作业，也得赶紧在这个时辰做啊!”

在来电之前的黄昏，街上比平时多了许多人，很多人不知道电是什么东西，所以显得非常神秘，谈笑间流露着激动的情绪，彼此感染，共同等待一个特别庄重的时刻到来。那些自诩早年闯过大都市的人虽然尽力表现着平静，但目光还是不时地扫向电线杆上的路灯。夸耀自己在城里亲戚家生活过的小孩子、大孩子倒是喜不自禁地说，电可好了，亮亮的，像阳光一样亮，地上的一根头发都看得清清楚楚的……

就在人们说笑之时，突然整个小镇一下子亮了起来，人们情不自禁地惊叹、欢呼，好像不会发生的喜事终于发生了，气氛比先前更加活跃了。当然，也还有一点紧张——镇领导交代大家“要注意”。注意什么？大概是以防灯泡爆炸吧。后来回想起来觉得很好笑，当时，人们对电缺乏了解，确实又敬又畏。父母不要孩子们在灯泡下玩耍，怕灯泡落下来砸了人。由于当时是柴油机发电，电力很不稳定，一会儿光亮暗淡下去，一会儿又大放光明，使得不少人，尤其是老人很是紧张，不敢去拉开关，钨丝断了更不敢更换灯泡，以致我替左邻右舍换灯泡而被他们夸奖为“少年英雄”“大胆勇敢”，自己也觉得自己很了不起。

从此，戌时的光亮，开始改变小镇人的生活。以前是天一黑，小镇就陷入一片沉寂。煤油紧缺，价钱又贵，大多数人家节省着用，多是吃过晚饭后吹灯上床睡觉，要干活也是黑灯瞎火地干。多少次在细微的自然光线下，母亲的手不是被菜刀切开口子，就是被针扎破。有了电之后，就不再发生这些“事故”了。人们除了将白天没干完的活带到晚上接着干，还可以利用这两个小时相互拜访，玩扑克。母亲和邻居在灯下一边拉家常，一边干活，她们常常一个人来一句“这个世界好”，另一个人应道“哪有这个好世界”。以致我成年后，还在琢磨这句话的内涵——好的世界必然是光明的世界。尽管亮光不一定能驱逐社会上的某些黑暗，但就黑夜中摸索的人们来说，一日用上电，幸福感油然而生，确实感到迎来了一个“好的世界”。

记得常常灯一亮，哥哥的朋友们就来了，他们在一起吹拉弹唱，直到“哦”一声，电停了，纷纷散去。我和伙伴们更多的时候是在路灯下游戏。没有电，我们也玩游戏，但有了电之后，可以玩更多的游戏。当我们玩得正高兴的时候，总会有大人出门喊：“戌时快完了，回家睡觉……”人们不说“快停电了”，而是说“戌时快完了”；也不说“来电了”而是说“戌时到了”，似乎这样更易触摸到“戌时”这个词语的温度，也说明从没有电的时代走来的人们，将传统的时间概念在“戌时”嫁接到新的时代，喻示着——有了光亮，但还有更多的时辰没有光亮。

当时，电灯是镇上统一安装的，每家每户只有两盏灯，客厅里一盏，厨房里一盏，谁家都没有特权安装第三盏灯。戌时，成了名副其实的亮堂堂的两个小时。因为没有电表，不知道谁家用了多少度电，镇上只要求每户每个月缴几毛钱，大家都一样。这种情形直到几年后高压电输入小镇才终止。有了高压电之后，“戌时”的概念慢慢从人们的生活中淡去，人们习惯于用小时来计时，但对于我，包括从那个年代过来的人们，当年戌时的光亮，一定还照在记忆中的某个角落。

2009年《石狮日报》“安利杯”纪念新中国成立60周年全国征文三等奖（《都市文萃》杂志2009年第10期转载）

呻吟与欢叫

呻吟与欢叫，这两种声音并不是此起彼伏，而是重叠交织，更多的时候欢叫覆盖了呻吟，但冷不丁呻吟又会透过欢叫散布到古老的街巷，拖着很长的尾音，证明病痛者在痛苦煎熬着时光。

欢叫声是儿童们、少年们发出的，这其中包括病痛者的儿子。他们在奔跑中欢叫，在街沿游戏中欢叫，在屋子里玩耍中欢叫。呻吟声在某间阴暗的房子里从床上盘旋到房门口，或者在厨房与院子之间飘来荡去。似乎每户人家都潜伏着呻吟者的身影，随时就会发出呻吟。这种有病硬扛着不上医院、没钱上医院或觉得不必上医院的人很普遍，头疼的人头上扎着布条，牙疼的人嘴里含着姜片，胃疼的人抱着暖水袋，腰疼的人敷着热麦麸，害疮的人疮口贴着树叶……以至于孩子们的欢叫总也甩不开从各个角落里钻出的呻吟。

我回老镇，发现当年印象很深的几个呻吟者仍旧活着，八九十岁了。小陆的妈妈抽着香烟与小满的妈妈坐在街边聊天，我上前向她俩敬烟，见烟雾缭绕着老人，突然感到时空拉回到四十年前：小陆家孩子们的欢叫声不断，躺在床上的小陆的妈妈呻吟声不断，两种声音好像在竞赛，紧紧地纠缠在一起。一个病人本该需要安静的环境，可小陆的妈妈不仅不驱赶我们，当我们的欢叫声弱下去的时候，她会叫喊她的儿子、女儿，问大家为什么不在她家玩了。那时，我们在小陆家随便怎么玩都行，发疯的欢叫，闹翻了天。小陆妈妈想通过孩子们的欢叫遏制住病魔逼她发出的呻吟？或者她不愿听到自己的呻吟，强迫自己接受人世的喧哗与欢叫？

相较于小陆的妈妈，有几个人的呻吟就特别得多，古怪得多，透过窗户砸在街上的青石板上，与欢叫声发生碰撞，结果是呻吟者暂时胜利，可终究还是输给了强悍的欢叫。伴随呻吟的咒骂一旦弥漫开来，就会引起欢叫者家长的关切，大人教导自家孩子不要吵闹，欢叫。如果说呻吟是魔的声音，欢叫同样是一种魔的声音，与生俱来，它很轻易地就打开了孩子们的嘴巴。

很多人都不愿在医院久呆，在那里目睹的是病容，是苍老，是生命的脆弱。医院的墙上写着安静，医生和护士也时时提醒人们安静——不是不允许病人呻吟，而是告诫陪护的人、探望的人不要大声说话。最近，我岳母生病住院，同一病房住了四个病号，陪护者加上络绎不绝的探望者，使得病房里的谈笑声远远超过呻吟声。大概只有午夜，呻吟才成为主流，然而正是午夜，医院里让人感到害怕。我终于理解为什么欢叫者无忌于呻吟者了，人们需要用欢叫来遮蔽内心深处的恐惧。正因为如此，一个病人的呻吟也只能唤起最至亲者的痛苦与不安，至于他人所谓的"感同身受"，只是说说而已，毕竟隔了一层，隔了几层。

"哎哟哟——"听到最凄厉的呻吟，还是在那个老街上。黄昏，欢叫声中挤进了一个伙伴的父亲的呻吟，它粗重，尖锐，变成了痛叫声，从几十米远的一扇亮着灯光的窗子里发出。伙伴停止了欢叫，大家都停止了欢叫。这时，一个人跑来拉走了伙伴，说你爸爸快不行了，你得站到他跟前去。他的父亲得了绝症，呻吟了数月，终于在这个黄昏终止了呻吟。但是，别人家的窗户里仍有呻吟声传出，这是生活的常态。

后来，呻吟声听得少了，欢叫声也听得少了。我是指在那条老街上。诊所和药店开了一家又一家，人们还没来得及呻吟、没有勇气呻吟就通过吊水和吃药将呻吟堵住了。生大病的人，将呻吟送进了医院。现在很多人生命终止于医院，老死于病房，而不是在自家屋里。欢叫声少了的原因，是现在生育率低，而学校抓升学率，孩子们都关在家里做作业。小镇没有呻吟声，却没能阻止它的苍老，比以前萧瑟了，荒凉了，没有生机。我走完两条长街，遇到的除了老人还是老人。我想，他们当然还会在病痛或病危时呻吟，但有多少临终关怀的耳朵倾听？缺少天真的孩子们的欢叫，一定会比以前的呻吟者感到晚景及弥留之时的凄凉。

一个著名作家，去世前叮嘱家人，他死后葬礼上不放哀乐，要放欢快的音乐——他生前最喜欢的那首振奋激昂的歌曲。显然，他的灵魂更倾向于阳光和希望。这个世界是属于生者的，生者的欢乐与朝气蓬勃最重要。这是一种了不起的人格在生命的终点释放巨大的欢叫。

原载于《振风》杂志 2017 年第 4 期

端阳麦粑香

以前在老家过端午节，没看见镇上谁家包粽子，尽管是水乡，也搞过赛龙舟，但抛向水中祭祀河神的是麦粑。粑是家乡节日的主要食品，有米粑、麦粑、荞麦粑……很多粮食都可以做成粑，过端午少不了的是麦粑。

我们那里是水稻产区，麦子不是主粮，所以面食常常用来招待客人。除了端午节和“做大事”，如建屋上梁才会制作麦粑——人们俗称“发粑”——在粮食紧张的年代，平常只能回忆麦粑的香甜，而在“荒春头上”（没庄稼可收）数着日子盼麦子快点成熟。收割麦子的季节，往往临近端午节，于是家家碾了面粉发粑，一是节庆，二是尝鲜。当年镇上多为下放户，我家也是，户口迁到附近农村，家还留在镇上，成年人必须出工，按工分和人口从生产队领回粮食，包括麦子。没有下放的人家，就用大米与邻居兑换麦子或面粉。其实不兑换也会吃到新鲜的麦粑，因为居家过日子形成了一种睦邻友好的文化，有一句俗语叫作：“远亲不如近邻。”张家发粑自然会送给李家尝一尝，李家有什么好吃的也会送给张家。乡下亲戚用竹篮装了麦粑，提到镇上送亲友的不少，成为街坊一道充满温情的风景。

发粑需要“粑娘”，母亲和一碗面，放在温度较高的锅台上发酵。多半选端午前一两天发粑，如果发早了端午吃起来就不新鲜。母亲交给我们的任务是“打粑叶”——有一种植物，我至今不知道它的学名叫什么，镇上人称其为“粑叶树”。镇上没有粑叶树，镇外村庄和田野的粑叶树家家户户都去采摘，不容易得到，必须跑更远的路。我们常常转了一圈，也没打多少粑叶回来。实在没有粑叶，家里发粑就只得拿头年用过的粑叶重复使用。粑叶越老越好，新叶发粑易破损并还粘面。打回来的粑叶，剪成圆形，放到清水中浸泡一会儿才能用。母亲发粑，对每一道工序，都心怀敬畏。若粑娘发酵不充分，会影响粑的品质，粑不能发起来，硬邦邦的，不泡，没弹性，不仅不好吃，还很没面子，邻居之间互换粑，拿不出手。和粉也特别讲究，若和稀了，再加生粉，那绝对不会出杰作；和硬了，加生水，也是很忌讳的。同样的面粉，之所以出现每家的粑品质差异，口味不同，就是由于发粑的人天赋、感觉、经验、技艺的不一样。

发粑，家里是关了大门的，很神秘，一种玄机在光线暗淡的老屋子里萌动、渲染。所有的桌子、凳子都擦得干干净净，摆上了大小略同的粑叶，母亲撮起饧好的面团放到一张张粑叶上，她的神情随着面团摊开的速度和形状的变化，或展颜或凝眉，当看见面团摊开成圆圆的形状又不溢出粑叶，并且每张粑叶上的面团恰如一个模子倒的，母亲会特别高兴。她小心翼翼地托起它们，摆到蒸架上，置入一口大锅，热水沸腾，蒸汽缭绕……我虽然从未亲自发过粑，但亲历了发粑的整个过程，不止一回。以至于多年后，到了端午节，就会回忆起端午的麦粑和母亲发粑的细节，觉得自己的童年，被麦粑滋润过，生命中有一种特殊的精神，年复一年的激荡着岁月。

我不仅知道自己与母亲血脉相通，还知道麦粑也有自己的“母亲”（粑娘），万物都在冥冥中遵循着生命沿袭、传承和延续的自然法则，一颗麦种带着生命的记忆，成长为无数的麦子；麦子磨成粉，行程没有终结，面粉通过发酵，再次唤醒记忆，一块块粑被“粑娘”打开成长的密码，呈现出最本质、最原始的美味。家里剩下的粑，任其发霉。母亲将它们放入酱钵中，这些霉粑又成为“娘”，催生出新的生命，带着麦子最初的记忆，踏上自然酿酱的征程，迎阳映月，承露经雾，酱香在一家家房檐屋瓦上悠悠升起，弥漫整个小镇。

“我们是麦地的心上人/收麦这天，我和仇人/握手言和/我们一起干完活/合上眼睛，命中注定的一切/此刻我们心满意足地接受。”今天，再读海子的诗，觉得端阳，以生命的形态凸显于自然，融入于自然，用生命承载生命，接力生命。

原载于2016年6月17日《安庆日报》大观　副刊

忆 糖 精

麦子熟了，收割，脱粒，碾粉，发粑，端午便一下子到了跟前。面粉坊无数人日夜守着一台轰鸣的碾粉机，注视麦子的物理反应，观看洁白的面粉诞生。满脸粉灰的师傅问我和哥哥，碾精粉还是粗粉？父母已经交代过了，碾粗粉，也就是少碾两回而仍含有麦麸的粉。这是因为家里口粮不足。粗粉的颜色没有精粉雪白好看，发出来的麦粑也没精粉粑可口好吃。我和哥哥交换眼色，异口同声：精粉！

发粑，有人家用白糖做粑馅，那真够奢侈的。我没出息的两眼发呆，看着他掰开粑，露出油腻腻的糖浆。内心渴求，然后忧伤自卑。父母不失时机地教诲，犬不嫌家贫。我家用最常见的甜味素糖精化水和粉发粑，使粑具有一种差别于蔗糖的甜味，牢固地占据着少年的味蕾，影响往后对甜食的辨别判断。糖精一毛钱一袋，十几粒晶莹的颗状物，如魔法般改变着麦粑的味道。不知道是糖精紧俏脱销，还是手头拮据连买糖精的钱也没有，邻居之间竟然彼此借糖精。家里来人了，不为别的，开口要借五粒糖精。母亲答应后拆开小小的纸袋，手指钳起糖精，一粒粒放进对方的搪瓷缸，叮叮当当。对方说，我买了之后还你。

这回，我家的粑不甜，越嚼越没味。母亲被她的儿子们质问：为什么这粑白味？母亲回答，糖精放少了。她许诺下次一定发出又白又甜的麦粑。母亲去索回借出去的糖精。对方不高兴，不是让小宁还了吗？她大声喊小宁。小宁跑来告诉他妈妈，五粒糖精，被谁谁谁抢去吃了。查无实据，母亲转向其他人家借糖精。

我也偷吃过糖精，入口极甜，瞬间发苦，从此不想再尝。母亲的恫吓也阻遏我吃糖精的念头。她说，糖精直接吃有毒，会吃傻的，吃死的。居然举出一些子虚乌有的例子。糖精在我成长的岁月中充满魔力，能量超强。有一年，听说某人自杀是吃了糖精与其相克的食物；某人被谋杀是有人在不能放糖精的食物中偷偷放入了糖精。糖精，让我联想到精怪而惧怕。大毛一时间患上焦虑症，怕他弟弟用糖精谋杀他。

农历四月的雨下得过多，积水成涝，眼看就要淹没麦子，人们才开始抢收。未成熟又被水浸泡过的麦子，碾不成精粉，颜色发暗。过节，粑依然要发。母亲让我去供销社买糖精，只见买糖精的人排着长队。我没买到。母亲去借糖精，空手而归。我对光头说，回家偷一袋糖精卖给我。光头受一毛钱的诱惑，潜回家在厨房里找到了一袋糖精，他怕偷走后被父母发现挨打，就拆袋只拿了五粒糖精，用纸包好后送货上门交易，我向母亲要了钱给他。母亲不知道光头是从他自己家偷的糖精，还以为他找了当营业员的奶奶呢。光头拿着钱高兴地跑了。母亲发现只有五粒糖精，便问我是不是跟光头一起偷吃了？化生鬼，糖精不能吃，毒死你！我去找光头，要他退钱。光头已将一毛钱变成橡皮筋做成弹弓，他被逼无奈跑回家偷梁换柱，从糖罐里弄出一撮糖，替换那袋糖精，包在三角形纸袋里。我拿了糖精却没送回家，路过小毛家门口被他连哄带骗地弄去了，他家正在和粉发粑，需要糖精。

母亲对我说，发几个糖馅的粑给你们吃。粉的质量太差，又没糖精，母亲破天荒将过年留下的白糖拿出来，做了够全家每人一份的糖馅粑，结果其他的粑显得格外难吃。发霉长毛的粑，不久成为制酱的原料。

这一年，端午前一段时间，晴天多雨水少。母亲说，今年的麦粑就是不放糖精也会甜。父亲感叹，户口回城，领不到新麦碾粉发粑尝鲜了。端午节，扎根农村的姐姐送来一篮麦粑。我吃出了与往年不同的味道，一丝丝或有或无的甜。

后来，我家开了个小卖部，有糖精出售，一斤装的大袋，父亲分成一只只小包装，依然沿用三角形的纸袋，每袋 20 粒，一毛钱一袋。一般货物有 10% 的利润，而糖精的利润高得多。一大缸白糖也比不上一袋一斤装的糖精赚钱多。可是，买糖精的却一年比一年少。很多人家用白糖或芝麻做馅发粑，日子果真就这样悄然改变了。

原载于 2016 年 6 月 26 日《合肥晚报》文苑　副刊

闹　鱼

渔网早已支撑好，放在阁楼上，等待赶鱼棍的命令。赶鱼棍是由一根长竹子火燎烟熏而制成的三角叉，它颐指气使地靠在网门上。我听惯了赶鱼棍与渔网相互呢喃的声音，常常伴着我哥哥的大呼小叫。盛夏和初秋，阳光透过水面反射到屋子里，仿佛鱼就在光芒中游动。平常的日子，平静得没有一丝儿闹鱼的迹象。只有屋里屋外渔网和赶鱼棍发出一阵混乱而兴奋的骚动，一浪又一浪的喧哗从敞开的前门穿过同样敞开的后门，我的心才猛地一拧，跟着叫喊起来：闹鱼了——

渔网和赶鱼棍超速从阁楼上跑下，它们一出门，就知道什么地方在闹鱼。我拿上鱼篓或者木桶，跟着渔网跑。不需要了解是谁最先传出闹鱼的信息，人们一个接一个，被渔网带进了浑浊的水中。有人没有渔网，是因为家里买不起网，或者拿不动网，或者拿得动网而没资格拿网，就如我，只得在水边捡鱼。我见几个伙伴在水中摸鱼，很羡慕。在哥哥的管制下，我没敢下水，在岸上手疾眼快地捡他扔上来的鱼，动作稍一慢，鱼就会被别人抢去。一只只渔网争先恐后地占据位置，往前推进。赶鱼棍跃过渔网，在前头往回走，把鱼往网里赶。鱼在狭小的河道里无法安身，不是落进网中，就是跳到岸上。常常人比鱼还要多，在人与人纠纷的时候，有些鱼反而可以侥幸逃脱。

几乎每年都闹鱼，天太热，一条条鱼露出头，甚至亮出白肚子。有人发现了，就扑进水里捉鱼；另一个人也发现了，紧跟着跳进水里捉鱼。发现的不仅是人，还有一只只渔网和赶鱼棍。清晨，我揉着惺忪的眼睛，路过镇上最大的池塘。突然白光一闪，只见水面上无数的鱼昂头朝上，吓了我一跳；又一闪，看见三两个人影在捕鱼。他们一捕一个准，我看呆了。一个妇女冲我喊，你下去捕鱼，我给你看着。我这时才似乎从梦境中回到现实，跳进水中，扑向鱼，逮住了一条很大的鱼，使劲地抱着它送到岸上，交给那个妇女看管，然后又跳进水中……闷热而无风的早上，闹鱼的消息很快传遍小镇，渔网一层层覆盖了整个池塘，取代了一只只捕鱼的空手，待我跑回家拿来渔网，池塘里已是人多于鱼，再没有我的位置。

连续多天高温，人们感到很难受，同时因预感鱼同样受不了高温而有所期待，不需要安排和指派，会有人注视着水面的动静。渔网待在最容易被人拿到的位置，散发着鱼腥气。网眼里闪动着一只只因饥饿而渴求的眼睛。人眼与鱼眼在一次次对视中展开鱼离不开水、人离不开食物的生存博弈。一旦网眼里没有人眼与鱼眼的穿梭，人眼便显得不安起来。天这么热，鱼怎么还不泛头呢？人与人之间的质问，纳闷，与鱼有什么相干呢？人性的躁动，必然对河里、湖里和池塘里的鱼构成极大的威胁。

眼看天就要凉了，还没有闹鱼，很多人就不甘心了。突然一声吆喝，某某地方在闹鱼，人们赶紧奔赴那里，结果最先到达的人，面对一汪寂静的水面，不见鱼的影子，发现被骗了。一下子来了很多人，站在水边，挤在一起的渔网在秋风中变形。我看着水面涟漪，想象鱼在水中游戏。“咱们下去闹吧。”有人急切地提议，可没得到响应。如此大的湖，再多的人跳入水中，也闹不成。只有当鱼先自己闹，人才可以趁机“闹鱼”而有所收获。尽管受了吆喝的骗，但闹鱼的欲望不减，所以会有一声又一声“闹鱼”的吆喝响起。宁愿一次次受骗，也不愿失去一次闹鱼的机会。鱼自己不闹，大家不想这一年就这么过去，便相约闹鱼，选择一个河汊或者池塘，纷纷跳进水中，人多势众，闹得鱼不得安宁，混乱中被人捕捉。

这是一次迟到的闹鱼，一只只渔网朝着同一个方向，形成庞大的队伍，快速地集结。我稍一迟缓，哥哥就扭过头冲我大吼，他全然忘了我的腿比他的腿短了十几厘米。最开心的是看到别人撑开的渔网在奔跑中散架。如果只是没将渔网与网架扎紧，那么跑到闹鱼的地方，将网撑起来，不会耽误闹鱼，就怕竹制的网架折断，闹鱼就没他的份了。

我哥哥每次听到闹鱼声都会激动地立即拿起自己编织的渔网和制作的赶

鱼棍，朝我瞥一眼，飞跑而去。那一眼，是命令。我意识很强，尾随追赶。后来，我把同样的命令的眼神传给弟弟，他只得提起鱼篓，跟随哥哥而去。我不会闲着，跳进水中，摸鱼。我可以摸鱼，说明我不久将从哥哥手中接下渔网和赶鱼棍，成为小镇闹鱼的主角之一了。

原载于2017年7月10日《安庆晚报》月光城 副刊

荒废的篮球场

望着那座被开采了四十多年残缺的山头，和山下三年没有生火冒烟的立窑与烟囱，我被一种“沉寂”的景象击中，感喟曾经的辉煌不复存在。再也听不到从篮球场传来的快乐的喧嚷声和振奋的锣鼓声。

山上采石发生的伤亡事故和山下厂房里发生的伤亡事故，每年都有。有一年三个小伙子被窑火烫死，有一年一个马上要结婚的青年被落石砸死。血水、哭泣、哀悼、吵闹。但一切都被轰鸣的机器声吞噬了、覆盖了，老化的设备和陈旧的体制预谋出一套“水泥产量伤亡率”的指标，因而悲剧重演也无事一般的平常。直到一名工人死在篮球场上，才让人们感觉到不祥的阴云在这家老国企的上空停留不去，越积越厚。工伤事故顶多说明安全工作不到位，而体育运动死人，它的偶然和蹊跷一下子揪住人们的心，似乎意识到它的某种暗示。本来就让很多人置疑的“一次成功的招商引资”，却还要举办职工运动会以示隆重庆祝，人心涣散或者负面情绪在运动会上反应出来——打架斗殴，故意伤人。拔河比赛中，一个老职工摔倒，导致脑内出血而死亡。国企处理伤亡事故尽可能满足家属要求，这不成问题。问题是后来证明招商的确是一场骗局，拉来的机械生产水泥产量低、质量差并且制造的污染很大，整个厂区、整个镇上弥漫着粉尘、雾霾……

篮球场上放露天电影，我很少看，一方面是家里有电视、有书籍，一方面是觉得戴着防尘帽和口罩看电影很不舒服，不戴会落一头一身的灰。我在还没成为工人时，很向往这个工厂，理由是可以经常看露天电影。从小学五年级到初中，我和伙伴们常常步行二十多里路，从一个叫洪铺镇的地方跑到坐落在月山镇的水泥厂，随着人群涌进篮球场看电影。看完电影返回家已是下半夜，甚至听到鸡鸣之声。有几次放的是咱们不喜欢的戏剧片如《杨门女将》《红楼梦》，只得悻悻不乐地离开。然而这种扫兴不会浇灭下次再来的兴致。后来，我终于成为水泥厂的一名工人，在被人羡慕中兴奋了很久，自豪了很久。虽然1988年的中国还在搞计划经济，但已实行“双轨制”，有市场的迹象了。乡镇企业一窝蜂地上马，全市冒出几十家水泥厂，天空烟雾缭绕，却人心欢快。我所在的这个厂是国有企业，年产量全市第一，纳税第一，俨然行业中的“老大”，大家脸上都有光。在国企上班被称为“国家人”，享受着乡镇企业农民工所享受不到的福利待遇。厂里三天两头发东西，从食品到生活用品，什么都有。篮球场上隔三岔五散发着水产和鲜果的气味，一群又一群干部职工，领走自己的那一份。

曾经那个在篮球场旁浓荫匝地的樟树下怯生生地观看体育比赛和文艺演出的少年——我甚至连在球场上走一走的胆量都没有。这个球场不属于异乡的我和我的伙伴，厂区内的少年骂我们，驱赶我们，还有门卫严肃的面孔和咄咄逼人的怒吼也特别让人害怕。看电影是趁着夜色混进去的，白天只有几次成功地翻越了墙头。我老家的小镇无大型厂矿，小学和中学校园中的“操场”，不知为何却没有几十里外的工厂的篮球场吸引人。我在读初中时想当一名水泥工人。后来当上工人之后，我差不多每天都在篮球场上经过，却讨厌落在篮球场上颗粒很大的粉尘。水泥厂不缺的就是水泥，到处铺筑着水泥，密不透气。夏天的篮球场热浪滚滚，一踏上去就有烤焦的感觉，冬天踩着脏脏的冰雪一不留神就会摔跤。

不知从哪一年开始，爱踢足球的青年，比爱打篮球的人多了许多，他们把篮球场变成足球场，在硬邦邦的水泥地上奔跑、冲撞、抢球、铲球、射门……球门就是篮球架下那个小空间。一场球赛下来，汗水淋湿粉尘成为水泥浆，夹杂着挂彩者的血液。小伙子们勇猛、悲壮，厂领导担心出人命，皱着眉头骂他们“玩命”；曾被戏称或恶评为“老大粗”的老职工，也觉得年轻人不打篮球而为一个皮球踢来踢去不可理喻，摇头叹息“很邪门”。一旦打篮球的与踢足球的发生争抢场地的纠纷，“得道者多助”的总是打篮球的，而那些一起看世界杯、一起骂国足、有着共同偶像的足球青年，只得到厂外去寻找“绿茵”。我不止一次见他们失落而归，且深表同情。我虽不踢足球，但我在厂团委工作，知道他们需要什么，却无力帮他们开辟一块铺着草坪的足球场，很惭愧。

就像篮球场没有改为足球场一样，它一直以篮球场的名字存在着。它不仅是职工进行体育运动、文艺表演、观看露天电影的场地，还是大家聚集议事及传播舆论的地方。当后来舆论的功能大于运动的功能，“篮球场”三个字就让领导们听了感到紧张和不舒服了。总会有人向上报告，“又有人在篮球场散布谣言”，于是厂领导要求车间和部门干部管教好自己手下的职工，不许他们到篮球场上去“胡说八道”。当然，厂领导不是孤立地说这个事，而是“辩证”地说一堆事，工厂的困难是暂时的，遇到了大气候、大环境……现在银根紧缩，现在市场疲软，现在内需不足……我们只要挺住，就一定会迎来新的希望。结果，工厂的效益一年不如一年，亏损一年比一年大，债务一年比一年多。后来，处于半生产状态，再后来几乎处于停产状态。机器断断续续零星地响着，而篮球场上议论纷纷，牢骚声连续不断，分贝高过了机器声。

下班后，绕也得绕到篮球场看看，这是很多人的习惯；停机等候原料的岗位工溜到篮球场转悠，以至于车间主任找人直奔那里高声喊：“小潘，煤拉来了，开机、赶快开机生产……”“老查，查段长，钢球到了，组织人装磨……”

有一天，我往篮球场快步紧走，差点一头撞到墙上。“妈呀，怎么回事？”我叫喊道。原来，从生产区、机关办公区通向篮球场的必经之路被一堵厚厚的水泥墙封死了，想去篮球场要绕很长的距离。叫骂声一片。不久后的一天夜里，那堵墙还是被人推倒了。我想，一个人没那么大力气，必是一群人所为。

有近两年时间，我只要一抬眼就看到篮球场。夏日正午或者下雨天，我坐在办公室里对着它发呆。办公室在篮球场看台后的那排房子之中，它属于职工食堂的司务室，而我从团委“下放”到职工食堂搞管理员，坐进了司务室。我常常只是一个孤独的观众，目光透过窗户看人们打篮球，球场上没有人运动，我穿过它到对面的图书室借书。渐渐，看书比看打球的时间多了，因为看书有了瘾。但看书的间隙，仍旧望着球场，空空的球场，烟雾笼罩的球场。早上扫干净的球场，又落下一层厚厚的粉尘。我希望自己能够在书籍上找回梦想，通过知识来抵御因工厂面临破产带来的焦虑和恐慌。我决定辞职的时候，厂里年轻人已走了很多，篮球场萧条、冷落，我再也不愿对着一块荒废的空地发呆了。

离开国企十多年来，我对于水泥厂的信息、人事，却喜欢打听，并且发现那些已不在水泥厂工作的人也爱把水泥厂的消息传递给我。尤其当我看到那座残破的山头，立即想起那衰落的篮球场，内心涌起一股不可名状的滋味。实际上，镇上有五六家国企，而且规模都不小，命运却差不多，不是关停破产，就是改制成为民营企业。我毕竟在水泥厂工作了 12 年，多次获得先进工作者、安全生产标兵、优秀团员、优秀团干称号，多次在知识竞赛、演讲赛、征文赛中获奖；毕竟我的青春岁月给了水泥厂，国企文化曾点燃我的激情，也曾压抑我的理想，我曾陷入世俗的欲望（升官发财），也曾抗争现实而愤世嫉俗；毕竟我是在水泥厂找到了恋爱对象，走进了婚姻的殿堂，有了宝贝女儿……

一个工厂，从最高峰时 1700 人，到破产前几百人，再到关门后空荡荡无一人，作为当地污染大户而被关掉，是正常的归宿，理性的终结，但四十多年历史，其间发生的很多故事不会很快被人遗忘，一堆堆废铁压不住老国企人的记忆，一段段怀旧的情感，随着厂区的杂草一起自由生长并纠缠两代人的一生一世。篮球场旁的职工宿舍，离开的人揣走了钥匙，尽管他们这辈子再也不会搬回来住了。房子在风雨中倒塌了，连老鼠也不在那里出没了……

有一天，我老婆带着照相机去水泥厂的废址拍了很多照片回来。她告诉我，每走到一处都感到特别凄凉、阴森，即使站在阳光下的篮球场上。她不敢再转了，快步走了出来。我在翻看这些照片时，脑子里只有两个字“沧桑”。我的目光最后定格在那张篮球场的照片上：篮球架仍旧存在，锈迹斑斑，而篮板已经腐烂，变形。记得我在厂团委工作的时候，曾替换过篮板，1994 年至今已经 20 年，还是那个篮板吗？又一个印象腾地冲出记忆：我女儿在篮球场上骑着三轮童车，追赶比她大的孩子。现在，她快追上我当年的年龄了。

原载于《中国工人》杂志 2014 年第 12 期

喝 苦 茶

茶叶不小心放多了。我喝着苦茶。阴暗而令人郁闷的上午。把灯拉亮，天却晴了；把灯拉熄，天却又阴了。我喝着苦茶，望着灰蒙蒙的天空，看黑沉沉的大地。

突然，噼噼啪啪，鞭炮声响起，我一惊，喜事？哀事？乡下什么事都放鞭炮，我读不出鞭炮声所蕴含的必然的区别，有如读不懂云谲波诡的世事的繁杂。这时，喝进嘴里一片茶叶，嚼了嚼，苦得透心，再嚼，苦味淡了，没了。我在翻阅一部多年前买回来一直没有打理的厚重如砖的《白居易集》。白居易二十多岁就怕老、忧老，他说："畏老老转迫，忧病病弥缚。"苦啊！他向好友元稹诉说为学之苦、求功名之苦："十五六，始知有进士，苦节读书。二十以来昼课赋，夜读书，间又课诗，不遑寝息矣。以至于口舌成疮，手肘成胝，既壮而肤革不丰盈，未老而齿发早衰白，瞥瞥然如飞蝇垂珠在眸子中也，动以万数……"

我呷了一口苦茶，含了一会儿，吞下去。想起女儿，她在读高中，寄宿学校，每周星期六黄昏的时候兴冲冲地回家与老妈老爸团聚，第二天下午又急急忙忙赶回学校上晚自习。来去的脚步声都传达着一种紧张和压力。学校抓得很紧，她每天不到 6 个小时的睡眠时间，周末回家是一种难得的放松时刻，可一放松，累积的疲劳和困乏就来侵袭她，不到八点钟，她就躺在沙发上打起瞌睡。每到这时，我的心情就在灯光下黯然下来。

苦学是一种精神，向来为人推崇，而当事人对于非兴趣爱好的苦学，却并不是茹苦如饴，也难以做到苦中寻乐；外力强制与自我强制，如同奴役，影响身体健康，昔科举之士如此，今应试教育体制下的学生亦如此。“劳其筋骨，饿其体肤”，激励多少人去发愤读书，可此言又给多少人造成了精神压力？我们习惯认为不能“刻苦用功”的人没有志向和抱负，群体共同描绘与指引的前途，把那些“理想”非志愿的人引入畏途，甚至歧途，使他们承受痛苦的煎熬，身心的摧残。

我大口饮了一口苦茶，一片茶叶贴在牙齿上，我没有嚼，舔到舌头上，然后吐了出去，继续读白居易。“长安米贵，居之不易”的白老先生，到了四十岁，又到了五十岁……他对死亡无所畏惧了，功名淡泊了，“忘怀任行止，委命随修短”；“形骸属日月，老去何足惊”，他把人生的苦茶喝淡之后，超然物外，精神境界宽阔起来。他的诗写得更多了，但那是一种爱好，他在创作过程，不会不感觉累，然而写诗的累，与考进士求功名的苦不可同日而语。这是一种兴奋的累，快乐的累，充实的累，张扬的累。正如他所言：“劳心灵，役声气，连朝接夕，不自知其苦，非魔而何？偶同人，当美景，或花时宴罢，或月夜酒酣，一咏一吟，不知老之将至，虽骖鸾鹤，游蓬瀛者之适，无以加于此焉，又非仙而何……”

喝过苦茶，才能彻悟物事理蕴，天命时运，才能参透苦与乐，荣与损。寒冬已至，须加衣保暖。怕冷无可厚非，何必用松柏自励？寒冷于人无过，是因为活着，才遭遇了寒冷，活着当坦然面对一切，活着就要多一些自在。

鸟声“啾啾”，鸟也要过冬了。筑巢了吗？添草了吗？储粮了吗？我同样读不懂鸟声。我只把鸟声当歌声来聆听。我问自己：苦茶喝到什么时候才淡？大概中午之后，快了，但必须喝才能淡。

原载于2006年12月6日《江淮时报》副刊

窗内窗外

你底心是小小的窗扉紧掩，

我达达的马蹄是美丽的错误。

我不是归人，是个过客……

——郑愁予

从窗口想象着地

窗子，那一排排窗子，在空中展开，住在里面的人多久没有踩到“小地”了？尽管知道从什么地方可以走向“小地”——寸土寸金的城市，到处都是楼房，留下的自然是人来车往的“小地”，而大地在城市之外。

阳光洒进窗子，却不知道从什么方向混进来的，它很吝啬，每天匆匆而来，匆匆而去。阳光能照到地上去吗？地上的阳光会像在城市之外一样铺开吗？我还没有注意这个问题呢，突然注意起这个问题，阳光却溜走了。屋内很暗，我看不到地，一抬眼就是一块不大的天空和割破天空的楼房。对面一幢大楼上一排排窗子，其中有一扇窗，里面亮着一盏灯，说明那里有人。没有亮灯的就没有人吗？我不也没拉亮灯吗？多少人在守着阴暗的窗口？或者在阴暗的窗口内幸福着，痛苦着，牵挂着，思念着？或者既不幸福也不痛苦，既不牵挂也不思念，而处于无意识状态？

听到窗外嘀嘀嗒嗒的声音，天是阴暗的，便知道下雨了，但不知道雨落在地上是什么情景——雨把大地打湿，雨像开一个盛大的舞会，各种各样的舞姿都有；雨像赛跑，无数人参加的马拉松。雨越积越多，大地上开始流淌起水，而雨滴接着砸在水洼上，水流上，溅起水珠、水花，升腾着雾气，植物在幸福地享受着雨水——这是落在大地上的记忆里的雨。现在，我听到的是我判断出来的雨。它从莫名处来，消失在莫名处，让人感到有几分不真实。那空调器的排水滴在墙壁上不也是嘀嘀嗒嗒吗？

雨，还是下得好，外面传来的噪音少了，那些叫嚷声，喧哗声，渐渐平息，人们在躲避着雨，出现都市难得的清静，就是午夜也没有这么清静。在这样的清静的时候，那对面的一排排窗子变得深沉起来，好像它们都在思考着什么。是的，熙熙攘攘的都市人，真的需要“车进库，人入窗”，好好地思考一下人为什么活着；让窗外的地获得一片宁静，享受一下雨的沐浴。

原载于2007年1月6日《安庆日报》文艺副刊

读　窗

临窗而读是一幅古老的风景；十年寒窗，透出多少艰辛和毅力，也透出读书人摒弃俗务、遗世独立、个性清高的人格风貌。

然而这般古老的风景，却仿佛离我们很遥远了，一幢幢高楼拔地而起，一面面漂亮的玻璃窗，映出天蓝色巨大帘幕，美轮美奂。我常书生气地想，那精装的窗内，坐着多少认真读书求知的人呢？或许无奈于窗外喧嚣、吵闹的市声，人们再也不敢临窗而读了吧！可是，我一旦看见某个窗口出现读书人的身影，仍会被感动得不愿移开目光，犹如无意间读到了一幅使人感慨的画作……

蜗居中，我有时感到心里堵塞着一股阴郁之气，恐怕与没有一扇好窗不无干系。尽管暂无书房，但那还不太重要，可是没有一扇洁净通透的窗却让人苦闷和压抑。窗外是飞扬的灰尘，嘈杂的人声，以致窗子多半不敢打开，深色的窗帘遮住了外面的世界，也裹住了我的心。刘禹锡居陋室而“惟吾德馨”，是因为“苔痕上阶绿，草色入帘青”，诗人从书上移开的目光，又得读嵌在窗上的一部写满山川自然景物的大书，当然陶然自乐，怡情惬意。

读窗外的自然景致，跟读案头的好书一样，是一种精神上的享受。我现在最难忘记过去在山区工作的那段日子，靠的就是一扇小窗洞明着我的记忆。工余面窗向外，真是阅尽自然风光，美不胜收。从一棵草的发芽，到一片树叶的飘落，我都读得很细致、深刻。随着自然界的一次次回黄转绿，我的心灵得到了自然和人文的双重滋润，生命与思想渐臻丰盈、充实而成熟起来。

现在，我在不断藏书读书的同时，多么渴望拥有一扇好窗。好窗本就是读书人的一部书，有两种读法：从里面向外读，读出通明畅达开阔的境界；从外面朝里读，读出一个不甘寂寞的人生。每当夜深人静，我打开窗子，望一眼夜空，然后拧亮灯，我便在窗上复活了生命，成为书的主角……

原载于2010年4月28日《钱江晚报》人文·晚潮　副刊

窗内的存在

鸟鸣枝头，告诉众鸟其生命存在及精神状态？栖木无声的鸟，它视野中的同类知不知道它的存在？觅食的母鸟当然知道子鸟正等着它飞回来。衔食远途而归，临时休息一会儿，不必要鸣叫。

一个小女孩看着树上的鸟，两眼期盼的样子，引起我主动感受她的心灵，一起观察寒冬黄昏中的鸟，并思考。“你想爸爸吗？”我问她。她怯怯地看了我一眼，点了点头，然后又把目光移到树上。此刻，小女孩的爸爸在城市的哪个窗口遥望家园？他会想到女儿的眼神，一定的。城市对于一个异乡人，尤其民工来说，存在的真实性只是乡愁吧。我第二天离开山村在回城的路上，怎么也拂之不去小女孩的形象，且揣摩她看鸟的时候心里想些什么。

进城后，我来到一幢高楼内，只见一些人在楼道电梯外徘徊，其中有身上沾着泥浆的民工。据保安说，已经停电数小时，并且不能确定什么时候来电。我没打算徒步登到23楼，因为上去了也无法工作。走了一些人，又来了一些人，神态或慌张，或焦虑，就像鸟儿找不到栖息的枝头。

我直到上了另一幢楼才平静下来。一扇窗，是我的目光的通口。外面虽没有风景，而目光不甘于被禁锢封闭。内心的鸣叫，以求友声。我的目光被引向另一扇窗，一扇扇窗，为了滋阴补阳，而拒绝同类的目光。

我不需要站在窗前叫唤，以告诉别人我的存在，因为我是一个陌生人，我的存在跟每个窗内陌生人无关。我的存在靠一些亲友、同事、熟人的想象和猜测，就像我对待他们一样。人类栖居楼宇丛林，能引一片阳光到窗台即幸矣，目光被一些窗子引过去，却有可能被当作偷窥而让人不满。

人们生活在彼此无知无觉的环境中，个性化依赖于陌生化，而非依赖真正开放的文化，因而个性极易变成盲目的共性。从一个个窗台飞出去的灵魂聚集到相对狭小的空间，因习惯于陌生化认知而淡薄社会伦理道德，看重他人存在的意识缺失，结果陷入没有秩序的拥挤踩踏。2014 年的最后一天上海外滩发生的惨剧，就由无数高楼大厦中无数陌生人集体无意识的共性行为害死了一个个生命个体。

城，围城，人只是于一扇窗内存在，路上都不算，商场和广场上更不算。我们通过发达的资讯工具，在交往和交易中存在，以符号化、数字化存在，制造虚拟的平台，敏感于现实发生的“失联”。

城市之外，此时会有许多孩子欢叫。跨进新年，知道打工的爸爸妈妈快回家了。他们的目光攀上树梢，连接着村路。家园里的树，叶子落光了，仍然有鸟。我在城市高楼望那些总也长不高的常青树，上面没有鸟。

原载于 2015 年 7 月 3 日《铜陵日报》天井湖　副刊

旁骛的时代

几年前听人说浮躁，我倒觉得自己还算单纯，大部头的书能在几天内读完，上班可以数小时专注地做一件事。自从电子工具多了或其功能多了之后，上网时又去看手机微信；读书时，又去看 QQ 空间动态，我无疑也进入了“旁骛的时代”。

“旁骛的时代”特征，就是人们精神世界无“一”，表现为内心动荡不安。人们容易被“另外”的声音、事情所吸引，而另外的声音、事情之外又有更多的声音、事情，于是精神世界被物质世界嘈杂的声音、繁乱的事情占据，心也就难以安静地保持定力地聆听一种声音，审视一种事情。

那几天，我观察一个同事上班时的状态，她陷入了忙乱之中，不知道轻重缓急，以至于需要“加班”来处理事务。而加班的时间，她仍然是不能静心地做事，一会儿拿起手机翻阅，一会儿上电脑 QQ 回复，一会儿打电话给谁谈并不要紧的事。她关不掉这些设备，因为一种与世隔绝的恐慌意识控制着她，她要把持一个个世界的通道，而一个个世界牵引着她的目光。结果是，工作不仅没有效率，而且没有质量。

专注，之所以成为人的一种可贵的品质，因为当今做到它愈加困难了。人本来就是一种念头很多的动物，儒家的“专心致志”、道家的“少私寡欲”和佛家的“禅定”，在农耕社会确实起到了很大作用，而在普遍缺乏信仰、物质至上的社会，能“控心”的是什么？“发呆”，竟然成了一种人们向往的精神状态，它或许接近那种所谓的“禅定”吧。

我平时喜欢在行走的时候思考问题，构思文章，可是这种“专注”是很危险的，尽管我谨慎地走在人行道的内侧，但仍会经常遇到不讲规则的人。在一次摩托车擦身而过，吓得我出一身冷汗之后，我的目光变得游移起来，东张西望。

发现那家经常吃饭的快餐店关门了，门面出租，我有些失落，因为在那里吃饭很方便，并以为“放心”。我在想，为什么生意这么好却停业？查出了地沟油？我在走向另一家快餐店时，犹豫着，担心食品不安全侵害我这副亚健康的身体。肚子实在太饿了，我不得不心情复杂地买了一份快餐。我边吃边打量着街对面的一家快餐店，见到那里人比这里人多，是不是那里菜好，或者卫生好？就这样，我连吃饭时精神都不能集中。

遇到一位老板，见他走路时一条腿不利索，我问怎么回事。他笑着说，讨债，被人踹的。我问，是真的吗？他笑了笑。他在我面前，每次状态都不一样，或兴奋，或忧郁。他搞多种经营，生意跨了几个行当，具体做得如何，我不太清楚。我只是觉得他很精明，很忙碌，情绪很不稳定。我想跟他完整地交谈一个话题，比登天还难。他的几部手机，一会儿这个响，一会儿那个响。他或当着我的面接听，或跑到卫生间接听。即使手机没响，他也不会只把“宝贵时间”给我，貌似在听我说话，眼睛却在看微信。我也就明白，他与我谈他的苦与乐，只不过是一种“旁骛”，而旁骛时又有“他骛”。这已成为习惯，成为性格，成为本质。

如果大家都是这种习惯，这种性格，这种本质，人类的心灵会不会被集体无意识自噬呢？

原载于2014年10月27日《合肥晚报》杏花村 副刊

丁　卷

五十知父母命

“五十知天命”，这话我现在说起来，不是淡然，而是愕然，怎么自己一下子就50岁了？对“天命”的想法很多，还是按住不表吧，因为头头是道对自己并非管用。我更情愿把“五十”与“知天命”分开来看，五十是五十，知天命是知天命。

我不打量自己这50岁的光景，而逆时光看我父母50岁时的情景，更有一种历史感，一种缅怀的意义。我的父母50岁时，世界已有我的身影，我的足迹，我的目光，我的回忆。父母是经历过多个时代变革的人，所谓半封建半殖民地社会、社会主义社会以及改革开放等，他们都经历过，同时还遇到过战争与大饥荒。他们的人生沉甸甸的，而其中生计问题占了很大分量，至于权利、自由之类的追求微弱无质，他们虽不奢谈什么“知天命”的孔子理论，但会说“命中有时终须有，命中无时莫强求”之类的民间俗语。

父亲1973年50岁。那一年我8岁，正式入学，就读于怀宁县洪镇街道小学，而我的户口落在离小镇3公里的东风大队。我家下放到牛棚生产队已5个年头。父亲差不多从一个商人蜕变为一个农民。还有我的二姐、我的大哥也随父亲一道，“接受贫下中农再教育”，去了农村，内心极其抵触“扎根”二字。后来，二姐嫁给一个农民，定居农村，这被她长期看作“不幸”，直到

50 岁她的家境大大改变，她才没嫌自己命不好。1973 年我大哥作为下放知青，在生产队拉板车、打芦苇，什么活儿都干，同时也干打牌赌博的“勾当”(赌资几毛钱或者赌香烟)，父母常常摸着漆黑的路到村里去抓他回家。1975 年大哥招工进厂，全家欢天喜地。

50 岁的父亲，有 7 个儿女，我大姐已出嫁，二姐、大哥参加劳动能拿工分，二哥、三哥和我在读中学、小学，还有一个几岁的弟弟。至少这四个人需要大人抚养。虽然有生产队可依靠，但由于粮食按户口和工分分配，而我家工分数与人口数出入太大，所以分配的粮食不够吃。牛棚生产队的田地多在低洼的冶塘湖，容易受水灾而颗粒无收，靠政府赈灾拨救济粮解决民生。救济粮有两类，一是直接发放粮食，一是发供应票。后者不是全部无偿，而是一种价钱相对便宜的粮食，或者说花钱就能买到的粮食。记得我小时候吃不饱肚子是常有的事，总是嚷：“肚子饿了、肚子饿了……”父母不爱听这种声音，回答我：“做个饭袋背在身上。”母亲看见父亲挑回家的稻谷干瘪，山芋瘦小，就很受委屈，大发脾气，骂生产队的干部欺负下放户，甚至跑到村里去讨公道，多半哭着回家。有时，当她得胜地拿回补发的粮食，全家自然特别高兴。

在农村干了 5 年，50 岁的父亲尽管很老实谦和，不与人争长论短，但还是难以真正地被村子里人接受，因为整个村子就一个姓氏——陈。对于姓何的这一家人，被他们看作是利益的侵占者。何况“何家”的确处于一种“半养”的状况。父亲可能想到了自己一家人对陈氏村庄的添累，所以自从我二姐嫁给这个村子的一位农民后，他才感到我们家终于被这个村子接纳了。二姐想招工成为“国家人”，不愿意嫁给农民。父亲骂她，甚至打她。一个从不发脾气，习惯于迁让妥协，被人们笑作“老好人”的父亲，在我二姐的婚姻上流着泪、咬着牙坚持自己的立场和主见。

我记得当年是三哥带我去报名入学的，学费只要 5 毛钱，可是家里却拿不出来。我的名还是报上了，新书比别的同学晚了一个多星期才领到。至于 5 毛钱后来是补缴了，还是免了，我不记得了。我穿着哥哥穿旧的衣服，背着哥哥用过的书包，上学了！父亲 50 岁的时候，我是一个“裸童”，在夏天。那时候春天入学读第一学期，到了暑假，我仍光着屁股。有一天，被班主任老师看见了，她说我已经是一个学生，要学会穿衣服。她却不知道，我家买不起布制作的衣服，我只能等待哥哥长个子被淘汰的衣服。实际上，到我母亲50岁，1977年的时候，我的衣服还是很少——衣不蔽体是假，不够换洗是真。

我的衣服紧张，更多的时候出现在开运动会和参加学校演出活动的时候。我很遗憾，读小学时没有照过相，从现在自己的这张脸看，怎么也想象不到我小时候那么的风光，那么的讨老师喜欢，演出挑大梁，什么开场舞、对口词、快板书都是我的节目，还当过主持人。有一次以小军人的形象，演快板书，上身黄褂子，下身蓝裤子，这行头是向邻居家借的。偏偏我的作文和数学竞赛又都得了第一名，上台发言，白衬衫也是借来的。数学竞赛前，我听到了一个平时数学成绩在同届几个班名列前茅的同学讲，他妈妈已承诺，如果他考第一名，就给他做白色的确良褂子（当年最时尚的衣服）。我回家，对母亲说："如果我考了第一，你给我做的确良褂子吗？"母亲笑了笑，然后说："我给你做。"可是，母亲却没有兑现，直到几年后，我才穿上的确良褂子。

可见，母亲50岁的时候，家境还是那么贫困，但比父亲50岁时要好一些了，因为大哥已招工进厂，二哥高中毕业参加生产队劳动，母亲自己先后在学校、邮局做厨工，一个月能拿到15元钱。母亲的娘家在渔村山口镇，她织渔网的技术相当高，有空就织，向外出售，这也能贴补家用。可是，母亲的压力却很大，她意识到五个儿子，一个个长大成人，将来都要娶媳妇，她说，就是一个儿子只打张婚床，也得不少钱。母亲省吃俭用，一定程度上影响了她的健康，她50岁后的身体很差，以致下河洗衣都困难。

1977年的暑假，我除了拾柴、捡煤、打猪菜、捕鱼、捞虾，还有一件很不愿意做却不得不做的活儿，就是拣猪毛——把一堆黑猪毛中的白猪毛拣出来，或者把一堆白猪毛中的黑猪毛拣出来。这是个很枯燥乏味的活儿，我尽可能逃避和怠工，却挨了母亲不少骂，她骂我耐不住性子，将来没出息。我后来能捧着书一读就是半天、一天，是否与拣猪毛，培养了性子有关？干拣猪毛的活儿可以挣到补贴家用的钱，这是母亲天大的问题。母亲自己也放下渔网，投入到拣猪毛的活儿中。渔网三年两载烂不掉，更换率低，母亲的渔网销量有限，她不能再盲目地编织囤积。镇上许多人家都干拣猪毛的活儿，而毛刷厂的猪毛有限，这造成了排长队等候猪毛的局面。一次，我跟母亲一道排队，终于等到母亲去仓库拿猪毛时，厂长却将秤杆子往肩上一扛，说今天结束了，气得我母亲落泪。

我开始同情母亲，她叫我干什么就干什么，从不偷懒，这也让我得到了母亲的夸奖。我从天真快乐的儿童，变成了性格被染一丝忧郁的少年，为父母、为家庭感到“不幸”，为社会对我家的“不公”和人们对我家的“歧视”感到不满。母亲的思想很复杂，她说：“穷没根，富没杪。”她又说：“月到十五光阴少，人到中年万事休。”她乐观的时候，在五个儿子身上看到希望；她悲观的时候，为我父亲的社会活动能力差和自己被疾病缠身而唉声叹气，怨天尤人。她不喜欢农村。1980 年国家出台政策，下放户回城，我家户口从农村转出，成为“吃商品粮”的城镇居民。镇上有多户“下放户”，将回城视作“解放”，欢天喜地了很长时间。

兴奋是有理由的，因为城市户口的青年，国家会安排工作。可是，国家的政策并不完善，我父亲没有恢复供销社营业员的身份，他洗尽了两腿泥，快 60 岁了，却成为一名无业者。母亲为了父亲能够恢复公职，她往县城跑了多年。父母晚年，虽然几个儿子有工作并给他们赡养金，可因不能像镇上其他老人一样按月领退休金生活而失落。父母晚年时，儿子们一个个要结婚成家，需要家里打家具，而儿子及儿媳妇们的想法不同，要求不一，故而为“一碗水端平”很费脑筋。父母一生吃了太多的苦，遇到了太多的坎。这是命，何况，人往往是难以决定自己命运的。父母，一生大多时候选择不了自己想要的生活，只能逆来顺受。

原载于《中国工人》杂志 2015 年第 10 期

一棵树的宿命

屋后是个缓缓的斜坡，通往河流。斜坡上的柳树，多半用来做柴火。因受洪水的冲击，还有顽童的“摧残”，柳树多长得歪歪扭扭，极少可用来打家具。

父母不能不考虑儿女成人后的嫁妆、家具。于是，在后门外不远处栽下几棵香椿树。香椿树材质好，但长得缓慢，成材不易。只有一棵香椿树活了下来，笔直地往上长，十多年后，长成了十多米高的大树。

我开始记事的印象里，屋后就有一棵香椿树。儿时常召集伙伴们到树下玩耍，往树上攀爬。谁也没有我爬得高，爬得快，但即便如此，我离树冠还有一段距离，就再也无力爬了。香椿树难爬的一个主要原因，是主干上没有斜枝可抓扶，另外还分泌油亮亮的树脂，粘到衣服上，黏糊糊的很难除掉。

香椿树长新叶的时候，香气弥漫，尤其早晨和雨后，清香四溢，令人振奋。母亲拿了一根长长的顶端绑了铁钩的竹篙，将嫩叶采摘下来。香椿头炒鸡蛋是一道名菜，特别好吃。由于整条河西街只有我家这一棵香椿树，母亲为了不让他人眼馋，采了香椿头分送邻居。可仍有人偷摘。然而羡慕别人，不如自己家有。一些人家就栽上了椿树，虽然成活了，却散发的是臭气——原来椿树有香椿与臭椿之别，臭椿的嫩叶，是不被人食用的。

喜鹊在香椿树上叫喳喳，母亲说，家里要来客人了。上午，或者中午，果真有客人来了，我就觉得非常稀奇，而希望喜鹊常在香椿树上鸣叫。我对母亲说，妈，喜鹊在叫，要来客人了。母亲说，这时喜鹊叫，不会来人。我问为什么，她说早晨喜鹊叫才会来人。母亲的预感很灵，她说哪个人会来，那个人真的就来了。

母亲说，香椿树不该卖掉。这是她病重时说的话。母亲相信每个人的命应对着一棵树，或者一棵树喻示一个人的命。在家境十分贫困，甚至缺粮断炊的年月，母亲也没有卖掉香椿树——香椿树可做屋梁，镇上一些人家盖房子，想买下我家的香椿树。母亲告诉他们，这棵树是她亲手种植的，将用于自家盖新房。她的儿女一个个成人，家里隔一两年就需要添置家具与陪嫁之盆桶，她决不同意砍伐香椿树，而是挑选那些柳树。柳树结疤多，锯成的板孔隙大，木匠很愁。家具需要用灰泥涂抹填缝，然后刷上油漆。我离家工作前，母亲临时请木匠打了一个木箱，连油漆都来不及刷，比硬纸箱好不了多少。

街坊邻居都没能栽活香椿树，唯有我家的香椿树活了，成材了，母亲以为是天地之造化。香椿树高过自家的屋顶，高过镇上所有人家的屋顶。树冠上，静守母亲的目光，等待好日子到来。

当生活稍微好转的时候，母亲却经不住一户人家再三恳求，将香椿树卖了，得到了80元钱。她马上后悔了，自己家盖房子不是也需要它吗？1983年的一场洪水，使我家的房子成为危房，必须重建才能入住。家里只得负债盖新房，可是房子盖好后母亲却被疾病缠住了，直到1992年去世，她一直在病痛中苦苦煎熬。

母亲认定她的命就是那棵香椿树。她的名字中有一个“香”字。她非己所愿的嫁给我父亲，婚后多年遭受来自政治上的连累，被抄家，全家下放，惊吓，辛劳，贫病交加。父亲患了血吸虫病，肚子发胀，严重肝腹水。医生都不抱多大希望，母亲鼓励父亲一定要活下来。父亲后来康复了，但身体孱弱。母亲撑起了家，她到学校、邮局等单位做饭，一个月挣15块钱，维持生计。她获得了一个消息，下放之家有三个青年子女的，可以抽调一个回城安置工作，我大姐、二姐、大哥已成年，符合条件，可以抽调一个回城。母亲高兴不已。可是，落实政策时，我家却不在公布的名单中。母亲跑到公社求情，一天天哭诉，哭肿了双眼，终于让大哥填上了招工的表格。大哥坐在屋后，喜悦地望着香椿树。我那时还小，不知道他的心思，说，大哥，你要是想鸟蛋的话，我可以爬上去掏给你。大哥没理睬我，他对母亲说，到单位上班，得打一个箱子，把香椿树……话还没有说完，母亲道，不行！再过几年，你要结婚，用它给你打家具。

母亲把希望寄托在孩子们身上，亲手栽植香椿树，然后看着它一年年长高，在椿叶的香气中提振精神。她对我们说，“穷没根，富没杪”。意思是，穷是没有根的，富是没有尽头的。她传达着一种信念，让我们全家人乐观起来。

有些细节，我不清楚，如砍伐香椿树时，我不在家；香椿树被人从我家屋后拖走，我也没有看到。我却看到了另一些细节，即母亲的流泪、叹息。她的灵魂仿佛失去了安置，变得神经质起来，爱唠叨、数落、埋怨。她跟我说自己的病，口气是悲观的。

母亲不该信仰一棵树，可她毕竟信仰了，由不得别人。母亲也就真的命如椿树。我想，假如香椿树做成自家的屋梁，打成自家的家具，母亲的情绪、心态会不会不一样？也许她的病不会造成她的抑郁，那么她的身体会好起来，使她能够活到家里生活真正改善的那一天。

原载于2013年4月8日《安庆晚报》月光城　副刊

青丝乌发栀子花

是后来离开小镇在我工作的机关花园里才看到了栀子树，看到栀子树绿叶簇拥的玉白色栀子花，浓郁馥馥，一时间覆盖了其他花草的香气。每每这时候，我就会随着香气的飘逸寻觅头戴栀子花的女人。可是难得发现栀子花在青丝乌发间闪动的影姿了，包括婚后我妻子也从没在栀子花开的季节，将它作为头上的配饰，她倒是摘了栀子花放在碗碟里，用水养着，接连几天屋子里都是沁人心脾的香气。

小时候没看见过栀子树，但五月总因栀子花的香气使小镇显得格外的温馨，它是女性自信的张扬，更是母亲们情趣的释放。我妈妈喜欢戴栀子花，隔壁大妈也喜欢戴，对门谢妈、斜对门郝奶奶都戴栀子花。我到伙伴家玩，发现他们的妈妈无不戴着栀子花。还有年轻的姑娘，小女孩，也一一戴着栀子花。那时整个小镇家家都很贫穷，但爱美的天性却没被贫穷剥夺。戴栀子花成为那时女人们最简单的打扮，而朴素之美是任何化妆师都做不出来的，天然的香气赛过世上所有的化妆品。

邻居谁家乡下亲戚植了栀子树的，就会去采摘栀子花，或者由亲戚送过来。那些栀子花便在街坊邻里间分发开来。常见妇女拿了栀子花送给我妈妈，我妈妈若有多余的栀子花也会去送人，送来送去，香气你家传到我家，邻里之间平日再有什么不满和意见，这时也会被香气驱走了。戴栀子花的妈妈，从堂厅到卧室到厨房，将香气带到家里每个角落，经济拮据，日子艰难，但这时所有心头的阴霾都会被香气冲散殆尽。

妈妈的头发乌黑细软光滑，戴上栀子花后，显得更加漂亮，神采奕奕。有时，没有新鲜的栀子花，妈妈头上的栀子花有些枯萎，发黄，她也舍不得取下。听到街上叫卖栀子花的，妈妈放下手上的活儿，花几分、几毛钱，买些回家。那卖栀子花的小姑娘，拎着一个小竹篮沿街叫卖，她的辫发上也插着栀子花。她家栀子树上有多少花？我想问却终究没问成，下一回变成了另一个中年妇女卖花，她是卖菜的，顺便带了栀子花到镇上卖。

有一年端午节前，百亭的妈妈拿了栀子花家家送发，送到了我家。她说她家移栽的栀子树活了，今年开了花。她是那么高兴，好像在与全街妇女分享喜悦。妈妈戴上栀子花后，拿了几枚鸡蛋回敬对方，她怎么也不收，跑开了。但这份情，妈妈后来还是还了，百亭当兵入伍，妈妈拿了一些鸡蛋去恭贺。百亭家的栀子树栽在院子里，我没能去看一看。毕竟自己是男孩子，更关注那些能解馋的果树。疼爱妈的孝心没有扩充进妈妈爱美的心灵深处，特意去乡下为她采摘栀子花。妈妈的青丝乌发，在我眼里仿佛就是生长栀子花的树。

原载于2010年6月5日《扬子晚报》繁星　副刊

父亲与红蓼草

一到黄昏，不少人家就将红蓼草堆在街沿焚烧，整个街上飘荡起烟雾，弥漫着特别呛人的气味，但孩子们却在烟雾中奔跑，或者拿着芭蕉扇向半湿不干的红蓼草煽风，使其腾起一阵阵浓烟来，将蚊虫彻底驱逐，迎来一个免于其侵咬的欢悦的纳凉之夜。

母亲闻到苦苦的红蓼草的气味，脸色凝重起来。我知道她为什么不高兴，因为父亲还没回家。每天，父亲的身影总是穿过红蓼草的烟雾，将没有卖出去的商品挑回来，汗水湿透了他的衣服，皮肤一天比一天黑，身影也显得越来越瘦小，他的这一形象每日出现在吃罢晚饭坐在门口竹榻上乘凉的街民眼前，强化着人们对他的“同情”，或者“歧视”。母亲认为我们家被人瞧不起与父亲没有体面的工作有关，而一些人同情的目光背后却是对母亲的指责——不应该让父亲如此辛苦地串乡卖货，可是父亲不卖货，生计难以维持，靠谁来养活我们？于是，母亲一边顶着舆论的压力，一边数落父亲，希望他回家早一些，尽量避免被街上乘凉的人看到。父亲有时很生气，说自己既没偷又没抢，不丢什么面子；有时，他不想与母亲吵架，就答应第二天回来早一些，但到了第二天他又想将早上挑出去的商品多卖一些，于是走出一个村子，又走进另一个村子，当他回到镇上时，已是傍晚，街头巷尾弥漫着红蓼草的烟雾了。

1980 年，父亲的户口从下放的农村转回镇上后，为了养家糊口，以及供孩子们读书、成家，他选择了串乡贩货的职业，一干就是 10 年，这 10 年街坊邻居跟他年龄相仿的人都在安度晚年，他却每日至少走10公里的路，销售利润极低的油盐酱醋、针头线脑等。他每日出门很早，看到他的人不多，而黄昏回家时，他将自己的身影“暴露”在他必经的街道，所有乘凉人的面前。当年，我认为父亲的固执（母亲说他倔），伤害了母亲和我们兄弟的自尊。但在往后的岁月中，我越来越觉得父亲的坚持，是一种精神。他当然不愿过艰辛与贫困的日子，但在现实面前，他以劳动者的步履，走出了一条自立之路，他无视别人的歧视，不接受别人的同情。

由于父亲回来晚，我家很少在门口燃烧红蓼草。吃过饭，父母到屋外乘凉，要么天已经完全黑下来，要么已经是银河灿烂，星星满天。很多人家屋前，红蓼草余留的气味在屋檐下与墙壁间形成抵挡蚊虫的屏障，可我家没有烧红蓼草，好像蚊子都向这里转移了。如果这时候燃烧红蓼草会刺激街上纳凉人的眼鼻，使其咳嗽、流泪、打喷嚏，所以，我们即使被蚊子咬，也得忍受着。父亲对我说，你也烧些红蓼草。我说，你和妈出来乘凉，红蓼草早烧完了，还有什么用？父亲说，蚊子怕红蓼草的气味，我们家这里也得有红蓼草的气味，蚊子就不会来欺负我们了。

于是，我开始到镇外去采挖红蓼草，可找了半天，才找到几棵，这是由于采挖红蓼草的人太多的缘故。虽然那时候有的人家已用上蚊烟，但大多数人家舍不得花钱，或认为蚊烟没有红蓼草驱蚊效果好。在屋外乘凉，烧一堆红蓼草，可以使很大范围的场地在几个小时内没有蚊子过来。我将采挖的红蓼草放在屋后半堵石墙上晾晒，需要晾晒数日，但不能完全晒干，否则焚烧时容易烧光，且生成的烟雾少。这一天，我像别人家一样，早早地将竹榻放到了门外街沿，然后燃起了红蓼草，它吐出黄黄的火焰，而一会儿烟雾将火焰压低了，似熄未熄，仍在慢慢燃烧，蚊虫薰死了很多，还有的夺路而逃了。

这时，我看见父亲挑着担子，一如往常，在人们的眼前大踏步走过来。他快走到我身边时，一股风将烟雾腾起，扑向父亲，将他包围。就在我心里顿起莫名的慌乱时，父亲突围而出，向我笑了笑，随手在担子上取出一把红蓼草，扔给我，然后身子一侧，将扁担直过来，一闪，他迈进了家门。

原载于2013年8月20日《联谊报》说吧　副刊

斜面行走看甲乙

那斜面是江堤的斜面，是大山的斜面，也是生活的斜面。

通过这么多年不断拜读甲乙的作品，如散文集《去黑山》《通往河流的门》和中短篇小说集《夏日的漫游者》，以及与甲乙本人的结识，我觉得像我这样情愿不情愿地行走了几十年斜面的人，才能够在他展示的种种审美意象中，被一种斜面的力量所冲击，震撼，或者从一种斜面切入，触摸到他艺术与人生的最深刻的部分。

原来，我们都是惯于行走于斜面之上的人。这并非比喻，而是一种真实的状态。不过，甲乙从东北的群山走到沿江的堤坝，北方的北风与江南的南风的品质反差，还有排浪拍岸的江风和轻柔拂柳的清风的鲜明个性，给了他更多的感受和悟性，斜面行走，他显得更加稳健，姿势也更加好看。

那天，我在一家期刊上看到甲乙的一张相片，不禁脱口而出：“拥抱所有，包容一切。”他张开双臂，立于大山的斜面，虽然，他笑得那么轻松，但我还是看到了一个斜面行走的人往昔艰辛的影子，也只有在斜面不断跌倒爬起的人，才知道什么是爱，什么是拥有。他的两手之间，距离在我眼前放大——他先是从辽宁一个小镇到安徽大渡口的挖沟村，接着是从长江南岸到北岸，北岸到南岸。因社会的变迁与迫于生计，而行走，迁徙，到自觉地做精神的漫游——正因为有后者的努力，才发生了生命的前后呼应，艺术世界随意象在记忆与现实中叠加，思想在节奏与色彩中张扬，显得丰沛、柔和，意味隽永。

从甲地到乙地，不是简单的两个地名的连接，而是沉重的大地呈现，斜面是它的一部分。斜面不是停止，不是结束，而是一种变形，一种延伸，他在《大地》一文中如此说：“它是窄条形，却紧傍着大路，却似乎要随道路一起走远，但最终在一道渠沟边留住了脚步……大地的长度是超出我的想象的。”我在散文集《通往河流的门》中看到了一个坚强的少年，帮父亲推车，生活场景虽然从东北黑山、大虎山变成了沿江平原，但路照样存在许多倾斜，“楼阁积满了时间的灰尘，它还在那处缓缓升高、十分漫长的上坡路上，道路的强大力量使得它不断地退却。”“到楼阁的后半程要经过几座公路桥，桥都不长，桥面也较窄，但拉车上桥总是很吃力，因为桥比公路高，形成一道陡坎。”“我们看着将近两里长的岭坡，仔细寻找一条能避开那些小坑及乱石的路线。”斜面上的父亲，是那么艰难和顽强，“父亲说一声走我们就一鼓作气上坡”（《上楼阁》）；少年被生计推到斜面上，他在父亲的感召下，成长为一个能走好斜面的人。这少年就是甲乙。通往一个个村庄，一条条河流，及视野之外，斜面必然地成为生活本身的形态，绕不过去，但只要天空不倾斜，心态摆正了，什么都不怕。

这些年，皖江成了甲乙的“瓦尔登湖”。范围距离，并非抽象的概念，而是甲乙视角的高度聚焦，他捕捉的是用背景本身说话的画面，通过扑面而来的细节，把人们带到特定的时空，去感受艺术之美，语言朴实得就好像再熟悉不过的树木，可营造的气氛有如随意伸展的枝蔓，热情四射，我不得不跑到它下面，寻找那一枚枚摇动的果实。

对甲乙的作品，我不好说我是用仰视的姿势欣赏，但我的目光呈现一种斜面，做诚挚的接受，却是真实情形。说到这里，我就该讲讲我是如何接触到甲乙了。我们在斜面上相遇。那是在1996年夏季，接连多天大雨滂沱，我困在邻县一间房子里读甲乙的散文《涨水的日子》和《一九九一年的汛湖》，心情就像他文章中写的一样，“汛水是汹汹地涨，人心开始发慌”，我决定去见见甲乙。路上雨水肆虐，水洼成片，泥泞不堪，反而路的斜面因为有草，走起来好一点，但掌握不了平衡就会滑到庄稼地里。我走到了汽车站，搭上了去安庆的客车。我一路打听，找到安庆日报社，大概是下大雨，报社里人很少，非常静，静得让我紧张。我来到三楼，发现了副刊编辑部，门敞开着，只见靠南窗坐着一个四十岁左右的男编辑，正在编稿子，我走进去，脚步声惊动了他，当他转过身来看我的时候，我说：“我找甲乙老师……”他立即站了起来，鞋也没穿，就奔向我，握住我的手，说他就是甲乙，然后才把皮凉鞋穿上。他后来说，大雨天，跑去投稿，他很感动。而我认为他的感动是真实的，因为他也是冒雨去上班的。

我们就这样相互认识了。那时，我写作刚刚起步，勤奋地写，可总也写不好，就想拜甲乙为师。可他却说，我们做朋友吧，各写各的。但我至今还是认为，我的朋友只是甲乙，而叶卫东是我的老师，尽管我早已知道甲乙就是叶卫东。

我在心里坚持确定这两种不同的称谓。这对我，还是对甲乙，彼此都有好处。与朋友相处，生活中什么话题都可以谈，也可以说谁的文章好，谁的文章臭。可等到向他投稿时，如果再把他当朋友，受气伤心的就是自己了，因为他作为编辑会把不适合的稿子毫不留情的枪毙掉。与其说他不够朋友，不如说自己没能把甲乙同志与叶卫东先生区别开，其实在他那里，是坚持把作者与朋友区别开的，多年来，甲乙的朋友，包括我，大家都认可和接受了叶卫东与甲乙角色的奇妙转换，觉得挺好。

走了多年斜面的人，他的目光是平民化的，知道斜面难走，所以他习惯于伸出手拉人一把，或者扶一下。他的朋友，更多的是底层作者，包括农民。那年我写了一个坚持写作的老农民，他立刻下乡来看望这个农民，带来了自己的著作。他在老农的家里家外、田间地头到处看，连厕所也不放过。从那时，我终于明白了甲乙的作品为什么充满生活的气息，有着悲悯的情怀，原来他做文人的姿态低。

那次造访之后，老农民接连向他投稿，可一篇也没被采用。对此，老农民有些委屈。我笑了，我知道是什么原因，在甲乙兄眼里，所有人是平等的，而叶卫东却有着自己较为严格的用稿标准。交这样的朋友，遇上这样的老师，我没有理由不进步。

原载于《安徽文学》杂志 2007 年第 7 期

去见肖复华

玉峰兄是个老北漂，他结识了不少京城大作家。一开始，我以为他喝高了吹牛，不相信。他不高兴地将打火机往桌子上重重地一搁，对我说："你随便说个人，我就能将他喊过来，不行我把头割下。"我便说了一个又一个著名作家的名字。

他打通了肖复兴弟弟肖复华家的电话，接电话的是个女的。他说："嫂子，我是玉峰，我想你和复华哥了，我去看你们。""你在哪？什么时候过来？""马上就过去，你准备几个菜吧。"……这下我服了他。考虑他已喝下大半瓶酒，我就不想去，可他要跟我翻脸，吓得我只得陪他去。他夫人李玉蓉也不想去，他硬是将她拉下了楼。

作家肖复兴在全国都很有名气，我读过他不少散文，文风朴实，充满真情，而肖复华的名字我没听说过。玉峰说，肖复兴的弟弟肖复华也是作家，写报告文学和散文，获过庄重文学奖。"我和肖复华是西北大学作家班的同学，哥们。"由于玉峰兄已有七分醉，他带路，结果打的跑错了地方，接着又打的，才找到肖复华先生的家。

肖复华夫人周红女士很客气地开门迎接我们。一进屋，我见一个个子高高瘦瘦的老人从一间房里出来，立即意识到他便是肖复华先生。玉峰把我介绍给他。他打量了我一下，然后吩咐玉峰拉开桌子，开始吃饭。他说："等你们等了半天，肚子都饿坏了。"桌子拉到客厅中间位置后，肖夫人从厨房向桌上运菜，一盘蛋羹，一盘煮南瓜，一盘香肠，一盘凉拌萝卜。肖先生拿出一瓶西汾酒和半瓶红葡萄酒，还有一听啤酒。

实际上，肖先生算不上很老，61岁，他去年得了喉癌，还在化疗阶段，显得苍老憔悴。相比之下，肖夫人年轻，也漂亮。她是安徽巢湖人，3岁随父母去了青海，长大后在青海一家石油企业工作，与工友肖复华结婚。肖先生是北京人，1968年支边到青海，在石油钻井队当修井工12年，后调到青海石油局文联工作，再后来携家人回京工作、生活。肖先生对我说，你们安徽好，我很喜欢。他气管里不时发出气流声，叭叭地响。他的颈上插了根管子，管子藏在衣服内，好像往外渗水，他不时用餐巾纸擦拭喉结部。就是这种糟糕的身体状况，他仍陪我们喝酒。他是啤酒，我和玉峰是白酒。肖夫人没有反对，只是当玉峰喝醉后失态，胡言乱语，她才笑着说，你得少喝点，老肖就是因为嗜酒得了病。她说罢，去书房拿来一本书，递给我说："这上面有他哥写他的。"我接过来一看，是肖复兴先生的一部散文集，用那篇写弟弟肖复华嗜酒的故事的文章的标题《今朝有酒》做了书名。我在翻看时，肖先生谈起他喝酒的往事，趣事，他说他这辈子可是拼了命地喝，每天喝一瓶，有时两瓶。今朝有酒今朝醉，喝出了胃出血，还得喝，谁劝也不管用，只有"病劝"才行——去年得了癌，不能喝了。

我一边听，一边看了看肖先生杯子里的啤酒，还有他疾病缠身的虚弱的样子，心想真是一位酒精打不倒的汉子，即使打倒了手也不松开酒杯。我仿佛到了古代，亲眼看见放浪形骸的魏晋名士，日日酣饮，醉生梦死。了不得啊！他对我说，你们安徽人也能喝酒。我说有的人会喝，有的人不会喝，我属于不会喝的。当我与他碰杯时，胆战心惊，像是谋害他，因为他是个癌症患者，前天还做了化疗。

肖先生从茶几上拿出一个盒子，打开来，放到桌上，是花生。他说没什么菜，就用花生下酒。玉峰兄什么菜也不吃，喝酒像喝水一样。我瞥了肖先生一眼，见他看玉峰喝酒，脸上闪过一丝意味深长的笑。肖先生要赠我一本书，可是酒后他犯困，睡觉去了。这时玉峰兄已是酩酊大醉，无所顾忌地骂这骂那，不是取笑肖复华，就是取笑他老婆。肖夫人真是个好人，边听边笑，不流露见怪的表情，只是间或劝玉峰少喝点，要心疼老婆。玉峰说，我凭什么不喝？不喝醉干啥？喝醉了怕啥？

在肖复华先生家待了数小时，我们才离开。肖夫人拿出了肖先生新近出版的一部书《柴达木笔记》赠我，可肖先生还在睡觉，不便吵醒他，她说等下次来肖先生签上名字再赠，我于是在她给我的一张纸条上留下了姓名。肖夫人把我们送下楼，送到公交车站才离开。玉峰兄由他夫人和我搀回了家。

原载于2011年3月16日《新安晚报》城事 副刊

戊卷

倾听奇石灵语

几处水塘，让园子里充满灵气；而那些或散布，或点缀，或群集，或垒叠的奇石，更有着通天灵性。

我先是远望那些个头高大的奇石，阳光在上面闪动，折射，跳跃，犹如电波传到我的心间。它们风雨中清举屹立，岿然不动，我似乎听到了它们与天地的交流。那天，我见它们披着白雪，或像一尊大佛，或像一位圣诞老人。奇石，萧瑟冬天，莽莽浩气，使我平添了凌寒的精神。后来，园子里的奇石越来越多，我在它们身旁漫步，驻足，伫立，听到一种穿透时空，甚至多维空间抵近的声音。

“四海滔滔，唯石不言”。大音希声，奇石表达至朴至真。风起处，奇石的肌理改变了青萍之末与林莽之间的表象，声气与天相接；风息后，奇石使空气保持流动，光线也随之变化。奇石或独白，或对话，与万物生命、情感有着神秘的联系。

来这里之前，我放下了《瓦尔登湖》，既然离开书斋，进入丛林，就不需要按照梭罗的文字指引应对一段生活阅历，我倒想在亲近自然的过程了解一些自然物的知识，于是带上了《尔雅翼》，还需要从乡野环境中觅寻意象，便又加上了一本《萨特论艺术》。果然有效，我知道了为什么一些树叶是“摇落”，而另一些树叶是“黄落”。当我有心去倾听园子里的奇石时，恰巧读到了西方存在主义大师萨特的一句话：“他（米开朗基罗）折磨着大理石，强迫它们发出声音。”西方通过人的意志创造审美，让大理石在痛叫中成为一件件“作品”。而中国道家崇尚自然，认为奇石乃自然造化，显天成之妙，蕴天籁之音。即使需要人力再创作（雕刻），也必须道法自然，师心造化，做到气韵生动，无斧凿痕迹。每一块奇石，都是一个生命，因而它的声音，或柔和平易，或阳刚高亢，或低回浅吟，或磅礴激越……也是各有特点，伴雷霆振聋发聩，和霞光悦耳动听。

苏东坡相信“石之铿然有声者，所在皆是也”，但他曾怀疑石头发出如钟鸣一样的声音，于是月夜造访石钟山，果然“……，噌吰如钟鼓不绝……空中而多窍，与风水相吞吐，有窾坎镗鞳之声，与向之噌吰者相应，如乐作焉”。他得出这样的结论：不应“事不目见耳闻，而臆断其有无”。造物之奇令通达坦荡的苏东坡，对自然又多了一分热爱。他认识到“阴阳和而万物生”，作为大自然之子的人类要处理好自身与身外“万物”的关系，“信故物知之也易，而从之也不难”。师法自然就是遵循天道自然的规律，“循万物之理，无往而不自得，谓之顺”。

宋代诗人方岩在《灵璧磬石歌》中说：“灵璧一石天下奇，体势雄伟何巍峨。巨灵恕拗天柱掷，平地苍龙卷首尾。两片黑云腰夹之，声如青铜色如玉。秀润四时岚岚翠，乾坤所宝落世间……”磬，古代石制的一种打击乐器，甲古文中磬字左半像悬石，右半像手执槌敲击。据《尚书》记载，灵璧石“可以为磬，其声清亮，多供乐府之用”。那天，细雨霏霏，十多块巨大的灵璧石运至中和国学艺术小镇的中华奇石盆景文化园，它们形状天然迥异，表情气质不同，只见一落地个个展示别样的风采。有的挺拔伟岸，让我忽然明白为什么古人“采贤俊于岩穴”，气质风度受染于奇石吧；有的如恐龙昂首向天，我感觉突然有一种遥远洪荒的声音响彻天穹，语藏玄机；有的若远古巨型乐器的重现，无数个窍孔奏出直叩心灵的音符，我顿时感到一洗尘虑，神情散朗。这些奇石是从灵璧县运来的，一位师傅告诉我，“石头时间”跟我们“人类时间”简直不是一个概念，经过七亿年孕育的地质层中，流淌着一股富矿型泉水，这种水穿梭浸润在石头中，再经过石头礁体“原藻类”的渗滤吸附和石灰岩的净化作用，极尽巧斧天工，造就了闻名中外的灵璧奇石。

自然能如此慷慨呈现奇石，终究是个“时间问题”，天时天运天道，故而人与天交方可得奇石，得奇石而肃然拜之，以示敬畏。中国传统文化，赋予奇石人文的高度。经风蚀、浪冲、水洗及岁月的打磨，它们或形奇，或色艳，或纹美，或质佳，或晶莹清澈，或灵秀飘逸，或浑穆古朴，或凝重深沉，千姿百态，异彩纷呈，自然天成，超凡脱俗。每一块奇石都是独特的，唯一的，不可复得与复制的。其形怪也罢，丑也罢，都让人喜爱，无芥蒂隔膜之感，这是自然对世俗人心的平复。苏东坡推崇“石丑而文”，他说：“凡物之丑好，生于相形，吾未知其果安在也。使世间石皆若此，则今之凡石复为‘怪’矣。”

真正爱石的人，爱石之奇，石之性，石之情，石之品，石之德，且能听石之语。古人云：山无石不奇，水无石不清，园无石不秀，室无石不雅，居无石不安。赏石清心，赏石怡人，赏石益智，赏石陶情，赏石长寿。日本汉学家小岛毅研究中国传统艺术，认为中国人心目中的石头“是瞬息万变的时间之物中较为恒定的标识物”，“不仅可以瞬时复活全部的历史记忆，而且可以穿越未来之境，擦去时间全部的线性痕迹”。

奇石之缘，非满足于私藏自赏，要给它们一个开放的能自立自在的环境，让更多人可以与之相遇，可以欣赏奇石之美，倾听奇石之声。这是中和国学艺术小镇建园者杨亚彬先生的初心。他对我说，任何东西都不是自己的，再多的资产最后也不是自己的。中华奇石盆景文化园，奇石陆续运至，将安放大型户外灵璧石500块，还有馆内陈设形体较小、形色别致的奇石。

这让我想起对奇石持“天高地厚靡不有，丑好万状奚足论”观点的欧阳修之所言：“人为动物，惟物之灵。百忧感其心，万事劳其形。有动乎中，必摇其精，而况思其力之所不及，忧其智之所不能。宜其渥然丹者为槁木，黟然黑者为星星。奈何以非金石之质，欲与草木而争荣?”这何尝不是听石所悟，山水之间，唯有一颗陶然自得的心属于自己。

奇石，通天灵语，能进入多少被喧嚣纷扰包围的耳朵?“由心之所感则形于声，声之所感必流于心。”奇石之心，乃天地之心。你我，当为天地立心!

在中和国学艺术小镇，面对、参照、触摸、倾听灵璧石、藏石等奇石，我不再“忽疑天上落，不似人间有”，其实它们就是生命的化形。听石，听出灵魂的声音：石道人道，以石悟道；石身人身，以石修身；石性人性，以石养性；石缘人缘，以石结缘；石乐人乐，以石寓乐；石情人情，以石陶情。

原载于《中华奇石》杂志2017年第9期

恣意与生意

从皖北到中原郑州、洛阳，一路上见植物茂盛，草木恣意，心中荡漾起一股喜悦。关于老子和庄子的故里，豫皖两省有争。数千年前的两位先哲，对于大地上自然万物等量齐观，他们的眼里，花草树木，既按照自己的本性生长，同时又“万物并作”，以彼此的存在而存在。

“天地有大美而不言，四时有明法而不议，万物有成理而不说。”我面朝车窗外，想起庄子这句话。车行宽阔的高速公路，速度很快，而庄子当年坐牛车、马车或者步行，他接触自然更亲密，植物静静地生长，恣意地生长，必然有深刻的观感。我只能感受他的感受，从疾速而驶的车上，无法真正抵达庄子的心灵。

在洛阳龙门石窟，烈日无遮，晒得人发昏，我只得从西山下来，立于伊河之岸，观攀爬穿梭的游人。这是佛教圣迹隆盛之地，而多少人是前来朝圣？最初选择西山凿窟、雕刻佛像的缘由，不会只是因为这里石质好，还因为有伊河的灵动与东山草木的葳蕤吧，西山与东山之间的伊河，蕴涵涛浪无波的禅机吧。

荒山绝对不能吸引佛，佛即使立于荒山，也是面向山林大地，禁戒的是自己的行为，而观照的是自然万物。尽管心中无念无欲，但却向往鲜花盛开的庄严世界。你看那一个个活佛（游人）大汗淋漓地下了山，直奔河旁树荫。我看到一群外国人，一直在河边的树下弹琴，欣赏音乐。不知他们可相信“人人皆可成佛”？也许他们不信佛，而他们从无数的石刻佛像上获得审美的愉悦，与心中本有的善应该是呼应的，感召的。音乐是美丽的，我倾听音乐，而掉队了。

我很想去东山树林中走一走，可时间不允许。连白居易钟爱的香山寺也没去成。这位写过“离离原上草，一岁一枯荣”的大诗人说“洛都四郊，山水之胜，龙门首焉”，并作诗：“爱风岩上攀松盖，恋月潭边坐石棱。且共云泉结缘境，他生当做此山僧。”看不出有广告宣传的意思。他不会想到千年后的今天，龙门石窟成了著名的旅游景区，每天不知接纳多少匆匆而过的游客。导游小姐说这里人气旺，高峰的时候，人挨人，人挤人，水泄不通。可石窟中的千僧万佛，还有香山居士的灵魂，安宁吗？

想起与洛阳有关的程颢、程颐兄弟，他们是宋明理学的鼻祖。我喜欢程颢的一句话：“万物之生意最可观”。他显然从生机盎然的自然中看到了无言之美。这跟庄子是相同的。跟庄子相同的还有弟弟程颐。程颐说：“一草一木皆有理，须是察。”可二程毕竟跟庄子大不同，庄子“万物与我为一”，把自己看成与植物平等的生命，要求世人不可扼杀天性，生命本该恣意，并且这种恣意是与它物和谐相处的一种本真，一种大美。二程兄弟，也看到了自然的“生意”，可还看到了自以为超越“天性”的“天理”。他们没有把自己看作自然中的一分子，而是从自然中得到启示，主张人类约束自身，通过“存天理，灭人欲”来构建最具理性的社会秩序。二程发现了自然万物蕴藏着对于人类最有学习价值的规律。

离开中原腹地不久，我来到皖南徽州地区，这里的植物更多，也更茂盛，一座座山，一道道梁，无不被植物覆盖，但植物的层次感还是由于各自茂盛程度不同而显现出来，例如翠竹就特别抢眼，还有松树也茂密地占据着山坡。山下的芭茅，一丛丛，显得很疯狂，狗尾巴草在芭茅周围摇晃。山涧窈然幽邃，树木纵横交错。不知名的灌木，沿河岸匍匐，往山坡延伸……这里的植物，恣意的景象，带来的是一种视觉冲击。山野之美氤氲于恣意之上，无言胜于有言。

我同样是在高速公路上欣赏，感受。而在交通闭塞的年代，人们行走于弯弯曲曲的山道，入眼最多的便是植物，植物带给人们的又是怎样的启示和思考？在文化史上，古徽州产生了最有影响的“理学”思想。一个时代又一个时代，无数理学家诞生于此。竟连贩货谋生的商人，心理继而行为也被理学所支配。他们看到了经商的生意与植物的恣意有着某种内在的关联与奥秘？每个人生意不同，一如大山中各自生长的植物，都有生存发展的空间，但同时必须共同遵循秩序，才能一派生机，欣欣向荣。

原载于2017年8月13日《安徽商报》橙周刊·美文　副刊

束河之舞

流水清澈，青苔飘舞。流水无声，青苔欢腾。丽江束河镇的早晨，阳光淡淡的，纯纯的，蓄满暖意，一点点释放。

游客稀少，古镇本色的东西，在我眼前呈现出来。商铺尚未开张，客栈门庭虚静。客栈的名号丰富，特别，散发古典的意味，有着书卷气息，高雅，轻松。边走边看，有若文化寻根，精神穿越历史时空，追索往昔的人文。

喜欢登山的皖江甲乙老师，看见束河镇后面山头，领着青海玉峰大哥和我，穿过一条条铺着石板的街道，来到被束河人视为神山的山脚下。几十棵高大挺拔的古松柏围着一块空地，肃穆、幽静。我们向旁边一家客栈主人打听，才得知这里曾有一座寺院。现在寺院不见了，古柏仍似有禅意，让人心定神清。我们绕树一圈，端详再三，然后转身寻找上山的路。不一会儿，又遇一泓清溪，水中依然有修长的青苔舞动，如被轻风吹拂。我们不得不停下脚步，再细细地观赏一番。我在心中感叹，古镇最好的东西是清水，最美的东西是清水中的青苔。自然是，流水使青苔飘扬如舞；可又好像是，青苔之舞，使溪水流动了起来。

登高而望，玉龙雪山似乎近在咫尺，实际上它离束河镇至少有数十公里。在小山望大山，山外有山的感觉更真切。甲乙先生，被众多文友誉为宽厚、仁义之师。他固有的品质在一次次攀登中提升，如孔子所言“仁者乐山”！他说：“山为我们提供了一种精神高度，一种哲学源泉，它是古往今来一代代人的翅翼，让你在神话一般的高度放飞自己。山以自己的身躯提升我们，让我们看得更远，藉以体察天地物理，世事云烟。”

甲乙远眺时，我在想，束河之水不是无源之水，它是高远天空的赐予，又经玉龙雪山的蕴养，化为大山的血脉，大地的精华。我们的祖先绝对是择清水而居——清水可鉴面，流水可濯足。现代人，尤其是城市里的人，已难见清澈的流水，见之而激动。清澈，成为一个臆想的词，一种远遁的物象。玉峰说他二十年前来过束河，那时商业气息尚不浓厚，而民居古朴色彩浓郁。我问，水呢，现在的流水没有当年清澈吗？他回答，水还是一样清澈。

下山后，我们再于水旁停步。流水之动，青苔之舞，在我看来分明是大山送给古镇的绝妙之曲，优美旋律。这时，阳光朗照，古镇街道广场传来击鼓声。我们循声而去，发现一群纳西族男女正手牵手跳舞，我走上前，加入了舞蹈的人群中。

原载于《中华风》杂志2011年第1期

玉渊潭看樱花

樱花，满树璨然。粉红，米白。风中飘飘洒洒。

几个年青人，坐在樱花树下，草坪上，吃东西，并且说话。

我坐在他们身后，看着他们的背影，樱花迷离了视线。我的身后飘来五颜六色的肥皂泡，一回首，发现是几个同样坐在草坪上的青年人所为。姑娘，小伙子。樱花这么好看，难道还看不够，制造什么虚幻的泡泡。

樱花纷纷飘落，泡泡不断破裂，春光中一种别样的视觉刺激？

坐在草地上，我感觉心灵似乎与樱花树更近了；站起来后，樱花树仿佛立即闪开，还了我游客的身份。樱花是应该坐下来看的，我突然有了这种体味。我喜欢“看”字，而不喜欢“欣赏”二字，看与欣赏，其中的意味、情趣、态度，截然不同。

我与妻子坐在樱花树下的时候，朋友和他夫人也坐在一起。刚才是他给我和妻子照了相。他专门给我们照而他俩却不照。他说他去年来玉渊潭照了不少像，去年照过今年就不照了，很奇妙的想法。他是个作家，环境及景物描写高手，而赵老师是位画家，他们夫妇眼中的樱花显然不同于我和妻子眼中的樱花。

每个人眼中的樱花是不同的，一如每个人心情与感觉不同。我是近视眼，出门又素不爱戴眼镜，看花不注重一朵一瓣的情态、艳丽，而喜欢整个花树的浓烈与大美。这说法也不准确，应该是喜欢一棵又一棵连成一片的樱花园的大气与华贵。

还是坐在樱花树下，感觉心里恬静，思绪不会乱飞。我们聊天，樱花就在旁边倾听。有些花瓣飞到我的耳畔，有些花瓣停在我的身上。我倒是希望朋友再来给我拍张照，可是他已收起了照相机。

妻子和朋友的夫人赵老师去了另一个地方，我和朋友等候她俩的时候，看见一对青年男女，抱在一起，用衣服遮了头，持续了很长时间。我问朋友，他们干什么。他说他俩在亲吻，热恋，激情，又有所顾及别人，用衣服遮羞，还真是不错的办法。咱们那一代，谈恋爱只能在村口草堆旁相拥，或者麦地里、高粱地里亲吻。

我不禁笑了，然后去寻找樱花树下亲吻的人。没有发现，倒真看见一对对相互牵手或搀扶的中老年夫妻。

我是第一次看樱花，不在日本，而在中国，在北京。我想起了日本，日本的樱花，也该是这个季节盛开吧。在日本，每年有无数人庆贺樱花节，参加各类活动。可是，今年不同了，樱花上有多少放射性物质呢？日本人真是不幸啊，9 级地震，震塌了多少美丽的樱花梦？一万多人没有赶上樱花盛开的季节，而生者又有多少人有心情去赏樱花呢？

我国不少地区的蔬菜上检测出了放射性物质。这玉渊潭的樱花树上，即使有放射物也无大妨碍。只是，我想到日本之后，目光从樱花树上升起，看到了更高更远的天空，感觉那句“同一个世界，同一个梦想”的话太具有普遍意义了。

樱花有梦吗？这樱花会梦见日本的樱花吗？会梦见福岛、富士山的天空吗？

原载于2011年4月15日《安庆日报·新皖江》天窗　副刊

荷花与石头

往来于北京八年，一直没去圆明园看看。今年妻子来陪我，女儿暑假也来了，我们便决定去一趟圆明园。进了园子才知道几天前这里举办了荷花展，一些人工制造的壮硕的荷花灯还没有拆除。女儿说，不好看，俗气。

水面上的荷叶连连，一片葱绿，偶有荷花亭立，妩媚而清素。

首次到圆明园，免不了"意识先行"——这是座被英法侵略者焚毁的遗址公园——我们主要目的就是亲眼看一看园内标志性的坍塌的建筑残存，以及散乱周围的石头。

可以肯定，谁来这里都会跟我一样，或者我跟别人一样，在废址前伫立，那一段历史的沉重在面前突兀地铺开，留下一些或深或浅的思考。我在遗址中穿行时，阳光不强烈，天气却非常闷热。耳边是人们大致相同的议论。所有的导游背诵相同的解说词。突然，我听见了一种错误的表述，一位妇女说是慈禧太后烧了圆明园。我不由得一怔，是她混淆了历史，还是遗忘了历史？这两种现象都是不应该有的，可历史往往就这样被人混淆与遗忘了，不只是圆明园的历史。

我的手指在石头上轻轻摩挲，触到了一个凸起的石雕图案——荷花！我发现很多石头上都雕刻着形象逼真的荷花。显然，皇家喜欢荷花。喜欢它的象征意义？赋予了它新的内涵？乾隆六下江南，把江南园林中的荷花，引种到了北方皇家苑囿圆明园中，他认为荷花精神是"以屈为神，丈夫之道；淡而无华，高节乃现"。他有《对荷》诗一首："花盛原因开以迟，楼阴一片绮纨披。屈为信理固宜是，淡拂华高乃在兹。鹿苑不妨姿游奕，鸳湖岂必较参差。设如座喻对君子，杏树依稀与论诗。”

圆明园的“园花”就是这荷花吧！可是有着“和合”思想寓意的园林，却被英法侵略者一把火给烧了，庞大的建筑群无一幸免。被毁150多年了，而今日依然荷花盛开，是因为莲子保持着最初及当年的生命记忆，年年岁岁，一如往昔的美丽。侵略者焚毁建筑，掠夺珍宝，却灭不了荷花的风姿，夺不去它的高贵和大度。当年之荷不是今日之荷，今日之荷又何尝不是当年之荷？

一朵荷花在石头上断裂了，又一朵荷花在石头上断裂了，一朵朵荷花在石头上断裂了。我的手指一如连续拨断琴弦，黯然停在上面。身边的游人说说笑笑，纷纷寻找好的角度，抢占位置照相留影，他们当中有的人头上顶着荷叶，手上舞动着塑制荷花。

我在想一个问题，目睹遗址的人们，并非必定激起对英法侵略者的仇恨。你今天来了，明天仍然可以申请加入英国籍、法国籍。如若这荷花的品质，宽容包涵，出淤泥而不染。但是，英法及他国决不能以此认为中国人麻木不仁，无爱恨情仇。被荷叶衬托、荷花点缀的历史，在特定的时候，会完全打开以露出它坚硬而真实的部分，点燃人们愤怒的火焰。尽管当年的侵略者都已死去，但他们的子孙却无法掩盖他们的罪行，掏空那段“两个强盗”毁人家邦的丑恶历史。横七竖八地躺在圆明园中的石头，凝固的荷花，以及断开的荷花，必然成为火种，金刚不灭的火种，让具有荷花性格的人们突现凛然大义。

原载于2011年8月20日《中国建材报》五色石　副刊

中原葵园

发现数亩葵园，渐渐明亮的农庄，仿佛更多的光芒聚集过来。还有我的目光，也增加了这里的亮度。第一次见到如此壮观的葵园，内心盈满欣喜和兴奋，不再在意葵园之外的晨曦如何将庄稼和树木呈现。

也不再感觉天气闷热，而希望太阳快点出来。我和葵花都需要这一天的昂扬和振奋，从清晨开始踏上新的旅程。这数日中原大地的行走，疯长的植物没能给我们带来多少清凉，同伴有人中暑了，有人闹肚子。我也不舒服，萌生早点回去之念。精神输给身体的迹象，由彼此的情绪渲染而愈加明显。我还没看够这巨大的农庄呢，还没有通过自然之美去触摸华夏文明最古老的人文历史呢！

我被葵园招引了过来，当同伴抱着不适的身子躺在床上的时候。我没有想到农庄里还有这片葵园，更没有想到原来葵花并不是朵朵向太阳，至少这早上的太阳还没有足够的吸引力将所有的葵花面向东方，或许葵花向阳的意识在这一刻还不能调整一致。需要等待吗？等待冥冥中的某种指令。葵花，我……我之所以继续等待，是因为不愿得到一个错误的信息，产生一种不真实的印象。

“无论多高多大，永远不会忘记自己的来处。”谁赋予葵花这种精神？人性对于自然物及其物性的取舍与褒贬，一味遵循“真善美”的原则？向日葵在明朝移植中国之前，古人笔下的“葵”是一种蔬菜，但其花向日，如“更无柳絮因风起，惟有葵花向日倾。”（司马光）；“葵藿倾太阳，物性固莫夺。”（杜甫）；“最怜一点丹忱在，不为斜阳影便移。”（宋人蔡氏）……因葵菜花有向日属性，而对于外国来的向日植物，遂以汉语名之“向日葵”，或许渊源于此吧。

我对于向日葵，无论是物象，还是意象，都不陌生。只是记忆中没有葵园的印象，株株可数的向日葵静立于童年的视野，那么的寂寞，也那么的惹人爱怜。家乡冶塘湖农场，曾让我看到了被人们歌颂的向日葵，散布田间地头而非成片地生长，花盘由盛夏鲜艳的黄色，到秋天黄色转为浅灰，爆出颗颗葵籽，这一成长成熟的过程也亲自目睹过。后来，镇上各家店铺从外地采购葵花籽，一麻袋一麻袋地堆放着，批发和零售。葵花籽售价不贵，它成为人们的主要零食，我总是不由得想象葵花籽产地“一望无际”的向日葵，及朵朵葵花一齐向阳的情景。

这是黄河之滨的葵园，我曾经吃过产于此地的葵花籽吗？面对中原厚重的大地，我似乎能够感知祖先耕作的身影在阳光中交织；感知一批又一批迁徙的人群脚步发出杂乱的轰鸣；感知肆虐的黄河水冲毁庄园，哀鸿遍野的凄厉；感知兵火交迫与蝗虫蔽日，带给百姓深重的苦难……阳光下，我的衣服已被汗水湿透，只见葵花仍不朵朵向阳，有的面朝天空，好像是昨夜仰望星空，现在仍在寻找星星呢；而那些面向西方的葵花，是否追逐昨天黄昏的落日，迟疑间，太阳不见了，而它们的目光里仍注满崇拜者的热情。“你难道不知道太阳不会从西边出来？扭过脖子吧，太阳已升过东方的地平线了！”我对它们说。有些葵花的样子显得很调皮，它们有的面对面的亲昵低语，有的摆出很萌的姿势，另类而与众不同。

葵园里生机勃勃，但不是每朵葵花都向着太阳——太阳升起的时候，以及太阳照耀葵园的时候。这是真实的，在我的眼前。本就是这样，从来如此，还是这葵园才有的现象？我不了解向日葵的生命基因是否也有共性与个性的差异，但我相信任何生命的物性不会完全一致，一如“世上没有两片完全相同的叶子”。我不再等待所有的葵花都面向太阳，决定离开这里，去告诉同伴，我看到了葵园。

走了十几米，我停下脚步，回头看。呀，整个葵园中的葵花这时都向着太阳！我没有愣住，因为我知道是主流的力量对我视觉的冲击和影响。大多数葵花向阳，其他不向阳的葵花被整体的气势压住，被整个“团队”的发展趋势遮掩住。一定的距离，我眼前的葵园更美丽了——美在一种整体的自然和谐，一种“向日”的无言所遵循的大地的使命。尽管已不是“真实”的朵朵葵花向日的葵园，但色彩却无比的浓烈，灿烂而辉煌。

原载于2014年8月8日《安庆晚报》月光城　副刊

鼓山寺烟雨昏晨

因一场瓢泼大雨将道路淹没，车子出城的速度慢得让人心急，尽管知道去巢湖鼓上寺本就是获得一份内心的宁静，出门即应驱逐事与愿违的失意。

到了巢湖，雨势弱了些，还时有淅沥之声击打耳膜。行至鼓山，雨仍在落，但已听不到雨声。细雨濛濛，植物萦笼于雾霭之中，形幻如山，而鼓山却明亮起伏于大地之上。山不巍峨，舒缓向上，没有陡峭之感。车子可以直接开到寺院前，而我们选择下车步行。发现山上也是烟雨敷布，景貌完全不同于山下之远观。

我们是来参加佛学夏令营活动的，由领导“安排”，有几分不情愿。当生发“体验一下也不错”的念头，我的抵触意识就消失了。可是，进了寺院报到，却被拒绝了。这次活动主要参加对象是大学生，网上报名，120 人截止。我拿着行李，在寺院廊下，望云雾滚动的天空，心想难道数小时颠簸至此，数分钟山寺一行，就往回赶？同事与举办方及和尚交涉，同时打电话给安排我们参加活动的领导反映情况。原来，华商书院一领导知晓了此次活动，便要了几个名额，分配给学兄旗下的公司，就这样，我们这几个非在校大学生身份的人与佛结缘了。

来报名的年轻人陆续多了，男生女生，在这净土之地，依然语声阵阵，欢快无忧。他们是校长或老师安排来的？还是家长安排来的？有多少是自己真正在网上报名的？我立即告诫自己不要存在这种“边见”，不管是怎么来的，都是平等无差别的聚首，五天内一起习佛学禅共同生活。宿舍里是一溜大通铺，每间住10个人。我发现被子颜色不一样，被单和枕头也不一样，好像很久没洗过，有脏污的痕迹。这可苦了有洁癖的小魏，他皱起眉头，唉声连连。我选择了靠窗的位置，小魏紧挨我的身边。

山寺因一下子增加了100多人，而没了应有的安静，叫喊同伴名字的女生甜亮的声音，穿过雨雾，从另一栋宿舍传来；男生们你来我往的串门，光着膀子坐在铺上说笑。我走出了宿舍，看看寺院的布局。我不知道鼓山寺的由来，有多久的历史，感觉它的规模不小，依山势建造了多进大殿，殿与殿之间有空场，植树数株，高者冠抵禅堂二层。右侧沿山坡而建的矮房子，参差不齐，是僧人和香客的宿舍。我们就住这种宿舍。

小魏喊我，吃饭了。只见一群群男生女生，涌往伙房。伙房离宿舍有几百米远，绕行赶到那里，餐厅已少有余位。排队，自己打饭夹菜。吃饭时，僧人说，这是第一餐，不按仪规来了，明天早课之后用餐，得按仪规，由学长告诉各位怎样摆放碗筷，怎样拿碗筷食用……因没有约束，虽然是素食，大家吃得很斯文，喜荤的小魏也没了往日的野莽猛烈。我就想，即使你不皈依佛教，在自己家天天吃素食，也会让性情变得温和起来吧。年轻的绅士和淑女们出了餐厅，三五人围在一起，有什么开心事，时而笑声爆发。有人提醒，这是禁地，不得喧哗。有人回答，不在大雄宝殿，有什么要紧？另有人说，一到佛门净土，处处就受禁戒。有人回答，我们是来学佛学知识的，不是来剃度出家的。一阵笑声后，一场激雨而下，驱散了人群，大家往集体宿舍跑去。

雨下了一天，气温仍然很高，宿舍有空调，可因进进出出的人多，门不关，闷热无比。有人新奇兴奋，有人不习惯睡通铺，凌晨一点多，还有很大的动静。睡觉前，我去那间没有灯，也没热水的浴室洗了个澡。换下的衣服，在黑暗中随便地揉搓了几下，连汗气都没洗掉。山上水特别紧张，是从山下买来的；山上用电也被控制，增加100多人生活，无热水也就非常正常。小魏关心起一道来的一位女同事，他说，她们女生没有热水，怎么洗啊。到了凌晨两点的时候，宿舍终于安静了。睡在我身旁的小魏，一直翻来覆去。我的位置对着空调，它的声音很大，冷风直往我这里吹，虽然不再闷热，但感觉脑袋和脖子被吹得发麻。

睡得昏昏沉沉之时，木槌敲击的声音突然把我惊醒。这时，宿舍外出现了脚步声、说话声、洗漱声，很嘈杂。我们这个宿舍，灯被人拉亮了，大家一个个急忙从铺上爬起，穿衣，拿洗漱工具，在门外洗漱。铺上狼藉一片。屋外夜色混沌。我一起来，就感到头重脚轻，打开手机，用微光照明，并靠昨天黄昏时的印象去找厕所，可找了半天也没找到。男生们出了宿舍对着下水沟就小便，或隐身一堵墙下，解决问题。我一看时间，凌晨四点半。马上就要上早课了。

大家鱼贯进入大雄宝殿，参加早课。燃香，诵经，拜佛。大堂里有两架排风扇，呼呼地吹风，我身上闭了汗，沉重欲坠。咬牙坚持了一会，还是立不住，只得蹲下来。我告诉小魏，我不行了。小魏立即告诉组长，组长问了我的情况，并与总领队取得联系，得到答复后将我送出了大殿。我离开大殿的一瞬间，感觉自己无佛缘。佛不度无缘之人，可我一夜没休息好，体力不支，佛知道吗？佛乃度我也，关爱我的生命，不让我倒在佛堂。

我决定退出鼓山寺佛学夏令营，请示营长，她转而请示寺院方负责人，得到了批准。要求退营的有数人。小魏的理由是照顾我一道回去。小魏劝女同事小方也退营，小方犹豫，她怕领导知道了。于是，她留下，我和小魏在清晨告别了鼓山寺，呼吸着负氧离子很高的新鲜空气，一路欣赏如画的风景。

有一个小伙子，赶上我们。他说："是我老爸让我来的……"我笑了，引渡之难啊，成者自成者，福慧看天根，修行在自身。

原载于《川东文学》杂志2014年第4期

素雅大蜀山

初见大蜀山，是在一幢写字楼上，望之而给人一种既空灵又平实的感觉。蓝天白云之下，鸟影翔动，山色如黛，丛木蓊郁，幽致空灵，而她坐落于城市楼群之畔，显得不那么峭拔，却透出些许以人为邻的亲和平实的性情。

我走向大蜀山的那天下午，天下起零星小雨，但秋山明净，雾霭消遁于无形大化。仍有不少市民和游客冒雨上山，甚至连雨具也没带。原来，山上植物茂盛，树冠如盖，绿叶斜披，雨大一点，便在树下赏景，看灌木叠色，杂果铺地；雨小了继续游览，或沿水泥台阶而上，或随石子路随意穿插迂回。我花了半个多小时登到山顶，只有愉悦，不感觉累。头发淋湿了，我竟敢把流到嘴唇上的雨水舔进去，是因为看见植物经雨的滋润而愈加美丽和精神，自己置身自然受其启发，意欲得其精华吗？

往后，就经常到大蜀山森林公园了，不论四季与白天晚上。不是每次非得攀登山顶，有时在山林中走一走，仰观新叶萌芽于树杪，俯察草色变化于亭榭；有时于山腰处坐一会儿，感虬枝盘曲之凛然苍劲之气，发一发思古之幽情。我曾在此临风听笛，完全陶醉在音乐之中，还曾在此细品太极拳，仿佛精气神也得到了提振。阳光下看军人在烈士陵园宣誓而热血沸腾；花香中伴少年儿童春游而心情荡漾……这是山，这又是公园。山与公园，这两个概念并不同质，但在这里却浑然和谐一体。有山的艳冶，山的苍翠，山的云兴霞蔚；也有公园的丰赡，公园的蕴藉，公园的闲散俊逸。

与大蜀山接触多了之后，识其韵，受其润，我喜欢上她的素雅气质，玲珑之美，感叹她独有的个性品质：不卑不亢、不傲不俗。她是城中山，但她自性具足，有山的形貌，花繁树密，林深石奇。火山喷发的石头，每一块都写满了地质历史的密码，把人们带向谷空月印的远古。时代变迁不息，山水因人文的浸染，隐不避世，显人间烟火；松下梵音，人文因山水的陶冶，快然自适。植物种类的多样性以及生态的完好性，更是让我恍惚遗忘了山下就是繁华的省城，悄然稀释了“围城”意识，何必出城、进城，一转身即是山色缤纷、“万物并作”、生机郁勃的景观，呼吸着清新空气，亲近自然，享受自然，可谓一廓心胸，一洗尘虑。

于是，大蜀山成了一位我喜欢的朋友，她有高度，但却保持一种低姿态；她有内涵，但却没有故作高深。每次游览大蜀山，穿行于森林公园，都看见很多白发老人和六齿小孩——他们欢笑着往山顶上攀登。我很感动，不是感动于他们有毅力和信心，而是感动于大蜀山接纳所有人的无私胸襟，是真正的“童叟不拒”，这正彰显了合肥包容一切的品质和境界。一座山，一座城。我在这里品味到了“和谐”“仁慈”“至真”——儒释道文化融合的精神，以至于她的喜悦，她的热忱，都是那么的自然而不矫情，朴实而不虚伪。

喜欢大蜀山，便以这样的理由开始，到现在已经没有了理由，她只是一个要好的朋友。人们共同的朋友。城中生活，不可没有这样的朋友。我的家乡有许多山，而到了合肥，得一大蜀山而足矣！

2014 年《合肥晚报》“大美蜀山，生态休闲”大型摄影征文优秀奖（《社区》杂志 2015 年第 5 期转载）

淮南的厚度

在午夜进入淮南，进入潘集。黎明，生物钟同平时一样将我从睡梦中唤醒。淮南平原上青青的绿绿的麦苗和豆苗，在眼前铺展，什么也挡不住。这不同于我的家乡丘陵地区庄稼的零散，植物的杂乱，景色的变化。

淮南也有变化，在大地深处，在《淮南子》及历史的传说故事中。“五一”上午召开潘集、怀宁两地作家文学交流会，我听到了淮南作家用“五彩缤纷”形容这块土地的奇异变化。五彩是指：黑色，代表煤炭；白色，代表豆腐；红色，代表火电；蓝色，代表生命起源；绿色，代表生态。我于是针对五彩缤纷，谈起自己的感想：五彩是淮南历史和现实的呈现，缤纷是浪漫诗意的表达；五彩蕴涵着丰富的创作素材，而通过作家诗人的热情创作，淮南的文学必然缤纷亮丽。

厚味，我想起了这个词。想起这个词，耳畔回荡着续坤友演讲《淮南的味道》的声音。他曾经在这里工作五年，留在记忆里有着特别好的味道，充满激情地重返，再品尝；品尝当初作为文学青年在这块土地上的种种经历和故事；品尝淮南文化及淮南人的性格、品质和精神。我听着他对淮南味道的描述而想起了厚味一词，但又马上回避了它，随即想起另一个词——厚度。淮南没有高山，八公山算不上巍峨，但淮南却更有厚度。我去过一些山峦峻峭的地方，或能感觉到厚重，但却没能如淮南让我感到如此有厚度。天高，由大山显示；地厚，由深井证明。站在潘一矿东区 800 多米深的矿井旁，我只能想象地底下是个什么样的世界，每天每时，有多少矿工在井下辛勤劳动?

他们的气息和细节如何透露出人性的情感世界？

我对淮南的认识，早在一家水泥厂当工人的时候。煤是生产水泥的重要原料，没有煤就没有水泥。堆场上的煤和车间运输机上的煤，让我看到的是黑色的淮南，并且符号化。当煤拌着其他原料进入立窑煅烧的时候，让我看到的是红色的淮南，符号变成了音符。有时，煤断缺了，据说拉煤的车在淮南排队，大家就感到不安。我想象着淮南的遥远和矿井的深邃。有时，淮南的煤价很高；有时，淮南的煤价却很低。它的价格决定着水泥的价格。于是在某种意义上，淮南影响了这家国企，而这家国企是安庆利税大户，也就必然影响着安庆的经济。安庆有几十家水泥厂，可见对淮南的依赖性有多大。而这种依赖性一旦减弱或者不存在，反过来必然影响淮南的经济。从这个层面上，淮南的厚度，在几十年前我在生产水泥的机器旁就开始了触摸，虽然我从未到过淮南。

在淮河下采煤

大河把浩森的波纹投射进了几百米深的地心

——它正在厚厚的煤壁上

在我们乌黑的肌肤表面、粼粼不断地

书写着浑黄绵长的史诗、蝌蚪般的象形文字

一种跨越时空的传奇

——老井《在淮河下采煤》

去年淮南潘集区作协到怀宁召开老井诗歌研讨会，我在合肥没有赶回去，现在老井听说怀宁的文友来了，很高兴，可是五一劳动节，他仍得下井采煤。潘集作协主席王运超说老井只能晚上来。晚上他果然来了，一位话语不多的煤矿井下工人，喝酒、敬酒，如一块煤，无言地传递着能量；一位如采煤一样往大地深处掘进的诗歌汉子，谈诗、读诗，有一种信念，坚实地楔在生命之中。他的组诗《煤雕》获得由中国作家协会及中国煤矿文联联合颁发的第五届全国煤炭文学“乌金奖”。人们对他的诗的评价是：“其诗歌呈现出悲悯、忧患、厚重的诗观，深刻体现了其底层写作、深度叙述、草根性、原生态的特点。”

老井送给我一本他的诗集，里面大多是写井下的经历、感受、联想和思考，有多少灵感直接于井下产生？又有多少诗是采煤的间隙直接在井下完成？

续坤说自己在淮南矿区学校工作五年遗憾没下过井，这次来还是没能下井看看。老井的诗歌意象，却将我带到了我曾工作多年的粉尘特别厉害的那个工厂，磨机房与操作间之间有一面玻璃挡板，我在上面写了一首首诗，写了抹，抹了写。那些诗在灰雾中消失，但艰苦的一线岗位写诗的印象却一直清晰，这或许也是我为什么一见到诗人老井，就感到心息相通的缘故吧。

摩挲老井的诗集，我再次触及了大地的厚度，以及井下岁月，诗与煤彼此转化的力量。我忽然明白，淮南的“五彩文化”是大地上的淮河、淮河下的煤海与历史人文相转化造就的。淮南王刘安编著《淮南子》是一种转化，炼丹而发明豆腐是一种转化，而煤是远古的森林的转化。现在，淮南人又直接将煤转化成一种清洁能源——电。我们登上火电厂高高的厂房，鸟瞰淮河平原，内心涌起的是一种诗情的转化，思想的转化。

女诗人甄文即兴作诗道：“……我是你胸口上的一滴水，一块煤，我在熔化，我在燃烧，我们的心融合在一起，你就是我，我就是你。”

原载于2014年5月26日《今日怀宁》独秀文苑　副刊

桐庐潇洒身心灵

——演绎范仲淹《潇洒桐庐郡十咏》

一

潇洒桐庐郡，乌龙山霭中。
使君无一事，心共白云空。

来到桐庐，终于可以放下一切精神负担，返归素朴的本心，在山水间自由呼吸、行走。蓝天无垠，任白云游浮，任我的思绪悠然飘荡。

那富含负氧离子的霭，替代了损害健康的霾，被霾遮挡的天空哪有如此干净的白云，是霭生产了白云吗？还是白云分娩了霭？白云，一朵比一朵娇艳，盛开在桐庐人的眸子里；青霭，一片比一片轻盈，灵动在游客的指缝间。

我不再空虚，因为心空映苍穹；我不再空茫，因为心空蕴大道。桐花万里，香清一庐，我还有何事羁縻？拥有一颗轻松的灵魂！

二

潇洒桐庐郡，开轩即解颜。
劳生一何幸，日日面青山。

从熟睡中自然醒来，似一只候鸟的行迹，栖息桐庐的山野水渚，旅居度假的生活，没有忧愁。那覆盖率达72%的森林，就是天然氧吧。最好的礼物馈赠，不需要一分钱，只可回敬大自然真诚的热爱。

奔波的日子太累，择桐庐一地，停下来，过慢生活。光阴易逝人易老，而青山不会老，四季景色各不同，若能情满于山，宅心仁厚，生命的长度必然会延伸，心灵必然会得到更多的造化。

富春山，桐君山，纪龙山，玉柱山，大头湾山……轩窗绿意盎然，如画似屏，鸟鸣其中。开门山花浪漫，顿生与万物并生同境之感，无一丝残梦的困扰，所有往日的辛劳都换来对人生的细细品味。待冬雪白了山头，又将是一段好春光。

三

潇洒桐庐郡，全家长道情。

不闻歌舞事，绕舍石泉声。

客栈，民宿。淳朴的人情如涓涓溪水，绵绵于怀。尽管暴雨侵袭，也化为高山流水天籁之音。风土，万年的深厚底蕴，萃日月精华而育资源禀赋。

临潭观影，至此数日，面无忧色愁容。汲水者舀起清泉，亲切地传递给众客路人解渴，留下少许，他竟然仰脖子喝干。遂想起那句“弱水三千只取一瓢饮”，惜福之兴味。枕石观赏水帘彩虹，耳畔隐约传来村舍别墅家常聊天语。

久居繁华都市，以为无法离开喧嚣嘈杂的街衢闹声，幸桐庐收留了倦客游子，身心方得平衡。石泉洗耳，不闻那媚俗、低俗、庸俗的歌舞之声，不需要迎合谁与屈从什么，自在清静处享亲情天伦，放怀一曲潇洒桐庐歌，醉在此乡。

四

潇洒桐庐郡，公余午睡浓。

人生安乐处，谁复问千钟。

骄阳，被浓荫遮挡，火风被绿叶筛选，清凉如许。睡会儿午觉吧，此乃人生之福也。抑或，伴雨打芭蕉，还有梧桐更兼淅沥，诗意之音萦绕。时间自行修复，它让生命的节律合于自然的规律。

快节奏的生活，多少人成为时间缰绳上的蚱蜢，怎么蹦也脱离不了它的束缚；欲望的钟摆控制着思想和行为，不得不对时间高度注视，精神处于紧张状态，连睡个安稳觉都难得。常常计较于时间，怨怪于时间，错失于时间，害怕时间之流逝，悲叹时间之无情。于是，人生失去了安乐，失去了平静，失去了潇洒。

在桐庐，时间于自然光线中显现，与身心交融，医好了我的强迫症。历经的光阴，被时间自动刻录，如树的年轮，该粗重处深，该细弱处浅。道法自然，顺其自然。这不是消极处世，也不是出世无为，而是遵循冥冥中造物的指令，事情强求不得，玄机说透不得。

五

潇洒桐庐郡，家家竹隐泉。

令人思杜牧，无处不潺湲。

杜牧“俊朗飘逸”，我“潇洒坦荡”。杜牧爱“樊川”，我恋“桐庐”。我们都妙得山水灵气，风光神韵，深识安闲中可享人生况味。我还未去过樊川，杜牧早已在1000多年前来此，听音乐，赏菊花，品美酒。“水槛桐庐馆，归舟系石根。笛吹孤戍月，犬吠隔溪村。十载违清裁，幽怀未一论。苏台菊花节，何处与开樽。”

竹林，风穿梭在阳光中，我能懂先贤的向往，也能了解普通百姓的愿望。家园，日日观竹，格物致知，明心见性。高大、挺拔、繁茂，翠绿的竹，分明是不为身外之物所累；瘦小的竹，透着风骨，亦不被非己之有的东西丧失尊严。还有亭亭玉立、迎风婆娑、婀娜多姿的竹，妩媚中不失内在自重的品质。

竹林之中，盘根错节的竹根涵养水体醇厚的清泉，其味甘甜，含有矿物质和多种对身体有益的微量元素。晶莹的水珠一颗颗从竹叶上、石岩上，不急不慢“叭—哒”滴下，与地上冒出的水一块形成小小的水凼，慢慢汇成一股股极细的流泉。这一股股的流泉，又汇成一股股大的泉水，在竹林里叮叮咚咚，悠悠流淌，潺潺不竭。

六

潇洒桐庐郡，春山半是茶。
新雷还好事，惊起雨前芽。

清晨，雷声之后，是一阵雨。但很快雨过天晴。茶山笼罩在一片淡淡的云雾中，然后阳光柔和地铺展开来，雾不再是人们想象的那种颜色，而是天地之灵气与山月之精华——霭岚。它们跃动、拥抱、交合、变幻，朝朝暮暮，日日夜夜，制造出无比丰富的负氧离子。那一丛丛青翠的茶树在霭岚的亲吻、月的温存和阳光的抚摩中成长，迎来一个赛一个漂亮的采茶姑娘，甜美的山歌，在清明，在谷雨，与自然天籁一道渗透每片茶叶，它们就有了精神，有了灵魂。

"洁性不可污，为饮涤尘烦；此物信灵味，本自出山原。"优越的自然生态环境是桐庐茶叶优异品质的基础。唐代陆羽在《茶经》中说："西扬、武昌、庐江、晋陵好茗而不及桐庐。"李白、白居易、杜牧、孟郊、苏轼、谢灵运、沈约、王安石、黄庭坚、范成大、杨万里、罗隐……茶馨与墨香，他们没有辜负、错过这片"桐君云山探雀舌，富春碧水煮龙团"的神奇山水。

烧水，洁杯，泡上一杯"雪水云绿"茶，于香气氤氲中，我们这些饮者醉了，制茶者也醉了……

七

潇洒桐庐郡，千家起画楼。
相呼采莲去，笑上木兰舟。

韦庄夸你："钱塘江尽到桐庐，水碧山青画不如。"苏轼赞你："三吴行尽千山水，犹道桐庐更清美。"画不尽"三山一水绕"的美丽风景，描不完"八山半水分半田"的资源优势，黄公望的《富春山居图》也只是寻觅到一点影子，就让天下人心仪神往。

环溪村，清风徐徐，拂过莲塘，荷叶簌簌低语，荷花翩翩若舞。邀三两同伴，划一叶小舟，“江南可采莲，莲叶何田田”……歌声背后，蔚然兴起“莲产业”，为更多人提供健康长寿食品。

桐君山，还能看见“中药鼻祖”桐君老人结庐行医的身影吗？他的医术和医德，将这座山打造成了药祖圣地。今天，游客纷至沓来，或拜谒药祖，或品味药膳。我在此极目山水，感慨独特完好的生态环境和传统养生文化坚守传承，赢得“中国长寿之乡”的殊荣；休闲养生福地，名副其实。

八

潇洒桐庐郡，清潭百丈中。
钓翁应有道，所得是嘉鱼。

一方清潭，有鱼吗？潭面倒映着翠绿的青山，青苔环绕，夕阳从高空洒下红霞。垂钓者，想与非想，止与非止，定力那么好。想问他，以钓到鱼为乐，还是以垂钓本身为乐？提着空渔篓出门，又提着空渔篓回家，照样其乐融融，方算真正破解快乐的奥秘。

钓鱼往往被引申为谋事与“钓人”，是手段，还是方法？是过程，还是目的？待人之道，当摒弃傲慢与偏见，以礼贤下士、一视同仁为高尚境界，这样才能得到英才、嘉士的相处，支持与合作。这是桐庐的胸襟，格局。

不如把自己钓上来，沉沦的灵魂浮出水面，发现这世界除了势利，还有淡泊名利；除了索求，还有诚意施予；除了竞争，还有求财有道；除了交易，还有没被污染的亲情、爱情、友情。把自己钓上来，在这星星闪烁的夜晚，进行“慎独”的呵护与涵养。

九

潇洒桐庐郡，身闲性亦灵。
降真香一炷，欲惠悟黄庭。

养生是系统的生命哲学，修身养性达到功效，需有一个好的环境气场。“天有三宝日月星，地有三宝水火风，人有三宝精气神。”桐庐，身心灵的港湾。山水养眼，空气养精，气场养神。

黄庭坚在山谷中获得悟道真谛：“吃茶吃饭随时过，看山看水实畅情。”自在闲静，不急不躁。“翁从旁舍来收网，我适临渊不羡鱼。”不羡慕不妒忌别人，过自己喜欢的生活。“百疴从中来，悟罢本谁病？”所有疑难杂症，病源都在心，医病莫于医心。“红妆倚翠盖，不点禅心静。”禅是一种充满“平常心”的心理体验和生活方式，是清静平和的一种心境。

燃一炷香，有了清静，就能心性敛藏，保存旺盛之心神。让禅意、禅悦送达心灵彼岸，实现禅与心灵的“坐看两相忘”的境界。

十

潇洒桐庐郡，严陵旧钓台。

江山如不胜，光武肯教来。

为什么甘愿清贫的品质一直为后世所景仰？“身安不羡三公贵，宁与渔樵卒岁同”；为什么严子陵钓台在全国 10 多处“钓台”古迹中名列第一位，闻名于世？“想先生之风，山高水长”；为什么隐退的选择与进取的追求，同样会成为一种人生价值的取向？“钓台碧云中，邈于苍山对”。

“人各有志”，这是中华文化的一个亮点。尊重选择，理解活法，葆有率真、童真的品性，而拥有充分的潇洒。回归自然，因为自然是恣意的，无拘无束的。自然是人性本有状态，让它在内心复活，充满生机。钓台虽是陈迹，仍有启迪意义。

江山如此多娇，能容许脱身势利、高蹈林泉的人存在。这是昌明盛世，众多人得以在桐庐闲养生息。促进了旅游度假、养生养老产业的蓬勃发展，惠及民生，创造福祉。

2016 年中国艺术报报社“中国画城·潇洒桐庐”全国散文诗歌大赛二等奖

自然因“礼”而风光

“外国游客无论游历在人口稠密的湖北、四川等地，或踏访贵州及远地僻壤，都不会遭受丝毫欺辱，也无人遇到任何伤害……在中国的繁华都市，尽管街头拥挤熙攘，你都不会见到一位醉汉……中国学生举止端庄，敬重师长，不会轻易动怒，对求学抱有令人惊异之恒心。观者察其言行举止，定能心生感触：这等学生虽未及弱冠之年，但堪称文明之士，日后定能担当大任。”

这是一百年前，阿拉伯人谢基卜·阿尔斯兰写的《中国之未来》系列文章中的一段文字。作为游客，见到中国如此“讲礼”的人们，心情一定是非常愉快的，眼前的“自然”有了“风光”的味道，而风景更加美丽。1638年，徐霞客对贵州这片神奇的土地先后流连达51天，想必不仅自然景观、文物古迹吸引了他，还有美好的风土人情使他感到“风光”中有着“桃花潭水深千尺，不及汪伦送我情”的意韵。他在关索岭看见一泉旁石碑上刻着“哑泉勿喝”四字的提示，内心感受到人道的温暖，当晚就住在关索岭。

贵阳贵山书院有副楹联：“天地之性人为贵，风雨不动安如山。”黔灵山圣泉亭对联曰：“地缩三弓墙外让人行路，楼添一角座中留客听泉。”人是有思想情感的动物，“景物因人成胜概”，“耳得之而为声，目遇之而成色”。旅游过程人的心情好坏，往往决定了景区和景点“好玩不好玩”，度假体验有没有意思，“乐景”“哀景”皆由心境所造。遇到“非礼”的人、“无礼”的行为，心情被破坏，风景名胜再美，也是不好的印象。

现代美学家宗白华说：“如果我们的心灵起伏万变，经常碰到情感的波涛，思想的矛盾，当我们身在其中时，恐怕尝到的是苦闷，而未必是美。”（《美学散步》）自然本身是不是美的，对于欣赏者来说，意义不是很大，有着欣赏的心境和环境，才决定了自然的美与心灵的美契合对应，使人得到美的感受。我国传统艺术，在创作源泉上特别强调心灵的领悟和感受；在表达境界上注重物我如一，情致与外境相融合；在创作方法上重灵感、重对景物的独创见解；在表现形式上常托物寓意、借境抒情。元人汤采真说：“山水之为物，禀造化之秀，阴阳晦冥，晴雨寒暑，朝昏昼夜，随形改步，有无穷之趣，自非胸中丘壑，汪汪洋洋，如万顷波，未易摹写。”什么意思呢？自然意境，源自主观情思。清代恽南田题画说：“写此云山绵邈，代致相思，笔端丝纷，皆清泪也。”明代董其昌说：“诗以山川为境，山川以诗为境。”如果处处都是嘈杂吵闹之声，都是纷争冲突之现象，哪有山水诗意？哪有可摹可画的自然风光？

清代文坛“桐城派”领袖方苞，1685 年游安庆境内的枞阳浮山，远远看见山峰忽隐忽现，“心融神释，莫可名状”。这时，与方苞同伴的宗六和尚对他说：“此山之优美，是我从未看见过的，但是也有不好的一面：春天的时候，男男女女纷至沓来。我只得躲在屋子里，锁上外门，以此来避开喧嚣。山有名，则游人杂至，就这样破坏了此地的优美清静。”对此，方苞不置可否。12 年后，方苞再次来到浮山。接着，他前往距浮山 30 里的白云山游览。他发现白云山不像浮山人多嘈杂。方苞或许对“山川之明媚者，能使旅者欣然而乐”，持理解态度，毕竟山川非私家所有，我有观光游览的权利、兴致，别人也有观光游览的权利、兴致。然而，他憎恶游客相互推搡吵闹无礼行为、破坏生态的不良之举。（方苞《再至浮山记》）

1743 年，方苞游雁荡山，很兴奋，很开心，很震撼。他发现了生态之美，山的容貌和崖壁的颜色，是他以前从没见到过的。这里森林覆盖率高，植物榛芜，山谷幽深奇异，险峻陡峭，不敢随意攀登探索。他不由得想起曾经游过的枞阳浮山、金陵摄山（南京栖霞山）、临安（杭州）飞来峰等，它们的悬崖山洞并不是不秀丽好看，可是却被一些人雕凿了许多仙、佛的石像，被低俗的读书人在上面刻画了自己的名字和诗辞，就像疮疤一样让人惊心，不堪入目。雁荡山所处偏远，富贵、有能力改造它的人没有机会来，就算来了也不能久留，无法聚集工匠建造房屋来为自己标榜扬名，所以这座山免遭雕刻、开凿和游人的糟蹋。游览雁荡山，方苞真正达到了身心与自然和谐相融的状态，而这种状态是非常难得的体验，他说：“仰而观俯而视者，严恭静正之心，不觉其自动，盖至此则万感绝，百虑冥，而吾之本心乃与天地之精神一相接焉。”（方苞《游雁荡记》）

儒家将“不知礼”上升到难以立足于世的道德高度，因为“礼”是社会活动中每个人、每件事都不可或缺的东西。明确道理，持守礼义，是为人处世的大根本。曾几何时，“礼”却被等同于“礼教”而遭挞伐摧毁，认为其为迂儒不合乎现实的高谈阔论，腐朽愚昧之物。实际上“礼”是现实社会生活中人们必加提倡、必加践行的崇高修养。一个人“入世”，就必须讲行为准则，不伤害人、不被人伤害。带着仁爱之心行世，或者在游历中检验自己的礼仪风度。清代安顺府永宁州知州黄培杰写黄果树瀑布：“几度凭栏观不厌，爱他清白可盟心。”其“清白”二字寓意儒家道德观，“礼义廉耻”四维显现于自然社会。《中庸》说：“能尽人之性，则能尽物之性；能尽物之性，则可以赞大地之化育。”人与自然达到和谐，才能发现山水如诗如画之美、古迹人文底蕴之美、园林风韵内涵之美。

《世说新语》载，简文帝有一次游华林园，对左右说：“会心处不必在远，翳然林水，便自有濠濮间想也，觉鸟兽禽鱼自来亲人。”这就是尽人之性，尽物之性，人和自然万物无主体的“并作”“齐观”，于是有“送归鸿，手挥五弦”的意趣。孔子说：“仁者乐山，智者乐水。”礼，只是仁和智的外显，否则很容易就“失礼”了，内在修炼“克己复礼”，而信奉“人不知礼，无以立足”。孔子爱美爱自然，在山水之间放松身心，他认同曾点“暮春者，春服既成，冠者五六人，童子六七人，浴乎沂，风乎舞雩，咏而归”的“志趣”。

如何讲“礼”，儒家有一套完整的体系，现在重在传承与注入新的内涵。至于旅游路上，若能做到“温、良、恭、俭、让”，就是非常有“礼”的人了。

“温”是温和的气息或气质，用现代的语汇来讲就是平和地对人，也不迁怒于物。有的人旅游的目的或许是为了用景色医治自己的心灵，但不可因失意而宣泄情绪，否则会造成对旅游设施、生态环境的破坏和人身安全的危害。为什么“危邦不入，乱邦不居”？没有安全保障！

所谓“良”，是善良的、道德的，旅游者要有公德意识，要做到“礼无不敬，法无不肃”，即凭着自己的良知去遵守、履行“文明旅游公约”。王阳明强调人的活动是有目的、有意识的，他提出“致良知”，主张“知行合一”。

你对他人多点悲悯情怀，该伸援手时毫不犹豫。旅途中，一瓶矿泉水，一粒晕车药，一块创可贴，一个急救电话，都会解人之难，救人之命。不仅对人，对动物也一样关爱。晋时桓温手下有个部属在三峡捕到了一只小猴子，母猴沿岸哀号达百余里，最后从悬崖上跳到载着小猴子的战船上，母猴气绝身亡。部属将母猴肚子剖开，发现肠子断成了一节节。桓温听说后，非常生气，将这个部属赶走了。可见，大英雄也有博大的同情心。翟培基观黄果树瀑布写诗言志："水帘洞内观日落，云蒸霞蔚沐苍生。"

"恭"是恭敬的，也是严肃的，严肃地要求自己不可失之于恭敬，保持对别人的客气、友好，"山水因人文而清华"，游玩、体验会更加美妙、快乐。与任何人只要以礼相待，恭敬有加，恰到好处，就会激励对方人性的善，使之"有礼"，而不会刺激对方人性的恶，使之"无礼"。景区对待游客，如有主人"迎大宾"般的恭敬心，热情、平等，服务周到，即使遭游客言语冒犯，也能克制着不争执，就很难出现"蛮不讲理"的游客。

"俭"是不浪费，"苟非吾之所有，虽一毫而莫取"。不能把景区提供的物品随意占有，丢弃。即使自己"不差钱"，也得惜物爱物。一掷千金的显摆，若流露炫富慢人之态，就可能招致别人的不满和憎恶。导游和景区服务人员，如果带着明显的嫌贫爱富的腔调刺激游客购物消费，自然会伤害一些人，引起他们的不快。乱抬物价欺客，甚至出现天价食物，必然重创景区形象。

"让"是一种谦让的，理性的，把自己放在后面的行为，"径路窄处，留一步与人行"。如果在游乐设施上不谦让，就会带来安全隐患，尤其"无限风光在险峰"，不谦让的话极易造成人身的不安全。苏东坡说得好："莫听穿林打叶声，何妨吟啸且徐行。"不要扎堆拥挤，哪里都有景，"横看成岭侧成峰，远近高低各不同"而已。也如贵州修水阳明洞君子亭楹联所说："别开小径连松路，忽有朱栏出竹间。"

"温、良、恭、俭、让"这五个字，也可以说是五个讲"礼"的条件，决定了旅游者的品性、风度及其他修养。这五个字包含了许多内容，无论是游客还是做旅游的人，要对这五个字多研究，多下功夫。孔子正因为具有"温、良、恭、俭、让"的品质，所以他带着弟子周游列国，所到一地，美名传于一地。这五种品质在人格塑造过程起着十分重要的作用，用之于旅游，也是人格检验和历练的试金石。

旅游路上讲“礼”，不难于开始，而难于自始至终；不难于亲友间，而难于游客间。一个人本身不以礼待人而期望别人以礼待己，本身不以德待人而期望别人以德待己，这被孔子看作是“乱”！这个“乱”，也就是当今人们批评的“互害模式”。如果我们“有礼能服人，能敬人，也能自敬”，所到一处，都守礼规，都讲礼仪，那么，就能如刘勰在《文心雕龙》中所言：“登山则情满于山，观海则溢满于海。”也能如欧阳修在《沧浪亭》一诗中所说：“清风明月本无价，近水远山皆有情。”

2017 年度《光明日报》第三届“孔学堂杯”主题征文三等奖

己 卷

轻盈与蕴涵

卡尔维诺在《看不见的城市》一书中将笔触伸进连绵的城市、隐蔽的城市、轻盈的城市，写下城市的欲望、城市的天空、城市的眼睛……读着书中一些直逼灵魂、让人震颤的描述，我的脑海中自然而然地出现了对于城市的记忆和印象，其中鲜明地凸现在我眼前的当是怀宁县城高河，且试着将它看作轻盈的城市，并很快就肯定了这种评价，同时还想到了另一个词——蕴涵。有着文化蕴涵的轻盈，才是让我真正喜欢的城市。

十年前，当得知县城从石牌迁到高河，我冒雪观看了庆典仪式，并在当天晚上回家后写下这样的观感：“下在元月 18 日的今冬第一场雪，装点着怀宁县城搬迁的日子，从而平添了一份喜庆的色彩。我在老镇下车，然后步行走向新县城，红灯笼和彩球把老镇与新城连接了起来，每只灯笼同一个侧面都粘贴着一块洁白的雪，像统一镶上去的一样，把红灯笼映衬得格外好看……”今天读来，我仍感觉不出半点的矫情。没有人邀请，我是独个儿从邻镇赶到高河的，心情如何的好，从下面这段文字可以看出：“雪天看城别有一番情趣！路旁和广场周围的花坛里，花在雪中或隐或现，时而一点红，时而一点紫，非常动人。只见一个小女孩拿着一根纤细的树枝，在一个花坛上轻轻敲打着，雪扑簌簌滑落，鲜花露出，惊艳夺目，我顿时感到‘花香似火焚'，浓烈之至，无可复加，雪再也扑不灭这花的香艳了……”

现在重温当年的心情，想必是新城的轻盈之美吸引了我。一个小镇升格为县城，不是简单地立起一幢幢大楼就完事了，城市是需要历史厚度的，它必须让古皖大地上的人文精神在怀宁新城得到重现。从那以后，无论是在物质世界还是在精神世界，我固有的方向都有所改变。我的目光不时投向高河，或者，高河常常吸引我的目光。我确信自己的神经跟新城紧密地联系上了。我很难说我的思维没有受到这种联系的影响，除非哲学家丹纳的这句话——“每个人都置身在他自己的地域文化坐标上”说得不对。我关注的内容，以县城为中心发散，或者将焦点落实到它上面，甚至它成为我避之不开的生活背景，解之不开的地缘情结，我在它的气息中感受人文的蕴涵。

两年前，我在县城生活了一段时间。仲秋时季，每日黄昏散步，都要去栽有桂树的路上走一走，到几个园子里转一转。桂香远远飘来，雅韵清华，洗心涤虑。“叶密千层绿，花开万点黄。天香生净想，云影护仙妆。”香气弥漫，热情慷慨，我的心灵得到了无私的抚慰，舒畅而快乐，甚至我在香气烘托下感到了生命灵魂的高贵。在园子里流连至夜色降临，不忍离去。花影参差，秋月明净，香气益发浓郁了。这县城的秋季，因了这桂花，让我由衷地感受到了它的好，它的轻盈。

除了桂树，还有樟树、广玉兰等众多树木，让我不再怀疑这句话的现实意义：“城市的品质在于人们身旁有多少树，在于植物种类的多少。”那些与新城一起成长的树，其风其味，其神其韵，多半有了人性的色彩和特质。而那些最高的枝条是城市的眼睛，注视着身边一点一滴的变化，尤其是人情演绎所形成的风尚。高河新城规划布局上避免了东拼西凑，重复建设，一开始就给予植物的位置，树也就有了恣意的空间。生活在树旁的人不至于意识禁锢于钢筋混凝土之中，或许随一叶的闪动，释放了情绪，思想轻盈起来。“石头上每一个小孔里都有看不见的人群拥挤在漏斗似的斜边上”——高河当不属于这样的城市。营造一座有文化蕴涵的城市很不容易，它检验着建设者以及生活在这座城市的每个人的智慧。

走近高河，窥探它内在的品质，我选择两个点，一是戏曲，一是诗文。这恰恰是怀宁县城所蕴藏的丰富的人文资源。喧嚣之后，我在这里徜徉心灵的密境，直奔文化的主题。高河敞开胸怀，让我在它的雄浑深广之中张扬身心的自由，无限的遐思。有一次，我观看戏曲票友演唱会，丽姿倩影，摇曳生情，我在想，有多少兴奋的耳朵为动听的黄梅戏而痴迷？泥土的芳香留存发际，无论走到哪里，都会在黄梅戏曲中升起乡愁，也无论接触哪里人，都能听说戏剧之乡的美誉。还有，邓石如写满隶篆的布衣，染翰皖江，一方石印击起千层浪。我们把完白山人的笔意收起，创作一幅幅属于自己的作品，贡献于世人。陈独秀将书生意气化作激昂的文字，我们当承担起传播文化的责任，他高举科学与民主的大旗，我们将他的主张谱成不朽的乐曲，让怀宁在皖江文化圈“一枝独秀”！

海子有诗《重建家园》：“生存无须洞察/大地自己呈现/用幸福也用痛苦/来重建家乡的屋顶……风吹炊烟/果园就在我的身旁静静叫喊/双手劳动/慰藉心灵。”海子的诗一经与古典长诗《孔雀东南飞》形成双重的影响，县城的文化含量增加了不少，提升了知名度。一个个屋顶，有了诗的空灵，诗的轻盈，于是在这里“诗意的栖居”，成为让更多追求品质生活的人感觉幸福指数较高的一个重要原因。

2012 年怀宁县“新县城·新家园”主题征文一等奖

禅缘司空山

一

妙道山我没有去成，因严重晕车。但无遗憾，一切任由缘定。有无下次机缘，也不去想它。

都说司空山比妙道山路远山高，但我还是去了。车子在大别山深处的盘山公路开了两个小时，忽高忽低，起伏如大鹏飞翔，我有种飘浮的感觉，庆幸没有晕车。司空山寺庙分上下院，车子抵达下院后，大家做短暂停留，接受维那衍谛和尚开示，然后攀登——中华禅宗第一山，相约于黄昏前到达上院。

司空山坐落于高海拔的群山之中，在山道上远眺，它并不怎么巍峨高耸，但在下院仰望，尤其登临其间，会发现它壁立如仞，陡峭峻拔。上院隐藏在灰白悬崖与蓊郁林木之中，攀登很久也望之不见，我气喘吁吁，大汗淋漓，遇到几个下山的游客，问还有多少路，他们回答才走了五分之一，心里便有些慌，害怕体力不支，登不上去。休息片刻后，咬牙继续攀登。

突然，头顶上方的台阶如悬梯直下，让人不由得生出几分紧张，不仅要战胜恐高心理，还得把差不多快要消耗殆尽的力气使出来，奋勇往上迈步。这时候要是中途返回，同样付出很大体力，不如坚持一下，也就打消了放弃的念头，抱定不到上院决不罢休的信念。身边同伴，包括年轻的女同事，见我速度放慢，主动替我拿包裹，这让我因感动而激发出力量。天色越来越暗，不敢坐下休息，因为一旦掉队，天黑之后就只能摸索着往上爬，特别危险。好的是，挺过疲劳点之后，人的意志好像点燃了潜在的生命意识——每一步都是“度己”，都是“精进”。

二

司空山，笼罩于静谧之中。无月之夜，星星较多，使得浑茫的群山，仍能隐约显出一座座山体的轮廓，但植物已融入黑暗。它们在白天呈现出丰富的色彩，一些树叶黄了，但没有给人萧瑟枯萎的感觉，即使踩着地上的落叶和松针，也不觉得山野的凄戚惨淡，处处不失郁勃的生机，生态之美在空山灵谷中尽情展现，让人赏心悦目。

这黑夜，看不见的植物会有什么变化？谁能知晓它们生命的律动？无疑，它们以自己的方式，接受冥冥的指令，遵循自然的规律。一千五百年前，慧可大师在狭小的山洞参禅，有无时间意识？超越时空的思维，在刹那间有过多少灵光闪现而臻至彻悟的境界？日日夜夜，六根与六尘又有过多少应对而于如如不动中持守本心？躯体在岁月中老去，而反观自照，生命一如草木，无常而变的是肉体，恒常不易的是那莲花种子。司空山的黑夜与白天，有什么两样？这样的问题，对于我等凡俗之人，最易蹿上心头，于是也就在这夜晚，目光游移不定，欣赏不到夜色，便盼望黎明到来，以至于多少人“心中有事”，影响了睡眠？

晚上寺院为我们提供了斋饭，一人两只碗，一碗盛面条，一碗盛菜。餐前双手合十，听和尚诵经，然后用餐。用餐时不许说话。吃完后每个人将自己的碗筷洗干净，并排放回餐桌上。我第一次在吃饭的仪式中体味到对耕种者的恭敬以及对粮食的珍惜，进入寺院僧人生活的庄严氛围中，心怀一种虔诚，一种敬畏，一种悲悯。

接下来的是学禅（了解禅宗历史和文化）及二十分钟的禅定体验。我们在宽敞的禅堂里，身心从固有的时空概念中脱离而进入一种无念状态。我获得从未有过的放松和内心的宁静。十点半的时候离开禅堂，回寮房睡觉，定于凌晨四点半起床，五点到大雄宝殿参加早课。沉睡中，我听到木槌的敲击声，连忙腾身而起，穿衣洗漱，奔赴大殿。几位和尚已在大殿各自就位，或撞钟，或敲木鱼，或领诵佛经，我们跟在几个和尚身后，相向站成四队，聆听经文，参与礼佛仪式。其中一个十来岁的小沙弥，童音朗朗，所做仪规像模像样，不逊于几位比他年长的和尚。

三

早课结束，天刚蒙蒙亮，我们赶紧攀登禅院后山，参拜二祖洞和三祖洞，然后在二祖传授衣钵的石台上等候观看日出。

立足峭崖，只见近处山体交错，路窄草掩；远处重峦叠嶂，逶迤苍莽。在静穆的气氛中，我们不敢高声语。东方一抹红霞糅合着一抹黄霞，慢慢变大，浓艳的红与壮丽的黄既相染又本色分明，一山托出一轮红日，顿时千山开霁，万壑争流，冲散了清晨的雾霭，照亮了天空和大地。

这时，“二祖大师传衣台”上的石刻熠熠生辉，让人肃然起敬。我以前没有想过袈裟为何是那种颜色，在日出东山的一瞬间，感觉袈裟从天降至，罩于禅院之上。袈裟象征世界光明，如阳光驱散黑暗，一颗颗迷失的灵魂，在阳光普照中“明心见性”，乃至获得人生智慧和圆满。

慧可被称为禅宗二祖，实际上他是中国禅宗第一人，因为一祖达摩是印度人。慧可卓锡之山，显然就成了中华禅宗的祖山。赵朴初先生亲书“中华禅宗第一山”，并非对家乡大山的钟情眷顾，而是源于历史的真实。慧可在司空山传法于三祖僧璨，后又经三祖僧璨传法至四祖道信、五祖弘忍、六祖慧能，使司空山成为无可争议的禅宗第一圣山。

“欲问可公消息在，空谷石，与心安。”朴初先生一生心系人民，发宏愿、显慈悲，感言“众生无尽愿无穷”。他主张“发扬人间佛教的优越性”，在弘扬中国禅宗文化，促进中国社会和谐发展方面，做出了巨大贡献。禅宗所蕴含的对人性的关怀，以及由此出发而展开的处世方式、人生追求、审美情趣、超越精神，凸显澄明高远的精神境界等，都在朴老身上得到了完好地体现，他在多个领域有开拓之功，为世人留下了宝贵的精神财富。

“人间佛教”的英明之处，就是禅可以在我们平常人的生活中，发挥它的育化功效，人人可以践行善德，修身养性，给自己一分光明，送他人一分温暖，让我们活得放心、安心和舒心。

撇开宗教，从文化的角度，一个歌颂阳光，呼唤阳光，让自身成为阳光，并且希望所有人都成为阳光的人，我没有理由不崇敬，没有理由不爱戴！无论他是古人，还是今人。我在司空山感受到了阳光之大气，它所蕴含的文明的力量。

四

小沙弥法号衍玄。我问他俗名叫什么，他告诉我叫郑玄，十三岁，湖北人，去年随师父来到司空山。在下院，他和两位师父一道，带领我们攀登山道，来到上院。他的出现，吸引了所有人的目光。不仅好奇，还有善意的同情。在我们看来，他这个年纪的孩子出家一定有什么重要原因（如某种不幸），否则应该在学校读书求学。但是，我们或许错了，对于佛门来说，小和尚是僧众的一员，他的存在非常正常，是因缘的造就。

我很想了解他的过去，可又怕触动他的伤痛。我问他："你可想家？"他还没回答，一位同伴抢先从僧人的角度说："不会想家的。"衍玄却说："不想家是假的。"我一怔，忙问他想谁，他说他想他姑奶奶。我的心便沉重起来，他的姑奶奶同意他出家并知道他在司空山吗？

他虽然对寺院的规矩懂得了不少，但毕竟还是一个孩子，他的童心和顽皮还是不时显现出来。一位同伴吃水果时，送一个橘子给他，他伸手去接，同伴故意将手缩回，逗他玩，他便上前夺。同伴将橘子往空中一抛，他双手接住，剥皮开心地吃起来。一位和尚说，衍玄喜欢吃糖。哪个孩子不喜欢吃糖呢？可惜我们身上没有带糖果。

衍玄带我到太白书院观光，一路上他问了很多问题，为什么李白又叫李太白，为什么称为诗仙等。我要跟他照一张相，他立即答应，站到我的身旁。他显然很喜欢陪游客上山，我们的到来，他可以提问，还可以随师父们参加佛事。大家对他开玩笑说，你将来当上方丈，我们再到司空山，就由你接待我们。他回答道："当方丈，那多累啊！"把大家惹笑了。

上山和下山，衍玄都背着一只大包袱，始终走在前头，他蹦蹦跳跳，身轻如燕。下山途中，遇到一个干活的农民因腿受伤，瘫坐在道旁。一位二十来岁的和尚背起农民下山。衍玄说：“师兄，你有功德啊！”师兄回答：“我怎么看不见功德?”

五

“一峰玉立，丹笔鬼工。南望端岩，如画照海。西瞻卓绝，若峭壁插天。迤东绕北，则移步换形，变幻莫测。”岳西地方志上这段描写司空山的话，曾让我对司空山充满向往，现在它却变得意义不大，因为有让我感念的东西超越了它，那就是跃升于山巅之上的红日。

从司空山回到出发地——美丽的天悦湾，我竟然不知道了司空山的方向。但是，我记住了司空山那独有的日出晨光——赤黄涂染我的心灵。

下山后天黑了，映在天悦湾水面的星星，依然记得昨夜司空山禅语妙谛吗?

没有上山的人问我，山上好玩吗?山水可玩，而我与司空山一天一夜的禅缘，是神圣的，已无法用“玩”字表达心中的感受。我虽然不是佛教徒，但从那高山之上，跟我的同事一起懂得了“感恩”和“惜缘”的真义。“大爱在人间”，司空山僧人没有说，但我听见天悦湾源源不竭的禅泉，升腾着关爱生命的情愫。我不再害怕在黑暗中行走了。

原载于《安徽文学》杂志 2012 年第 5 期

浮山行窝

阴冷的冬日，我随几个诗人一起游览浮山。浮山不高，顶峰海拔不到200米，绕山行走一点也不累。浮山虽山势不高，但文化品位却很高，被誉为“文山”，随处可见摩崖石刻，人文气息浓郁。

我终于看到了海岛雪浪岩上的石刻“行窝”——曾在一篇写明末学者、奇才方以智的文章中提到过它，但到了实景前我更加留意的是被称为“行窝”的山洞。宋人为接待邵雍仿其所居安乐窝而为之建造的居室，称为“行窝”。浮山，这座曾经被水环绕的远古火山岛——自然造化的洞窟，成为文明史上历朝历代许多投奔、路过、造访、隐居、落难于此的文人、志士避风挡雨、躲藏刀俎兵戈的栖身之处——方以智在岩石上刻“行窝”二字，“出世”与“入世”思想在这位饱学之士、志节之士的心里交锋、磨合，形之于言，示之以迹。行是行，窝是窝，且行与窝合并成为乱世安适之所。

浮山的过客，如山下白荡湖中的鱼，来来往往，或游或止。来过的文人，有孟郊、白居易、范仲淹、王安石、黄庭坚、左光斗、张英、方苞……

关于“行窝”石刻的由来，方以智在《浮渡野同岩》中记道：“老父曾梦邵子于此种松，故又书行窝也。”方以智的父亲方孔炤，官至湖广巡抚，他命方以智在此题写“行窝”二字，后来此处不仅成了方以智的临时住所，还成为一些不苟于世的文士的落脚之地。

我转过身来，看石岩前的山景。起伏的山脉或童秃或苍茂，将空间绘成悠远深湛的背景，恢万里而无阂，通亿载以为津，不凝滞，不困顿，我不由得念起方以智的诗：“读书好山水，此中颇不惑。”

随即想到，入山读书，出山为官，多少古代文人在隐与显之间刻下生命轨迹。所谓“天下名山僧占多”，不是僧人好侵占，而是他们超脱了寂寞，了了生死，能够安心地修行于山上。至于不出家的文士，顶多耐住一时的寂寞，心由一根线牵着，另一端是社稷家邦兼济天下，或功名利禄焉能少吾，自以为掌握了经天纬地之学，或者等来了建功立业的时机，于是率然下山而去。甚者，一生沉沉浮浮，往往返返。人各有志，行、窝乃选择自由。元代张养浩有曲：“有花有酒有行窝，无烦无恼无灾祸。”清代黄遵宪有诗：“半世浮槎梦里过，归来随地觅行窝。”都是个人选择，一时一地一种心绪。

王阳明行至浮山，游遍每一个山岩，留住洞中，思考，停止思考，接着又思考。他写诗道：“见说浮山胜，心与浮山期。三十六岩内，为选一岩奇。”还有一首：“见说浮山麓，深林绕石溪。何时拂衣去，三十六岩栖。”他流连还是不流连，结果是走出了山洞，离开了浮山，又行到别处去了。

口齿流利的导游说，夏天山上蚊子多，不知道他们怎么睡得着觉？我回答道，他们会采挖一种野草，焚烧，烟熏蚊虫，以免叮咬，只是洞里寒气重，不可久住，久住伤身。同行的诗人说，是的是的，僧人不住山洞，而是住在洞外的寺庙里。说话间，我们绕到了另一个洞窟前，导游继续讲述故事和传说。山岩前、山谷里处处幽静，萧瑟。一座座寺庙，门前的绳子上、树枝上系了很多红丝带，静悄悄的，无风飘动。有一个汉子在一块平台上摆摊卖石头，我不知道这些石头采于哪个洞窟、哪个“行窝”——所有的洞窟，都是前人的“行窝”。摩崖再多也有限，满足不了所有人刻字表达。石刻符号湮没了更多背后的声音，包括创造性的思想之声，时间流动带来的脚步，在现存的文字前发出杂沓声，以及杂乱的解读声。

有一块石刻，记载的是法远禅师与欧阳修“因棋说法”的故事。“思行则往往失粘，心粗而时时头撞。休夸国手，谩说神仙，赢局输筹即不问，且道黑白未分时，一着落在甚么处？”这几句，就够我们这些诗人、作家做出纷纭的“理解”了。观念的“行窝”——需要在“脑洞”中填充多少想象力？执迷不悟，固执己见，抓着道理不放，或者被某事控制，便是堵死了自己思维的洞口、灵魂的洞口，造成非常大的自我伤害。

不必执着于此，还得赶到县城吃中饭呢！午时，冬阳杲杲，我们告别了浮山及其“行窝”。

原载于2017年12月9日《合肥晚报》文苑　副刊

月山，一盘诗卷

一

不少人对我说，月山很有诗意。月山的诗意有着山水之美营造的因缘，但滥觞的却不是游人客套的抒情，更多的是由于大地呈现的物事和人情渗透其间的文化底蕴，诱发人们心底的沉吟和赞美；诗意的展示，特殊的地理位置和固有的城镇品质所决定——可以看见安庆和县城高河越来越丰富的表情，感受她们的温度，而清涤了喧嚣，过滤了浮躁；月山本身特有的气息飘向城市的上空，犹如天上的月亮给人们以心灵的平静。月山的经济在快速发展，却依然保留着她的本色情怀，这情怀正是有着诗意的人所喜欢的，月山的诗意也就更多地附丽于她内在的魅力，表现为激情，又有理性。

诗人陈桂生来月山，他写了这样的诗：

怀宁有月山
月山有铜
怀宁诗人海子
你的《亚洲铜》是否取自于此？
月山　叩响通往北方的门环
历史与视实　从这里来来往往

独秀山人陈仲甫
他的主义和主张
至今在影响我们生活
月山　月山
在我混乱的语系里
黄梅音韵流露最多
田野　村童　溪流
以及天帷中隐动的山峦

诗意让月山的历史有了一定的厚度，而富裕的矿产资源一如月亮的恩赐，将物质亦诗意化地表达了，乃至工业文明与农耕文化在这块土地上碰出许多灵感的火花。我常常在月形山下重温海子的《亚洲铜》：

亚洲铜　亚洲铜
祖父死在这里　父亲死在这里　我也会死在这里
你是唯一的一块埋人的地方
亚洲铜　亚洲铜
爱怀疑和飞翔的是鸟　淹没一切的是海水
你的主人却是青草　住在自己细小的腰上
守住野花的手掌和秘密
亚洲铜　亚洲铜
看见了吗？　那两只白鸽子　它是屈原遗落在沙滩上的白鞋子
让我们——我们和河流一起　穿上它吧
亚洲铜　亚洲铜
击鼓之后　我们把在黑暗中跳舞的心脏叫做月亮
这月亮主要由你构成

一个“面朝大海”的诗人，他衷心祝福世界、祝福人民。贫穷并非诗人所愿，虽然灵魂清高而生活简单，但善良纯洁的心灵愿化为灯盏照亮更多人的生活。月山的诗意越浓郁越发激荡起人们对美好生活的向往。我从诗人乔浩赠阅的诗集中读到一首《给月形山》：

月形山，一座山边的城池
像是谁忧伤的面颊，思想花朵

被突如其来的情绪刺痛
情不自禁，而石门秋泛的景色
只是一次回首……月形山
大理石摹写的山水让什么人默读
经历过，感受过，存在过。
月光下尘埃落定
那宜城近在咫尺
知名的集贤关有名人仕士
过来又将远去。

很多朋友曾在月山生活过，离开后，过去的经历和感受成为一份美好的回忆，当然也有忧伤，而内心所表达的仍旧是希望月山人用本地的“大理石”书写更多耐读的文字，做出经济发展的大文章，无愧于山上升起的那轮充满诗意的月亮。

月山走出了一位自己的诗人歌兰，她当然会为培育她灵感与才情的土地歌唱。她的《月山》却分明隐忍着一种期待的哀愁：

一盘碎银
一只独自离岸的船
一个缝着破旧的日月的弃婴
一条繁华的商业街
月山，给沙哑的哭声都打上补丁
给逃避的生活
让出一条无名的流水
我，和我的苦难，一个想法
在镇上生存了多年……

我多次在与人聚会的时候，被人问起打算什么时候搬离月山。我说我非常喜欢月山，在此定居，交通十分方便，尤其重要的是，我家的房前屋后都是宜人的风景，正可谓“风细帘青，林空月印，闲庭峭也”。不只是每年到中秋节晚上才赏月，月亮只要出现，我都可以去赏她，春赏她的情，夏赏她的韵，秋赏她的雅，冬赏她的灵，上半月赏她的绰约清素，下半月赏她的妩媚娇艳，满月的时候赏她的丰腴华贵。水流云在，月到风来，这意境多么美妙！

花下飞觞，水畔弄月，这生活多么惬意！“一月普现一切水，一切水月一月摄”，我何必还要搬迁他处呢？

一位90后的月山少年王正言，用他的诗道出了年轻人对月山诗意的爱，对诗意月山的精神眷恋：

孩子赶着马车
压过月光下的草儿
那阵阵舞动的绿哦
是孩子心田里的牵挂
晨光内的微凉
……

二

“幕府敞芙蓉，地望留一家燕翼；锦篇垂芍药，天章启百代龙文。”

《客家祠堂楹联辑注》收录了这副出自怀宁县月山镇王氏宗祠（现址为向荣村小学）的对联。不知月山王姓发源于何处，与客家王是否有关系。这副对联很有书卷气，不妨看看它所蕴含的诸多典故。

上联典出南朝齐人王俭。“芙蓉”，即莲花的别称。王俭的相府中有莲花池，十分壮丽。唐代李商隐有“芙蓉王俭府，杨柳亚夫营”诗句，唐代罗隐也有“王俭望高，芙蓉比幕”句。“燕翼”，语出《诗经·大雅·文王有声》，“诒厥孙谋，以燕翼子”，意思是善为子孙计谋，居安思危，安乐有备。

王俭官至尚书左仆射，领吏部，封南昌县公。他1岁的时候父亲被害，由叔父抚养成人。他自幼勤学，手不释卷。王俭在目录学上很有贡献，曾校勘古籍，依照刘歆的《七略》，撰《七志》，突破了刘歆收书不收图的旧例，新增《图谱志》，又始创“文翰”一目，内容为诗赋文集，即后世的“集部”。《南齐书·王俭传》称王俭“手笔典裁，为当时所重”。其诗多为典雅庄重的四言体。有几首抒情写景的五言小诗较为出色。明末清初大家王夫之称赞其《春诗》说，“二十字如一片云，因日成彩”。

王俭是齐初文坛的核心人物，曾主持学士馆，以其家为馆舍。他大力倡导、殷勤奖掖，“虽单门后进，必加善诱”（南朝·任昉《王文宪集序》）。南朝文章，以用事为贵，数典为工，王俭是这些风气的推动者之一。不过，王俭本人的多数文章，用典还不算太繁琐。

下联“锦篇垂芍药，天章启百代龙文”。“锦篇”指锦绣文章，如若华丽的“芍药”。唐宋八大家之首、“文起八代之衰”的韩愈写过“两厢铺氍毹，五鼎烹芍药”的诗句。“龙文”二字，喻雄健的文笔，韩愈在《病中赠张十八》诗中说：“龙文百斛鼎，笔力可独扛。”

既是王氏宗祠，“锦篇”当是激励王氏子孙写天下妙文华章。历史上有两个王姓名人写过《芍药赋》，一位是南朝梁文学家王筠。王筠官至太子詹事，以博学善文名重当世。沈约称誉他为“当今王粲”。王筠勤奋好学，自称“少好书，老而弥笃，虽偶见瞥观，皆即疏记”，手抄经、史、子书百余卷。王筠7岁就能做文章，16岁的时候写了一首《芍药赋》，后来又撰《开善寺宝志大师碑文》，词句丽逸，可惜二文均已散佚。

南北朝书法家王弘的侄子王徽写了一首《芍药华赋》，其中云：“原夫神区之丽草兮，凭厚德而挺授；翕光液而发藻兮，飏风晖而振秀……”（《艺文类聚》）。王徽，元嘉初为廷尉，元嘉四年（公元427年），宋文帝刘义隆任他为交州刺史。他不仅擅长诗赋文章，而且对绘画有一定造诣。他在《叙画》中说：“春山烟云连绵，人欣欣；夏山嘉木繁阴，人坦坦；秋山明净摇落，人肃肃；冬山昏霾翳塞，人寂寂。”

这副对联用“芙蓉”和“芍药”相对，不仅上下联均典出王姓人物，并且二花在中国传统文化中具有美好的象征意义。

芙蓉即为莲（荷花）的别名。中国人常以荷花即莲花的高洁作为和平、和谐、合作、合力、团结、联合等的象征。周敦颐《爱莲说》：“莲，花之君子者也。”《群芳谱》说：“凡物先华而后实，独此华实齐生。百节疏通，万窍玲珑，亭亭物华，出淤泥而不染，花中之君子也。”“出淤泥而不染，濯清涟而不妖”成为一种理想人格。莲花还常用来象征爱情，并蒂莲指恩爱夫妻。二莲生一藕的图画，叫“并莲同心”。“水芙蓉”之“蓉”谐音“荣”。莲花也能谐音“连”。莲蓬加上莲子，叫“连生贵子”。

芍药被称为“花相”，芍药之名贵者，誉为“金腰带”。宋代陈师道在《后山谈丛》说：“花之名天下者，洛阳牡丹、广陵芍药耳。红叶而黄腰，号金带围，而无种，有时而出，则城中当有宰相。”清代赵翼《寿全惕庄鹾健六十》诗之一：“玉杯香浥蔷薇露，金带围开芍药枝。”宋代沈括在《梦溪笔谈》中记载了一个“四相簪花宴”的轶事：北宋年间，韩琦镇守扬州，在禅智寺的芍药圃中，忽见一株芍药开了四朵大花，花瓣深红，腰有金线，于是就叫“金带围”的芍药了。这种芍药前所未有，极是珍异。韩琦驾临观赏，十分喜欢，见花有四朵，便想再请三位客人，一同赏花。那时扬州有两个出名的人物，一是王珪，一是王安石，都是极富才华的人。韩琦心想，花有四朵，人只有三个，多了一朵给谁呢？另外请一个人来吧，可谁的名望能佩戴这芍药之极品呢？正在踌躇之时，忽有一人来拜，见是陈升之，韩琦大喜，因为陈升之当时也是一位大名士。第二天，韩琦在芍药圃前大宴，将四朵金带围摘了下来，每人头上簪了一朵。后来三十年间，这四个人都坐到了宰相之位。

短文一、二分别原载于2010年2月1日《今日怀宁》副刊和2011年2月11日《安庆日报·新皖江》副刊

洪铺散记

皖河草场

草场的尽头是皖河，隐约可见一线闪光的河水。有人感叹这里的草比内蒙古草原上的草还要茂盛，好看。我们被这富饶而自在的葱绿撩得兴奋不已，不坐下或躺下，和它亲密接触，何以寄兴抒怀？它纯粹，干净，清香扑鼻。没有牛羊，也没有马匹。我们在草场的边缘，快乐地分享美景，放飞思绪。个个都陶醉了，迈不动脚步，不愿向草场深入，也不想去看皖河。太美了！你发自心底的呼喊。

没有想到会在家乡置身如此美丽的草场。这地方我曾经来过，不止一次，多年前，但不是春天。有一个劳动用词留在了儿时的记忆里——打湖草。四乡八邻的农民涌向皖河畔七里湖、八里湖，芟割青草给牛吃。我见到湖场，是在夏天，或者秋天。夏天皖河水上涨，直抵山脚下，淹没了湖草。即使干旱年没能形成大的内涝，湖场上也只是浅浅的草，因为有不少放牛娃、放牛倌每天将无数的牛放到这里吃草。

现在，这样的好草，竟没有牛来吃！农村不养牛了？或者牛都圈养了？也没人打湖草了，湖草便在这春天恣意生长，阳光下绿茵茵，春风中荡悠悠。它的存在，成了一道生态风景，一道极少人知晓，静静地在这春天里茁壮的风景。

汪河溪流

汪河是洪铺镇，乃至怀宁县有名的村子，缘于古老的已有千年历史的“牛灯戏”。由于对它很了解，所以我反而没有兴趣去听它的传说。

汪河村口的溪流从植物夹岸的幽深中逶迤，在一条石头垒砌的拦水坝前形成积潭，清水从两个石槽溢流而下。有几位妇女在洗衣服，当我们夸溪水清澈时，她们说，汪河没有别的东西，就是水好。

水好，可是财富啊，在当今。洪铺依山傍湖，有数个山冲，汪河便是其一。山冲溪流涓涓不息，辗转汇入洪铺街道的两条河中，然后注入皖河和长江。我吃了18年家乡水，其中就有汪河溪流的水。在此，虽然没有思源的矫情，但目光向上追溯，想象我的先人是如何从更远的山冲走出来，移居到镇上。人择水而居，人又像溪水一样流淌，所不同的是多了一种梦想，一种对老家的回望。

钓鱼石

山不高，山顶数块巨石相垒——用“磊”字更形象。稀奇的是，这不是石头山，山顶何来巨石？于是山下村庄的人们便赋予它一种传说，石头是飞来的，而姜子牙曾在此钓鱼。大家当然不会当真，但我认为肯定有人曾想坐在这石头上钓鱼。

那是水灾频仍的年代，也是野鱼特别多的年代。那年代人们的想象力总是与饥饿有关，物质上贫困，就进行精神上的会餐。

此山面对的是怀宁名山——冶山（怀宁十二景之一“冶峰青霭”，山下有汉朝炼铁遗址），冶山下是冶塘湖。现在湖里没有水，生长着庄稼。我记得小时候，人们就开始围湖造田，但似乎年年都溃堤，冶塘湖成为汪洋泽国，甚至有更大的水涝，不仅淹没庄稼，还漫至山下的村庄。于是山变矮了，可再长的竹竿，从钓鱼石上也伸不到水面。于其上钓鱼，只能成为一种夸张的幻想，一种谈笑的奢望。

村庄空寂，杂草丛生，显然青壮年都进城打工去了，或者做生意去了，他们分明将自己当成了长长的鱼竿，希望的浮子漂在五湖四海。但愿他们都能够钓到鱼，钓到没有污染的新鲜的鱼。

金鸡碑

我们当中，不少人已看过金鸡碑，我也探访过“戏神”，但今天相约而来，肯定有着某种精神层面的意义，因为我们意识中已有了共同的身份认同——生于或生活于戏曲之乡。这是非常重要的，当注重文化在我们血液中的流淌，心灵便开始走向精神的领地。

洪铺有东西两圩，金鸡碑立于西圩高岸及杨家山下的平畴田畈之中。附近数个村庄，为杨姓集中繁衍之地。怀宁戏班在明清及民国数百年间，遍布村乡，为了生计而走码头，闯都市，唱响九州，影响很大，尤其对中国戏曲如京剧、黄梅戏的发展贡献最大。洪铺杨家“金鸡社”，勒碑祭祀天地，让日月星三光照耀，莫不是希望凡鸡鸣处都受人欢迎。当今，哪个明星拿到“金鸡奖”不感到巨大荣耀，而金鸡奖的由来却与金鸡碑有关，至少与金鸡社所传播的戏剧文化有着历史的渊源。怀宁过去道教昌盛，金鸡社以道教为信仰，抱朴守真，精神贯注，元气充沛，雄鸡高鸣迎晓，齐物共生，欣欣向荣。

离金鸡碑数公里，是中国道教协会首届理事会副会长、第二届会长陈撄宁的祖居之地。待日造访。

原载于2012年5月4日《安庆晚报》月光城　副刊

石镜走笔

望春花

今年春暖延缓，却让我看到了石镜海螺的望春花，便觉得天遂人愿。曾在 2005 年写过一篇散文《伤情望春花》，前不久又写了一篇以望春花为背景和隐喻的小说，但一直没有亲睹过望春花。花事浓，人事稠，终于有了此次的相见。

望春花召唤文朋诗友，约定于晨光中盛开，粉红、淡红、玉白……不同颜色的望春花，恰如文学的绚丽多彩。你喜欢白色望春花，她喜欢粉红色望春花。我呢？喜欢这彼此比娇艳而不夺它色的整个望春花家园的大美气象。

从村落屋舍到林木疏影的山上，都有望春花的娴雅之容，俊逸之姿。村路旁一棵粗壮的望春花树，乍看以为它枯死了，再看却发现秃枝横斜之中静挺几朵白色小花。突然心里就有些感动。这棵树老迈了，它不与其他树竞美炫色——曾经有过灿烂，现已归于平淡，在春天里开放几朵小花以表示她还活着。我在这几朵花上依稀看到它往昔风华绝代的故事。一位老人说，以前望春花很多，满山遍野都是，那才真的好看。十多年来，乡村名贵的植物纷纷移植城市，怀宁的望春花树和樟树流失了不少，我曾经为望春花而伤情，现在仍然感到惋惜。

在山径攀登，看到一棵望春花树下有焚烧香纸的残迹，便知这是村民眼里的“神树”。对树的膜拜，化作心灵与神灵的对话，说明村民依然保存着对自然的敬畏。问题是，在物质的需求下，人性往往远离神性，以至于以新楼房为主体建筑形态的家园，其背后却是家园中最美好东西的遗失。一边将望春花树赋予神性，一边让一棵棵望春花树迷失视野。这是一种悖论，纠结了多少村民？

观音洞水库

我 14 岁的时候，路过观音洞水库。呀，这么清澈的水！禁不住跳下去游了一会儿。盛夏季节，肌肤接触那清凉的水的感觉，在我今日漫步观音洞水库景区时，竟还能忆起，恍惚如昨。

在我家屋后远望群山，日日对于山那边的好奇和想象，终于启动了少年野性的双腿，瞒着父母进行人生第一次远行，从洪镇街道出发，经石镜、秀山、公岭，最后抵达高河……路上，隐约听到一阵阵吆喝声，循声奔去，原来一些人正在修建涵闸，我看到了很大的水面（后来才知道它叫观音洞水库），对它充满了新奇而跳进水中。汉子们冲我大声叫喊，怕我淹死，他们给予陌生少年的关心，出于人性即生命关爱的本能。他们的叫喊，让我感到了害怕，急忙爬上了岸。

观音洞水库就这样留在了记忆里，成为我对“水库”的最初印象，并因它而习惯于将水库与家乡的冶塘湖进行比较。关于水库的多是泄洪灌溉的功效，而湖与水灾相联。这些年来，冶塘湖的水面越来越小，很少发生水灾了，近闻家乡在湖区搞生态农业，“景物因人成胜概”，“冶峰青霭”的景观会有什么变化吗？

现在，我以踏青赏春的角色，再遇观音洞水库，虽然最先触目的仍是清澈的水，但我更留意环库的景物，群山开阖，涵藏风水，生机盎然。它的委婉端秀与蕴藉灵动，甚至让我当着朋友的面脱口而出：“这里比西湖还好！”只见几位老人，于宁静的环库路上闲坐。他们说观音洞在山底，有水，进不去。我曾在县志上得知观音洞因洞口天然生成的观音像而得名，洞中水“潮汐应时子午，未知其江脉海脉也”。

几位摄影师在拍摄照片，步步换景，他们当中有一位我熟悉的网友木子蓝蓝。邂逅于此，我祈求观音保佑她。她已住两日，还将留宿一夜。什么时候，我得闲，也在此玩它几天方觉快哉！

独秀山

石镜秀山。这里，除了指此次我们采风的两个乡镇，我还将“镜”当作动词，而获得一种意象上的感受和体认。朋友说他早年写过《石镜寻镜》的文章。我写过《在山脊行走》，记述了包括寻找“石镜涵空”地点在内的诸多游山的经历。我曾在石镜分龙岭一家地方国营企业（后破产）工作三年，和同事们翻越了周边一座座山，唯独没上过独秀山。

独秀山与石镜这边的群山不相连，这也就使得我们在山脊行走，没能抵达独秀山。一次次眺望，相约攀登独秀山，却一直没有成行。后来，我离开石镜，独秀山成了心中一座特别的山，它有着很鲜明的指向。这与陈仲甫先生有关。先有独秀山，后有陈独秀。仲甫以独秀为名，张扬个性，召唤新青年标榜人格独立，思想自由。怀宁独秀山无可撼动地屹立于历史，屹立于当代，屹立于未来。

每次车行独秀山下，我都会透过车窗望一望独秀山，做目光的攀登。它并不高耸，但它已成为一种符号，成为这块土地上的一个丰碑。现在才知道，独秀山已修盘山公路，车子可以开到山顶平台。我们从车上下来，沿陡峭的台阶而上，至电视发射塔。大家都很兴奋。一样的心情，缘于对一个伟大人物的景仰，对一个响亮名字的呼唤。

原载于2012年4月19日《今日怀宁》独秀文苑　副刊

到石牌看老街

皖河大道和建设路上的熙攘人流，隐没在你我的身后，踏进前街、后街、正街……一条条老街旧巷，古意在柔曼的光线中浮现、弥漫，而记忆却在褪色的砖木楼阁上闪动。我的回想牵动你的追溯，又彼此叠加许多细节——迎面而来的是一双双怀旧的目光，与你我的目光交织，心意相通，但各人的故事不会一样。

我来石牌老街，只有屈指可数的几次，只有印象，而认识更多的来源于书本和民间传说。你的目光深邃，曲折，处处重逢童年的身影。你儿时的老街如何繁华，人心如何纯朴，人口稠密，居住环境拥挤，却由黄梅戏曲释放出精神空间，唱词萦绕一代代老街人的心田，历经时代变迁，内心恪守戏曲文化所传播的道德风尚，即使在文化荒漠的年代，瓦肆堂舍也是黄梅飘香。你说，那两口被填埋的井，当年一天到晚飘荡着黄梅曲，洋溢着谈笑声，你每次走到这里都会站着听一会儿。后来你从外地回来，也总有人向你打招呼。可是一回又一回，井边的人越来越少，你认识的人和认识你的人也越来越少……

我第一次到石牌老街，跟你描述的差不多，那时走完一条街需要花很长时间，一爿爿店铺拽住目光，摩肩接踵的人流减缓脚步；不像现在，站在街头，能一眼望到街尾半堵墙后的黑瓦老屋。现在，我们仍花了很长时间才走完一条老街，只因被打了一个个结的记忆之绳，需要慢慢地解开。在一栋木板壁的老房子前，我告诉你，1984 年曾在这楼上住过一夜，看着透过亮瓦洒下的月光，伴着隐约可闻的二胡声，聆听“无石不成班”的如烟往事，内心的默想驱赶了睡意，从此戏曲之乡的点滴信息都让我有心收集，并且希望将石牌同我的出生地——那个发现“戏神碑”（金鸡碑）的洪铺老镇划一幅戏曲版图，必然是以石牌为中心的怀宁戏曲文化，像河流山脉一样分布在方圆百里的城郭郊乡。

紧贴前街的是一条河，属于皖河分流而至的“内河”，家家后门通往河流。曾几何时，缓缓斜坡上是忙碌的居民，棒槌声中荡漾开生活的朵朵涟漪。我放眼看去，此时已难察觉人与水发生某种生活上的联系。先人临河筑城怎么也不会想到后人会选择离开。关闭的后门，将静止不动的河水隔于视线之外。实际上，那一扇扇门的后面，是空房子，人已很少。人们纷纷移居新县城高河，尤其年轻人更是远走高飞，即使留下的也多半搬到老街外的楼房去住了。只有几户人家的大门上贴着春联，幽深的老宅中坐着一两位闲聊的老人——其中一个老奶奶是那么的慈眉善目，一身老式的青素衣裳。

在后街，你说以前是青石条铺的路基，走在上面颇具古韵，如果将来这里成为观光街，应该重铺青石条。现在能弄到青石条吗？刻意打造的古朴又能连接多少人的记忆？就像统一复古的木板房的老街，恍惚是一个模子复制出来的积木搭起的屋，表情呆滞，或者，倒像是新建的“影视城”而非真正的留下时代迭兴、日月递嬗痕迹的民居，缺乏内涵。石牌老街既有清末民国的建筑，也有后来各个年代的建筑，人文符号纷呈，背景色彩浓郁，想必不同年龄段的人都会在此找到与自己生命相通的气息、喜欢的味道和感动的情结，不仅仅曾在这里生活过的人。那些搬走的老单位，如服装厂、百货公司、中医院、学校，如果挂上标识，就很有意味了。

在数条老街中，最长的一条街大概是正街，它虽然比前街、后街宽敞，但一样通行不了现代交通工具，如汽车，这也就使得老街规避了侵扰，我们很难得地在此享受步行的舒缓自在。正街只留下一两家日杂小店，店里静守的老人，捧着小茶壶轻轻地抿，目光淡定。有几处，街沿堆放着长长的毛竹。走近一看，敞开的门厅内一老一少两个篾匠在编蒸笼，有半成品的，也有成品的，竹屑满地。自从江镇人率先出外“发馒头”发了财，以至于亲带亲、友帮友，周边乡镇无数人奔赴全国各地做早点谋生，蒸笼也就成了畅销货，包括曾以戏班闯天下的石牌人今日也把美食传遍了大江南北，蒸笼升腾的又有多少黄梅戏曲的袅袅音符？

去看看皖河吧，走出老街后，我建议。皖河就在老街的旁边，这个季节河床空旷，河水清冽。皖河不老，虽然流了千万年；河岸古镇，旧曲新词几经人事辗转，今犹闻。胡谱伢、高朗亭、郝天秀、程长庚、杨月楼、杨小楼、夏奎章及月恒月珊月润父子、王鸿寿、郑鸿霞、丁永泉、曹沁泉、郝秀球……一个个名角出演过的地方，现已在尘光中上演新的传奇，少了几分柔情，多了几分欢喜。突然，你惊喜地叫道，鹭鸶！一只白色鸟在水面滑翔，飞到对岸，又飞过来，不停地飞，光芒闪闪。我情不自禁地哼起曲子，乘着歌声的翅膀，思绪万千。

原载于2013年2月22日《安庆晚报》月光城　副刊

访井温泉镇

雨欲下未下，白云变成灰色，睡佛山像拥被仰望天空，神态仍那么安详。我走在古镇外的田野中，深绿色的庄稼在我面前，在我周围，静静地接受天气的变化。庄稼的身下，有温泉流淌。

天悦湾温泉的取水井就在这一片田野中。温暖的土壤，使这里的庄稼跟别处不同吗？我没有去了解。地质队从地下 81 米处找到了温泉。“找到”二字，只是一种说法。这地方名叫“汤池畈”（温泉镇）——因温泉而成为大别山腹地岳西县有名的特色历史古镇。

刚才，我从古镇老街找到了一口年代久远的温泉井。“找到”，对于我，是一个异乡人踏访这块土地的一种真实的状态。虽然，这两年我到温泉镇不少于 10 次，但都是夜晚匆匆而来，入住于公路两侧的某一家温泉旅馆。街上灯光摇曳如城市的某一隅，没有古意。泡的是温泉，我相信。尽管设施条件差，但睡得很舒服，或许是温泉的功效。早晨起来，出门沿大马路往天悦湾步行，走到一个十字路口，停下来，朝东西南北望了望，便判断这就是温泉镇的主要街区了。

谁知，繁华的十字路口，掩盖了小镇的历史和古意。再次到天悦湾，一个女孩告诉我古镇上我所不知道的“秘密”。她说那天的探访她差点迷路，我倒是越发感兴趣。

于是，在这个云彩不断变化的下午，我发现了镇上一些很旧的土砖房，寂静的老街散发着熟悉的气息——与我老家怀宁洪铺镇河西街相同的数个年代沉淀的味道。宁谧的屋檐下，“老时光”柔和地呈现出古镇的质地，没有喧嚣与热闹。走在街上，我的步子悠然起来，精神摆脱了混乱与空虚。看到的多是一些老人，或者推童车的半老的妇女，我旋即又感到小镇的内部萧瑟气重了些。拥有年轻人的身影和声音，“新时光”才能刚劲地凸显生命的力量。

温泉井在老街的深处，它的旁边是公共浴室。男、女浴室相隔了十几米，没有露天泡池。井栏是青砖砌的圆筒，上面有“热水井”三个字。我猜测它至今修葺了多次。我离开热水井，走进了男浴室，看见三个老人在洗澡。他们对我的闯入没有反感，甚至我拿着照相机准备拍照，也没有进行制止。我终究没有拍照，他们赤裸的身子，是那么的瘦小和苍老，皮肤松弛地挂在身上。

有一个老人，洗罢澡离开他所说的“澡堂子”，站在温泉井旁跟我聊了十几分钟。他快 80 岁了，说自打出生满月洗第一回澡之后，这一辈子每天都泡温泉，不泡就不舒服。他抽着烟，拎着一只网兜，兜里是换下来的衣服。在我和他的身边，三三两两走过的老爷爷、老奶奶，或拿着塑料袋，或提着小篮子，他们有的是泡温泉结束回家，有的是从家里出来正要去泡温泉。有几个老人停下来，热情地听我问些什么，包括几位老奶奶不时地插话告诉我一些温泉古镇的前尘往事。

这个下午，天上风起云涌，酝酿着一场雨，而我进入了小镇民俗生活的沐浴场景，并同时进入了古镇的口传历史的细节中。

对于汤池畈温泉的历史，这些年我已经了解得比较清楚。它形成的地质年代就不必说了，而文字记载人们使用温泉出现于明代碑文。康熙年间的《安庆府志》，称这里“年有温泉可浴”。清道光十八年（1838 年），当地对温泉池进行了扩修，并建了楼阁。民国初年分设男女二池。1936 年，岳西县建立，汤池镇划入岳西。据说，1941 年，国民党第 48 军司令部迁至汤池畈，对汤池浴池进行了重建，军长苏祖馨和大小官兵都到汤池洗澡。1960 年，国防工业长宁厂建在温泉镇，出资改建，将池子挖深，很大程度上解决了兵民洗澡问题。1981 年，岳西县政府对“大众浴池”进行扩修，开辟了温泉浴室，改砖石池为水泥池，置有电灯、座位等，方便了群众和游人……

说起这些，我既不是证明我的记忆力多么好，也不是为温泉镇做义务的推广介绍，而是它让我更多地感受到被温泉洗涤的历史，在大别山的一角，有着特别的人文份量和色彩。温泉浸泡的是这方土地的故事，有着别的古镇不一样的意味。

老人指着嵌在墙上的一块“重修汤池碑”叫我去看。于是我离开他，走上前去。这块碑刻于清道光十八年，虽经风雨侵蚀，但字体基本还能辨认。这时候，阳光斜照过来，仿佛是助我读碑。碑文为楷书阴刻，端正隽秀。碑文曰：

伊我地之有温泉，匪今斯今矣。昔之人畜其流，甃其池，构其宇，为澡身计，为洁清计，为风雨计，诚美举也！诚久策也！诚韵事也！地非东鲁，原无沂浴之高风。事俪阑亭，实可祓除于藏垢，岂仅近居之所乐哉？抑亦往来欣慕者也。迨今泉流则是，而杂沓诚非。或浣洗以乱其清，或乞儿以秽于内，以致砖壁其颓，梁木其坏。欲洁其身，逝不以濯。爰鸠同志，共乐捐输，培垣墙、涂塈茨、甃于外。薄浣我衣，勤涤我私，污丐于其中无容鼾睡。庶扶老携幼共洁体而身。北辙南辕，亦披襟而畅遂矣。

接着，我看到了另一块新碑，是“大众浴室重修理事会”于2010年10月10日立的，碑文写道：“……重修后大众浴池，新开180.6米取水井，增建水塔和女浴室，重建男更衣室和洗衣棚，重修男浴室，沐浴条件大大改善，被群众誉为‘爱民泉’‘幸福泉’。安徽盛世天源国际养生文化发展有限公司此举乃万民之幸，百姓之福，功德无量，名垂千古。”

“庶扶老携幼共洁体而身”，“被群众誉为‘爱民泉’‘幸福泉’”……我默念着这几句离开了小镇，步行到镇外的田野中。我特意来看去年打出的新井——天悦湾温泉取水口。新老两口井的直线距离不到两公里，而其间却经过了数百年的时光辗转才得以抵达。天悦湾温泉新井日出水量1500吨，42个汤池每天可以供2000人洗浴和体验。终于实现了祖先“北辙南辕，亦披襟而畅遂矣”的美好愿望。古镇上不少年轻人从城市返乡，在天悦湾温泉养生度假区工作，这何尝不是民生层面的“美举、久策、韵事”！

干干净净的天空，下起了干干净净的雨。高天厚土，化雨成泉，地蕴50多度的热汤需要多长时间？我再去看睡佛山，只见佛十分的淡定。

原载于2014年9月3日《安庆晚报》月光城　副刊

赵朴初故居前的螳螂

一只个头很大的螳螂，被走在我前面的西风禅寺住持大通和尚发现，他弯腰从地上捡起来，放到了路旁。随后，一群人一个跟一个地涌进了赵朴初故居——署名为“状元府”的屋子。我闪到一旁，端详起这只有幸不被踩踏的螳螂。

一些想法接踵而来。这只捕过多少蝉的螳螂，到中国佛教协会原会长、佛教居士朴初先生故居前，是聆禅吗？还是躲避黄雀的啄食？蝉与禅同音，螳螂之归宿，于这寒秋寻禅而至此终结生命，开始新的轮回？这些思考是受了佛教观的影响。现实是，大通和尚把螳螂移到路旁，没有再理睬它。除了我，还有一个年轻人对它打量了几分钟，用手机给它拍了照。年轻人突然相遇了自己的童年，还是跟我一样，以为螳螂出现在这里是一种殊胜因缘？

赵朴初先生的故居是新建的，故居即祖屋的原址，早在 1958 年消失于花亭湖水库底下。一位当地人士指着一片水域说：“那下面就是朴老的老家。”他并念起朴老的几句诗：“山情水意共天长。”“尽情领受，千重山色，万顷波光”……新建的故居，据说是按 1∶1 的比例原貌建造的，作为赵朴初纪念馆，是赵朴初文化公园的一部分，周边环境清幽，没有村舍相邻。赵氏家族从状元赵文楷往后一百多年间的显赫辉煌，依然能够通过故居的面积、布局和建筑本身营造的氛围而感受得到。此故居非彼故居。此故居又何尝不是彼故居？

朴老小时候玩过螳螂没有？这种揣测，在朴老的故乡寺前河，我觉得是很有意思的，甚至当大家都去听赵氏家族历史介绍和欣赏朴老书法作品时，我却面对一只螳螂思考问题。有一点是可以肯定的，那就是朴老明白“螳螂捕蝉，黄雀在后”所蕴含的“因果相续”的禅理，他有诗曰：“作善有善报，作恶有恶报。莫羡忉利天，转眼泥犁掉。”

秋风吹，枯叶空中舞。见一妇女在扫落叶，我上前问她：“来的人多吗？”她回答：“天天都有人来。”不见了那只螳螂，我没有去寻找。

最后，我也走进故居转了一圈，由于对赵氏家族的历史以及朴老的生平比较了解，所以我只花了十几分钟时间。当看到一面墙上朴老一生践行的“慈忍”二字，我又想到了屋外的螳螂，并想到了朴老对待“螳螂”的大度量。1972 年，朴老受人“揭发”被关进牛棚，从事搓煤球的劳动改造。1979 年他在《金缕曲——敬献人民教师》中写道：“历尽艰难曾不悔，只是许身孺子。堪回首，十年往事，无怨无尤吞折齿。捧丹心，默向红旗祭。”早在 1947 年，太湖县搞土改，由于一些人的过激行为，造成对朴老的母亲——陈仲瑄的巨大伤害，赵母并因此不幸去世。当朴老在离别 64 年之后回到家乡太湖县，他告诉自己：“不教往事惹思量。”他想得更多的是：“问还余几多光热，报我乡邦？”（见《自度曲·赠太湖县人民政府》）

所有人从故居里参观结束，大概用了一个小时。然后大家乘游船经花亭湖 40 分钟，返至西风禅寺山下的渡口。大通和尚一路陪同，并做讲解，直到我们坐上开往县城的大巴。他面善，说话和气，并有幽默感。例如，他叫大家拿好自己的行李，边笑边说：“请各位施主拿好自己的法包……是法包哦，不是财包哦。”他故意着重“法包”二字，把大家逗乐了。他又说：“你们拿好法包，将赵朴初人间佛教思想进行弘扬、传播。”大通和尚站在车下，双手合十，频频祝福大家一路平安。

车子开动后一会儿，我已看不见车窗外大通和尚的身影。我会记得他在赵朴初故居前，快速捡起一只螳螂移到路旁，那特别自然随意的动作。当时我问他是什么虫子，他回答：“一只螳螂。”

原载于《安徽佛教》杂志 2014 年冬季号

大户人家的山林味

太湖余世磊兄说，很想回乡下，做一个月农民，写一部如《山居岁月》的书。得到了黄复彩老师的回应：我也常常这样想。多少人（包括我）停留于这种美好的想法，依旧在城镇喧嚣中过着有压力的紧张生活，偶尔跑到乡下、山野游览观光，不一样的空间、物象让身心得到愉悦放松，想过半耕半读的日子，可知道还要返城，想法难以变为现实，精神就有些失落。

过去乡下多有大户人家，百年、数百年，在同一个屋子里传宗接代，耕读传家。即使有人出去做官，进京当宰相，最后也选择终老故乡。“解甲归田”四个字，如寒冬的灯盏，照亮人生的归途。你再多么疲倦失意，也会有温馨的家园等着你，让你抛开一切，在人伦亲情中获得慰藉和平静。大户人家，在乡下与自然贴近，升腾的人间烟火与山林气霭萦绕融合。城里的大户人家，也想拥有那种园圃中移动耕作的身影，山林中飘过琅琅读书声的意境，除了有足够地位和财势者可以兴建园林外，一般大户人家无非是大宅门里演市井故事，庭院深深中做春梦幻境。向往乡下做大户人家，不少官场文人的相同的心结，在城市生活了一辈子也似乎不属于这里，这里不属于他们。围城里生子，子又生子，羁绊于城墙，回不了故乡，而“籍贯”二字，也就成为舍不掉、扔不开的一场怀念故土的潮湿的大梦。

自古以来，向往城市生活的人毕竟是大多数。战火毁了无数座城池，无数座城池在废墟上复建，很快住进千家万户。因受城中面积的限制，迁得了的是新居，迁不了的是根脉和祖坟，故而大户人家还是留在了乡下。由于城的不稳定性，乡下的大户人家比城里的大户人家昌隆的时间久远些。怀宁的“铁砚山房”，从邓石如到邓稼先，六代诞生了数位有影响的历史人物。在“铁砚山房”，我感受到一种浓郁的山林味，屋后是连绵起伏的大龙山，屋前是平畴的白麟畈，半隐的格局和环境，既没有规避世俗生活，又没有远离山水自然，生命的精气神与人性的真善美，都可以融洽相伴。

太湖县的赵氏也曾是大户人家，出了清朝的状元赵文楷和中国佛教协会原会长赵朴初。赵家的祖屋因修建花亭湖水库被淹没了，后来政府出资建造的“状元府”坐落在一山下的幽静之处，屋内文房四宝渲染着浓浓的书卷气息，但我还是闻到了山林味。我在屋前眺望植物蓊郁的山峰，心机全消；我绕到屋后，发现这里有看管屋子的人种植的蔬菜，顿时感到一股生活气息扑面而来。现今赵氏家族的众多后人，散居海内外。想必他们当中会有人向往祖宗之地，可当今已不是崇尚“解甲归田”的时代，即使真的有一两个赵氏后人寻根问祖，留住于此，也不会有大户人家的那种气氛，那种文化，那种精神了。

“夫山川之秀杰者，其钟于人必异。”当今的山川，仍造就人杰。所不同的是，现在还有大户人家吗？离开，离开，人们都在想办法离开农村。有个朋友说，山林无人影，鬼魅阴森。有钱人住在城市的别墅中，不过两代、三代，或者最多四代人，且人口少，没有大户人家的生机。乡下一些名人故居，显示着往日大户人家的气象，而多是游客进进出出。农村固有的文明正在凋敝，空村越来越多，大户人家从60多年前开始不断减少，至今已消失殆尽。

桐城的方氏也是大户人家，不知可有受保护的故居。漂泊到台湾的方东美先生，推崇人与自然及宇宙万物浑然一体、浩然同流，追求人格升华、臻于至善圆融的人生哲学。他说：“人与自然彼是相因，流衍互润，蔚成同情交感的中道，只有这大方无隅大道不滞之中，始能淋漓宣畅生命的灿溢精神。”经济条件好的大户人家，子弟在耕读中，接受的是自然与文化交合的教育，老屋中也必然代代皆有人才出。是不是人的自然属性越少，或者人与自然的距离越远，人心就会越浮躁，人性就会越复杂，人品就会越污染，人格就会越分裂？现代人缺乏过去大户人家的那种山林味的熏陶，到老了仍处于一种无法“叶落归根”的漂浮境况。

原载于2014年10月31日《安庆晚报》月光城　副刊

天悦云彩

一个人走着走着，就被天空的云彩吸引了，震撼了，陶醉了。和几个人一道走着走着，也会被天空的云彩抓住，停下脚步看它，赏它，玩味它。天悦湾蓝蓝的天空，云彩千变万化，总会带来令人振奋的新奇。

视觉，接受平常日子中不一样的云彩之美，滋养着心灵。思绪和云彩一起，绝对的快乐，纯粹的自由。大别山腹地蕴藉自然创造力，托举生命，轻与重，虚与实，每一种不确定的云演化扑朔迷离的轨迹，暗示表象之中藏有玄机。一片云，在天心。天心应对着天悦湾。允许每个人做种种主观位置的确定，心在哪，云的种子就埋在哪。一片云叠加一片云，精彩无限放大，因为人性健康的因子植入其中了。

墨云。第一次看到如此厚重、磅礴、大气的墨云涌动，是在天悦湾。感觉天气在变化，脑子里最先蹦出的是“乌云”二字。但它不是“乌云”，像大块大块的浓墨，肆意泼洒，整个天空成了一张画布，似乎一位晨兴而起的艺术家随着灵感酣畅淋漓地展示梦境中的神品。墨云缓缓洇濡，流动，稍淡处现一些空隙，透出些微亮光。一幅作品快速完稿，立即又绘出一幅作品。一幅又一幅泼墨画，坚实的密，透风的疏，密与疏恰如其分。

难道是天下独有的云彩，让岳西成为中华禅宗文化发祥地？二祖慧可“禅衣破处裁云补”，何其坦荡超脱！他在《悟心铭》中说：“问心何来，因境而生，境亦不有，同属虚幻。”云彩亦境非境、或实或虚，此刻当下，心是放下的，充盈的，快乐的。

我又问：是朵朵祥云，让一颗颗慈悲之心发愿吗？宋朝费贤禅师到四望山后，有诗赞曰："踏遍中华地，沧桑云海间。宛若蓬莱境，就是此仙山。"千年后，在以禅宗文化为主题的天悦湾慧可居精品酒店，上空出现形似观音像的云、鱼化龙云和云鹤游天的奇异天象，都让现场的很多目击者，包括我，觉得特别神奇。观奇云，心中多了一份敬畏，也多了一份自在欢喜。一日中午，我走在路上，看见慧可居酒店的外墙壁映照蓝天白云，明洁和谐，简直就是天上宫阙，一阵感动之后，不禁诵起赵朴初在《江城子·题司空山》中的一句："久萦魂梦故乡山，赤崖悬，彩云间。"天空之蓝，没一丝杂染，而白云给人的立体感特别强。它们形状不同，各自停在那里，如禅入定，宁静，明亮，阳刚。与慧可居一河之隔的天悦湾温泉，云朵飘浮，自在，柔和，灵动。不同风格的云景，在我的视野中同时出现，我只能感叹"天造之功"！

成片的白云，在离天悦湾不远的山顶上铺展，源源不断，似乎那山就是生产白云的"生态工厂"。有时，我发现一堆白云冲天而起，错以为是山民在燃烧什么特殊的东西，定睛再看，原来是白云以喷薄之力表现柔中之"刚"。白云到了蓝天之后，它变得温柔了，加入越集越多的云群中。有的云，小小的一块，在离云群很远的地方游荡，如同天真的少年，独个儿探索无边无垠的世界。大山更多的时候"创造"的是一种混沌状的云，它并被这种云所遮掩、覆盖。直到风把云吹散，大山才又露出巍峨之姿。雨后眺望天边云海涌动的景象，会产生一些遐想，一些思考，生命也随之充满激情。

有一些云，怎么想也想不出是如何生成的，只能惊叹它们"无中生有"地出现在天悦湾的上空。或如巨大的花岗岩的剖面，悬在空中，上面色彩斑斓；或如汹涌奔流的大江，高浪滔天；或如一望无际的沙丘，驼峰闪动；或如平波如镜的湖面，帆影点点；或如燎原之势的火焰，熊熊燃烧；或如刀削斧劈的戈壁山崖，光芒流溢；或如精确排列的几何图形，布局巧妙……凡此种种形态奇崛的云，不仅在城市无法看到，就是在其他名山秀川也未必看到。黄山的云浩瀚壮观，变化繁多，而大别山腹地岳西的云，有着跟它神韵不一样的独特之处。我到过金沙江，叹赏高原的云纯净与力量之美，而大别山岳西的云，既有大手笔的恢宏豪放，又有小曲般的轻柔舒缓，风格转化之快速、反差之大，是高原所没有而大别山岳西所拥有的"云彩"力作。

现在，我没有刻意去看云彩，走着走着，云彩迎面而来；走着走着，云彩从天而降。我坐在这里，不去看云彩，注视天悦湾的温泉泡池——清冽的水面上飘着一朵朵、一瓣瓣云彩。我站在窗前，不去看云彩，凝视古老的衙前河——浅浅的河水上，落下一丛丛、一片片云彩。环天悦湾皆山也，可我至今还只知道有一座山叫睡佛山。我常常端详大佛，见大佛仰望天空，我也仰望天空。佛的目光和我的目光，一定会在某一朵祥云上欢喜地交织，绽放朵朵莲花。我这样说，是因为我相信人人都有佛性，都有善心。

原载于2014年11月14日《安庆晚报》月光城　副刊

祠堂里的青苔

在岳西县天堂镇东山村汪氏宗祠，看到院内厢房之间露天排水池，清水微动，或附或浮，一丝丝，一绺绺可爱的苔藓，欣喜不已。京城的客人称赞这水干净才会有青苔，且注目之久超过了对这栋古老建筑的欣赏。

老祠堂因这青苔，古朴清新。80多年前，这里是红军中央独立第二师司令部。只见墙上张贴着一幅幅英烈的画像，标注着一个个陌生的姓名。面对这些年轻的棱角分明的面孔和刚毅不屈的眼神，我心里产生很多联想和思索。一个时代，一批青年，一段烽火岁月。我不由得转身再去看看青苔。他们离青苔很近，曾经会以青苔这种微小的生物自喻吗？当年，他们在这里策划革命暴动和反围剿，身边的青苔如斯吗？或者他们在踏入老祠堂之前，就有除污泥、生青苔之志？他们当中多少人受过教育？师长王效亭是读书人出身，先读私塾，后读安徽省立第一甲种农业学校，还办过“崇新小学”。

古人江淹《青苔赋》，如此描写和评价青苔：“嗟青苔之依依兮，无色类而可方。必居间而就寂，似幽意之深伤。故其处石，则松栝交阴，泉雨长注，横涧俯视，崩壁仰顾。悲凹险兮，唯流水而驰骛。遂能崎屈上生，斑驳下布。异人贵其贞精，道士悦其迥趣。咀松屑以高想，奉丹经而永慕。若其在水，则镜带湖沼，锦币池林。春塘秀色，阳鸟好音。青郊未谢兮白日照，路贯千里兮绿草深，乃生水而摇汤。”

汪氏宗祠前厅二层正中为古戏楼，门头上分别楷书“出将”“入相”字样，寓意进进出出非将即相。楹联：“演一部忠孝图后人作鉴，唱几阙清平调先祖是听。”一群年轻的革命者，对这些文字做何感想，我也不得而知。但我能揣想，他们从不同的地方和家庭中走出，聚集到这里，一定有着共同的信念，一样的爱憎。

社会变革动荡必因矛盾激化引起，而矛盾激化必因社会清流渐少，污泥浊水泛滥造成。在这种环境中，志洁清高者何去何从?

清末民初的陈宝琛，有一首咏落花诗：

流水前溪去不留，余香骀荡碧池头。燕衔鱼唼真相厚，泥污苔遮各有由。

委蜕大难求净土，伤心最是近高楼。庇根枝叶从来重，长夏阴成且小休。

人生遭际伴随社会动荡，人们面临多样选择，也受到多种诱惑，自主与不自主，自觉与不自觉，有多少无奈，又有多少不甘?

走进祠堂之前，雨一直下着；在祠堂里，我们缓缓穿行于厢房、廊庑、巷道，耳畔雨敲老瓦的声音，清脆而响亮。雨越下越大。露天排水池的水增多了，流速也加快了，而水中飘逸的青苔，“微根如欲断，轻丝似更联”，更具灵动神韵之美。我一下子放下了对京城来客的所有戒备（这之前，由于对生客不了解，被人告知防着他一点，以免受骗上当），因为我看到他的眼中流露出对青苔的那份喜爱。

离开祠堂后，一时再没有看到青苔了。实际上，我很久没有注意过青苔了，尤其流水中的青苔。

原载于2016年8月8日《安庆晚报》月光城　副刊

牛头岭上觅半景

有名字而无名气的山岭攀登甚多，缘于家乡是丘陵地区，既有绵亘的群山，又有起伏的坡岭，这些山山岭岭，常于心闲时思之，有空时或独自或邀三两好友登临其间，觅一景半景，娱一日半日。

洪铺镇牛头岭早闻其名，孩提时抵达过它的边缘地带，于阡陌树林、田畴堰渠徘徊数时而没敢深入山冲——看牛头与牛身如何不可思议的断离异处。后来，以为那只是人们对神奇的自然现象附会出一些故事和传说而已，便没了兴致。去年，文友红兵说，牛头岭水库景色很美，值得一看。于是，我心里就开始向往那里了。选择这个秋天，我约了红兵、承敏、吉平和龙飞，直往牛头岭而去。

由省道转入县道，由县道转入乡道，由乡道转入村道……这一“转”又一“转”，真是“道可道，非常道”，喧嚣渐渐少了，无了；建筑渐渐矮了，零落了。村舍幽静得连鸡犬之声亦不闻。再往前走，村舍也不见了，水泥路也完了。脚步却没停下，地上仍有路，是沙石路，往大山里延伸、升起，然后突然变宽了，而天地之间也突然如屏障推倒而敞开了。原来出现了一个水库。群山环抱秋水，隐逸之趣与玲珑之美并呈，灵气与生机相叠，顿时山野有了一种内蕴。植物色彩缤纷，水面彰显辉映。我们再往上走，眼前又是一个水库，两个水库由一大坝相隔，形成十几米的落差，而由涵道彼此悄然相通。一库大，一库小。此时为枯水期，但水面汤汤。此前我讨厌“璀璨的明珠”这个滥俗的比喻，可现在却脱口而出“两颗璀璨的明珠”。牛头岭水库，是1958年在天然河渠上扩建而成的，工程涉及了移民，在下游靠近西湖，传说是阮大铖家田庄的山冈附近形成了一个很大的村落，而周边无数个村庄受惠于水库。今日水库藏在深山，松风传音，浮云驻影，草香花媚，藤萝迁蔓，自在得闲。尤其在这个农民纷纷进城务工，田地半种半荒的年代，水库倒成了镇上饮水之源，还是那些垂钓爱好者的怡情之地。只见上下两个水库旁，都有人撑伞架杆，似做长日之钓。山上垂钓，人在景中，景在心中，情景相触，身心相融。

垂钓也是山中一景，不过我还是乐意继续往山岭攀登，让这半日多遇一些景观。山梁小径出现了数只彩蝶，穿草丛纷闹不休。这个世界，大概它们最蕙心兰意，幽居欢悦吧。古人说“山经秋而转淡”，我觉得一点也不淡，反而认为植物色彩更浓艳，蝴蝶的热情也更浓郁，随着我们绕行不去。行走间，迎面看到了一块大石头，立于坡上。这孤石何来？是牛的一块“化石”不成？显然我也在这山里将眼见之物“神格”化了。不过，倒真是叹服造化之神奇且神秘。朋友说，山路曾经少有行人，而现在走了这么久也不见一个人，要是独个儿真不敢来。我笑道，这旅游季节，名山大川人头攒动，人满为患。他们人看人，我们人看景。景不出名，只是不被更多人知晓而已，这反而是幸事，我们悠然自得！

刚才，我在水库旁望山，群峰映入库底，似有鱼跃峦巅之感；现在到了半山腰转身看水库，日近中天，一如天池铺银，平波展镜；接着登到山顶眺望水库，如瓷盘盛汤，好一个琼宴羽觞……我去过一些水库，多是沿岸营境，水畔把玩。而牛头岭水库最大不同处，是可以在四周的任何一座山上欣赏，而且山与山相连，岭与岭相接。我以为山冲的尽头处，必然“豁然开朗”，通往别处，谁知却是一山横拦，且此山与左右两山浑然一体，山冲的形势犹如张开的双臂，水库在怀抱中，时隐隐在目，时澄明于前。

离开背山后，我们从山冲的另一侧往回走，竟然在山上发现了数户人家，土墙，黑瓦，菜畦，草垛，柴堆……释放着农家生活气息。我们悄悄地穿过小村，往山脊披荆而行，突然又遇到一块高大的石头，不得不再次联想起关于牛头岭的诸多传说。当走到那块形若牛头的石头跟前，我被震住了，心神为之所夺，踯躅再三，差不多理解了离奇的传说为何一代代流传，甚至相信了分散几平方公里的石头曾经是一块巨石的说法。只有传说，才能让人们更好地解释这大自然难以复原的“初状”。

还没有离开牛头岭，我就说，我还会来的。这是我游览那些著名的景点所没有过的，那些著名的景点总会让我留下遗憾。或许是家乡的山水，多一份情感在里面，但我以为是性情起了作用，素喜欢宁静的、生态完好的山水，扑面而至的山野气息中，“片时清畅，即享片时；半景幽雅，即娱半景”。不禁想起甲乙先生屡屡说起大龙山牛角冲的好，曾与几位文兄去过一趟，确实是个好去处。现在，我以为牛头岭甚好，同样觉得它也只会被同一志趣的人所喜欢。

原载于2013年11月15日《新安晚报·安庆时讯》副刊

响亮的雷埠

印象中，雷埠乡是遥远而无声的，尽管它的名字很豪壮。我年少时就好奇地琢磨它的名字的由来。后来，我对怀宁地域文化尤其是戏曲史的研究，才知道雷埠乡因境内有雷公埠而得名。按照中国民间的传统说法，雷公是负责打雷的神。雷公埠就是雷公驻扎、停留、歇息的埠头（港口、码头）。很多次在老县城，我都会想起雷埠、腊树这两个紧贴古镇石牌的地方却没去过那里，一次游麻塘湖再往前几百米就是雷埠，近在咫尺，能感觉到村庄的气息与温度，但我又被同伴拽回了石牌，而使这段距离留作遥望和想象。直到2010年，文友且且带我第一次走进了雷埠，我发现这里不仅有美丽灵气的湖泊和水库，还有生态保存完好的山头。犹记得在乡政府听几位领导谈雷埠的经济发展，也还记得在雷埠中心小学与几位老师聊雷埠的人文历史。

这些年，雷埠从于无声处响起了时代的强音与自然的天籁。我从旅游采风的朋友带回的诗文中，欣赏到了“土地啃着羽状的阳光”的雷埠，品味到了“梯田层层，在冬日山野直铺去”的雷埠，发现了“青山、流水、人家，古树、山雉、杜鹃花”的雷埠……雷埠以自身焕发的精神，增强的信心，提升的魅力，吸引着人们去打量，去聆听，去发现，去交往。

“雷鸣香茗非空响”，一天当我在《今日怀宁》报上读到何玉龙先生这句诗，我的耳畔响起阵阵春雷。指代与比兴，象征与暗示。无疑雷埠人的发展意识决定了果敢行为，不甘于贫困落后。曾经占有老县城边缘位置使其传统农业如种植养殖得地利优势，县城搬到高河后受到一些影响，但今日空间概念已非过去那种将目光局限于“家门口”，现在是大怀宁的国际视野，一乡一村搞出特色和声响，亦能声名远播，财源滚滚而来。“音声之道与政通矣”。雷埠没有囿于怀宁西陲一隅而寂寂无声，而是蓄势创势，发出雷鸣。雷鸣，乃老百姓共鸣的心声。我闻声再次走进雷埠，一个由生态、人文、经济、社会交集呈现的雷埠，比五年前多了厚度，多了风采，多了神韵。

站在金鸡岭，面对波光粼粼的水库，我仿佛听见金鸡鸣唱，一时间不由得想起家乡的金鸡碑，梨园与道教文化的渊源，日、月相合为“明”，金鸡是戏神的化身，引吭高歌，怀腔穿云裂石。我和老张是专门寻访戏曲文化发祥地石牌及周边四乡的戏曲遗迹，尤其对郝氏这个戏曲传承大族的敬重，而抵至雷埠郝山村。“广场一出光四射，歌喉未启人先憨”的徽班名伶郝天秀、“气度高华”的京剧大师郝兰田等戏曲名家的祖籍都在这里。郝天秀比程长庚出道早几十年，道光十六年（1836 年）其遗骨由北京运回怀宁安葬原籍郝家老屋时，程长庚已在京城走红。郝天秀曾在扬州迷倒了一大批戏迷，“坑死”了无数粉丝。清代文学家赵翼为此写了一首诗《坑死人歌为郝郎作》。清代萝摩庵老人在《怀芳记》中用对联称赞郝天秀：“飞鸟依人，白袷翩翩佳子弟；旗亭画壁，青尊日日对莺花。”郝兰田被清末画家沈蓉圃绘入《同光十三绝》画谱而流芳千古。郝氏代代都有人活跃于戏曲舞台，《皖优谱》等书记载的除了郝天秀、郝兰田，还有郝三、郝桂宝、郝柏祥、郝应兰、郝可贞、郝呈祥、郝学言、郝厚卿、郝占林、郝有章、郝知礼、郝左元、郝永升、郝鹤年、郝恒翠等，可谓梨园巨族，群星璀璨。

如果说雷鸣催人奋进，那么金鸡鸣是提醒人们要保护、发掘和弘扬优秀的传统文化。我这腔调并非官样，作为民间草根文化人，我的耳朵里是多种声音，而金鸡鸣绝不是单一的，否则显得苍白，但它又必须悦耳动听，触动灵魂，让生命能够在文化的滋养中坚韧、乐观，具有价值和意义。在徽派建筑风格的郝氏宗祠，我正在观看融风俗文化之精华，萃山川形胜符号于其中，显现人格心理与空间结构的微妙对应的环境格局，听见老张对一位郝氏后人说：“石牌正在搞戏曲名镇文化建设，可以延伸到你这里，形成戏曲文化走廊，带动旅游发展。”郝氏后人说：“经常有外地人专门来采集戏曲资料和传说，去年中国人民大学一位教授来找郝氏宗谱，了解郝天秀生平。”

现在的乡村贫困之象无迹，而萧条芜蔓之状随见，雷埠也不例外。我又想起玉龙先生的诗：“夜见街灯疑北斗，日闻喇叭响村头。”乡村的生机和人气，多么需要喇叭鸣！可用什么聚集人气呢？不妨先到新农村示范点去看看吧。我们来到牛店村善士屋。从“兴家旺族”的匾额古意，到“创建和谐新农村”的标语的时代气息，我感喟这村子像一位既有传统文化修养又有现代气质的名士。尽管现在新农村大多都有老年活动室、阅览室、娱乐休闲场、村民健身场等设施和功能，但我还是透过这些东西和善士屋崭新的别墅洋楼及干净、敞亮的村容村貌，捕捉到其内在的不同。想必住在这里的村民没有人不感到幸福。然而，我见到的多是老人和小孩，不由得忧虑没有足够的人口，将来新村生活的品质会降低。前不久作家贾平凹在接受《南方周末》记者专访时说：“最大的问题是农村没有人了，没有人怎么建设新农村？”解决这一问题，要有加大发展乡镇经济的政策导向和投入支持发展的力度。

我听到了新农村的喇叭鸣，我同时听到了“善士”之鸣，即有志之士鼓吹改革，推动雷埠“十三五”发展规划的声音。一位村干部告诉我们，金鸡岭水库水热条件丰富，山涧溪水长流不断，水质碧澄清澈，甘甜滋润，具有生产纯净水的天然条件。这个项目规划占地 10 亩，将采用当今世界最为成熟的纯净水生产技术，反渗透纯净水设备，生产罐装饮用水。

我说：“雷埠生态好，可以发展生态经济，并结合生态旅游开发，搞综合项目，打造成怀、太、望三县边境旅游圈。”对方笑道：“这该有多大的动静。”接着，他告诉我雷埠山水经济、特色农业已有不错的基础，怀宁将以雷埠为中心，发展种植中药材 1 万亩，辐射周边乡镇及县市。基地以公司加农户形式，主要从事中药材种植、培训、回收、加工、销售等服务工作，有白牡丹、桔梗、白芍、子丹参、白术、板蓝根等中药材品种。项目由种植区、加工区、观光休闲区等三大功能区组成。

在往乡里某单位的路上，见阳光擦着竹林斜照过来，整个山野清晰透彻，秋水落英，红叶映空，令人心旷神怡。老张说：“韩主任，黄墩有蓝莓，你们这里有啥特色水果？”

韩主任回答道：“有、有，迎庆桃是雷埠的特色水果。它是桃中的精品。”我问：“有什么特点？”韩主任说：“特点是果实大、果色美观、果肉酥脆、含糖量高，富含维生素和铁、锌等微量元素。迎庆桃含糖量高，可进行深加工提取蔗糖。雷埠乡地属丘陵，四季分明，气候温和，山场面积近 3 万亩，适宜种植迎庆桃。目前我乡曙光村已种植迎庆桃近千亩，经济效益不错。规划发展连片种植迎庆桃6千亩，建设迎庆桃食品厂一座。”

下午，在返回石牌的途中，我望着烟波浩渺的麻塘湖，望着雷埠乡沿麻塘湖湖岸线，似乎从那里传来了太阳河淙淙流水声，万亩竹海随风摆舞声，老祠堂的丝管锣鼓声，新村庄的喇叭唢呐声……

2015年怀宁县“最美怀宁诗文拉力赛·雷埠篇”一等奖

江镇的“麦地”

朋友黄小五建了一个微信群“乡里乡亲”，里面凡是我认识的都是江镇人，包括小五自己。我既没问他是不是误拉了我，也没主动退群。群友分布在全国各地做早点生意，如果需要“群歌”的话，我可以写上几句：“江镇兄弟，我们相遇，走出小小麦地，做出大大馒头；江镇兄弟，我们相处，回望细细麦粒，展望宽宽场子……”

江镇、洪镇是一对共地缘文化的兄弟，人们习惯于将他俩连在一起讲，地名结合的紧密度无与伦比，兄弟性格、气质也极其相似。当年，“你是江镇的，还是洪镇的?”这种类型化的问句，耳熟能详。反正两镇是一条道上的。从石牌看，洪镇是江镇的延伸，而从高河或月山看，江镇是洪镇的延伸。这两个彼此绕不开的镇不是一对兄弟才怪呢！我曾经的单位，江镇、洪镇籍的同事一起玩得多，处得好，不少人成了几十年深交不疏的朋友。工厂破产后，他们成为“中国面点师之乡”的一员，上海、温州、广州、厦门、武汉……兄弟啊！家乡的麦地这么小，你们的市场却那么大。

有人觉得“江镇现象”很有意思，以大米为主食，却有近 2 万人做馒头、蒸包子，俨然“面点师”，拥有巴比、德比、麦喜、新合、何氏、万福、上羊、下沙等众多颇具市场知名度的江镇白案连锁品牌。在我看来，这一点也不稀奇，如果你了解了这座皖河之滨老镇曾经遍布饭庄和早点铺的清代、民国历史，就会相信有一种渊源起到了文化“酵母”的作用。我于 1981 年读初三时和几个同学于麦子黄了的五月，逃课奔向地名熟透的江镇。一路上，看畈地、坡地上的麦子，没有洪镇冶塘湖麦子壮观，江镇街也没洪镇街长，但打炉饼、炸油条、蒸包子的却比洪镇多，我从香脆的侉饼上吃到了江镇的味道，食品的印象嵌入记忆。

娘家在皖河乡的岳母，常在今昔对比中感叹女人婚姻与命运，早年她一个亲戚家的姑娘，嫁到江镇，其父母、家族都认为那地方穷，庄稼怎么也比不上皖河乡。岳母受这种成见的影响，怕洪镇跟江镇一样“不是个好地方”，当她得知女儿跟我谈恋爱，甚是不安地悄悄跑到洪镇明察暗访，失望地发现，洪镇的庄稼长势没有皖河乡好。她回到工厂后描述“麦秆矮矮的，麦子干瘪瘪的”而深表忧虑时，我对她说：“我家吃商品粮，没田没地，我在国企工作，有经济保障。”岳母方得消愁弭虑。据江镇人讲，江镇城非户口的居民和下岗工人在当地农民的带动和帮助下，纷纷发馒头营生，其中不少人“发了财”，而江镇镇农民人均储蓄、存款总额更是居全县之首。洪镇在江镇的影响下，也有很多人当上面点师傅。

有一次，我在火车上听两个江镇人聊天，颇有感触。其中一位汉子年轻时在东莞一家包装厂打工，结识了一个山东姑娘，找她谈恋爱。那姑娘由她姐姐陪伴，到他家乡去了一趟，然后就提出与他分手。她姐姐阐述理由：“小汪，你们这里呀，麦地只有巴掌大，能收多少麦子呢？我妹妹从小吃惯了面食，来这里过日子怎么行呢？打工不可能一辈子，终究要回乡种地……”他无奈地接受了分手的现实。听了他的故事，另一个汉子说：“也怪不到那女人，那个时代，地方穷不穷看庄稼地多少。”对方回答道：“那女人没眼光，嫌麦地少，我现在全国哪地方的面粉没捏过包子？她要是嫁给我，想吃什么面点都行啊。”两个人“嘿嘿”笑了，我也不禁笑了。

十多年前，我读到海子写麦地和麦子的诗，自然而然想从家乡的麦地找到与高河查湾形质相同的麦子，以及萦绕其上的守望的心绪。当江镇因馒头出名后，我从查湾的麦地，看到了更多怀宁村庄的麦地。据悉，江镇全镇每年麦子总产量大约 2700 吨，人均只有 75 公斤。

吃麦子长大的
在月亮下端着大碗
碗内的月亮
和麦子
一直没有声响

和你俩不一样
在歌颂麦地时
我要歌颂月亮月亮下
连夜种麦的父亲
身上像流动金子月亮下
有十二只鸟
飞过麦田………

“十二只鸟”被我理解为12个月，人们每个月能吃多少面食？当年，面食是用来招待客人的，或逢年过节、办喜事、过生日才能享受到。于是，麦子成了希望，成了寄托，幸福的麦香，甜美的味蕾。江镇人将自身人均75公斤的麦子，发酵成了无法估算的无数的包子、馒头，体量巨大的舌尖上的经济。江镇成为皖西南之重镇，安庆之名乡，有勤劳的汗水，有面点的情怀，有家族血缘的力量，有抱团打造品牌的智慧。

我在皖河的这头，眺望皖河的那头，都在此岸。从女儿岭到大雄山，“夜来南风起，小麦覆陇黄”。江镇的麦地无限大，大江南北，哪里的麦子，都在江镇人手上，扬花，飘香。

2016年怀宁县“最美怀宁诗文拉力赛·江镇篇”二等奖

平山载物，大洼涌金

诗意的平山，我是在那勺的诗集《无关喻体》中领略到的，曾经随着他的诗歌意象，一起“穿着金色的阳光，缓慢地，从一个村庄飘过另一个村庄……”我从一个游子沉郁的倾诉中，感受平山乡村呈现物产丰富而贫穷，景色优美而荒凉的悖谬以及由此带来的心理冲突，尽管其诗也渲染着理想主义色彩，折射着故乡情愫亮光。

后来，因数次走进平山，或私访或随团采风，近距离接触，有了物质层面的了解和体悟，然而它仍是诗意的，一种叙事体的形式，虽少了抒情，却沉甸甸地装着我对平山的印象。在珠流河畔，绿色的庄稼静静地生长，我隐约听到湖汊中群鸭的鸣叫，随之一枚枚红心鸭蛋浮现于脑海，拾蛋少女与赶鸭大叔形象闪耀切换；鱼跃鹅飞，云彩投影连接着珠流河、皖河及众多湖泊，流金岁月在农家屋顶演绎平常而幸福的日子——这对于一个习惯于形象思维的人来说，诗意的“通感”也就油然而生。有一次，我从石牌返回月山，车行不久，突然决定在平山下车。因为我看到了那个通往江镇的岔口，就像从现代诗的意象，转为古典诗的意境，它让我沉湎于怀旧，站在那里半个多小时，关于平山的许多儿时的听闻一齐奔涌而来。想起几十年前我年轻时每次和同伴们从洪铺镇出发到石牌，骑车到这个路口就特别兴奋，因为马上就要进县城了。回去的时候，因推车上坡，走得慢，还频频回头，总有一种与县城别离的难舍之情。

现在，我已在平山境内很多路口停留过。写此文记忆会带来一些心灵的触动，最深刻的一次是2009年在大洼朋友家聚饮后回家，醉了，记不清主动送我而绕了数里路的大巴车司机，一年半后一个女售票员竟认出我来，我一上车，她就笑着对我说："你不就是去年喝醉了坐我车的吗？"我当即有点难为情，又为遇到平山好人而有点感动。至今，平山的响塘湖、竹叉湖、博屿湖、钵盂湖等湖水一次次将我召唤过去，并将一次次造访的印象融合到我当下的"观感"之中。我惊叹于平山的山水名称蕴含的文化意味如此浓郁。品文化意味，我不禁脱口而出："平山载物，大洼涌金。"

一个朋友呼道："好！"另一个朋友不明白什么意思，让我解释一下。我说："中国传统文化崇平尚水，《易经》上说：'天行健，君子以自强不息；地势坤，君子以厚德载物。'据我了解，平山镇各类标准化养殖小区达40000平方米；拥有3家省级、6家市级和10多家县级农业产业化龙头企业，种粮大户49户，承包经营农田2万亩……这便是'载物'。搞现代农业示范区，其本身就是载君子之德。现在环境污染多么严重！食品安全问题多么让人揪心！平山镇坚持搞优质、高产、高效的生态农业，倾力打造农业循环经济，这不是'厚德载物'是什么？"

当地一位乡村干部告诉我们：镇里一直大力推行"种、养、加、饲、肥"五级循环的农业生产发展战略，积极构建农业循环经济产业链条。他说："我们通过绿色稻米种植、特色林木、畜禽养殖为农产品精深加工提供优质原材料，通过农产品转化加工为畜禽养殖提供优质饲料，通过沼渣、沼液的利用为绿色稻米、特色林木提供有机肥料。示范区内推广'稻鸭共生'技术、'林—鸡'互作循环模式，还实施沼气工程，已建成沼气池1000立方米，逐年减少农药化肥使用量，发展生态农业。"

我心里感叹道："平山载物，利在民众！"当得知平山镇是"安徽省生态乡镇""安庆市文明乡镇""安庆市卫生镇""安庆市平安乡镇"，我更加觉得自己的评价是中肯的，没有溢美拔高。我不由得想起据说籍贯平山的明朝状元刘若宰的一句激励之言："桴动鼓鸣，兴起振作！"

那个朋友又问起"大洼涌金"作何诠释，不至于只是字面意思吧。我以为光字面意思就很好，当然，我说的是"有关喻体"的经济学含义，即"经济洼地"是指经济落后而资源丰富的地区，成为投资资金涌入的"洼地"，极具发展潜力。大洼养殖水面足有几千亩吧，鸭及禽蛋很出名，还有栝蒌等特色种植也闻名遐迩。丰富的农业资源必然会吸引有远见的投资商投资发展现代农业项目，形成“大洼涌金”的喜人局面。

平山载物，彰显大爱。富饶的物产，水稻、绿头野鸭、杏鲍菇、杜鹃花（盆景）等动植物共生。生态农业，体现遵循自然的精神。老子说：“上善若水。”水处洼地却最接近于“道”。八十多年前平山人程演生先生目睹积贫积弱的旧中国，困惑于“民以食为天”而民不聊生的社会现状，毅然践行教育兴国的主张，“潜岳苍苍，江淮汤汤”“文化丕成，民族是昌”“莘莘多士，跻兹上庠”……沧海桑田，时代变迁，今天我们已解决了温饱却处处在伤农业之本，付出破坏环境、浪费资源的代价，埋下种种隐患和危机。欣喜的是，越来越多的有识之士意识到了这一点，或支持或亲自致力于发展“生态农业”。生态农业，何尝不是程演生先生教育兴国所昭示的社会愿望和文明憧憬，他说“缅怀先哲，管仲蒙庄”，即中华传统文化，强调和谐，在充分尊重自然的前提下，利用自然发展生产造福于民。想到这里，我以平山镇乡村地名试作一副对联以贻笑大方：

“平山载物，狮峰喜吼伴鸣凤，岗山津山猫山，迎纳万物；大洼涌金，牛洞乐哞拉花车，大塅高泽汪岭，精炼百金。”横批：“农业示范”。

2015年怀宁县“最美怀宁诗文拉力赛·平山篇”一等奖

黄墩，因蓝莓而辽阔

大地上，光线跳跃，寻找最亲密的色彩。在黄墩镇栗山村山冈上，我手摘蓝莓，心中寻思最初动议引进种植蓝莓的人，是否源于对色彩的钟情和对色彩背后的文化的熟稔？即使是巧合，也是神来之笔。黄蓝为互补色，一种颜色占的面积远大于另一种颜色的面积的时候，就可以增强画面的对比，使画面愈加显眼。补色并列时，会引起强烈对比的色觉。黄蓝，两种彼此最爱的颜色，在这方土地上缔造最绚丽和谐的生态家园。

中华文明以黄为贵，以土为尊。黄墩，一个寓意厚重的热土，曾因传统农业的制约，农民半耕半商的生存方式维持了很多年，而黄色更多的与泥巴相关而指为贫瘠。我于 1998 年第一次到黄墩，是去一个村子接同事的新娘子，坐单位里一辆货车，车子被陷进泥坑，七八个壮汉推了两个小时才把车轮推到石子路上。大家说，果然是黄泥墩，名不虚传。后来，大概十年后，我再去那个村子，却发现通了水泥路，而黄泥已成为蓝莓的土壤，从几百亩到数千亩，黄蓝色彩让人赏心悦目。

我虽然不是画家，但敏感于色彩的组合与搭配，想必其中蕴含的活力和表现的美感，定有神奇的关联性。黄墩蓝莓一年比一年有名气，黄蓝互补揭示了黄墩人对象征永恒的蓝色的热爱：大力发展蓝莓产业，突出“一镇一品”，着力打造安徽蓝莓第一镇。

在蓝莓的怀抱中，我感叹今日黄墩的辽阔。自 2004 年开始与安徽省农科院合作栽种蓝莓取得成功以来，黄墩先后引进农业、林业科技开发有限公司，基本形成了以种苗繁育、规模种植、批量保鲜、产品加工及休闲观光为主要环节的产业链。现在蓝莓种植面积已达5000余亩。据镇领导介绍，再过几年，全镇蓝莓种植面积将达到1.5万亩，建设总产值达到17亿元的特色农业示范区。我相信会实现的，因为这么多年来，全镇上下对黄、蓝两种色彩有了很深的情感，感受着它所能带来的无限的幸福。

在谷泉村，我问一个在采摘蓝莓的少妇，一天能挣多少钱。她说一天可挣100多块钱。现在由于城里人时兴网购，到外面“跑会”（做生意）越来越难，不如在家种蓝莓，加上荒山租金，一年有好几万元的收入。我又问她，蓝莓基地雇用的农民多吗？她回答全镇至少有500多人。她的黄皮肤映衬着蓝莓的蓝，特别的美丽。

黄蓝互补色，同时也揭示了无数关注这里、走向这里的人们对自然生态与健康生命的热爱。据了解，蓝莓的名称来源于英文blueberry，意为“蓝色的浆果”之意。原产和主产于美国，又被称为美国蓝莓，其果实呈蓝色，并被一层白色果粉包裹，果肉细腻，甜酸适口，种子极小。蓝莓被联合国粮农组织推荐为人类五大健康食品之一，能够保护视力、消除疲劳、增强免疫力、增加记忆力、延缓衰老和预防心脏病的发生。

哦，黄墩也必因蓝莓而永葆青春！我不由得想起一个民间传说，孔子带着众弟子周游列国途经黄墩镇与洪铺镇之间的一座山岭，由于一路奔波劳累，孔子病倒了，弟子子贡寻来“丹心草”熬汤供服，孔子很快恢复健康。从此这座山岭被当地百姓取名为“子贡岭”，以传颂其“丹心”。今天，从蓝莓的营养食疗价值来说，何尝不是黄墩人民奉献给世人的一种“丹心果”？

初夏，我同朋友数人到黄墩镇参加体验“蓝莓有约”采摘季活动。我看着各地来的游客，脚踏黄色的土地，手捧蓝色的果子，边摘边吃，其乐无穷。我突然从黄蓝互补色，想到了色彩的转化，这么多蓝莓虽然上市时间有先后，但必须深加工才能更加体现和提升它的价值。一位工作人员告诉我：深加工的产品已开发有蓝莓蜜、蓝莓酒、蓝莓醋、蓝莓汁、蓝莓糕、蓝莓饼、蓝莓干等多个品种。

这是黄与蓝的交响！黄之华夏尊贵，蓝之西方崇尚，在皖水之畔，独秀山下，奏出中西合璧的华美乐章！国际视野中——黄之活力，烘托蓝之浪漫；黄之深刻，蕴藉蓝之轻盈；黄之坚韧，融合蓝之安静；黄之信念，高扬蓝之理想……我喜欢黄色，它给人踏实，温暖，充满希望的感觉，可以说我生命血液中的文化及思想灵魂的基因，其本色就是黄色。在黄墩，我爱上了蓝色，蓝色的美丽与广阔，蓝色的幽雅与神秘。蓝莓，对于我，是个全新的意象，浆果珠玉，摇曳生姿。我了解到世界上有许多经典的蓝莓符号，如《蓝莓之夜》电影，《蓝莓评论》《彼得的蓝莓地》等书刊诗歌。让我们站在黄墩，面朝大海，来朗诵一首世界著名女诗人玛丽·奥利弗的《采摘蓝莓》：

如此辽阔，如此深沉，
一直持续到今天；
我只能想念她——
在她飞奔之前，
她花儿一般的惊讶，
她好奇的屏息，
以及她潮湿的渴望……

2015年怀宁县“最美怀宁诗文拉力赛·黄墩篇”二等奖

官庄余梦

桃花谢了，桃叶葱葱，又夏红。这红了的，是挂在枝头的桃子。晚霞中摇曳灼灼，煞是好看。

夜里，我在桃园旁的客栈枕着泉水溪流，想到“德馨庄”也该栽植一片李子树。德馨庄是潜山县官庄镇开发的生态文化产业，而官庄余氏家族耕读传家，历代出了一些读书人，如余文章、余谊密、余协中等，尤其出了一位非常了不起的人物——世界级汉学家、思想家余英时先生。余协中曾执教于南开大学、河南大学，所培养的学生不知其数。他的儿子余英时先后任密歇根大学、哈佛大学教授及香港新亚书院校长兼香港中文大学副校长，更是教了无数学生。

“诗以韵出榭台墨迹千年，地以人传余府芳踪万代。”这是余府祖屋的一副楹联。

此时，我在凤溪源客栈，幽幽静谧的夜，还在想着余氏宗祠和余英时生活过八年的旧居老宅。那间标示“余英时主卧室”的房子，是空的，又不是空的。无人居，而余英时先生的生命及精神印迹没有消失，乡亲们等待他还乡重拾和重温。下午参观的时候，有人说要是能在那里睡上一宿，感受余英时先生的童年记忆，感受官庄浓郁的农耕文化、孝义文化，会是一种特别的心灵体验。

余英时老家祖屋的门头匾额“蔚起兆鸿”之“蔚起”二字，意思是“蓬勃兴起”，多指人文方面，如清代王士正在《居易录谈》卷中记载有：“誉髦蔚起，诸生之诵法弥殷矣。”又如鲁迅《汉文学史纲要》第九篇有：“诗之创制，亦复蔚起。”余家“蔚起兆鸿”名副其实。余英时先生快九十岁了，若能回乡看看这“蔚起兆鸿”，看看臂搂祖屋左、右、后的环形山和门前远处气势恢弘的山脉，想必异国乡愁，将化作来自生命源头与地缘文脉所赋予的精神慰藉。

我曾专门找过余英时先生的诗来读，抄录了他 1978 年访大陆感怀两首七绝：

（一）

一弯残月渡流沙，访古归来兴倍赊。留得乡音皤却鬓，不知何处是吾家。

（二）

凤泊鸾飘廿九霜，如何未老便还乡。此行看遍边关月，不见江南总断肠。

从诗中，我感觉到余英时先生的思乡心绪是微妙而沉重的，但流露出他还是想还乡的，会还乡的，只是时间早晚问题而已。他还说过：“我的‘文化认同’始终是中国，不是西方，虽然我对西方文化优美的一面也十分欣赏。”

十年前，深圳某刊的一位年轻编辑陈潇与我在电子邮件、手机短信上谈到他非常崇拜安庆的一些思想家、艺术家，很想到余英时的家乡潜山官庄看看，我答应他做好陪同。后来，他因考研读博，我因工作变动，没有联系，不知他来过官庄没有。我对官庄向往多年而没有成行，近日安徽省大别山文化研究院秘书长张扬先生告诉我，咱们抽时间去一趟潜山官庄。恰巧我这段时间一直在读钱穆的书，不时看到余英时的名字，对余英时的经历、成就、影响力有了更多的了解，觉得此时去官庄是一种机缘。

崇山峻岭中的官庄，没有贫困之象，山水风光与村舍客栈及别墅都很美，散发一种悠然闲适的气息。我问整个下午陪同我们参观并做景点解说的村总支书记余晓八先生，官庄是贫困村吗？他说不是贫困村，但还有贫困户。这位跟我年龄相仿的农村基层干部，是全国劳动模范。在他手上，乡村旅游风生水起，但他不满足，认为人文自然资源这么好，旅游品位一定要提升，吸引更多人来这里休闲度假，观光体验。我也觉得官庄旅游有有待提升的空间，既然获得过中国人居环境范例奖，被评为中国美丽宜居村庄示范、中国美丽田园、中国传统古村落、安徽省历史文化名镇、安徽省特色景观旅游名镇、安徽省优秀旅游乡镇、安徽省生态镇等等，要做的事情很多，需要积极发掘、整合、宣传其特色亮点。

凤溪桃园300亩，有12个品种的桃子。赏桃花，采摘鲜桃，搞得有声有色。在群峰环绕的盆地之中、白云往来的天空下、涓涓清溪之畔、粉壁连彩竹篁掩映的村舍旁，拎着篮子穿梭桃林，是一种多么惬意的劳动体验和康游生活。那么，李子呢？有李园吗？我的意思是观光农业，村里是否还有更多“余梦”？余，无限无尽，大吉也！我看到“德馨庄”的牌子时，想起成语“德艺双馨”，也该有“艺馨庄”吧！这又会是官庄人的“余梦”。余氏宗祠名为“德馨庄”，门前有一棵四人合抱的银杏树。乾隆壬子年（1792年），乡贤余文章建了余氏五世堂支祠堂，格局为“四水归堂”式的徽派建筑。乾隆五十五年，余文章将近九十高龄，膝下有七子，全家一百三十多口人，五世同居，县令见闻奏报朝廷。乾隆皇帝赐予御笔“五世同堂”“七叶衍祥”的牌匾以及圣旨碑刻。可见官庄孝义文化有历史渊源，传承的是文化血脉。

“艺馨庄”在哪？我们寻访到了国家级非物质文化遗产项目桑皮纸制作技艺代表性传承人刘同烟师傅和他生产桑皮纸的作坊。余书记说，刘同烟是个老实本分的人，不懂得将桑皮纸做成产业。刘同烟个子不高，皮肤黝黑，敦实憨厚的样子很亲切。他领我们参观了一间间低矮陈旧的作坊及生产流程，有三个中年汉子和一个中年妇女在各自的区间操作，用帘架将水槽中已分解均匀的纸浆捞起，纸浆充分地吸附在模具上，奇妙地变成一张张白色桑皮纸，码了几大堆。同行的旅游规划专家姜庆先生赞叹：“山窝窝里飞出了故宫用纸。”原来，2004年故宫修复乾隆时期建造的“倦勤斋”通景画需要桑皮纸，先后到高丽纸发源地韩国等地寻觅，都未能如愿以偿，最后终于采用潜山官庄坛畈生产的桑皮纸解决了倦勤斋修复难题。我对官庄的桑皮纸早有耳闻，亲眼目睹传统制作工艺之后，我关心起原材料即桑树皮。刘同烟说，山里有很多野桑树，以前是山民采了拿过来卖，很便宜；现在得去收购，价格翻了几倍，因为现在工钱高了，劳动力成本上升了。

从“德馨庄”想到“艺馨庄”，这是我对官庄的一种设想。其实，官庄发展中的余梦，需要他们自己去圆。镇里和村里干部正在圆这个梦。境内省级森林公园金紫山（老佛顶海拔1539米，为潜山县第一高峰），板仓自然保护区，被赞为“佛国三千大世界、天下禅林第一家”省级重点保护寺庙大香山寺，省级文物保护单位余氏宗祠，豆腐一条街，中共皖西工委旧址，革命先烈余大化墓等丰富的自然人文胜迹需要规划，要加大基础设施投入，提升服务功能和品质。

当然，这更是余晓八的梦，他说官庄发展，不能搞工业，而传统农业产值低，带领大家致富的路子，莫过于利用生态人文资源开发旅游，德馨庄旅游综合体业态丰富，凤溪桃园产生了不错的经济效益，三月桃花节游客纷至沓来，现已进入桃子采摘期，将一直延续到中秋，现在每天卖桃子有收入6000元。据他身边人讲，余晓八是个工作狂，把村域旅游当作一鸿篇巨作，潜心打造每个细节，如一名工匠精雕细琢。去年，他由于劳累过度，“头发天天大把地落，都快落光了”。我不由得打量起他的头发。他说，今年头发又长起来了。我感到，山村发展带头人不容易，他筑梦，实现一个又有一个，余梦如巍巍大别山广阔无垠，千峰堆玉，万壑铺银。

这也是我的余梦，一个钟情官庄风景，敬仰余英时先生，喜爱官庄“天府储材”文化底蕴的游客，我希望这余梦，色彩斑斓，绵绵无尽。

原载于2017年6月12日中国旅游新闻网・文学版

下部　谈文

写文章的人书读的少有两大危险：一是自以为写了一句妙语，实际上不少人早已写过，落了俗套而令读者不堪入目；二是自以为发现了一句妙语而叫好，实际上由于阅读量小，鉴赏之狭，视小苗为大树，而令他人肉麻好笑也。

庚　卷

周汝昌的两次“批胡”

因《红楼梦》的因缘，周汝昌成了胡适的“徒弟”。这个徒弟近九十高龄时，在中央电视台节目中表白“新中国第一场文化运动中我批了老师胡适”。其挚诚、坦率令人感动。我在周先生的《我与胡适之》以及《北斗京华》中看到，他除了在新文化运动中批了胡适，还在几十年后学术活动上批了胡适。前者是批判，后者是批评。两次“批胡”表现了知识分子人格良知与政治功利之间的碰撞与冲突。

据周汝昌回忆，1948 年他在燕京大学读书时，偶然在学校图书馆发现了曹雪芹好友敦敏的诗集《懋斋诗钞》里有几首咏及曹雪芹的诗，他由此撰了一篇文章，发表在《民国日报》上。胡适看到文章后主动给周汝昌写了一封信。从此两人开始了书信往来。不久，周汝昌拜访了胡适，向他借到了甲戌本《石头记》、乾隆抄本《四松堂集》、戚蓼生序本《石头记》等书。周汝昌非常感激，“我对胡先生如此慷慨与信任一个青年学生深为感念——这信任不只是借给我那么珍贵的孤本秘籍，更在于从借与之后，始终未再询问过一字（如索还、提及……），他对我的为人一切了无所知呀！”（《我与胡适之》）

周汝昌依凭大量的资料和自己的聪明识见，在胡适的《红楼梦考证》

的基础上发展了红学研究，写出一部《红楼梦新证》。该书于 1953 年 9 月出版，此时胡适已在台湾。由于时代风云突变，所有的学术活动都无一不打上政治标签，立场决定着每个人的前途和命运。周汝昌《红楼梦新证》上面有着对胡适的不敬之词，比如称胡适为“妄人”。接着，报纸上又出现了周汝昌批判胡适、跟胡划清界限的文章。随着文化运动越来越激烈，《红楼梦新证》的重排后记中，周汝昌对胡适的贬责更加严厉，“胡适的立场是买办资产阶级的立场，他的哲学是反动的唯心主义实验主义”，“他把所谓‘程乙本’捧出来让亚东毁去旧本重排‘问世’，大事吹嘘。他是收藏甲戌本并且最早得见庚辰本的人，他凭借这种资本作了那一点‘考证文章’高踞红学权威的宝座之后，就算了结，绝无半点将此两本公诸世人，使之广布流传的意思（他当时是有这个条件的），却拿出什么‘程乙本’来欺世惑人。”这种批判无非是表明其政治立场鲜明。后记中还有毛泽东、恩格斯和列宁的语录，警示危险的高压线就在头顶，稍不注意就会触碰而身亡，他有意识地站到“最安全的位置”。

胡适见到《红楼梦新证》十分高兴，他说：“关于周汝昌，我要替他说一句。他是我在大陆上最后收到的一个‘徒弟’，他的书决不是‘清算胡适思想的工具’。他在形式上不能不写几句骂我的话，但在他的《新证》里有许多向我道谢的话，别人看不出，我看了当然明白……”1960 年胡适在《答高阳书》中说：“汝昌的书，有许多可批评的地方，但他的功力真可佩服。可以算是我的一个好‘徒弟’。”这些话传到周汝昌耳朵里，老人的心情可想而知，他在特殊时代对老师胡适的批判，令他深感愧疚，“他（胡适）的这种大度，光明磊落，世间未必总能多见。”（《我与胡适之》）“在我五六十年来有幸接触交往的很多位鸿儒硕学中，称量其为人的气度气象、胸襟视野，我感到唯有胡适之能够得上一个‘大’字。这个‘大’，就是中华文化上讲的那个‘博大精深’的大。……我确以为，百年以来，与胡先生同世的名流学者，都还于这个‘大’上难与相比。”（《平生一面旧城东——纪念胡适之先生》）

周汝昌于 20 世纪 50 年代至 70 年代的批胡，只能算作一次，因为性质是一样的，均是意识形态作用下违心与不违心的表现。周汝昌的第二次批胡，是弥足珍贵的。当胡适越来越被“正面”、被众多人追捧时，周汝昌依然保持基本的学术立场和一以贯之的真实思想，他已无政治上的顾虑，由衷敬佩胡适的人品，而于学术上却决不妥协。他说：“在一九八二年以前的八十年的长时期，普通流行的‘标准本’《红楼梦》就是胡先生自己珍藏的‘程乙本’的‘化身’，胡先生为之制序、考证，成为‘经典’。但此本实是程、高之辈伪续而又篡改前八十回大量文字的一个最坏的本子——即去真最远的假‘全本’。胡先生赏识此本而为之印制推广于天下，理由只是它改得‘更白话化’了。至于文字的优劣美恶，情趣气味的高下雅俗，他就一概置之毋论，‘一视同仁’了。……一个人连雪芹的原手笔与程、高等人妄改伪加之文字的优劣都不能区辨，不能感受两者的巨大而深刻的云泥霄壤之别，则此人有无可能（资格水平）来研究中国汉语文的文学，从根本上就是一个问号。难道大师如胡适之，竟会如此吗？”

对于胡适倡导白话文，周汝昌的批评一如既往：“我时常疑念这一点：胡先生把‘文’‘白’机械地割离分裂，使之成为‘绝对对立’，令青年人觉得‘文’是极坏极可畏的‘洪水猛兽’，避之恶之，惟恐不及——这对吗？这‘科学’吗？这于中华大文化之发扬发展，有利还是有害？百年来学术界有识之士，深思熟虑过吗？……在我们几千年的文化史上，‘文’‘白’不是像有人想象的那样如同棋子，一边纯黑，一边纯白，两边是‘仇敌’，‘你死我活，不共戴天’！这样理会，我老实说（无法委婉含蓄），是可笑的。”（《平生一面旧城东——纪念胡适之先生》）

周汝昌这些“批胡”言论，实际上与他年轻时的思想是相一致的。早在与胡适交往之初，作为一个学生，周汝昌就反对胡适“白话文”的主张，批评他赞赏“程乙本”。他与胡适讨论曹雪芹的生卒年问题，胡适不赞成他——曹雪芹生于“雍正二年”之说，理由是若生得那么晚，“就赶不上繁华了”，周汝昌辩论道，若依胡的假设将生年提前五年（即康熙朝之末），那时曹家已十分不幸，父子相继病亡，过继一个幼侄勉支门户，两世孤孀，家口零落，生计艰难——哪儿还有什么“繁华”可赶？

前后一对照，我们就可明白，在红学批判这一块，为什么周汝昌被政治家所看好，以及在新文化运动中批判胡适，为什么他被人看作是接受与迎合新的意识形态？当我们真正了解了周汝昌先生的批评精神，不难发现政治符号遮蔽下的学术思想的真实状态，他没有以政治批判完全取代学术批评，例如他在《红楼梦新证》后记中阐述了胡适“自传说”与“索隐派”较量的历史轨迹，排列出诸家“索隐派”的红学著作。对此，有不少专家认为（胡适自己也认为)，实际上含蓄地暗示了胡适的“自传说”有其历史合理性，又客观地表明了自己的“自传说”与胡适的“自传说”的确存在本质的不同。正因为巧妙地借用了“批判工具”而维护了学术本身的固有尊严，以至于他在晚年对胡适的批评，仍然令人信服。

原载于《文史天地》杂志 2011 年第 10 期

严复和章太炎哪个更“倔”

翻译赫胥黎《天演论》的严复是一位很有个性的人，他不同于清高自负、恃才傲骨的旧式文人，他信奉“此天演之所以进化”，但又不因此一味地贵新鄙旧，无论对传统还是对新知，都会提出自己独有的看法与主张，显得非常的倔强。时人不喜欢他这个倔老头，但后人发现，他的倔正是他的可爱之处，他的思想因倔尽情地彰显。

袁世凯与严复是故交，袁任直隶总督的时候要任用严复，却被严复拒绝了，气得老袁咬牙切齿。到了民国之初，怀疑袁世凯、诋毁袁世凯的人很多，严复却说了一句：“世凯之才，一时无两。”让老袁高兴不已，一释旧恨，聘请他当顾问、参政院参政及宪法起草委员。袁世凯以为严复上了自己的船，想逃也逃不走了，于是利用他的声望与才具发起成立“筹安会”，为其当皇帝的政治野心粉饰鼓吹。严复不服从、不合作，他说：“特以研究相号召，不能强人主张以必同也！”袁世凯被弄得很不爽，派杨度等人去劝说，威逼他接受安排。筹安会成立那天，严复借口身体不好，没去参加。袁世凯派兵包围了他的住宅，既不参加筹安会，也妄想自由活动。严复只得杜门不出，直至筹安会解散，他连到石驸马大街望一眼筹安会的大门也没有。

袁世凯死后，人们希望推举一个有仁义道德的人来任总统，严复不赞同，他说：“小人固覆邦家，而君子亦未尝不失败。”接着举了一些历史事例，证明治国安邦虽需要道德，但更重要的在于管理国家的制度法律。人们看好黎元洪，严复认为黎元洪性格懦柔，难当重任，他说：“黎公道德，天下所信。

然救国图存，断非如此道德所能有效。”后来果如严复所言，黎元洪在台没能够做到“息世嚣、夷大难”，中国依然一片混乱。

黎元洪任代总统后，林纾劝严复趁夜逃走，不能落到黎的手中。严复说：“吾俯仰无愧怍，虽被刑，无累于吾神明！”黎元洪没有拿严复是问，可也没能让严复噤声。人们把国家之乱的原因归咎到袁世凯头上，严复坚辞驳斥，认为今日局面不可收拾之所由来，原因很多，“项城（袁世凯）不过因其势而挺之而已，非造成此势者也。若论造成此势，则清室自为其消极，而康、梁以下诸公为其积极”。

国家混乱的时候，人们感到茫然，不知何去何从，有些人便缅怀起封建帝制，愿意重做臣民奴才，就连激进的康有为这时也寄望于张勋复辟成功。严复的故交好友，以为倔老头这回会赞同国家回归集权统治政体，因为他不无为乱世焦虑，但是，严复却说：“清室若可再兴，则辛亥必不失国。”

严复相信天演进化，反对复辟封建帝制，对于走回头路的事，人们劝也好，激也好，都妄想让他入伙搭班。但对于文化建设，严复又不赞同全盘西化，他坚持己见，当新青年批判四书五经，反对读经时，他说欧洲人三百年的进化，只做到“利己杀人，寡廉鲜耻”八个字，而“回观孔、孟之道，真觉量同天地，泽被寰区”。陈独秀、胡适、钱玄同等人主张废除文言，用白话文写作，严复更是痛愤不已，捍卫文言文尊严，他说：“今夫文言文之所以为优美者，以其名辞富有，著之乎口，有以导达奥妙精深之理想，状写奇异美丽之物态耳。”

严复“好为危言抗论”，并非出风头，“抢镜头”，他颠覆“以难进易退为君子，以隐沦高尚为贤人”的价值取向，认为读书人应该有自己的思想主见，不可沉默不语或者人云亦云。64岁那年，他叹恨道：“我生之后，世界泯纷；眼见举国饮狂，人理几绝；而袖手旁观，不能为毫末补救。虽有透顶学识，何益人己之间！然则徒言学术，亦何与人事？”

严复没有绝望，自己虽然老了，但相信还会有像他一样“为国尽力之天职”的人，不怕别人嫌其倔强。他在遗书中写道：“中国必不亡，旧法可损益，必不可叛；新知无尽，真理无穷，人生一世宜励业求知；两害相轻，轻己重群。”可见，他的倔不是故作卖弄与惯于叛逆，而是凸现一种独立自主、勇于探索的精神。

不愿随俗同语的倔强者，往往不被人所容，甚至会被人视为神经病。章太炎外号叫“章疯子”，就是由于他太倔了，大家都看好的事，到了他那里就变成了“不然”“不可”，他总是举反对牌，打叉巴。当大家批判秦始皇独裁统治时，他说：“人主独贵者，其政平；不独贵，则阶级起。”继而列举秦始皇在用人管人等上面的过人之处。当人们轻蔑道德，主张革命时，他说：“方今中国之所短，不在智谋而在贞信，不在权术而在公廉。”当建立议会制政体成为社会主流声音时，他说：“代议政体者，封建之变相。其上置贵族院，非承封建者弗为也。民主之国，虽代以元老，蜕化而形犹在。”接下来噼里啪啦举了很多事例，欧美、印度如何，等等。当废除科举、兴办学校成为大势所趋之时，章太炎又反对，他说，“校士好议，忘其肄业”，教出来的学生“画地不能进一武”，即没有多大用处，不如科举好。

相较章太炎与严复，两个人的倔，各有千秋，前者保守的色彩浓一些，显得落伍于时代，然而他不是蛮横不讲理，而是每一说都自有严密的理论逻辑，条分缕析，鞭辟入里，差不多构成一定的“反动力”，或“反相力”，以致骂他“章疯子”的人也不得不佩服他高深的国学造诣与丰富的史学知识。章氏之倔，实际上不是故意抬杠，爱唱反调，也不是装疯卖傻，哗众取宠，而是所发之声出于他个人的本心，或者“童心”，出于他的独立思考，因不合主调，乃至他在别人眼里纯粹是一个倔老头、疯老头。

章太炎憎恶“剽窃成说而无心得”的人（《校文士》），然而，学者说出自己真正的“心得”谈何容易？所以，他认为“论学不在多言，要于为人”，以致他对自己的老师俞樾，对当权者袁世凯，对人民领袖孙中山，都敢于发表自己内心的想法，进行批评，这是他真实为人的方式，而没有其他险恶的目的。袁世凯本来欣赏章太炎，可章倔强的脾气不改，什么事都来一番高谈阔论，气得老袁一甩手，下令把他关了起来，差点以“文字扇乱”的罪名杀死他。章太炎一倔到底，公然口出此语：“吾死，诸夏文化亡矣!”后来，章太炎又对孙中山及国民党大发厥词，骂国民军如何不道，等等。蒋介石上台后，推崇章太炎为一代大师，用高薪聘他主持国史馆工作，他却不给情面，仍然拒绝了。如此一个“中华民国遗民”（自封），生于其时，不可多得，完全可以比之于古代那些为数不多的敢于与主要政治势力不合谋、主流文化不合作的思想卓异的人士，如嵇康、李贽、金圣叹，等等。

原载于《文史天地》杂志2009年第10期（《情感读本》杂志2010年第4期转载）

龚自珍的批评

龚自珍批评类语言文字，是留给我们十分珍贵的文化遗产，“一直保存着生命和活力”（王元化语）。龚自珍的批评，闪耀人格光辉，且打动我的是他的自我批评。

道光十九年，京杭大运河淮浦段，一艘船上坐了一位饱读诗书的大批评家、诗人龚自珍，他为人刚正不阿，个性特立，思想自由，并怀有强烈的平民意识。他曾描绘自己的肖像：“戟髯炬目，故衣残履。”这是一幅酷爱战斗、无所畏惧的形象，戟髯炬目，足以使他的论敌胆寒心怯。龚自珍素来憎恶尸位素餐、庸俗鄙吝的政客名流。多难的民族，被鸦片熏得国贫人弱，而官僚腐败分子却仍在玩弄权术，扼杀正直，欺骗善良，制造种种文字狱，思想被禁锢，文化界死气沉沉，一潭死水。龚自珍拿起批判的武器，针砭时弊，讴歌正气，他悲壮呼号：“我劝天公重抖擞，不拘一格降人才。”可现实社会仍然是：“牢盆狎客操全算，团扇才人踞上游。”批评差不多耗尽了诗人的心血，他毅然辞官，连家人也不带，踏上了南下返乡的征程。

滔滔运河水，却没能让诗人平心静气地休息休息。批评是特别累人的，批评是需要冒风险的，批评甚至会带来杀身之祸。由于不愿敛藏锋棱，龚自珍一生得罪了许多人，包括他的朋友。友人姚莹说他“言多奇僻”；知交魏源直接对他说：“足下有不择言之病。”可见具有强烈的社会责任感，以醒悟者的角色自律，不苟于世，大胆批评的人，生存着是多么不容易，龚自珍走向被漠视、被曲解、荒凉孤独的境地，贫穷始终跟随着他。南巡的船，激起很高的浪花，飞溅到诗人脸上。他看见两岸纤夫在拼命地拉纤过闸，透过浑厚沙哑的号子，似乎听到了声声控诉与悲泣，诗人深夜不眠，禁不住又要批评了，然而这一回，他却把自己视为了批评的对象：“只筹一缆十夫多，细算千艘渡此河。我亦曾靡太仓粟，夜闻邪许泪滂沱！”今天读罢这首诗，我的眼前仿佛出现了沉浸在自我批评、反省中泪流满面的龚自珍，他让我感动不已，诗人的人格是那么健全，心灵是那么纯洁。

现实迫使批评者陷入苦闷与寂寞，这是历史的悲哀、人类的悲哀。但龚自珍的灵魂伴随自觉的批评意识，一同行驶在人生的航道上，升华至很高的精神境界。批评自身不会寂寞，批评的历史长河里不断有搏浪击水的勇士出现。忠于事实，尊重思想，批评使文明世界空气清新，百花争艳。远离相骂或互捧、批评异化的喧嚣，当自己的灵魂需要用自我批评来净化洗涤的时候，我把目光投向了那条曾承载过批判斗士的河流，听见激荡的浪涛和诗人的批评：“我亦曾靡太仓粟！”

原载于2003年9月5日《安徽日报》休闲周刊·读书　副刊

林纾的哭

林纾小时候读私塾，他的老师薛锡极常常流着泪水讲课。一次读《礼记·檀弓》，薛老师掩卷大哭。林纾初入学，不知道老师为什么哭，很愕然地看着老师。薛老师走过去对林纾说："心这么硬，你难道不是人生的吗？我在上面哭，你在下面无动于衷，为什么呢？"林纾如实回答道："我在认真听先生讲课，却不知道先生为何哭；先生哭，我心里也是很难过的。"薛锡极觉得林纾还老实，唉了一声，原谅了他。

薛锡极是个教书匠，穷到令人无法想象的地步。钱钟书的父亲、国学大师钱基博在《现代中国文学史》一书中写道："锡极家绝贫，夏日尝不举火。"有一天，林纾吃过午饭，突然想到老师一定无米断炊，不禁眼圈红了，落下泪水。光哭不行，得帮助帮助老师。这样想之后，他便在家里找寻能够装米的袋子，可米袋太大，容易被人发现，最后只得用父亲的一双袜子装满了米，从家里跑出来，直奔老师家。

饿得两眼昏花的薛锡极见林纾主动献米，很是感动，但得知林纾没经过家人同意，擅自拿米，等于偷窃行为，就不高兴了，"志士不饮盗泉之水，廉者不受嗟来之食"，怎么可以接收一个小家贼偷来的米呢？更让他痛心的是自己竟教出这么一个学生！薛老师大发脾气，吼道："林纾，你刚十一岁，竟然干起行窃的勾当！"林纾委屈地哭了，他说："先生清晨开始教书，中午没有饭吃，我回家吃饭时想到您在饿肚子，于心不忍，所以才决定拿米献给您。我是拿自己家的米，不是拿别人家的米，我不是行窃。"薛老师看着林纾哭泣的样子，心软下来，他说："他人的东西更不能拿！这夏天，我不忍心打你。你回家把这事告诉你母亲，让她打你一顿。快回去吧。"

林纾回家后，把事情的经过一五一十地告诉了母亲，然后等待母亲的惩罚。母亲不但没有生气反而笑了，她说："送米给老师是对的，可你用袜子装米太少了。"说罢，母亲拿出一个大袋子，与林纾一起把它装满，然后吩咐别人将米送到薛先生家。林纾又不禁哭了，为母亲如此的仁慈大方，他知道家里并不富裕，因为自己不少想看的书都没钱买。

林纾的哭是真挚情感的流露，没有掺假。成年后，作为一代大儒，他既有严肃正经的一面，也有率性而为的一面，或许他受到了薛锡极的影响与老师独特的教育方式的熏陶——真正地做到"情动于中而形于外""率性之谓道"，"仁，人心也"——真情也需要宣泄。林纾非常有孝心，父母去世，自然恸哭至极。他又特别爱妻，不幸中年丧妻，他一度十分悲伤，于朋友面前也只管哭，落落寡合。好友王寿昌怕他因此下去伤害身体，便说："咱们来翻译一部书，向中国读者介绍外国文学名著，这比愁眉苦脸地枯坐着要好。"林纾答应了，于是不久中国第一部西方文学译著——《茶花女遗事》在他手上诞生了。朋友叫他译书，目的是让他从痛苦中解脱出来，可偏偏译的是令人柔肠寸断的爱情小说，林纾没有少哭，译到情节感人处，他就停下来大哭一场。王寿昌受其感染，也陪他哭。两个男人相对而哭，成为中国文学史上令人动容的一幕。

"男儿有泪不轻弹，只是未到伤心时"，何为"伤心"，人与人是有很大区别的。因新文化运动狂飙突进而迫使林纾在北大待不下去，他失去了光鲜的位置，算不算伤心呢？自然算，但他却没有哭。林纾离开北大后，除了卖文译书外，还作画，他绘了一幅"二乞儿争食"：一个乞丐抢先一步，掀开釜盖，很得意地去抓食，另一个乞丐见自己得不到食物，很气愤，扑上去拽前面乞丐的脚，致使将得到食物的乞丐身子颠倒。林纾还配了一段文字："遇食汝尽前，我拔其足汝便颠。汝遇食，须顾我，汝先我食如何可！乞儿纷纷方争食，林子过之长太息。不让固非佳，纷争亦何得！官场士品半如此，我今借汝作样子！"就是这幅画稿，在京城引起了轰动，争购者络绎不绝。可谁解其中味呢？以乞丐入画，诙谐与讽刺中难道没有林纾悲天悯人的泪水？林纾离开北大反而挣了很多钱，他的朋友陈衍戏称他家为"造币厂"，但林纾不是守财奴，遇人有困难，慷慨帮助，没有半点吝啬之意。

现在，人们多半把林纾看作是一个守旧古板的人，因为他坚决反对新文化，强烈抵制白话文，他与北大的那些新派文人格格不入，势不两立，以致被陈独秀、钱玄同骂作“桐城余孽”——可见他的性格多么刚毅倔强。但是，生活中林纾不是铁石心肠，他的心中有很大一块柔软部位，一触及就会无饰而泣，无止流泪，哭出了自己的真情，流出了自己的实感。

原载于《学生·家长·社会》杂志 2012 年第 9 期（《百家讲坛》杂志 2014 年第 2 期转载）

才情自负的陈衍

清末文学批评家、诗人陈衍，很有个性，也很自负。我欣赏他的一句“大家诗文，要有自己面目，决不随人作计”，但不欣赏他那些“文章是自己的好”的高傲言语。

陈衍批评陈师道学杜甫只得其皮，批评王士禛学王维孟浩然才思骨力都不够，等等，都一针见血。对古人批评，反正是一家之言，可信可不信。陈衍对同时代的诗人也多有批评，并敢于指出缺点与不足，他说：“今人作诗，学元白者视诗太浅，视元白太浅也。学韦柳者视诗太深，视韦柳太深也。学温李者，只知温李之整丽。学韩苏者，只知韩苏之粗硬。非真知诸家者也。”这是笼统地批评，大家听了心里不爽，但能够忍受。他批评人是有瘾的，文朋诗友谁写出作品，他都要评论一番，好坏一一指出，使很多人特别难受，害怕。林纾挑选了最满意的10首诗给陈衍看，陈衍认为只有两三篇尚可，其他七八篇都不行。林纾很不高兴。

陈衍与郑孝胥关系亲密，他却在人家背后借赵翼批评元遗山（元好问）“才不甚大，书卷亦不甚多”等言，评价郑孝胥“酷似遗山”。严复对陈衍说，要是有人将你的话转告郑孝胥，他一定会生气。陈衍便写信向郑孝胥解释，说自己不是批评先生像元遗山没有学识和才华，而是夸奖您的诗像元遗山“精思锐笔，清炼而出”。还好，郑孝胥没有见怪，大度地说：“奈何不许知者之评骘乎?”郑孝胥内心真的无怨？他又说：“仆虽不德，然恩怨恢疏，不介于抱；至友朋相爱之情，老而弥笃；知我有几人，岂所忍怒哉?”这段话倒是透露了陈衍的批评在他内心激起了浪花，他是有所怨怒的，不过既然陈衍已主动解释，自己仍批评还击，与其计较，岂不显得很小气吗？因而，他不谈诗，只谈“友朋相爱之情”。郑孝胥刻了一部诗集，赠予朋友。陈衍也得到了一本，他不像有的人只作表面的恭维，而并不去细致地阅读，他是很认真地读了，边读边对不妥处进行修改评点，挑了很多毛病。不久，有个人发现了这本写满了“涂改”文字的诗集，或许因常常受到陈衍的批评，窝着一肚子气，他悄悄将这本诗集偷出来，献给了郑孝胥。郑孝胥很鄙视这个挑拨离间的家伙，并将这件事告诉了陈衍。陈衍感动不已，说了句：“公乃牛奇章，吾则刘梦得。”这是个典故，唐朝刘禹锡将宰相牛僧孺的文字批了又改，牛得知后引其为益友，二人关系非常好。

陈衍读书多，有识见，鉴赏眼光高过一般人，他不喜欢“浅俗”的文字。他除了写批评文章（有著作《石遗室诗话》），还写了大量诗歌散文，可却没有批评类文字好。他在创作上，“欲集古人之长以自名家”，将韩愈之雄奇诙诡，白居易之萧闲旷适，梅尧臣之洗练，苏轼之谐畅，杨万里之拗折，陆游之宏肆，“熔裁而出之一手”（钱基博语），可是却没有多少诗文被人诵记，得以流传。

陈衍与人品析姚鼐的散文《登泰山记》，有人认为这篇文章虽然只有500余字，但立意好，简洁的语言蕴含高深的主题，“寂寥短章，故示高简，不为题压，世称传作”。陈衍不以为然，他批评姚鼐写得太简单了，没有写出泰山的品貌和泰山的精神，如果用《姚记》换《登泰山记》，无论说是写什么山都行，“皆普通高山皆是矣”。他决定自己来写篇泰山游记，超越姚鼐，于是专门去了趟泰山，写了篇2000多字的文章。他很得意，以为比姚鼐的《登泰山记》写得好，可是却没能像前者一样被广泛传读。陈衍登泰山，突然感觉古今无数人登过此山，却没有留下一首传世之作，杜甫倒是写了首《望岳》，可那是想象出来的，实际上杜甫没有上过泰山，他便一口气连续写了五言律诗四首，他自负地说：“独余诗广大雄深，殆无抗手者矣。”

一个批评家喜欢否定与颠覆他人，或许是一种思维习惯，怀疑、批判精神是可贵的，但批评他人容易，批评自己却很难。做个纯粹的批评家，“妄语”也罢，“苛言”也罢，将自己的观点一一倾泻出来，虽不讨所有人喜欢，但也可能遇一两知己，视其为“棒喝”。若以严厉不苟自居，大斧子砍来砍去，不顾别人头破血流，呻吟叫苦，却同时得意地奉自己的作品为经典之作，就是蒙着世人的眼睛学驴叫了。殊不知，有批评之才者，并非有创作之才。批评上发惊世之语，诗文上有骇俗之句，自古以来有几人？

原载于2010年8月30日《大公报》大公园　副刊

不快乐的读书种子

清代经学大师阎若璩公开表示，他平生最佩服的只有钱谦益、黄宗羲和顾炎武三个人，说他们是真正的读书种子，他们去世后，“海内读书种子尽矣”。其实，阎若璩自己也是一个读书种子。他这个读书种子开出了艳丽的奇葩，可他却是不开心的，不快乐的。

称得上读书种子的，一是读书非常多，埋首于书中，等待萌芽；二是会读书，能将书本知识化为自己的知识而有所建树。阎若璩少年时读书“独吟不置，必背诵如翻水乃已”。这是苦读，种子深埋的阶段必须如此用功。他甚至“发愤将书拆散，读一页辄用面糊粘几背，既熟即焚去”。据载，他立志博览群书，集陶弘景、皇甫谧的名言“一物不知，以为深耻；遭人而问，少有宁日”题于柱子上，以此自我鞭策，发奋读书。

阎若璩爱书而不完全信书，怀疑精神是他最可贵的品质，也成就了他这个读书种子。“大抵事必求其根柢，言必求其依据，旁参互证，多所贯通”。他读书注重解义，凡有“一意未折，反复穷思。饥不食，渴不饮，寒不衣，热不扇，必得其解后止”。每论一事，每立一说，都要详加考辨，力求精核，常常是“手一书，至检数十书相证”。种子开始发芽了！20岁时，阎若璩留意与思考起《古文尚书》的真伪问题，并着手从篇数、篇名、典章制度、历法、文字句读、地理沿革和古今行文异同等多方面考证，并引用《孟子》《史记》《说文》等书作为旁证，得出东晋梅赜所献《古文尚书》及孔安国《尚书传》是后世伪作的定论，前后花了30余年时间，写出了《尚书古文疏证》

8 卷，解决了 1000 多年来学术史上的一大疑案，受到学术界的普遍肯定和重视，阎若璩也因此奠定了他在清初学术史上的地位。他所运用的本证、旁证、实证、虚证、理证的考据方法，则为考据辨伪学创立了通例。

阎若璩取得如此重大成就，可他的一生却是不快乐的——因为他没有获得“功名”，一个人的成就大小有几套评价系统，身份决定着读书人的命运。他常常是“客随主败”，身如浮萍，很不快乐。阎若璩是极有才华的，可他却不善于考试，考了四次也没中进士。康熙十七年（1678 年），清廷诏开博学鸿儒科，命内外大员荐举海内“奇才硕彦”赴京应试。可是这次“特科考试”，他仍没有考上，他很痛苦，滞留于京迟迟不愿离开。

我在这里，如果只是写科举使读书人不快乐，那也就没什么意思。因为这方面的文章太多了。我发现阎若璩的不快乐是由两种评价系统在他身上发生了剧烈的碰撞和冲突，造成了他内心的错乱。他认为自己的学识文章在很多人之上，他有独到的发现，并取得了了不起的学术成就。可现实是 50 个人考上了，他没有考上。考上的人得意快乐，显示着自己有知识，有水平。阎若璩不服气，他说这 50 个人除了吴任臣、徐嘉炎，其他人都不行，甚至指名道姓地骂汪琬“私造典礼”，骂李因笃“杜撰故事”。从此，他没有再参加科举考试，给儒臣徐乾学搞搞文字校对，或替人写写东西。进士出身的文官不少人还保留着著述的喜好，徐乾学写了诗文或有什么著作都让阎若璩润色和裁订，阎若璩提供的论点、考据、辨析等，被徐乾学视为“碎金”。内阁学士李天馥说：“生平文笔，非得阎某校定，不克免误。”被人认可，本是快乐的事，但瞧着那些考上进士谋得禄位的人，领着薪俸，做着文章，一篇小作也被人吹捧为不朽经典，他的心理就很不平衡了。他又骂人道：“素鄙薄道学先生之不博学！”更厉害的是：“诗人、道学皆寡陋可耻者！”但凡国家编纂什么书籍，那些儒臣俨然总编、主编、编审等职务，一个字不写的人也列入编务领导名录，而他阎若璩不过是个特约编辑，临时工，干的事多拿的钱少，谁都可以对他指手画脚，安排他做这做那，仿佛他是一个知识仓库，而不是一个有自尊的人。阎若璩一方面要展示自己的才华，不甘于寂寞，一方面又要与体制内的文官打交道，看着他们享受既得利益，面对如此反差，他能快乐得起来吗？

不能“入仕”取得社会地位，是普遍读书人不快乐的原因。阎若璩同样因“绩学穷年，未获一遇”而不快乐，但他由于“名成而功未立”，加重了不快乐的程度。如果考不上进士，认命，或者承认自己确实考不过人家，痛苦也就很快过去了，可他在学术上有成就，并不断证明自己有成就，却不能得到他所期望的尊崇，自然就一直不快乐。康熙三十八年（1699 年）和四十二年（1703 年），康熙皇帝南巡江浙时，阎若璩先后两次进献颂诗，渴望得到召见，但都未能如愿，实在不快乐！

皇四子亲王胤禛（即以后的雍正皇帝）倒是听说了阎若璩在经学方面的成就，几年后，他亲下手谕，聘请阎若璩进京。这时，阎若璩已 69 岁，正患病在床。他仍受宠若惊，决意冒死去一趟京师。经长途跋涉，于康熙四十三年（1704 年）正月来到了京师。三月，胤禛将他请到了府邸，尊为上宾，“执手赐坐，日索观所著书，每进一篇，未尝不称善”。不久，阎若璩病情加重，胤禛延请御医为他医治。六月，阎若璩因病医治无效去世。胤禛亲撰了一首挽诗，称他“读书等身，一字无假；积轴盈箱，日程月课；孔思周情，皆大言深”。

阎若璩死前终于获得了快乐。一代文化巨匠，最后的快乐实在是一种悲哀，这是社会的悲哀和他自身的悲哀！阎若璩绝对不是个例。即使今天，社会评价系统的冲突依然存在。当身份界限束缚着人，利益等级现象严重，一个人的成就是否被社会认可，人才是否得到应有的尊重，就常常使一些人因得不到想要的位置和被人尊崇的权力而不快乐。

原载于《文存阅刊》杂志 2015 年第 4 期

胡适和胡先骕绝交于“不然”

朋友之间你说是他说非，你说对他说错，你说好他说坏，尽管不是故意抬杠，而是直言自己的看法和观点，但因此而搞得彼此不愉快甚至绝交，类似这种情形就在胡适与胡先骕这两个大学者之间发生了。

胡适我们都比较了解，见之于报刊的反映他正面与负面形象的故事非常多。而对于胡先骕这位自然学科学家，知道的人就很少了。胡先骕（1894—1968），字步曾，号忏盦。江西南昌新建县人，植物分类学家、中国植物学的奠基人、中国生物学的创始人，享有世界声誉的植物学家。

1913 年胡先骕到美国留学，与两年前留美的胡适成为要好的朋友，他虽然读的是农科，但特别喜欢文学并有自己独到的见解与认识。共同的爱好，让胡适与胡先骕走到了一起，可他们都不愿彼此唱阿迎合，结果后来俩人因观点相左而失欢，绝交。尤其是胡先骕，专与胡适针锋相对，否定他的观点。胡适提出“时代精神”，胡先骕说：“勿骛于‘时代精神’，须知文学之最不可恃者，厥为时代精神；以其事过境迁，不含‘不朽’之要素也。”胡适倡言“文学创造”，胡先骕立即说：“勿夸言‘创造’，而忘不可免之摹仿。须知茹古者深，含英咀华；‘创造’即在摹仿之中也。”

胡适是一个有涵养的人，“父母之命，媒妁之言”他都接受了，何况对于朋友学问上的辩驳，哪有拒斥之理？一开始，他没有对爱说“不”的胡先骕持排斥态度，而是视其为“诤友”，不仅可以促进自己的学业，并且争论本身也是一种快乐。可是，后来在面对胡先骕连珠炮似的“不然”——不是这样、不对、不正确——驳斥与抨击下，胡适感到头晕了，心里很不痛快。

胡适说，文言文为死文学，而白话文才是活文学；文学有死活，而无雅俗之分。胡先骕说："不然！文学之死活，以其自身之价值而定，而不以其所用之文字之今古为死活。"接下来举了一些例子反驳对方的观点，继而说，你胡适认为古代的文学为死文学，当今的文学为活文学，那么世间哪有什么不朽名著？时过境迁，每种名著顶多流传两三百年，天下有这种道理吗？

胡适说，俚语可以成为鲜活的语言进入文学作品。胡先骕说："不然！语言若与文字合而为一，则语言变而文字亦随俗之变……"接着阐述口头语言与文学语言的区别，用事例证明"中国言文分离之优点"，结论是："用白话以叙说高深之学理，而欲期以剀切简明，难矣！"

胡适说："五言七言之诗，句法整齐，不合语言之自然，而有截长补短之病。故诗体之大解放，在打破一切枷锁自由之枷锁镣铐。"胡先骕仍然以"不然"来回应，噼里啪啦数千言进行辩驳，引经据典，古今中外，道理说了几箩筐，虽然没有对胡适进行人格攻击，但轻蔑之意流露其间，例如："胡适之君必以不讲对仗为改良诗体之一事，则又与于不知诗之甚者也。"意思是说，你胡适不懂诗，所以反对诗的对仗。

胡先骕与胡适较上劲，与其说是唱对台戏，不如说他立于文化保守派的立场，维护捍卫他内心尊重的文言文及其文学的历史地位，以及他附丽于古文学之上的文化心理人格。不知胡适当时有没有想到这一点而予以理解，既然新文学成为一场革命，那么显然他就需要志同道合的朋友，而无法接受虽也爱好文学但与之背道而行的胡先骕。于是，文坛上两个朋友，"然"与"不然"——从对话到争执，从反对到否定，以至于彼此难以相容，两个人还有"朋友"之义吗？朋友之间谈笑唱和之余，容许偶尔的争吵，或者意见的分歧，但是如果到了一起就硬碰硬，完全格格不入，那么还能酒饮得痛快、话聊得爽快、事情干得愉快吗？胡先骕"浸以失欢，绝交于适"（钱基博《现代中国文学史》）。胡适大概不会有太大遗憾，不能求同存异，虽"君子和而不同"，可现实中的冰炭不容，绝交是一种解脱，一种形势发展的必然。跟自己对立冲突的人保持朋友关系，大概神仙也难以做到吧。

原载于《文史天地》杂志2010年第4期

“崇洋”者的根须

一个包含意识形态，曾几何时非常坚硬的概念正在远离我们的生活。我不由得拿起《徐志摩文集》伴随雨声“沙沙”掀动，掀动了一个世纪的时空，我听见了一位年轻诗人与狄更斯真诚相处侃侃而谈的声音；触摸到了他拜访哈代时激动、谦逊的心情；看到了他搀扶老弱的泰戈尔往返多地演讲而忙前忙后的身影……

再读徐志摩，不只是感受他那份“浓得化不开”的情；再读徐志摩，也并非为了重睹他那“不带走一片云彩”的潇洒；再读徐志摩，我似乎打开了他缠绵的民族文化心结——我虽然同意“大爱无疆”与“诗人属于世界”等说法，但我仍要打开他一次，发现一个被“西化”的诗人，他的“根须”完全在中国，“崇洋”不过是树上的鸟儿一路欢唱，去领略对岸的风光。

徐志摩心中的英雄不是帝王将相，而是大诗人、大作家，他遗憾地发现本土没有一个顶级文化人，于是他放眼世界，游历欧美，横跨太平洋、大西洋，寻访、追随世界文化名人，这成为他游学事业的一部分。他曾放弃在美国哥伦比亚大学攻读博士学位机会去剑桥，他公开说：“我到英国是为要从罗素。”（《我所知道的康桥》）

20 世纪初，中国新文化处在发轫时期，人们认识到只有通过接触、交流，才能让中国了解世界，同时让世界了解中国——这是新世纪的民族精神祈语，被诸多文化人所信奉与实践。徐志摩是激进的，他不像鲁迅骂民族的劣根性，又致力于医治国民性格，而他热衷于和西方文化人接触，总是说西方这好那好，乃至当时不少人骂老徐长了“媚骨”，讨好巴结外国人。这差不多误解了老徐。徐志摩认为，文化的星空，弱小的星座拱卫的是同一片天空的绚丽与璀璨，光华缤纷，说不定有朝一日，自己也会成为一颗亮丽的星星。现实确实如此，上个世纪初的中国，消隐于黑暗上空然后又遁回国人头顶的，果然有一大群耀眼的星星，照亮了诗坛、文坛、画坛、乐坛……例如美学家朱光潜先生，早年跨越万里的“美学散步”，完成了中国学者撰写的第一部美学史著作——《西方美学史》。

徐志摩并不推崇全盘西化，至少在文学思潮上，他有着强烈的民族意识。首先，他毫不讳言自己的确看到了“别人的高，自己的低”，所以“在我有力量能爬的时候，总不教放过一个‘登高’的机会”。然而接下来他在“趋西”的历程中却并不放弃民族的根本，而是学习借鉴别人的长处与优点，从中得到启示和教育。为此，徐志摩把自己心灵的触角伸到各处，汲取他所需要的精神养料，热情投入于中西文化交流事业，并保持清醒的头脑。那个具有英国绅士风度而又矜持固执的哈代，初见徐志摩时说：“你们的文字是怎么回事？难极了不是？为什么你们不丢了它，改用英文或法文，不方便吗？”

徐志摩称哈代为“诗哲”，把他作为自己的“精神导师”，是一个“运用他的思想到人生上去”的人，可是这时，徐志摩骇呆了，面对这个充满文化优越感的英国佬，他感到自尊的伤害和尊严的刺激，他立马镇静住情绪，与哈代进行一场捍卫母语尊严的争辩，结果使哈代没能坚持住自己的观点。“一个最认识各种语言的天才的诗人要我们丢掉几千年的文字！我与他辩难了一晌，幸亏他也没有坚持。”

徐志摩关键时勇敢地打开了一扇中国文化的窗，让那些对中国心存偏见的人，看到了中国文化的博大精深和中华民族不屈的精神个性。

这个故事，我是在《谒见哈代的一个下午》中读到的，我读到了徐志摩的另一面——正是他本质的一面——凸现骨子里的中国情怀。他一生都在旅途中，“追星”的行程，屐痕处处，但没有迷失方向，飞得再远，心结也打在民族家园的根上，即使最后的陨落，也在自己国家的上空划出一道亮光。没有恋根的心结，又如何别离那美丽的康桥呢？即便化作了天上的云彩，仍是中国的徐志摩，华人的徐志摩。

原载于2009年8月17日《国际日报》副刊

鲁迅殉文，海子殉诗

昨天与一个同事在附近随便转悠，突然，“鲁迅文学院”几个古朴的大字跃入眼帘，我不禁站住了。我逛过故宫，爬过长城，鲁迅文学院近在咫尺，竟两年后才发现，顿时心里有种莫名的怅然。前天，我与一个有私车的老同学联系，3 月 26 日一起去山海关凭吊海子……现在却与鲁迅邂逅于充满喧嚣的八里庄南里，好像冥冥中有什么东西指引似的。

鲁院的大门半开着，保安在小屋里低头看书，我们走进院子的时候，他没有发现。鲁院很小，小得让同事没法相信这就是鲁院。而我觉得小好，灵魂的净土，本就不会占很大的位置，它不需要恢宏的气势和华丽的外表。鲁迅是“战士”，他的呐喊已凝固为一种文化的符号，且在许许多多文化的非文化的“后现代”符号“空间共生”中变得不显眼，不怎么令人在意。

院子里有不少树，松树、柏树、梧桐树、榆树、香樟树、银杏树、樱花树、杨柳、广玉兰树，等等，一个小亭子静静地立在树丛中，走近一看，亭名“聚雅亭”。亭子没什么特别，但名字好。我还没有在亭子里落座，保安冲来了，问干什么。我说看一看。他说：“培训班到五月份才开学呢。”作家培训班？我笑了笑，然后请求允许再看一看，他答应了。于是我走到北面的一幢灰色楼房前，透过玻璃窗，看到了立在褐色大理石墙前鲁迅的铜像，上书：“横眉冷对千夫指，俯首甘为孺子牛。”这句话太熟悉不过了，但面对铜像读它，立即思绪万千，想到了鲁迅的“死”，继而想到了海子的“死”，并把“杂文战士”与“诗歌英雄”的死放在一起，思考了很久。

鲁迅是病逝的，但他的死实际上还是与写作有关，他推崇战士的精神，不惧死，“所谓战士者，是指中山先生和民国元年前后殉国而反受奴才们讥笑糟蹋的先烈……正因为近则愈小，而且愈看见缺点和创伤，所以他就和我们一样，不是神道，不是妖怪，不是异兽。他仍然是人，不过如此。但也惟其如此，所以他是伟大的人。”（《战士与苍蝇》）鲁迅是铸造民族魂的战士，他不怕树敌，把笔炼成匕首，“以寸铁杀人，一刀见血。”（郁达夫语）

青年鲁迅，曾经郁闷痛苦，他在《野草》中宣泄着内心的痛苦但他选择了坚持，一是感激母亲的养育之恩，二是许广平闯入他的情感世界，赋予他生的力量。有人说，迟到的爱对于鲁迅具有生命拯救意义。爱，这恰恰是海子所没有得到的。

鲁迅从死的意识中走出来，又走进去，他获得了新的生死意识——“应该和光阴偕逝，逐渐消亡”（《写在〈坟〉后面》）。“生命不息、战斗不止”，成为鲁迅的信念和实践。可日日与论敌“笔仗”，他太累了，疾患不断，加上个性刚烈，他像顽强的战士勇往直前，仆而再起，直到动弹不得。鲁迅临死前写了一篇文章《死》，向亲人明确交代：“赶快收殓，埋掉，拉倒……”

战斗之隙，归于平静的鲁迅，沉吟道：“多伤感情调，乃知识分子之常，我亦大有此病，或此生终不能改……”

一个伤感的青年，变成以身“殉文”的杂文家，或者一个杂文家接受“战士”的归宿，知识分子的“伤感情调”，是植入生命、导向死的种子？——死的方式、态度以及在生命中的时间性，因人、因环境、因时代而分蘖不同的枝节？如若鲁迅与海子的死的不同，呈现的文化意义与精神旨归，自然就存在着可以彼此参照的差别。

海子死后，内蒙古文学杂志《草原》1989年第7期刊发海子死讯《海子死了》，其中如此写道：“说到底，现代主义还是浪漫主义。现代主义诗人把生活血淋淋地撕开，是因为他总想从中寻出一片纯真，可惜这片纯真是太难寻觅了，他只有把自己撕裂。……海子以诗为命，所以他只有死。”

海子的“伤感情调”，纠缠上自杀情结之后，死亡的意象在他的诗中变成一个重要的命题，《春天，十个海子》：“在春天，野蛮而悲伤的海子/就剩下这一个，最后一个/这是一个黑夜的孩子，沉浸于冬天，倾心死亡/不能自拔，热爱着空虚而寒冷的乡村。”

死的种子一旦发芽，在春天植物的气息中，显得非常突出，诗人敏感的神经闻到其诱人的香气，在“春暖花开”中悲伤歌泣，对生的意义祈求无望，灵魂便与自以为“最善意”的自然融合到了一起：“打柴人这一天/从人类的森林/砍来树木，找到天梯/然后，从天梯走向天堂”（《太阳》）海子跟着最贴近大自然的打柴人，就像屈原跟着渔夫，吟唱着自己的诗，走向了虚妄的世界。

原载于2007年4月5日《安庆晚报》月光城　副刊

辛卷

人生的悖，或者背

那天一个小伙子想跟我一起抄近道回到住处，我便带着他来到河道上的独木桥边。我示范着走在前面，十几步就过了河。我回头看他，鼓励他大胆地走。他迟疑着，两腿颤抖，最终还是不敢迈出一步。他对我说，害怕，不敢走。这时，我不再鼓励，而是说，你害怕就绕回去吧。他只得走他的老路去了。

这里，我并不想取笑他的胆小，也不将年轻的他与中年的我进行什么比较，我思考起另一个问题，他绕弯路而行被他认可接受，也就成为一种常态，他不会觉得失去什么，相较于过独木桥的危险。他行走在没有风险的道路上，获得一种安全感。但这个问题还是没有终止我的思考，因为几天后他突然被公司炒了鱿鱼，理由是他在工作上缺乏能力，并且行动迟缓，显得呆板。他离开公司时，我发现同事们并不怎么惋惜，他年轻，未来的路还很长，离开了这家正处于创业阶段的公司，也许会找到一家至少比现在较强的公司。

“棋子们并不知道其实是棋手/伸舒手臂主宰着自己的命运/棋子们并不知道严苛的规则/在约束着自己的意志和退进/黑夜与白天组成另一张棋盘/牢牢将棋手囚禁在了中间/上帝操纵棋手，棋手摆布棋子/上帝背后，又有哪位神祇设下/尘埃，时光，梦境和苦痛的羁绊……”这是博尔赫斯的诗句，以幻想见长的他一生都在审视现实世界的隐蔽的秩序和超出我们思维想象的另一种完全不同于自身意志所能判断的存在。因为这个世界充满了悖论，并且很多人都常常感觉活得很背运。实际上是什么造成了这一情况呢？博尔赫斯只能用小说的形式来构筑一个全新的奇幻世界。

变化无常的表面是人对这种生命感知的印象极其不稳定，这使得“偶然”与“机会”的神秘色彩特别的浓厚，我们不老的心最终还是认同了“自然法则”，随着境遇的变化，丢失或放弃了最初的那颗心灵，那个愿望，那种精神，镜子前已不是过去的自己，也不是未来的自己。袁枚小时候特别喜欢书，却因家境贫寒而无法满足他买书的愿望，每次经过书铺都像看到香喷喷的食物一样垂涎欲滴，晚上做梦都想着它。对此，他写道：“塾远愁过市，家贫梦买书。”后来，袁枚当了官，有了薪俸，于是买了许多书，“购书万卷，翻不暇矣”，却没有了少年时那么充裕的读书时间，他无奈地打了个比喻，就好比年少时牙齿坚固，但家贫没东西可吃，年老时面前摆满了山珍海味却牙齿脱落，不能尽兴大吃，实在是可叹啊！

看到袁枚的这个记叙，仿佛他的叹息就在我的耳边，让我的内心一阵悸动。我有个长篇小说的题材，构思了近一年，需要大段整块的创作时间，可我却舍不得放弃现有的一份与文字相关的工作，我对自己说以后有了时间如失业、如退休再完成它吧，可是我能保证以后创作激情不被时光吞噬，精神状态不被岁月覆盖，思想不被另一种不可知的东西剥夺吗？一天，我将辞职的打算告诉朋友，他劝道：千万不要辞职，现在找一份工作多难啊，尤其是中年的你对于现在这种文字工作真是可遇不可求，放弃了非常可惜。辞职写小说，没有经济保障，如此赌一把风险极大，小说写出来会不会被出版社看好出版，又能不能被市场接受呢？当今乃至未来，文学都处于边缘，这意味着靠文学吃饭是很难很难的。

我犹如面对一条波涛汹涌的河流，虽然河上有一个独木桥，可过河需要很大的勇气，要有不顾一切的胆量，我迟疑着，犹豫着，双腿颤抖，全身哆嗦……谁来帮我选择？我所需要的“帮助”显然是它能让我安全地渡河，并且过河后能得到我想要的成功与由成功带来的荣誉。如果真的有这种能看到结果的选择还是选择吗？当我们为难、畏葸、害怕时，渴望有一种力量可以点亮命运的进程，这是人的本性。

这让我想起俄国作家列·安德烈耶夫的一篇小说《瓦西里·菲维伊斯基

的一生》中瓦西里神父的一生遭际，他的生活充满了变故，第一个儿子淹死，老婆疯了，第二个儿子是白痴，他以内心的强大和对信仰的坚强承受着一切现实的打击。小说中有这样一段话：“似乎连不可违逆的因果律本身对这种普普通通而又离奇的生活也无能为力，因为在这种生活中，前因所导致的后果是出人意料的，荒谬得可笑的……人们怀着与生俱来的坚强意志去进行同样是与生俱来的壮丽的创造，可结果却不过是在生死之间的交界线上浑浑噩噩地把日子混过去。”读了这段话，感觉有一种颓废的气息罩下来，让我打了个冷战，未来真的使人茫然无知吗？安德烈耶夫想告诉人们什么？他实际上是透露了靠其他力量给命运帮忙只会落空，那么多人来向神父瓦西里诉说苦难，殊不知瓦西里本人同样被苦难纠缠，欲罢不能，“他召唤人们来向他诉说痛苦，他真想把每一个走到他跟前来的人，当作同胞手足那样拥抱，并对他们说：‘可怜的朋友，我愿同你一起搏斗，一起哭泣，一起探求，因为人是从哪儿都得不到救助的。’”瓦西里明明知道自己不能给痛苦的人解除痛苦，但他能做到的是倾听人们对痛苦的诉说，同时不让自己的信念之火被苦难熄灭，不让痛苦打倒自己，不让绝望占据生命，他直到死时“姿势仍保留着撒腿狂奔的样子”。

鲁迅对安德烈耶夫评价很高：“俄国的作家中，没有一个能如他的创作一般，消融了内面世界与外面世界表象之差，而出现灵肉一致的境地。”安德烈耶夫触及了人性与神性之间那非对称性的一个暗角，那里拥挤着无数渴望改变现实处境得到好运的灵魂和层层累叠的欲望，人性与环境的冲突不断，混乱了很多人的视线，人们又用这种混乱的视线去看世界，采取违背本心的手段去谋求虚妄的利益，接受的却是与人生相悖的东西，也只有在自己无奈的叹息中向命运低头。

原载于2012年11月16日《安庆晚报》月光城　副刊

文心开朗如满月

如果，“鸡犬之声相闻，老死不相往来”，那么就没有高楼林立、物质丰富的现代文明。现代文明未必全部好，可是能够选择回到过去吗？除非贪婪得不到控制，荡毁资源，恶化环境，然后又开创一个刀耕火种的纯朴的时代。

老子那个时代“纯朴”就已经很珍贵了，否则他所倡导的“不尚贤”不会与儒家构成思想的冲突。诸子争鸣，社会原因是人性“堕落”到了必须解决的地步。一副副观点的处方和一剂剂主张的药汤，成为经典在历史中传承，至今仍然在被采用，也仍然存在歧义的理解。

人是个矛盾体，自身很复杂，与另一个同样复杂的人相处，需要磨合。三个人相处比两个人相处磨合要难。更多的人相处，复杂程度递增，磨合失去效果，于是利用制度和法纪进行约束。这是必须的，否则团队和社会乱套了，造成彼此的伤害。可是，庄子不同意了，他认为儒家的那一套伦理纲常是对人性的戕害，人将失去“真人”的本性，变成伪人，随之失去的是快乐和健康。主张建立一个个独立的巴掌大小的社会，甚至社会也不需要，离开人群，一个人独与天地相往来，身心顺其自然。

既然实现不了小国寡民的体制，那么把人这种矛盾体控制好，就得一边教育劝化，一边纲常制约。制度执行起来，可不那么容易。法家在道德体制之外，更注重法制的力量，你乱倒垃圾，就把你手砍掉，下回发现你还乱倒，就砍掉另一只手。你跟别人相处不好，若采取害人手段，那么就把你投进大牢。如果集体行动，你不服从，那么直接把你处死。秦国靠法制，吞并了六国。

……

人文情怀，人格修养，如同满月一样，使黑夜莹然明亮起来，非常珍贵。现今很多人没有了，或者漠然无视。家庭和学校缺失人格教育，而强调和放大竞争功效。若天性中那点善性的种子保存了倒是难能可贵，实际上崇尚财富的社会风气没收了很多人善性的种子，植入欲望的根须，它极易生长、牵蔓、扩张。唯恐别人超越了自己，忌恨比自己职位高、薪水多的同龄人，甚至前辈。这种心理取向是有观念和经验支撑的，以为所谓的成功都是非常手段的竞争结果，都是弱肉强食的丛林法则。于是，漠视了那些人格健全的人、品德高尚的人，也几乎没有为自己余留提升人格修养的空间。

没有人格修养，哪来人文情怀？我常常感觉自己陷在一地鸡毛的工作环境中，纠缠于对错，在意于得失，到处都一样复杂和嘈杂，我甚至感到自身也散发阵阵污浊的气味。分明我的文心被污染了，被充塞了，被遮蔽了。清除污染和拿掉充塞遮蔽的东西，一要靠自省精神，让自己的心静下来，静能生慧——生出一种善待自己与善待他人的处世智慧——既然没有“出世”，尚未拥有深居简出的条件，还需要通过工作获得收入养活自己，处于“入世”的生活状态，那么尽可能让自己保持一颗安静的心。心静莲花开，心静满月来。二要业余时间多读书，书是我的“安心禅”。读书是个人情怀与明月光辉相映而获得充实和快乐的事情。我有多年养成的爱好读书的习惯，以致在困顿的日子亦无阴暗的悲观。可是，这半年来读书明显少了。心乱读不进去。读不进去，心更加的乱。心田荒芜，杂草丛生。不读书与读书，思考的问题绝对不一样，外化的气质也不一样。我不愿自己悄悄地变成一个猥琐的人，变成那种从脸上就能看到戾气、怒气、怨气、傲气、慢气、俗气、恶气的人。

“设情以位体”“酌事以取类”“撮辞以举要”，种种创作手法、修辞手法的运用都离不开“文心”，且文心雕龙。对待生活，意与心合，文心让自己开朗、平和、坦荡，那多好啊，一轮满月，映照人生。

原载于《怀宁文艺》杂志 2016 年春季号

有酒当邀韵友

我喜欢朋友之间这样的交往：平日里不在一起，突然想见面，发个短信他就高兴地来了；或者不向对方打声招呼就拿着雨伞直奔他那里，给他一个惊喜。陈继儒之“无事当看韵书，有酒当邀韵友”，我是非常欣赏的。若天天与人喝酒，一杯杯你敬过来我敬过去，是没有什么快乐而言的，更无什么韵味了。喝酒的机会还是少一点好，少得只可与自己的韵友品尝佳酿，尽心，尽兴。

常听到有人耻笑文人酸，我认为他们是不识文人味，错将酒当醋了。文友相聚，大家感觉不出什么酸味，而只有韵味了。这是因为只有文人才彼此识韵、爱韵，也难怪古代文人“捉酒须结韵友”——不随便与他人喝酒。应酬酒会上你觉得他俗，他觉得你酸，倒不如“举杯邀明月，对影成三人”。商人一起谈钱财，当官的一起讲前程，文人一起说文章，各色人等杂聚，不会令人十分开心，只能靠搞笑的段子取乐。场子上的话是很容易引起内心的冲突的，弄不好角色错位，如朱锡绶所言：“偏是市侩喜通文，偏是俗吏喜勒碑，偏是恶妪喜诵佛，偏是书生喜谈兵。”

文人开笔会，韵友见面，文章是酒，酒也是文章了。此次分手，下回什么时候再见面，不去约定某个日子最好。近期不要见面，感情增进了，韵味就少了，因为感情常常让利益掺入其间，而朋友之韵最怕的就是利益二字。无求于朋友帮助，无报答感谢之恩，那份纯粹浸透着雅韵。相聚就是琴棋书画，就是饮酒品茶，何尝不快意淋漓。想当年，我与玄父、文杰等君为韵友，每个人都没有手机，想聚到一起靠运气，但天助我们一两个月相处一次，饮酒谈诗，或一起去造访某位我们一致认为文章写得好的人，分手后各自消失于“日常的视野”。后来，我们共同到北京当写手，生活在一起，结果韵味在两年中变成了苦涩之味，利益吞噬完诗意心灵，然后便是分道扬镳。

一些文人玩得好的，往往就想结社，巴不得韵友天天相会。其实，一与“组织形式”挨上边，韵友之间的克星就出现了。“有酒当邀韵友”，是乘兴来，乘兴去，而彼此努力做成各类美名的“不散筵席”，不过是趁一时之韵意找乐子而终究会不欢而散的。自古以来，凡诗社文派，风流云集，推杯换盏，逐艳评芬，先是圈子内的人相互恭维，口诛笔伐圈子外的人的诗文，甚至进行人格的攻击，后来圈子内的人互相批评，甚至指责对方做人的不是，到最后韵味丧失殆尽。大凡文人们一经形成圈子，就必缺失文人之间精神上的自然呼应，也必失去翻山越岭赴韵友邀约的酒会之激情。

现在的文友之间，行踪很难不被众人所知晓了，通信发达带来交往的便利，尤其是网络使彼此在做什么想什么写什么，一点击就知道了。缺乏“隐”的意识，不甘于寂寞，生怕不被人所知，朋友在你好我也好的夸奖中更多表现的是客套和虚情假意，你上我的博客而我不上你的博客会被看作是不礼貌、不够朋友。点击率成为“酒宴”上一盘“龙虎斗”，不是喜欢对方的文章才打开阅读，也不是指望对方欣赏才邀请其进自己的“家园”做客，乃至文友之间地理上的距离感消失，而精神上的距离拉大了，也就难得韵友相聚了。犹如天天在手机上喝酒，在网络上喝酒，酒变得廉价低劣，没有甘醇绵厚之美了。

原载于2010年12月4日《中国建材报》五色石　副刊

杂文不绝

关注社会底层，帮助弱势群体，时闻这样的精英呼声，也时见这样的实践活动。可是，虽然批判现实主义作品素为老百姓喜爱，反映平民生活的小说多有读者，但却没有先锋小说、另类文章被吹得响，捧得高。写平民小说出名的池莉，反而忌讳“平民作家”的称谓，她说自己笔下有不少大题材、大人物，并非只是热衷于对小市民日常琐碎生活的注意和描写。鲁迅以杂文当匕首，揭露社会黑暗，剖析鞭挞民族劣根性，当时屡遭围剿，今天仍不被一些人理解……

难怪有人对杂文的出路问题深表忧虑，指责当今的杂文不温不火好没劲。而实际上写杂文的纷纷写起随笔，或者把讽刺兑换为清汤寡水的所谓黑色幽默，把嬉笑怒骂改造成插科打诨耍噱头，杂文将不杂文。有人怕写杂文得罪人，毁了自己的前途，担心打击报复。有人以“现在没人看杂文”“杂文起不了多大作用”，给自己不写杂文找借口；还有人认为杂文被鲁迅写到了极致，再写也是重复，自视没有超越的才能，故而不写。

为平民代言，关注老百姓生活状况，揭示敏感的社会问题而不回避真实，素有佳作传世，《卖炭翁》《石壕吏》等，历来为人吟诵，“朱门酒肉臭，路有冻死骨”，“是岁江南岸，衢州人食人”，犀利诗句震撼千古。能说杜甫白居易不是平民诗人？可以说他们无愧于批判现实主义作家的称谓，但他们写讽喻诗同样会遭受被讽刺对象即当政者和一些官僚的威胁、诽谤和攻击。白居易认为“谓之讽喻诗，兼济之志也”，遂“不惧权豪怒，亦任亲朋讥”；杜甫信奉“诗是吾家事，人传世上情”，故而“穷年忧黎元，叹息肠内热”。白居易对自己写规讽诗所遭摈斥、忌恨和排挤的感受很深：“凡闻仆《贺雨》诗，众口籍籍，以为非宜矣。闻仆《哭孔戡》诗，众面脉脉，尽不悦矣。闻《秦中吟》，则权豪贵近者，相目而变色矣。闻《登乐游园》寄足下诗，则执政柄者扼腕矣。闻《宿紫阁村》诗，则握军要者切齿矣……乃至骨肉妻孥，皆以我为非也。其不我非者，举世不过三两人。”（《与元九书》）

可见白居易遭受的“文祸”不浅，但正是这“文祸”，使他的勇气更加可嘉而精神更加可贵。他的诗妇孺皆爱读，民间无论行舟中还是旅馆里都有吟诵白诗者，楼台亭榭庙宇寺院等墙壁梁柱处处题有白诗，如果白居易没有平民的眼光，不敢写他所关注的现实生活，他能博得如此令名和千秋诗名吗？按他的诗学功底，写吹捧政要的颂扬应景之作是不费力气的，他也的确写过那样的诗，但他对此心有愧意，且希望往后编诗集的人不要收录那些诗，“或诱于一时一物，发于一笔一吟，率然成章，非平生所尚者，但以亲朋合散之际，取其释恨佐欢，今铨次之间，未能删去，他时有为我编集斯文者，略之可也。”（《旧唐书·白居易传》）白居易写讽喻诗，也会感到孤独，他认为只有两三个人是他的拥护者、同情者和欣赏者——鲁迅也曾感叹：“天下得一知己而足矣。”天下绝非只有两三个人知白居易，一个人知鲁迅，而事实证明热爱与景仰白居易、鲁迅的人，千千万，万万千……

只是唐至民国一千多年，直面现实，针砭时弊的作家并不多，为何？政治体制、文化环境是重要因素，拿着脑袋玩“杂文”，谁敢？嵇康临刑前说：“《广陵散》于今绝矣！”这句话被人引用转述了很多次，我却听出了其话外之音：“嵇康死后还会有人不被名教所缚，勇于叛逆，敢说真话吗？众人诺诺，一人谔谔，你敢吗？被当成了箭靶子，你不怕吗？名利诱惑面前，你不心动吗？”但实际上像嵇康这样的人，在嵇康死了之后，并没有绝，也不会绝，只是人数太少而已。

原载于《皖江瞭望》杂志2003年第5期

纪伯伦鄙视自己

“曾有七次我鄙视了自己的灵魂：第一次是在她可以上升而谦让的时候；第二次是我看见她在瘸者面前跛行的时候；第三次是让她选择难易，而她选了易的时候；第四次是她做错了事，却安慰自己说别人也同样做错了事；第五次是她容忍了软弱，而把她的忍受称为坚强；第六次是当她轻蔑一个丑恶的容颜的时候，却不知道那是她自己的面具之一；第七次是当她唱一首颂歌的时候，自己相信这是一种美德。”

享誉世界文坛的大诗人、艺术家纪伯伦当年写下这段文字时，他做了一下深呼吸，灵魂再一次得到了自我清洁。那一天，纪伯伦踱步来到疯人院的花园里，他看到一条长凳上坐着一个英俊的青年，看上去不像疯子，纪伯伦不禁上前问道：“先生，你为什么坐在这儿?”对方用诧异的目光看着纪伯伦，说：“你问的问题很不恰当，不过我还是愿意回答。我父亲一心要把我塑造成他的样子，我叔叔也是如此，我母亲则希望我像她自己的爸爸那样，我姐姐举出她精于航海的丈夫作为我最好的榜样，我哥哥让我像他那样成为一名运动员，我的老师也是这样，还有哲学家、音乐教师等都决心要我和他们镜子里的脸一模一样。所以，我只得来到了这里，我觉得这里比较适合我生活，至少我能成为我自己。”

纪伯伦被这句话震动了，人们总是自以为是，以自己的标准去衡量一切，还有真实的灵魂的位置吗？人类不是塑造疯子，又是什么？正当纪伯伦陷入沉思时，青年转过身来对他说：“你告诉我，先生，你是不是也是迫不得已跑到这里来的？”纪伯伦摇了摇头，说：“不，我进来看看。”“哦，原来你是疯人院隔壁的病人。”青年说。这句话又让纪伯伦震住了，病人？是的，我的灵魂有病，病得不轻！

1897年，纪伯伦刚14岁，他就爱上了一位妇人。在写作之前，纪伯伦的爱好是画画，他在他那个年龄段的孩子当中是画得最好的，人们称他为“小画家”，为此，他很高兴。有不少人叫他画像，包括美丽的女诗人约瑟芬·布鲁斯顿也坐到了他的面前。他画着画着，情窦为之打开，手颤抖起来，眼神也渐渐呆滞了。约瑟芬·布鲁斯顿敏锐地感觉到了少年的心思，等画画好后，站起来径直走了，从此回避着纪伯伦。纪伯伦去找她，同时，他对伙伴们说约瑟芬丈夫的坏话。母亲发现儿子三天两头往约瑟芬家跑，还把她的画像挂在床头，她知道儿子早恋了，就劝他：“孩子，你还小，不知道什么叫爱情。”纪伯伦脸红了，他鼓起勇气说：“我喜欢约瑟芬小姐。”母亲严肃地说：“你没有资格爱她，她是有夫之妇，她爱着深爱她的丈夫，你不能破坏他们的幸福。”纪伯伦低下了头。他哭了起来，他觉得母亲说得对，约瑟芬不理我，问题出在我身上，我不该在没有得到她回应时就诋毁她的丈夫，骂他们是一对不相配的夫妻。

母亲因癌症死于美国，纪伯伦受到很大的精神刺激，他说：“人类唇上最美好的呼唤就是‘我的母亲’！”后来，他在《折断的翅膀》中写道：“谁失去了母亲，谁就失去了让他倚偎的怀抱、向他祝福的手和顾眷他的眼睛。”母亲是他灵魂洗礼的第一人。他的成长，母亲的慈怀与教导，在他的心灵深埋“爱与美”的种子。他关注人性、思考人生，发现人类的冲突，大多是强权对人性的践踏，扭曲了一张张灵魂，人们缺乏自我检讨的意识与勇气。父亲被嫉妒者告发，身陷囹圄，家产耗尽；纪伯伦与母亲兄妹一起被迫离开祖国，远涉重洋到美国波士顿谋生。从东方到西方，纪伯伦对人性的比照，更具广度，对灵魂的拷问也更具深度。24岁那年，纪伯伦发表短篇小说集《叛逆的灵魂》，可他人性再次受到了权力的强压，土耳其政府宣布这部书是“危险的、叛逆的、毒害青年的”，并在贝鲁特中心广场当众焚烧此书，而且给纪伯伦定下叛逆分子的罪名。

第二年，纪伯伦只身来到巴黎，住在一间潮湿的画室里，艰难度日，他不愿沉沦，来到了法国巴黎艺术学院，想在这里有所发展。他受到罗丹、奥金·卡莱尔在19世纪建立起来的象征主义画派的影响，开始进行这方面的探索。不久他结识了神秘派画家布伦诺，两人一见如故，十分谈得来，成了好朋友，他们投身于当时流行的商业性立体艺术。纪伯伦在完成一部作品后，与布伦诺交流起来，朋友提出了中肯的批评，纪伯伦却吼叫起来："你说得毫无道理，你的素养，值得怀疑！"布伦诺张大了嘴巴，不知道说什么好，转过身来离开了纪伯伦。就这样，一时的自负高傲损害了友谊，纪伯伦痛悔不已，"我是烈火，我也是枯枝，一部分的我消耗了另一部分的我。""一个伟大的人应有两颗心：一颗心在流血，另一颗心在宽容。"他去找布伦诺，递给他一根上好的雪茄，说："布伦诺，你原谅一个灵魂渺小的人吗？"布伦诺笑了笑："你不是说过'忌妒我的人在不知不觉之中颂扬了我'？权当我忌妒你好了。""不，你没有忌妒我，你是真心在帮我。你不是也说过'一场争论可以是两个心思之间的捷径'？"布伦诺回答："那不是争论，是谩骂。"纪伯伦无语，他感到自己严重伤害了朋友的尊严，他鄙视自己，做深刻的灵魂的检讨，以祈求朋友的原谅。

纪伯伦的散文优美，哲思飞扬，然而真正打动我的是他"鄙视自己"，对灵魂进行自我解剖的自省精神，他希望人们摆脱"动物性"，抵御"不人性"，维护"人性"，呼唤"神性"，从而使个人生命能在宇宙的"大生命"中寻求扩大，臻于完美、至善。他说："整个地球都是我的祖国，全部人类都是我的乡亲。"

诗人去世后灵柩运回祖国黎巴嫩，葬于北部的贝什里纪念馆旁的山洞里。洞口旁的雪松木板上，镌刻着诗人为自己写下的墓志铭："我就站在你的身边，像你一样地活着。把眼睛闭上，目视你的内心，然后转过脸，我的身体与你同在。"诗人生时"鄙视自己"，死后他却一直受到世界人民的崇敬。

原载于《思维与智慧》杂志2008年第5期（《青年文摘》杂志2008年第7期转载）

无用与有用

京城里有一位冰雕大师，他雕刻的众多人物，神态各异，栩栩如生，吸引了很多人观看，人们称赞冰雕大师水平高，技艺传神。冰雕大师很得意地对观众说："你们谁愿意给我三斗粟，我就把自己的雕刻技艺全部传授给他。"

半天没人答应。冰雕大师感到奇怪，他问道："我的冰雕技艺这么高，我只收三斗粟，你们为什么没人答应跟我学艺呢？"这时，人群中走出一个人，笑着对他说："你的雕刻技艺确实高，可你为什么不雕金镂玉，仿制夏、商、周、汉的古器呢？那些宝贝可一时坏不掉。你现在雕冰，展示的只是一种玩物而已，虽然你雕的人物逼真传神，但太阳一晒，很快就融化了。非常可惜啊，你的技艺算不上真本领，你在这里忙了这么长时间，雕出来的尽是些劳心而无用的东西，这些东西只能欣赏一会儿，却不能长久地流传下去……"

在《潜书》中，明末清初思想家唐甄用这个故事来说明"文必有质"的道理，他认为"文而无质，亦犹是也"。"文必有质"我没有异议，但什么是"质"，我的看法跟他不尽相同。我从唐甄列举这个故事的本意看出了他的"实用观"是有问题的，将艺术价值同世俗需要直接画上等号，艺术都得"有用"，艺术品都得"实用"，否则就是"道丧"，就是玩物丧志，乃至纯粹的人性审美被简单的功利思想驱逐，一切艺术都被物质化。在唐甄看来，绘画也不能停留在欣赏的层面，而要达到教化功能，他说："图画者，铸于钟鼎以垂法，绘于衣裳以明尊，施于屏壁以示戒。"他批评图画"为川岩、为草木、为羽毛、为士女，以取悦于人，尽失其意矣。"

凡文学和绘画都得“垂法”“明尊”“示戒”，何尝不让人感到苍白无味，何尝不令人沉闷窒息！极端强调“学以致用”，使得世界铁板一块，连精神审美活动也被取缔，生命还有什么情趣？人活着还有什么意义？生活还有什么色彩？人人都往“有用”的方向努力，都向“实用”的事情上扎堆，审美的心灵麻木了，审美的空间堵塞了，必然造成人际紧张，生活压力沉重……

现实真的如唐甄所说，冰雕虽“悦目”却无法勾起“观众”学艺的兴趣？如果真的那样，那位冰雕大师从何而来？他的灵性难道非人性具有？自古至今的冰雕爱好者从何而来？为审美而创作的激情难道非人的精神所需？毕竟为艺术与审美而“劳心”的人没有被历来秉持实用主义哲学的人含盐量高的口水淹没，否则哪有古典文学艺术，哪有现代文学艺术？

纯粹的艺术审美，也是一种“实用”的精神需要，带来心灵的快乐，不可缺失，亦不可剥夺。

原载于《考试与作文·高中版》杂志2015年第9期

孔雀坟上爱情树

李智海先生从古镇小吏港发来电子邮件，告诉我，他的家乡正在拍摄电视连续剧《孔雀东南飞》，我立即想起了 2003 年在孔雀坟前面对松柏凝思的情景，同伴们都去看半月塘了，我的目光还在松柏枝叶间寻索——为什么几千年前殉情的男女，以树这种生命形态，腾升为一种象征符号，叙说着并不复杂的爱情？

这个问题或许很简单，但我不想把它简单化。现在，我不知道导演如何对“东西植松柏，左右种梧桐；枝枝相覆盖，叶叶相交通”作背景的诠释，抑或风景语言的解读。我想那是很重要的镜头，它的文化涵义是深远的，并且有别于西方文化通过树赋予爱情的意义，或者给予树这种生命载体的爱情符码。

在我国，梧桐与松柏的意象非常古典。松枝傲骨峥嵘，柏树庄重肃穆，并且四季常青，历严冬而不衰。孔子说：“岁寒然后知松柏之后凋。”《荀子》中有“松柏经隆冬而不凋，蒙霜雪而不变，可谓其‘贞’矣”之语。梧桐，也是一种被人赋予高尚品质的树，它高大挺拔，叶翠枝青。《诗经》中写道：“凤凰鸣矣，于彼高冈。梧桐生矣，于彼朝阳。菶菶萋萋，雍雍喈喈。”《三国演义》中说：“凤翱翔于千仞兮，非梧不栖；士伏处于一方兮，非主不依。”古代男女把梧桐视作“爱情树”，倾诉相思的情怀：“月如钩，寂寞梧桐深院锁清秋”，“梧桐树，三更雨，不道离情正苦”，“依约相思碎语，夜凉桐叶声声”，“只有一枝梧叶，不知多少秋声”……

刘兰芝与焦仲卿的合葬墓旁的松柏与梧桐，以鲜活的生命体表达着“爱且坚贞”的主题。爱是向上的——枝枝叶叶的“情”彼此覆盖；贞是向下的——根根节节的“意”相互缠结。早在战国时代的韩何爱情故事就把“贞爱”二字通过松柏梧桐演绎得淋漓尽致。宋康王舍人韩凭的妻子何氏很漂亮，康王霸占了她。韩凭痛苦自杀，何氏也投台而死，她留下遗书愿与韩凭合葬。康王恼怒，偏偏叫人把他们分开埋葬。不久，韩何两家之端生出梧桐树，越长越大，以致根枝交错，“雌雄鸳鸯栖宿树上，晨夕不去，交颈悲鸣。宋人哀之，因称其木为相思树”。这个故事是否真实已不重要，因为人们在人格心理上把“爱与贞”整合为一体了——这是最好的结果，更是爱情精神的体现。

《孔雀东南飞》的结局依然是“爱与贞”在生命之树上得以完美地结合：“两家求合葬，合葬华山傍。东西植松柏，左右种梧桐。枝枝相覆盖，叶叶相交通。中有双飞鸟，自名为鸳鸯。仰头相向鸣，夜夜达五更……”我在读这些诗句的时候，同样获得一种爱情精神的启示：爱情因坚贞而珍贵，而永恒！

无论是封建礼教社会，还是恋爱自由时代，爱情都需要一种精神——积极向上，同时深深扎向大地！可今天，人们缺少的正是这种爱情精神，以致爱情脆弱，因为它的根须不牢，也就是说坚贞的力量薄弱。为什么会这样呢？我不由得关注起西方文化传统的爱情精神，人们的爱情也是诞生于树。在我看来，西方爱情精神更重视向上的自由性——即天堂的归宿。亚当夏娃吃了伊甸园的禁果而成为夫妻，这是上帝的旨意，男女之爱，成为人类的原罪！于是，接下来人类的一切行为都是背叛与反背叛——走不出这种怪圈。诸神之间错综复杂的爱情，引发一场场重大灾难。大洪水时代来临，伊甸园中的“爱情树”，还能生长吗？莎士比亚笔下的罗密欧与朱丽叶，于恶之境，只得以极端的“善”——殉情，回答人类。这虽然与中国的焦刘之爱、韩何之爱、梁祝之爱的终结是相同的，但罗朱拥抱着爱情升入了天国，而焦刘的灵魂离不开树上树下——他们爱情之树本就在家园中，其爱情也就更富有现实的精神归属，自律多于自由。

中国文化着重“大地情结”，爱情之树向上伸展受限制便寄望于向下拓延。西方文化偏重于“天”的元素，根据希伯来人的传说，天被分为九层，每三层分为一元。智天使基璐帕象征着神的智慧，守护着伊甸园。在犹太教和基督教中都认定他是神将亚当和夏娃逐出伊甸后，遣于伊甸园东方，用旋转的火焰之剑与另两个智天使共同守护生命之树。

因为松树四季常青，信仰基督的基督徒赋予它永恒的生命——尖尖的树梢指向天国，点缀在树顶的星星代表着指引智者到伯利恒寻访耶稣的那颗特殊的星。天空是巨大的，自由的，相爱的人传达心声的不是鸳鸯，而是星光。爱情向上飘浮，无根也无束，自由快乐，可是人性之“恶”——伊甸园里有善果，也有恶果，爱神把相爱的男女引向天堂的路，推下那些食了恶果的人，使之堕入炼狱与地狱。自由精神与爱情精神在现实中冲突，因为快乐的双翼无法承载沉重的原罪。爱情自由与文化自由的同构，造成了今日男女关系混乱局面，引起了越来越多的人反思，呼吁释放原罪感，多食爱情的“善果”，来拯救自身。

再来看中国的爱情树，它向上枝叶连连，鸟声啭啭，宣泄着美好的衷情，同时它的根须扎向大地，诉说着忠贞不渝。

原载于2007年10月22日《安庆晚报》月光城　副刊

寒风中的嗅觉

天气寒冷的夜晚，我依然走在大街上，嗅觉好像变得非常灵敏，能辨别出风中煎烤食物的气味，肚子便有些饿。实际上我吃过饭不久，食欲是刺激出来的，直到从一家酒店门前经过，闻到一股酒精、泔水与腐馊食物混杂的呛人的臭味，一种厌恶感才覆盖了食欲。这时，我突然想起了唐代的两位大诗人杜甫和李白。

他俩在一千多年前，一定也在街衢夜色中使自己的行走与食欲直接发生过关系。安史之乱，民生凋敝，逃难的杜甫常常挨饿，身上盘缠不多，路过饭庄酒店只能随便地吃点东西，然后继续赶路，至于美美地饱餐一顿的奢望只能藏于心中，等待与妻子团聚的那一天。暮投一如石壕村的众多穷乡僻壤，入鼻的难道只有糠糟的气味，否则怎么说“穷年忧黎元，叹息肠内热”呢?不对，杜甫分明也路过张灯结彩笑语喧阗的富户人家，他却说：“朱门酒肉臭，路有冻死骨。”古汉语中的“臭”字，可译作气味。但臭味的“臭”与死人之“骨”相对，才符合杜甫沉郁的心境。诗人的两个鼻孔装着爱恨，使他从有钱人家飘散出来的酒肉的香气中嗅出了一股腐烂的臭味。

潇洒的李白大半生都在行走，他比杜甫走得更远，路过的人家也更多。“烹羊宰牛且为乐，会须一饮三百杯。”昨夜喝了不少酒，醉意尚未消退，送行的歌声还在耳畔回荡，转眼夜幕又降临了，空中飘起阵阵酒香，他的脚步明显地迈大了，入乡问酒家，充满豪情地出现在富户朱红色大门前，一个深呼吸，然后吟唱起自己最得意的诗作。说起李白大名，谁人不知，何人不晓，他虽然“文章憎命达”（杜甫《天末怀李白》），官没有做稳，但“大笑一声朝天去”，世界处处可以落脚，民间家家是旅舍，还有汪伦这样的“粉丝”，张员外、汪族长这样的附庸风雅之辈，哪里没有酒喝？当然，李白不是白吃白喝，喝得痛快，写诗相赠，让文化富人快乐快乐，让穷得只剩下钱的大款装点一下墙壁，也是一种积德。

假如杜甫也像李白一样，根据酒香直赴朱门大户，自我介绍在什么地方任过官，诗作峻峭厚重，可以传世，对方会欢迎他吗？杜甫心里清楚，自己的诗不会讨富人与权贵阶层喜欢。是不是该换换风格，写写轻松的东西，迎合朱门大户及上层社会的口味？如果这样，他就不是杜甫了。杜甫注定不会去探听这个村庄、这座小镇、这条街衢哪个富人喜欢舞文弄墨，哪个官员爱写几首小诗，然后推销自己的才华，饭局酒宴上即兴来一首，再来一首。我这样说，并不是贬低写了不少应酬之作的李白。杜甫是永远遮蔽不了李白的光芒的。我这样说，是认为杜甫不只是说几句“大庇天下寒士俱欢颜”之类的话，他的悲悯是与他的行为一致的，住茅屋草堂的他，苦难者的身份标记镌刻身骨，走到哪里悲悯就会带到哪里，悲悯的另一面是不满，不满社会的贫富分化。

杜甫和李白都一路写诗，写出了一些著名的“嗅觉诗”和“听觉诗”。杜甫嗅到了一个穷人世界的气味，听到了社会最底层的声音。李白一脱离朝廷官场就像鸟儿离开囚笼飞入丰草长林，世界就是他的了。浪迹天涯的自由使李白的浪漫情怀得以张扬，贫富不是他关心的问题。李白以无羁放荡的形式努力贴近自然，触摸自然的善意，其他都变得不重要。他不会从地方官员、富贾大户家门前想起“酒肉臭”之类的诗歌意象。富有何不好？物质丰富罪在哪里？他视人生如过客，且看破了功名，但决不拒绝富人飨赐的美酒，何况酒本身没有错，酒也不会腐蚀他的灵魂。喝吧，“自古圣贤皆寂寞，唯有饮者留其名”。

我们习惯用现实主义和浪漫主义来表述杜甫与李白诗歌思想与形式风格的不同。现实主义和浪漫主义之间并非有必然的冲突。两个伟大的诗人，都是肉食主义者。一个嗅到了酒肉香，一个嗅到了酒肉臭。一个喝了人家的酒就不再骂人家的酒臭，一个骂人家的酒臭，就不再去喝人家的酒。他们都很真实。然而，现实世界与诗歌世界，如果只是充满酒肉香，或者只是充满酒肉臭，那么都不准确。他们敏感的鼻子所嗅到的不同气味，构成了一个最真实的唐朝。

原载于2012年4月17日《新安晚报》人生百味　副刊

独闲适一种光景

袁中道爱旅游，一次途中遇到一位边织斗笠边哼歌的老人，觉得其“意甚闲适”，上前问他是耕田为业，还是打鱼为生。老人回答道：“有儿子三人，皆能耕田，暇则取鱼。”袁中道问老人忧不忧贫。老人说：“一日能了一日，不忧贫也。”袁中道多么想自己如眼前这个老人一样过与世无争的闲适悠然的生活，贫穷而无忧。

袁中道与哥哥袁宏道都倾向于四十岁后放弃功名，远避喧嚣的应酬，结庐山水间，灵魂回到清净自在的精神层面，形体放荡于优美的大自然。袁宏道说：“生死事大，四十年前作今生事，四十年以后作来生事可也。”这种人生规划却是伴着病痛的身体做出的，实是一种追求生命长度的心理反应。袁宏道与朋友谈养生，他说：“四十以后，甘澹泊，屏声色，便是长生消息。四十以后，谋置粉黛，求繁华，便是夭促消息。”他还说：“四十以后，决宜料理养生事，起居饮食，皆有节度，乃为摄生之道。”非常不幸的是，袁宏道四十三岁得“火症”（大小便便血不止）去世了。

袁家兄弟关系好，性情志向也相同，他们通过言谈、著述表达了向往闲适、自由，用行动实现了时间或短或长的生命最后的闲适。弟弟袁中道也有“火症”，加上患疟疾，特别难受，他认为是争功名及频繁应酬所导致，“二病叠至”，“究竟果何所得?”他叹息道：“堕地以来，为功名事将心血耗尽，何如不读书孱人，骑款段游行乡里间，优游六七十岁而死耶。”他没能活到六七十岁，于五十七岁那年病逝。不过，他过了几年闲适的日子，“自念年四十余矣，进取之事，自有定数，不若置身净地，随僧粥饭，修香光之业为最乐耳”。他喜欢喝酒，但厌烦于应酬，“一席不饮，则主人讶之”，他想挣脱，逃离，“予于世有何所希？止以此一扁舟，作山水缘，图一芦花蓼岸，看夕阳朝霞之乐而已矣”。于是，他以舟为伴，游玩了新安江两岸，又游玩了大江南北、黄河东西，写下一篇篇性灵文章。“月色出万松中，清绝。”“琐碎中有无限烟波。”，“竹筱丛生，亭台间大有幽意。”我甚喜这样的文字。

袁中道的价值取向或人生态度，并非消极，决定于他的平民眼光，悲悯情怀。他身段低，贴近民间。他看到一首没名气诗人的佳作，而感叹世上“负藻彩而不著名者甚多”，这何尝不是告诫自己，诗文写得再好，也不可横视一切，高傲侮人。

他欣赏龚春所的拓落大度，不卑不亢，亲民仁爱。龚春所家境贫寒，教书所得难以养家糊口，但他不仅没有一点失意的样子，还很有幽默感，“善说诙谐之语”，即使到了没吃没喝的地步，还能做到平静自得，谈笑如常。有时横暴无理的事情袭来，人们大都不可承受，可他却安然接受，不久就把它忘了，不再记得。他在科举选拔中连连受挫。凡是去参加科举考试的人，大多都在发榜之前回家，唯独他等待阅榜后，安然地看着新晋孝廉去赴宴，又买了几本好书，然后才收拾行囊回家。没有考中的人，多半把自己藏起来，躲避他人，只有龚春所和那些考中的得意者没什么两样。年年如此，习以为常。四十多岁的时候，他才在乡试中考中。入京应试，同去的人怠慢轻视他，取笑他说：“你应该拜读《广文选》，升一个老别驾的官职就够了，为什么要同我们年轻人一起上礼部应试呢？”龚春所笑着走开了，不做任何争辩。后来他中了进士，授官刑部主事。他做官平易近民，所到之处被称作“龚佛”。

在袁中道看来，“大丈夫既不能为名世硕人，洗荡乾坤，即当居高山之顶，目视云汉，手扪星辰，必不随群逐队，自取羞耻也”。

乡野中穿行，河渠上漂流，山谷里跋涉，这种生活是袁中道所需要的，“以清泉白石，娱我心目，逍遥自在，岂非一生大便宜人”。他似乎听到了一些闲言蜚语，他坦然道：“予年已近五旬，世间乐事尽让人矣，独闲适一种光景，聊以耗磨壮心，遣余年。知我罪我，听之而已。”他四十七岁中进士，更多的精力用在整理书籍和写作上，空暇乐游山水，直到“复归于野”。

原载于2016年8月24日《安庆晚报》月光城　副刊

门户内外的批评

清末民初的陈衍有过重要的文学理论建树，他对同时代不少人的作品进行了批评，对朋友也毫不客气地指出其不足。这种根据自己的审美观所展开的批评，其标准不一定适合所有人的作品，甚或因标准的问题而出现偏差。不知道他有没有意识到这一点。

有些人是不接受陈衍的批评的，例如林纾在遭受陈衍的批评后，很不高兴。是陈衍批评得不对，还是林纾没有接受批评的胸怀？至少能够说明他们对于文学审美的标准难以一致，陈衍与林纾的欣赏口味不同。喜欢批评的陈衍搞了个诗派，诗作称为“同光体”，影响很大。同光体的特点是，主要学习宋诗。陈衍说：“宋人皆推本唐人诗法，力破余地耳。”（《石遗室诗话》）一时间追随陈衍的人很多，赞颂陈衍诗作的人也很多。

搞诗派的人一开始或许出于共同的诗观，大家惺惺相惜，在一起吟诗唱咏把盏谈笑，玩得很开心，可接着一起玩的人多了，影响力大起来，便有人要做文坛领袖了，乃至自我尊崇、神化，觉得自己了不得，批评这批评那，显得头头是道。遭到陈衍批评的林纾，不知是不愿入陈派，还是所交的“作业”遭到了过分的审查，他怀着不满的情绪，对陈衍所搞的诗派加以批评，他在《旅行述异·文家生活》中指出：“至于今日，则又昌言宋诗，搜取枯瘠无华者，用以矜其识力，张其坛坫，……揭麾举纛，令人望景而趋，是身以齐人，屈天下均齐语，身为楚产，屈天下皆楚语，此势之必不至者也。”

如果陈衍没有批评林纾的诗，而是夸赞林纾写得如何好，那么林纾会这样批评陈派吗？我不是怀疑林纾的人格，而是“批评效应”会使好朋友（陈衍与林纾是同乡）走向对立。对作品的批评容易被人理解为对自己写作水平的贬低，甚至认为是对自己的不友好，在自尊心的作用下，会做出反弹，于是批评就成了口水仗。

有个著名文人李详，与陈衍大异其趣，他针对陈衍和同光体，将宋诗批评了一通，“北宋之初，自西昆体后，不失唐人正轨。欧公学韩，冗长驰骋，毫无归宿。苏长公出，伤尽，伤巧，伤譬喻太多，伤聪明太露”。他说自己“论诗好从实处入，又喜直起直落，而略致情款；不喜作伪语及仙佛一切杂碎比于奸声者”，认为“声音之道，不可不正”，不满当下宋诗派“曼延天下”（《试觚》）。老是批评别人的陈衍，遭到李详批评，心里很不爽，他说：“近人能诗者，皆好自欺欺人语；又千篇一律，语熟口臭，阅之不一行，使人欲睡。”李详回应道：“若就诗求诗，架上堆得《随园全集》《湖海诗传》，交不出乡里，材料皆家人匡箧中物。”

针对文学本身互相批评，这很正常。问题是如果为了批评而批评，或者因为遭受对方批评，反过来批评对方，批评之言就难以令人置信了，就像政敌之间的攻讦，不忍卒听。文人之间的批评，一旦演变为“斗争”，就会硝烟弥漫，相互往死里打，往牢房里送，什么斯文、人格、尊严，全不顾了。

特立独行的文人讨厌文坛的门户之见，《孽海花》的作者金天羽说：“夫口餍粱肉，则苦笋生味；耳倦筝笛，斯芦吹亦韵。”天下都是“同光体”，还有什么鸟味？于是他举起诗界革命大旗，向诗坛门户开火，他在《五言楼诗草·序》中指斥同光体诗人：“标举一二家以自张其壁垒，师古而不能驭古。……又其甚者，举一行省十数缙绅，风气相囿，结为宗派，类似封建节度，欲以左右天下能文章之士，抑高唱而使之喑，摧盛气而使之绌，纤靡委随，而后得列我之坛坫，卒之儇薄者得引为口实，而一抉其樊篱，诗教由是而隳焉。”

金天羽的批评是很有力量的，而门户之内爆发的力量更加猛烈。陈衍的老乡林庚白早年写的是“同光体”，他后来跳了出来，批评道：“民国诗滥觞所谓‘同光体’，变本加厉，自清之达官遗老扇其风，民国之为诗者资以标榜，辗转相沿，父诏其子，师勖其弟，莫不以清末老辈为目虾，而自为其水母。门户既然，于是此百数十人之私言，浅者盗以为一国之公言，负之而趋。

其尤不肖者，且沾沾自喜，以为得古人之真，其实不惟不善学古人……”（《今诗选自序》）

诗友“反戈一击”，若是针对文学本身及文坛不好的现象进行批评，而非争夺荣誉，而非个人之间的冲突，而非以批评的声音来证明自己存在的价值，就非常可喜了！

原载于2017年9月22日《安庆晚报》月光城　副刊

非对称的理解力

战国时期，中山王的儿子公子牟（魏牟）喜欢与文化名人交往，尤其崇拜辩论家。《列子·仲尼》记载了公子牟与乐正子舆的争论。乐正子舆攻击公孙龙“行无师，学无友，佞给而不中，漫衍而无家，好怪而妄言，欲惑人之心，屈人之口……”公子牟则为公孙龙辩护，对乐正子舆说：“智者之言，固非愚者之所晓。”

这桩事情以及公子牟说的话都非常有名，使公子牟一下子跃上文化名家的行列。就在今天，我也认为公子牟的话很有价值，它关注了人的理解力非对称性的问题。人们常常以自己的懂与不懂为标准来评价或判断一种理论的有用无用、一个观点的正确错误，还有一件作品的好坏。黄金变狗屎或狗屎变黄金的事不时发生于社会各个方面，导致了“评价系统”的严重缺陷。中国缺少原创性的理论、思想，很大程度上是由于固执己见、排斥异端所致。认为浅显易懂就好，而不去提高理解力。懒得思考的人，自然追捧“喜闻乐见”的东西。中国人逻辑思维不如西方人，许多人都这么认为。画家范曾说：“中国人对逻辑学不太重视。西方人不这样，西方人从实验室里开始试验，必须有个逻辑学。什么叫逻辑学？有假设、有求证、有结论，所谓逻辑。西方的逻辑学就使西方的数学得到很快的发展。中国没有本质意义上的数学，汉代有九章算术，有周髀算经，可是这是种算术术，而不是假设、求证、结论，归结问题。”（《中国国画之美》）。实际上先秦的时候，墨家、形名家、纵横家都是注重逻辑思维的，可惜后来被朗朗上口、易诵好记的格言语录式的

“道理”给淹没了，覆盖了。

公孙龙的理论当时就不被人理解，且不断受到非议，反对者不是以逻辑论证的方式进行辩论，检验各自的理论水平以及彼此的理解力，而是上升为道德层面的谩骂。幸好还有公子牟的支持，使公孙龙有了从事学术活动的空间。

后来，中山国被赵国所灭，那帮拼命打造公信力的文化人，立即认为中山亡国是公子牟听信公孙龙学说的结果。公子牟自己怎么看呢？公子牟亡国之后，性情大变，转而迁怒于自己一度崇信的公孙龙，骂他是“用管窥天、用锥指地”的井底之蛙。由于这些话出自《庄子》，所以是不是喜欢虚构和假托手法的道家学者的杜撰呢？如果公子牟对自己的理解力提出怀疑，后悔执迷于高深的学问，似懂非懂而以为懂了，结果“种下的是龙种，收获的是跳蚤”，那么公子牟就了不起了，可他却怪罪起公孙龙，就像杀人者怨刀一样——这种思维模式特别有害。

世上的确有人喜欢故弄玄虚，将理论搞得深不见底，显示自己有本事，而公孙龙在学说中提出逻辑学中的“个别”和“一般”之间的相互关系，虽一般的脑袋确实难懂，但学说本身没有错。殊不知，能够“妖言惑众”的理论，绝对是“愚者”也能好理解的。很多人理解不了名家，便去接触儒家、道家等，那是别人的事，公子牟喜欢公孙龙的学说，设法让自己去理解，弄懂，他同样没有错。

公子牟失国后成为流亡者，而他毕竟是个文化人，所以他到处拜访文化名流。当时有一个叫詹何的人，具有独特的思想。楚王问詹何为国之道，詹何回答：“何闻为身，不闻为国。”他认为治国之本在于为身，继而说：“身为而家为，家为而国为，国为而天下为。”他还能在屋内闻牛鸣而知道牛的形态。虽然有的人抨击他是“无缘而妄度”“愚之首也”。但说过“智者之言，固非愚者之所晓”的公子牟自然打内心佩服詹何这样的人，于是他决定去向詹何求学问道。

见到詹何后，公子牟说：“身漂泊在江湖之上，心徘徊在宫阙之下，我该怎么办啊？”詹子道：“生命是很重要的。把生命看得重要了，就会淡薄功名利禄。”公子牟说：“这个道理我是明白的，可就是控制不住自己。”詹子说：“不能控制那就放纵它吧，精神就不会有伤害了。不能自我控制又勉强不放纵，这就是再次伤害。生命不断受伤害，想健康长寿是不可能的。”我不知道

《淮南子》和《吕氏春秋》这个记载，是不是利用历史名人进行“穿越”，阐发自家的思想。中国人想象力丰富，形象思维好，感悟力强，这也是时下人们公认的。

公子牟又去拜访了庄子，并且成为庄子的弟子。人在失意时寻找医治精神的良剂很正常，道家开出回归自然、追求健康长寿的方子，容易被人接受——人破产了，失败了，绝望中面对的是自己的生命。公子牟并非在人生顺境时抛弃荣华富贵，浪迹江湖，而是落魄后不得已而选择隐逸。如果他以为自己终于理解了人生的大道理，那么他的理解力还是有问题的。

道家接纳了公子牟，确实可以帮助他，从失国的痛苦中走出来。关键不是这个。在《庄子·秋水》中以智者的面目出现的公子牟，已然是道家的发言人了。道家不是证明其拯救了一个苦难者的灵魂，而是告诉世人其学说比任何一家更有力量。曾因什么鱼之乐、不知鱼之乐的问题与名家惠施争得面红耳赤的庄子，将嘲笑子舆听不懂名家学术的“智者”公子牟，变成他的弟子，是多么有成就的事啊。更为重要的是，将一个“智者”皈依奉行“绝圣弃智”的道家学派，将其打造成“愚民”，也就少了一个挑战理解力的人。在这个角度来看，道家虽没有搞类似于“罢黜百家，独尊儒术”那一套，而封杀压制人们的理解力，将“道”上的“机心”与“器”上的“机心”统统除掉，也是不遗余力的。

原载于2012年8月27日《安庆晚报》月光城　副刊

著述之悔

用“庾信文章老更成”来夸老年作者，人家没有不高兴的。中国古代特别强调作文先做人，“人情练达即文章”，具有一定道德修养的人才可以写东西，才能够写好东西。年轻人著述往往不被看重，是由于“家长社会”以为他们浅薄或者狂妄，写出来的东西很值得怀疑。

汉朝的扬雄年轻时很有个性，他注重文采，不仅语言漂亮，还充满锐气，他敢于批评“圣人”，即“不与圣人同是非，颇谬于经”，可见他是一个有独立思想的年轻人。但是年长者看不惯他，骂他“怪迂析辩诡辞以挠世事”。(班固《扬雄传》)。扬雄随着年龄的增长，读了不少书，经历了很多事，他的文章越写越四平八稳，他却看作是一种人格的成熟，一种修养的提升，他后悔当年写了那些东西，并且批评当下一些年轻人文章写得轻薄肤浅，“非法度所存贤人君子诗赋之正也”。在老扬雄眼里，文采艳丽、思想尖锐为“不正”，“不合乎先王之法者，君子不法也。”(《法言》)

后来明朝也有一个老来后悔的文人，他叫王世贞，他早年写《艺苑卮言》，对《论语》《孟子》等四书五经及历代的经典著作都进行了批评，尤其对当代作家更是毫不留情地指摘，在普遍信奉圣人之言取悦人君、竞相作道德文章以媚世俗的风气中，王世贞的批评自然是异端邪说，不得人心。锋芒太露的人在铁板一块的封建文化中，不会被主流阵营所认可和接受，其死后也会留下骂名。“文章经国之大业，不朽之盛事”，写什么需要审核挑选，而怎么写不难。欧阳修说：“大抵道胜者，文不难而自至也。”就是说，一个人道德境界高，除非不写，一写就是大手笔。王世贞写着写着，向传统道德力量妥协了。他自己当然不说是妥协。《明史》上刊了他后悔的话："吾作《卮言》时，年未四十……既不切当，又伤轻薄，惟有随事改正，勿误后人而已。"其实，《艺苑卮言》是一部大著作，信笔评议，极富个性，他讲究作文的"格调"，如"才生思，思生调，调生格，思即才之用，调即思之境，格即调之界"，讲得很有见地。

为了不让自己老来后悔，文人相沿了两种经验：一是老了才著述。"行年五十，当著纸笔"，"孟子皇皇不暇著书，荀卿盖亦晚而有作"，这些都是教导人们不要急于动笔，先饱读圣贤书，同时经过生活的历练，把身上的棱角磨平，等到自己的价值取向与道德认识完全与社会吻合相契之后，就可以"我注六经，六经注我"（陆象山语）了。即使是写娱情的诗文，也是一副装腔作势、正人君子的面目，如鲁迅先生所批评，"语言无味，面目可憎"。二是多写"时文"。写应景的文章，歌功颂德，粉饰当下；或者别人写什么自己也写什么，相互摩仿，彼此唱和。清桐城派鼻祖方苞编了几部书，凡是语言稍稍华丽一点的概不入选，具有"纵横奇霸"气概的文章更是摒弃在外，他的标准是："欲理之明，必溯源六经而切究乎宋元诸儒之说；欲辞之当，必贴合题义而取材于三代两汉之书；欲气之昌，必以义理洒濯其心，而沈潜反复于周秦盛汉唐宋大家之古文。"（《钦定四书文凡例》）。桐城派占据了文坛几百年，离不开封建正统思想，与统治者的意识结合得很紧，入此派者莫不吃香喝辣，以致磨去个性、湮灭性灵投靠桐城派的人趋之若鹜。将全国文人纳入同一审美趣味与批评标准下写文章，当然可以规避文字狱，或者避免老了因文章而后悔。

年轻人的才情难免在文章中显露，怎么办？可以用溢美他人之辞掩盖一下才情，即使怀才不遇也不能怪他人而只怪自己。例如王勃的《滕王阁序》，夸了古人再夸今人，表扬了这个又揄奖那个，在场的一帮文坛大佬自然点头称是。可王勃终究还是吃了年轻的亏，没有收敛个性与才气，又写什么《檄英王鸡》，恃才傲骨，得罪了事关自己命运的人，结果毁送了前途。对此，世故的人们当然认为王勃道德修养差，而不会批评那些排挤王勃的人，更不会苛责压制年轻人的社会。骆宾王写檄文骂武则天，可谓入木三分，又不失才气，连武则天本人都佩服不已，说这样的人才不为本朝所用，是宰相之过。宰相实有过错，可小骆年纪轻轻，写不来道德文章，德文不符，怎能叫人发现他是人才呢？即使是人才，耐不住寂寞，受不住诱惑，这样的人能用吗？小骆既然爱写几笔，就应该加强修养，在道德上着力用功而不可于名利得失上打主意替人捉刀。后来的韩愈告诉李翊，“蓄道德而后能文章”，道德修养的提高需要时日，“无望其速成，无诱于势利”，人品比文品更重要。

重视人品是对的，可并非人老了人品就好，也并非年轻人的人品不如老年人。人一上年纪文笔就老辣更说不过去。满纸陈腐老套的话，毫无情趣，亦无理趣，这种著作和文章怎能让人读得下去？倒不如读读年轻人手下充满朝气的东西，年轻人并非无天理良知，只是他们顾虑少，有个性，思想大胆自由些而已。年轻人不乏文笔好的，历史上不少情感真挚、思想卓异之作出自年轻人笔下。我相信刘克庄的一句话：“极其天才笔力所至而已，非必锻炼勤苦而成也。”

原载于2017年11月21日《青岛日报》随笔　副刊

有区别的叙述

写了这么多年，写得特别好的文章没有，写得较好的只有几篇，写得一般的很多，写得差的更多。翻看自己的文章，惭愧，悲哀，还有些怀疑自己的天分。

我问一个最亲密的朋友，你认为我的哪些文章写得好。我预设“哪些”而不是“哪篇”，分明是可怜的自尊心希望得到安慰。她说她喜欢《打开情感的包裹》，还有《一天两个红太阳》。这是两篇很真情的文章，记述自己的人生经历和心路历程。

我却不认为这两篇写得好，因为从文学语言上看，它没有自己的独特性，类似的文章在市面上有很多，差不多每个作者都能拿出一两篇写得较好的有感而发的真情文字。不缺乏同类文章，见多了就不感动了。我已过了自己感动自己的写作年龄，不再每每觉得“文章是自己的好”。

最早读到梁实秋的散文，丰子恺的散文，都特别感动，现在再读，不过如此了。这些年不断读到有名无名作者类似风格的文章，我自己的某些文章也可划入梁氏或丰氏的“文体”范畴，给世俗生活中的小事涂上些许文化的颜料，抖出一个思想包袱，有点意义，有点教益，有点哲理，语言轻松诙谐，结构形散神敛。很多报纸都需要这样的文章，影响了普天下的作者。可是，即使谁写得比梁实秋、丰子恺好，也超越不了他们，人家已于六七十年前就将底色打在那里。

上世纪90年代，我读余秋雨散文，董桥散文，还有钱钟书散文，都非常着迷，沉醉。书香气漂浮字里行间，呼吸着几千年的文化，受其浸润熏陶，自己的文章也多了一些墨水的味道（是现代墨而非古墨）。不仅我这样写。我经常读到类似的文化随笔，以及在此“文本”上喷涌而出的贯穿历史、滥觞人文的所谓的大散文。它们除了让我了解一些传说、故事和人物掌故，其语言本身却很难让我产生多少震撼了。学识渊博，天文地理无所不知，记忆力又特别好，将无数的知识材料服务于自己的思想，或将一种思想（并非自己的），通过数千、上万的理性文字演绎为现世的观念，其功底不得不令人佩服，但这种文章越来越论文化，学术味道浓，就感觉其与文学别有流风。阅读这类文章是必要的，但首先要对其放弃文学的审美评价标准。

其间，我还读了林清玄的文章，他的文字真干净，真纯粹，也真雅致。模仿的人不少，可是怎么也学不到人家骨子里的东西。林清玄的语言与他的心灵一同呈现，文字内在的意蕴，在独特的风貌中沉静着一股人格的力量。境界格局，精进圆融，臻至崇高，是种功夫；不只是功夫，还有一颗禅心的明悟，于是他与同时代的作家存在着从里到外的区别。当今只有一个林清玄。他的文章今天我还喜欢读，好在读了后产生不了学习的想法，而是在宁静中体证生命、人性与神性在红尘中可以有达到一种交互和谐的风致，展示出来，灵魂不是为语言而存在，而语言分明沐浴着灵魂。

刘亮程的突然出现，也是他的独特性起到了作用。文字到思想的独特气息，吸引住人们。或许他也像林清玄一样植入语言的某些思想，并非在其文章出现之前空寂无明，但通过他个性化的叙述，与他人有所区别的语言，使得思想符号找到了它们依附的灵魂，于是思想无可怀疑地属于他的了。刘亮程《一个人的村庄》，成为缠绕很多人的唯美意象，缺失宗教情怀的人们，在“村庄”里建立起自己的精神家园。每个人都有自己的村庄。何必希望有一座刘亮程的那种村庄？我敢相信，在刘亮程之前，已有人在自己的村庄里，以其独特的语言方式叙述、歌吟。可问题是刘亮程笔下的风沙、草木、院子以及狗，不同于以往我们见到的风沙、草木、院子以及狗，他的思想也是风沙、草木、院子以及狗的思想，浑沌自然，原汁原味，俗事变得很雅，古风般的雅。日常中，人是有脾性的，活在一种坚韧的自我得意与幸福中，哪怕空虚和寂寞，灵魂也在一片叶子，或一堆粪便上注视着人性，“万物并作”，人乐在其中，物质再重要，也捆绑不住行走的灵魂。

与文友相处，互相打气好好写，写出好作品来。谁不想写出好作品？唐朝和宋朝，六七百年，也不过出了“唐宋八大家”。不是想写好作品就能写出来的。当然需要努力，但重在提升悟性，让大脑开窍。天下那么多人写，不断写出无数的文章，大多文章都可归纳于某类形式（风格），难得有所真正原创性的区别。文体创新差不多“待五百年圣人出”，对此不可奢望。而对同一体裁或题材用区别他人的方式叙述，语言别具文心而不失优美的品质，就非常不容易了。

我在阅读中无不寻找那充满人性和美感的绝妙文字，在写作中呼唤缪斯给我点化，辟一条蹊径，写出属于自己的意韵独特的文章。

原载于2009年11月1日《黔南日报》副刊

内与外的境界

在中国传统哲学中，“内”和“外”都是种境界。内的境界是关于道德修养的，外的境界是关于艺术追求的。

提升道德品质，要有自省与“慎独”的内在力量。内求于己，而不全靠别人的教导。爱心、善心、正心，种种心的获取，都是以达到“率性自然”的人格高度所必经的过程。一个人内在精神一旦成为优秀品质的不竭源泉，其做人处世的境界就会很高，他会既能“兼善天下”，又能“独善其身”；他能超越物质而自得其乐，淡泊名利而活得自在；他能张扬自我同时接纳别人；他能帮助他人又不轻易求人即“求人不如求己”；他能肯定自身的价值又不漠视他人的存在。所谓“朋友相交，贵在知心”，“日久见人心”，“辨材要待七年期”等，都是强调考察人的内在境界之重要。

而对于文学艺术来说，却不能过于“内求”，写几十年的文章，画一辈子的画，水平仍旧一般，尽管人很勤奋，也很执着，这种人在古人看来往往是由于“外”的境界不高所致，乃至显得缺乏艺术天赋。陆游说：“功夫在诗外。”欧阳修说：“文外求文。”杨万里说：“读书必知味外之味。”外，到底是指什么呢？“外”就是不要为写而写，为画而画，为读而读，否则必拘囿自己，限制自己，孤僻自己，使得文字和书画里有股子俗气，或者浮气，或者匠气，或者傲气，或者迂气。外，包括自然、生活的方方面面，那里蕴藏着丰富的艺术养料。“人情练达即文章”，练达，就是“外”的境界之极致。张大千做到“笔放心闲”，心闲就能“了解物理，观察物态，体会物情”而

“不得矜才使气”，于是画出传神写照栩栩如生的作品。外，又是指内——终究是内在品质的“外放”。这又回到了“内”的境界。只顾写与画，而不注重个人道德修养，艺术只会成为求名求利的工具，成为提高社会地位的垫脚石，成为附庸风雅、哗众取宠的漂亮门面。即便是“纸上讨生活”，也多半成为文匠与画匠，甚至成为文奴和画奴。诗外、文外、画外的功夫，自然就要着力于内在人品的修炼。韩愈甚至认为“蓄道德而后能文章”，他说：“道德之归也有日矣，况其外之文乎？”道德是内，文章是外，而对于文章来说，道德又在文章之外。外的境界，离不开内的境界。

原载于2015年10月8日《今日怀宁》独秀文苑　副刊

亲近“白痴”

书读得不是特别多，但以白痴、疯子为题材，为主要人物的小说却读得不少。鲁迅笔下的“狂人”以及阿来《尘埃落定》中麦其土司的二少爷，俄国的“白痴”，美国作家福克纳笔下的班吉，不同国度、不同时代背景的白痴或精神病患者，为中外文学长廊留下了独特群像，也差不多构成了文学的一大景观。

读白痴，常读出白痴身上一些可贵的让人感到亲近的东西，如人性的光辉和人格的高尚。这使我不得不时而掩卷长思，揣摩作者创作意图与思想境界，或许形象大于主题，我们所读到的白痴已不是作者心中的或当时笔下的白痴。把白痴作为特殊的变形的“善”的符号，透过白痴的目光图解世界善与恶的对峙性，作者或隐伏或显露主观倾向，把作品结构营造得让我这个浅眼无知之人也能读懂一个个白痴或疯子。

没有思维能力，脑子里只有感觉和印象，而且还分不清它们的先后，但世界对于班吉来说却构成了“喧哗与骚动”。白痴命运的不幸，通过他的意识流，使我体会到他失去姐姐关怀后深沉的悲哀；从他所见所听到的事物与奇怪的行动组合，我感到了笼罩在康普生家族颓败悲凉的气氛，紧张的环境里，是一个个怀着各种心态的扭曲了人性的不幸的人物……

有的作品中出现的白痴，并不是真的白痴，却因被那些所谓聪明的人视其为白痴而不幸成为白痴。读这样的作品，我感到特别不轻松。尽管陀思妥耶夫斯基在小说《白痴》中对梅诗金公爵抱着极大的同情心，用不少篇幅描述了他纯洁的心灵与善良的品性，以及肯定了他的人生的高尚与不平凡，但贵族与正常人对梅诗金的欺侮、玩弄、歧视和不信任感，等等，大段的情节和戏剧化场面，使我读了感到人性的浊浪翻腾，呛得十分难受，以致刺激反应似的进行“生活艺术化”，回到现实世界提出一个个叫人头痛的问题：为什么行善者是傻子？追求真理坚持原则、说真话办实事的是孬子？为什么敢于冲破人生樊篱的是疯子？为什么看重人格尊严的是白痴？为什么尊重他人、不怕吃亏的是弱智？

尼采因说“上帝死了”，被称为疯子；王安石因说“祖宗不足法”，被群攻为谵妄乱世之奸臣。“一把辛酸泪”的曹雪芹借跛足疯癫道士唱了一首彻悟生命砭世警人的《好了歌》。鲁迅在《狂人日记》中呼吁：“救救孩子……”读白痴，我读出了这样的观点：颠倒价值、混淆是非的人，真正地处在生命暧昧与混沌之中，比“白痴”“疯子”更可怕，更是我们人类需要医治拯救的一群人。

记得读小说《刀锋》，对一位“白痴”产生了亲近感。那个轻视物质、远离世俗、心地善良、人格健全的拉里，给物欲横流的世界照亮了一条洁道，使行者不至于全部陷进物质的泥坑。可是，他在追名逐利者眼里又何尝不是一个“毛病太多”的人呢？毛姆在书的卷首语中这样写道：“一把刀的锋刃很不容易越过，因此智者说得救之道是困难的。”故而，还不如让白痴尝试尝试……我这样理解文学大师们的心理。

原载于2002年8月11日《教师报》博采　副刊

叫穷与炫富的文学

文学不分穷人与富人，谁都可以搞。文学也不必然严格地区分为穷人的文学和富人的文学。文学这项审美活动，却是与人的主观心理分不开的，因而穷文人与富文人难免在他们的文字中叫穷与炫富。

叫穷与炫富，在生活中多是令人反感的。而在文学中叫穷与炫富，同样令一些人反感与讨厌。《全唐诗话》说："郊作诗曰：'食荠肠亦苦，强歌声无欢，出门如有碍，谁云天地宽。'其穷也甚矣。"后来，有人讥笑孟郊，说天地并不碍，是他自己碍了。杜甫写落难途中的艰辛与窘迫，真实而悲苦，可明末大家王夫之在《诗广传》里讥讽杜甫的"残杯与冷炙，到处潜悲辛"这两句近于乞丐之音。好像文学中就不应该有怨言似的，你再苦再穷，发之为文都不可将实境写出来，否则有博人同情之嫌。

宋朝的晏殊看不起那些写富贵只会堆金砌玉的诗句，如李庆孙《富贵曲》的"轴装曲谱金书字，树记花名玉篆牌"之类，认为"此乃乞儿相，未尝谙富贵者"。那么，晏殊自己怎么写富贵生活呢？"楼台侧畔杨花过，帘幕中间燕子飞"，"梨花院落溶溶月，柳絮池塘淡淡风"等，是他写的，他觉得满意，自赞道："穷儿家有这景致也无。"他不炫耀富贵，却在领略富贵的趣味，这是一种气度，一种境界。

不喜欢叫穷的文学与炫富的文学，这是中国很多文人共有的审美趣味，认为"超然于实境之外的精神才好"（方孝岳《中国文学批评》），正所谓"乐而不淫，哀而不伤"，即什么心理和情绪都不要过分宣泄与渲染，而需要收敛克制，含蓄地表达，曲折地表现。

如果人的身份确实影响文学的品质风貌，那么搞文学的人最好不要穷也不要富。错也！古人认为真正的雅人，无论是身处贫困之境，还是过着富裕的生活，都不失其雅，其文学作品中见不到叫穷或炫富的恶俗迹象，而叫穷与炫富的人都是俗人，其反应在文学中便是怨叹与夸耀。避免叫穷与炫富，自然关系到审美的主体——做文章必须学会做人。穷不急躁不自卑不愤怒不嫉妒，富不得意不高傲不狂妄不冷漠。《宋史·晏殊传》上说：“晏殊虽处富贵，奉养如寒士，樽酒相对，欢如也。”

原载于2011年5月16日《今日怀宁》七彩世界　副刊

壬　卷

生命中的文学精神

一个网络写手说他爸曾是失败的文学青年，但又说他爸现在兴趣来了仍然会写写小文章，要他代贴到网上去，或寄给报纸副刊发表。这充分说明他爸对文学是痴心不改的人，怎能说曾是失败的文学青年呢？失败这两个字用在文学上，我总感到不是个滋味。历史上有好多个时期，爱好文学的无以数计，我记事的二十世纪七八十年代，文学爱好者犹千军万马，气象喜人，可文坛权威把他们比作“过独木桥”，吓退了不少人，放弃而逃的正是功利大于爱好或背负“成败”十字架的赶热闹的人与盲目的“淘金”者。

真正的爱好文学，没有失败的概念，即便放弃也不是因为失败。文学精神的执着追求者，或渴望成名、渴望作品传世，但不以一时大红大紫或一时沉寂论成功失败。钱钟书先生的《围城》，创作于20世纪40年代，而直到80年代末才被公认为名著，遂掀起多年的《围城》热。获第五届茅盾文学奖的小说《尘埃落定》也是遭受了数家出版社拒绝出版的冷遇之后才浮出水面。美国大出版商法劳·斯特劳斯1980年前后请苏珊·桑塔格帮他审读两部小说，一部是萨尔瓦托雷·塞塔所写的《审判日》，另一部是翁贝托·艾柯的《玫瑰之名》。桑塔格觉得两部书都写得挺好，建议斯特劳斯全买下来。斯特劳斯问哪本书最好，她说更喜欢塞塔的《审判日》。斯特劳斯于是只买下了它，可是这部书只销了两千本。相反，《玫瑰之名》后由哈考特·布莱思·约万诺维奇所在的出版社出版，在全球销出了1500万册。这些无不说明文章千古事，需要时间的检验，淘汰或者凸现。“自古文章无凭据，只求朱衣暗点头。”审美观的差异，时代风尚的不同，决定与取舍文学价值的标准，作品或被广泛接受，或受权力话语的拒斥而不能与广大读者见面，是一种常见的现象。

我想说的是，“失败”是以势利或近视的眼光看他人创作上的“不成功”，是丧失信心地认为自己“背运”或“无能”，迎合社会体制，同时与体制发生龃龉而自我否定。真正的爱好文学，生命与文学交媾，精神同艺术涵泳，在缪斯的屋檐下歌唱生活，表达内心真实的感受。是“劳者歌其事”的本真守护，是“一吟泪双流”的真切触动，是“文章憎命达”的勇往无惧，是“游心于虚静”的淡泊明志……如此境界，功利性的成败观念隐退，使艺术成为人生有涯对无涯的探索与追求。或许为作一首诗呕心沥血，为推敲一字的用法彻夜不眠，得失寸心知，但贯穿我们生命的是创作的幸福和快乐。摒弃权威的偏见和世俗的成见，展示自我，从而获得一种生命被提升的感觉，这才真正地掌握了艺术的真谛，赢得文学对我们的回报。

望星空，群星闪烁，然而正因为是个体的存在，星空才如此的灿烂，那些我们肉眼看不到的星星也是存在的，运行着，说不定哪一天它就与我们拉近了距离。譬如，遥远的唐诗宋词的星空，我们今天能够欣赏到的诗人与作品，完全可以统计出来，但没有留传作品的人，他在文坛上就没有存在过吗？那些远遁的星星，就是失败的星星？实际上是有名的无名的诗人共同缔造了唐诗宋词的盛世，没有大多数的无名者，也就不会有李白、苏轼这些走在前面的人。热爱诗词的人多，形成浓郁的艺术氛围，培育了肥沃的土壤，才长出了《唐诗三百首》《宋词三百首》的奇葩。法国批评家丹纳在《艺术哲学》上说：“艺术家本身，连同他所产生的全部作品，也不是孤立的。有一个包括艺术家在内的总体，比艺术家更广大，就是他所隶属的同时同地的艺术宗派或艺术家家族。”伟大的艺术家有如百花盛开的园林中的一朵更美艳的花，一株茂盛的植物的“一根最高的枝条”。

一个失意的老先生——他因为没有成为“著名作家”而颇感失意。我拜访他的时候，他以过来人的口吻说，我喜欢向年轻人泼冷水，文学这东西害人，在文学上搞成功难啊……一副失败的样子。听了他的话，我反而觉得他不那么可敬了，因为他把他的“失败”当作世故的“经验”，像枪弹一样击向了我。在文学上走一阵就没了身影的多是被“失败”的枪弹击中者，由别人或自己击中。我十分敬佩病魔缠身仍坚持写作的史铁生，从《我与地坛》到《病隙碎笔》，流动的是生生不息的生活热情和文学精神，他说：“要为活着找到充分理由。”他和他的作品都透着宁静、执着、坦然和智慧。这样的作家，决不会视挫折为失败。

原载于2006年5月7日《教师报》博采　副刊

传颂于“浅”

“面朝大海，春暖花开”，传颂这句诗，且感动于这句诗的，诗坛上下，校园内外，人数之众足可以让海子的灵魂不朽。海子连缀极简单的语汇，激活了商品时代竞争环境下普遍焦虑、迷茫、紧张、郁闷的人们内心所蕴含的乐观与浪漫，且不失诗意的美好、温暖。

海子有许多小诗，朦胧，不好懂，还有一些长诗，更是深奥难解，然而它们却是诗人的“大海”。人们面朝大海，不一定非得走进大海，尤其大可不必走进深海区。站在海岸，或踏浪游玩于浅水沙滩，便可领略到海的风采与神韵。如果海子没有那些汇成大海的朦胧诗、长诗、组诗，或许也就难以形成当今万人诵读“面朝大海，春暖花开”的人文景观。海子历练大海，大海成就海子。

海水之“浅”，对接的是大海的“深”与陆地的“广”，一如文学造诣之深与作品审美受众之广，乃离不开“浅”连接研究者的“深”与普通阅读者的“广”。不少大家身上正是恰到好处地体现了这种深浅相连的状态。说他们深，太深了，因为只有大轮船才能迎风破浪，远渡重洋；说他们浅，又实在浅，因为他们写出了人们口传相诵的妙语佳言。

钱钟书的《管锥集》与《谈艺录》构成了钱氏大海，我们要探索其神奇奥妙，得具备足够的国学修养，一般读者差不多只能于浅海处感受大师的幽默、风趣、亲和力。“婚姻是一座围城，城外的人想进去，城内的人想出来。”这种比喻，把自由恋爱状态下的人们的心态完全说出来了，“面朝大海”的红男绿女，无不点头称是。

真正的大师，其表达、叙述并非处处深入浅出，而是有深有浅。实际上更易被人涉足的是他的浅，人们传颂其朴实的，富有哲理的，具有诗意的，让人感动的思想语言，感动于它的人性、它的智慧，它对心灵的抚慰、震撼、启示，于是铭刻于心，传唱于口。

不是人人能成为大海，故作高深的学问不是大海，谁也读不懂的作品也不是大海，你可以对深的方面进行探索，也可以不考虑别人能不能读懂，然而，深须衬托于浅，浅须延伸到深，深是自然而然的深，浅是顺其自然的浅。深是学养的累积，知识的沉淀；浅是厚积的薄发，品质的凸现。深是读了钱钟书所有的文字，或许只记住一句且不再忘记；浅是记住了海子的一句诗，然后有兴趣读他所有的诗，或者不再读他的诗而照样敬重他。

博大精深，不是刻意就能实现的，做不到，倒不如清浅一点真实。鲁迅是博大精深的，但他却说："一条小溪，明澈见底，即使浅吧，但是却浅得澄清，倘若是烂泥塘，谁知道它到底是深是浅呢？也许还是浅点好。"

鲁迅是一座深海，其惊涛拍打国民的劣根性，其骇浪冲击民族的灵魂，致使一些人不敢面对这样的大海，尽管"春暖花开"了，甚至有人认为鲁迅的杂文直露、刻薄而流于俗浅。可鲁迅之浅，是他精神上的一种自觉，方向上的一种追求——改善国民性，做文化启蒙的旗手，需要"俯首甘为孺子牛"的低姿态，呐喊声冲天而起。除了杂文，鲁迅还写了一些深刻抑或深奥的学术文章。鲁迅的一些小说也很深，如果说《阿Q正传》一般人可以读得懂，而他的《铸剑》就很少有人深解其味了，但它却被众多文学评论家、文学史研究者所推崇，曹文轩说它"无疑是一次无与伦比的重新叙述，它是将古典资源转化为现代资源的成功范例"。

"不在沉默中爆发，就在沉默中灭亡。"这句话现在许多人会说，这是好事，即便不知道它出自鲁迅笔下，也没有多大关系。浅是一种文化上的贡献，一种理念上的普及，正是如此，我们的语言总是那么鲜活，我们的思维在不断地改变。

原载于2008年2月26日《徐州日报》读书　副刊

像刘以鬯一样“娱己”

刘以鬯的名字早已熟悉，“鬯”字查字典后才知道怎么读，可不久又忘记了，但忘不了的是刘以鬯这个名字。以前是零碎地读他的小说，有传统的，也有先锋的，现在手头有一部《刘以鬯小说自选集》，一篇篇读下来，觉得“文如其名”，篇篇写法不同，各有其面，各有其声，一点儿也不重复自己，属于非正统的小说。

他在《自序》中写道：“我写的小说，可分两类：一类‘娱乐他人’，一类‘娱乐自己’。写‘娱人’小说时，目的只在换取稿费，不避俗，也不避熟。写‘娱己’小说时，我有意通过实践去寻找另一类叙述方式……我故意用不合常规的表现手法，另辟路径，使作品能够多少有些独创性。”

我不知道刘先生是怎么“娱人”的，但我却喜欢他的“娱己”的小说。他写自己想写的小说，不是为了赚取稿费，而是让文学回归文学，不断地进行探索与尝试，用诗的语言写中篇小说《寺内》，用黑白相间的形式写《黑色里的白色，白色里的黑色》，用直接内心独白写《他有一把锋利的小刀》，将现代主义与现实主义结合在一起写《镜子里的镜子》……从微型小说到长篇小说，他都有不少这种“娱己”的小说。以文学审美标准及其艺术独创性来衡量，他的“娱已”小说价值远远高于“娱人”小说。他自己也意识到了这一点，所以他自觉地将“娱己”小说编入《刘以鬯小说自选集》，可见在艺术王国里，刘以鬯先生有自己的批评眼光，和对小说艺术的理性的把握能力。他坚守着一份纯粹，一份真诚。他说：“……在摸索新路时常会‘只有入口，没有出口’的死胡同。不过，尝试是学习的基本形式，即使失败的尝试也会加强取得成功的动力。所以，写‘娱己’小说时，我会尽力设法寻求新意……”

《刘以鬯小说自选集》一书被收入“中国文库·文学卷”，可见刘以鬯先生的“娱己”小说，获得了文学界的广泛认同和肯定。出于“娱己”的写作，却在另一个高度达到了“娱人”的目的，这使得刘以鬯与现当代很多作家区别开来，确实值得关注并给予一定的文学史上的位置，并非他的文学成就有多高，而是他给文学注入了一种活力，使不少叙述方式成为可能。文学贵在坚守，艺术贵在创造。

无论是与刘以鬯同时代的作家，还是现今的作家，很多人强调中国人有中国人的阅读习惯，于是几十年如一日地迎合读者，写“娱人”的小说，使得人们的阅读习惯固态化。殊不知，阅读习惯是可以挑战、改变与重新培养的，尤其是文学审美活动，形式带来视觉的冲击与心灵的震撼，必然提升我们艺术鉴赏的品质。

我不敢说由于“娱人”小说以及其他“娱人”的艺术表现形式的甚嚣尘上，使得整个大众审美素养处于比较低的水平，而泛泛而读，懒得思考，使得很多人阅读粗鄙化，低级趣味化，却是事实。我在读《百年孤独》《喧哗与骚动》《我的名字叫红》《河湾》等获得诺贝尔文学奖的作品时，做过这样的揣想：假如这些“难懂”或“难读”的小说，是中国人写的，能找到出版社出版吗？读者是第一位的！这成为越来越多的出版人的法则。哪个敢拿艺术去冒经济上的风险？对于作者，写“娱人”的东西，容易出版，而且可能带来可观的稿费收入，写作致富的大有人在。在这种情形下，还有多少作家愿意在文学上进行探索与尝试，写出真正独创性的作品？一定会有的，他们的作品若得不到出版，最后只落得是苦涩的“娱己”而已。需要所谓“娱己”小说的读者，由于接触不到它，便只得去读引进版权的外国文学，同时骂中国无原创，中国文学死了。

“娱人”并非“娱己”，而“娱己”即“娱人”，这是我读刘以鬯小说的最大感受。他的“娱己”小说不会有普遍的大众读者，但对于喜欢思考的人，热爱创新的人，视“形式本身为内容”的具有艺术通感的人，一定会在他的小说中得到心灵的滋养和审美的快乐。

原载于2010年3月14日《西安晚报》文化周刊·读书　副刊

快乐停留的时间

快乐在金圣叹身上停留的时间最长，读书快乐，不读书快乐，来了朋友快乐，一个人清静地待在家里快乐，吃酱干花生米快乐，泡脚搓澡快乐。甚至到了头砍下，也大叫一声“痛快”。金圣叹没有离开世俗的生活，常常看到乌七八糟的人和乱七八糟的事，他有自己的是非观、价值观，嬉笑怒骂，爱憎分明，他却拥有最长久的快乐。他的快乐与“物我两忘”的庄子的快乐，与“大笑一声朝天去”的李白的快乐，都有所不同，他的快乐更生活化，更具现实性，不容易做到然而谁像他一样做到了谁就非常了不起。

快乐在范仲淹身上停留的时间最短，因为他“后天下之乐而乐”，而天下之大，不是这里就是那里发生自然灾害，有多少地方陷于极度的贫困，又有多少人身处水深火热之中？歌舞升平掩盖的了多少社会矛盾和冲突？范仲淹说：“人苟有道义之乐，形骸可外，况居宽乎！”他告诉家人朋友，洛阳那么多花园，到哪里都可以观赏，何必名份上属于自己的，才觉得欢乐呢？

范仲淹的乐是“大乐”，大乐者大忧，大忧者大悲，大悲者大爱。因而，对于范仲淹，他个人的快乐，必然是那么的少之又少。他的快乐与苏东坡的快乐不一样。苏东坡的快乐，属于力量型的、宣泄式的，他遭遇挫折时痛苦，然后快乐；他陷入孤独时寂寞，然后快乐。苏东坡在论《乐与苦》一文里说：“乐事可慕，苦事可畏，皆是未至时心尔。及苦乐既至，以身履之，求畏慕者初不可得，况既过之后复有何物？比之寻声捕影系风迩梦尔。此四者犹有仿佛也。如此推究，不免是病，且以此病对治彼病，彼此相磨安得乐处？当以至理语君，今则不可。”苏东坡做不到时时刻刻的快乐，但他用快乐取代痛苦、失意、悲观、寂寞，却一次次做到了。

我曾以为贾平凹是不快乐的，觉得他的思想有颓废倾向，他曾在《平凹画语·孤独之夜》中说：“我已经近五十岁的人，越来越敬畏神灵，对定数的神秘，感到一种无法把握的可悲和恐惧……”他在《房子是囚人的》中说：“房子是囚人的，人寻房子，自己把自己囚起来，这有点像投案自首。”但是，仔细看贾平凹的人生轨迹，我发现他实际上是快乐的——透过貌似宿命、看通一切的冷色调的语言，即见其内在的人格品质——轻视物质，淡泊名利，敬畏生命，心灵自由。镜子蒙尘不去擦，也能看见自己的灵魂；不需化妆，何来铅华可洗？于是生活轻松起来，精神自然而通达。贾平凹几十年来，一边与病魔斗争一边坚持创作，正得益于他在悲悯情怀中建立起的积极快乐的人生态度。

快乐在人身上停留的时间长短，决定于心态，还有信念，还有人生价值取向。读过三毛的一些文章，以为她是快乐的，她确实是快乐的，并且她还教导别人如何去获得快乐，“你做不做运动？散不散步？有没有每天大笑三次？有没有深呼吸？吃得够不够营养？睡眠是好还是不好？以上的几点，决定百分之五十的你快不快乐”（《三毛谈心》）。可是，她后来却以自杀的方式告别了人世，是疾病的痛苦挤垮了快乐，还是潜在的抑郁突袭了快乐？这就不能不让人揣想，快乐在三毛身上停留了多少时间？那些值得她珍视的快乐，是不是来得非常不容易？如果快乐一如平常之物，那么快乐也就不会成为话题，不会成为一些人的奢望。一个人因心态的改变，信念的妥协，还有价值观的背叛，一遇现实生活的不测和变故，就会失去快乐，失去快乐的根基。

快乐是简单的，一如素衣，你喜欢它，却不会总是穿着它，而有些衣服虽穿在身上并不舒服，你却需要穿着它。这是悖论。林青霞到公园散步，坐在长条木椅上，微风轻吹着长发和衣裙，“随意懒散、没化妆”，“刹那间感觉好快乐、好自在”（林青霞《难演的角色》）。这种感觉是真实的，同时说明这之前快乐在她身上停留的时间是短暂的，因为轻易可得到的快乐常因不经意间被忽略而觉得快乐离自己很远。她当然希望自己拥有更多的快乐，“有时候我想，当一个人将要离开这个世界的时候，总结一下，赚到的是什么？我以为，快乐的时间多过痛苦的时间，那就是赚到的”。

原载于2009年11月19日《当代健康报》副刊（《党政论坛·干部文摘》杂志2010年第2期转载）

照灯与架梯的爱

余华在《说话》一书中说，“机遇让我走上文学道路”，“那时候（二十世纪八十年代）的编辑们还是比较认真地在那里读一些自由来稿……”《北京文学》发现了他并给予了极大的关注，扶植之情使他永远感激不尽。潘军在一篇文章中也写道：“《北京文学》是我早期创作的主要园地，所以这些年来我对她是怀有一份特殊的感情的……我不知道现在是否还有像《北京文学》那样从自然来稿中发现作者的刊物。”

这是肯定有的。你看，不少刊物在封面或封底打出：扶持新人，奖掖新人，推出新人，敬重名家，不薄新秀，等等字样。

文学青年成长的心情与梦想是一样的。大作家余光中回忆自己当年渴望发表作品的急切心情及发表作品后的兴奋状态，也是体味颇深，他在《没有邻居的都市》一文中写道：“那一刹那，世界是多么奇妙啊，朝霞是新的，报纸是新的，自己的新作也是簇簇新崭崭新。编者，又一次肯定了我，世界又一次向我瞩目，真够人飘飘然的了。”

也就是这种期待编辑肯定的心情，往往就让一些作者解不开发表作品的情结，与编辑产生恩恩怨怨。编辑不阅自然来稿，或看到一部达到发表水平的作品而因其出自非名家之手以至不采用固然令人憎恨！然而，什么是新人呢？新人与新作是有区别的，若你的作品够不上发表的条件（这条件有文本艺术的，也有报刊宗旨与风格的等），就是作者自身而非编辑的问题了。自己的文章像自己的宝贝孩子一样讨自己喜欢，其实写得很糟糕，却不知道，要发表，不是为难编辑，讨骂于读者吗？所谓编辑的关怀扶持，我的理解是对具有一定修改基础的作品，帮助指导作者润色斧正给予在“新人”栏目发表，以资鼓励，这是发掘与开采的爱，照灯与架梯的爱。这样的爱，作者感到幸福，永远不会忘记，像余华、潘军之于《北京文学》。

我忽然想起一些俄罗斯作家的名字，如特瓦尔多夫斯基、格罗斯曼、陀思妥耶夫斯基、格利罗维奇和涅克拉索夫等，想起这些人是因为想起了在他们之间分别发生的爱与被爱的故事。特瓦尔多夫斯基接手主编《新世界》文学杂志后，在前任编辑积留的大量来稿中进行发掘，结果一部小说《为了正义的事业》跃出水面，他欣喜地读完，然后十分激动地于当晚赶到作者格罗斯曼家中向他祝贺。于是一部尊重文学自身艺术特征，坚持反映真实生活的真正的文学作品，在“让人畏惧比让人爱戴好”的充满高压政治气氛的斯大林时代诞生了，一下子给充斥虚假的文坛和作家心灵以强烈震撼……

同样在俄罗斯，20 多岁的陀思妥耶夫斯基，把第一部中篇小说《穷人》投给《祖国纪事》后，想不到一天夜里他的门被他所敬慕与崇拜的大作家、诗人及编辑格利罗维奇和涅克拉索夫敲开了，他们相互紧紧地搂抱在一起，个个激动得差点哭出来。我在读这个故事时也差点哭出来。这让我又想起了鲁迅与殷夫、柔石的故事，张大千与李苦禅的故事，等等等等。这些故事让我温暖和振奋，也让我多了一份理解与虔诚。

原载于 2003 年 8 月 6 日《中华读书报》家园　副刊

禅是一枝什么花

读胡兰成的《今生今世》，知道他还有一部书《禅是一枝花》，不用看，我也猜得到他是如何理解禅的，《今生今世》中他常拿禅为自己辩护，粉饰一番。

胡兰成对政治和对女人都很坏，他因谋生而去广西教书，默默无闻，为了引起桂系军阀的注意，他写文章拥护李宗仁和白崇禧，鼓吹两广与当时国民党分裂，于是有了名气。后来，他不断发表一些反动文章，受到汪精卫和陈璧君赏识，当上了《中华日报》总主笔和汪伪政府宣传部常务副部长、法制局局长，沦为汉奸。他当然是要去汉奸之名的，于是“拈花一笑”，以为一切辩论都是无用的，虚幻的，真真假假，假假真真，只可当下“直见性命”，他说：“人世邪正可以如花叶相忘。”

胡兰成的相貌和气质都不错，他写自己总是那么自信。二十岁一枝花，三十岁一枝花，四十岁一枝花，五十岁仍然一枝花，《今生今世》只写至中年，他的晚年还是一枝花吗？不得而知。他这枝花是为女人开的，“常时看见女人，亦不论是怎样平凡的，我都可以设想她是我的妻”，不管对方是否恋爱，是否结婚，他就恣意绽放，亲近对方，要人家与他结婚，做他的妻子。

有才有貌的男人，女人喜欢，这是很正常的心理。胡兰成说他最懂女人心，能触摸到女人心中最柔软的地方，夸奖她们漂亮，端庄，不凡。他有一肚子学问，用精致的修辞，巧妙的表白，奉承不像奉承，像赞扬；恭维不像恭维，像尊敬；甜言蜜语不肉麻，如知心话；花言巧语不庸俗，如家常语。

多少女人经得住这枝悦目之花的馨香？胡兰成和女人好上几天后，就称人家为妻，他觉得这样对方心里会踏实，尽管他不与对方举行结婚仪式。对待女人，如同做人没有气节，他变化得快，对新面孔的女人他爱起“坏念头”“坏心思”“不良之心”……这坏，在他看来是“拈花一笑”的禅，虽然他没有说“男人不坏女人不爱”，但他的大胆主动，分明轻易地征服了张爱玲、全慧文、应英娣、小周、范秀美、佘爱珍，还有日本女人一枝，等等。

禅这枝花不言不语，展示的是姿容。花有两朵，一朵是实的，一朵是虚的，一朵在枝上，一朵在手上。胡兰成有没有领会“花不着佛身”的义谛？他信奉自己就是花，即使坏，也坏得真实，于是他更乐于谈缘，他追求女人，与其相爱是随缘；发现一个新目标，前缘决断是天意。他在《民国女子》中写自己如何与张爱玲相识、相爱、结婚，以及与应英娣怎样离了婚。他在张爱玲面前奉鲜花，而对应英娣花儿变成了打人的“禅杖”。他说：“中国人的可以直见性命，谁挡在面前，虽释迦亦可以一棒打杀，如汉高祖斩蛇开径。”他因自己的坏，而将禅理解为一种“坏”，且原谅自己的坏，欣赏自己的坏。对于女人的伤害，痛苦，他要自己忘怀，亦希望对方忘怀。“‘事情做也已经做了，错也已经错了，不要还放在心上难过。’这当下的解脱，原不必经过大彻大悟，求道者的大彻大悟往往亦即是魔……”禅不是道，是当下顿悟，是花儿开在春风中。

所以，胡兰成是决不会认错的，儒家所说的“不二过”，那是一种“不解脱”，他不接受，他要活得洒脱和开心。年轻时他无业可求，在姓斯的同学家生活了一年，人家好吃好喝的待他，他竟对人家 16 岁的小妹妹“存起坏心思”，而他家里有老婆玉凤。他是莲花池里一只蛤蟆，却自认为是亭亭莲花。结果斯同学写信要他离开了斯家。胡兰成说：“我做了坏事，亦不必向人谢罪，亦不必自己悔恨，虽然惭愧，也不过是像采莲船的倾侧摇荡罢了。”多年后，抗战胜利，他怕被抓，又到斯家躲藏，斯家人倒真的忘了他的过去，而他却又对斯家的小姨娘范秀美打起主意，并与她“成了夫妻”。可后来，他到香港、到日本，没有带她去。他这枝花开不败，到哪里都风流招展，故而何必带旧人上路呢？

不要指望在胡兰成的书中找到他承认今生今世轻浮的文字，或者承认欺骗了谁的感情，践踏了谁的尊严。他信禅，禅是一枝花，破执，除障。“一株牡丹花开数朵，而不重复或相犯”，读到这句时，我已明白胡兰成完全沉浸在他所想象的“光明空阔”的世界，只要他愿意，都可以与任何女人“同住同修，同缘同相，同见同知”。他以为这是一种境界，因而谴责他、反对他、批评他的人，反而被他骂作世俗，可恶。他如此表述——“他妒忌，是因为他没有。”“我对世人的贤与不肖有一种平等观，惟神道的霸占和贪婪与秽亵，及巫魇的禁忌，则我对之决不留情。”——我读了实在感到滑稽可笑，也觉得极其无聊。难怪张爱玲到最后终于忍不住起了绝交之心，写信对他说：“我已经不喜欢你了……”

原载于《爱人》杂志2012年第5期（《经典杂文》杂志2012年第14期转载）

癸卷

为艺术大师留“错”

读刘海粟的《存天阁谈艺录》，发现了一处错误。这不是简单的错误。这样的错误保留在“主要收选20世纪以来我国出版的哲学社会科学研究、文学艺术创作、科学文化普及等方面的优秀著作和译著”（出版前言）的“中国文库”这类重要读物中，我很是发呆了半天。

在《浩然之气》一文中，作者说：“老子在《道德经》中说：‘吾善养吾浩然之气。’我看，艺术家应该善养的浩然之气，正是这锐气、朝气和志气。”“老子说的‘浩然之气’，我从艺术的角度是这样看的。我以为：关键是树立艺术家的正气，反对那些形形色色的邪气。”老子没有在《道德经》中说“吾善养吾浩然之气”，而是孟子在《孟子·公孙丑上》中说：“我知言，我善养吾浩然之气。”显然，刘海粟先生记忆出了差错，这篇文章的文尾落款是“一九八八年五月于北京钓鱼台宾馆”，先生时年已93岁高龄，出错也属正常。

可问题是这部《存天阁谈艺录》是沈祖安先生根据刘海粟大师的口述、谈话等内容，记录整理交中国青年出版社于1990年出版的，沈祖安在后记中说“……承袁志煌、柯文辉、刘卓如等刘老的秘书和身边工作人员的支持和帮助。同时，我的学生张翼飞、张楠、张雪梅等帮助誊抄和校勘，并此致谢!”我就不懂了，许多人都看过这部初稿，还有责任编辑把关，怎么就没发现“儒道混淆”的常识性错误呢？是人人都只随便看了几眼，便交差说没问题，还是发现了错误也不纠正，为尊者讳？

如果明知其错，故意保留，实在不应该，到了20年后入选“中国文库”，再版时，错误仍旧保留，是出于怎样的考虑？不做订正而保持原版，还是同样一眼而过没发现，或者发现了为已故大师讳？不管怎么说，注释一下是必要的，何况内文中本就有注释，如引语的出处、文中人物的介绍，等等，偏偏“老子说的‘浩然之气’”这样的严重错误不订正也不注释，让人难以理解。

当年出版《存天阁谈艺录》，刘海粟健在，如果出版前和出版后有人指出其中的错误，他一定会改正过来，以他的个性，是不允许自己犯这样的错误的，他在《画家和文盲》一文中说：“……现在有些新的国画家，对文学不重视，读书不多，能背出的诗词更寥寥无几……有的写诗常常写错字，譬如‘迂阔’二字，误以为‘迂’是简体字，写了‘遇阔’，反弄巧成拙。还有破句和漏字，譬如‘一湖风动翡翠浪’，误写‘一湖风动翡翠’，自己也看不出。挂在展览会上，别人看了肚里明白，原来你自己也不懂！这实在是很尴尬的事。”我读到这里时，愈加难受，心想如果刘海粟在天之灵知道《存天阁谈艺录》中将孟子说的话误作老子说的话，肯定是很尴尬的，要发脾气的——怎么可以留错至今呢？

刘海粟大师是不忌讳别人的批评与指正的，他说：“我年高了，但是虚心求教的心情却与日俱增，因为我还想进步。对我正确的批评、严格的要求，应该非常欢迎。”（《读得住和记不住》）“我一生无多大优点，对人的优点作充分估价，这是我至今未故步自封的一大原因。我认为：世界上所有的人，他的平凡和伟大，高明和低能，都不是绝对的。要能善于吸收，善于提高，伟大的会更伟大，平凡的也会伟大起来，低能的也许会变成高能。”（《要善于吸取》）

原载于2009年8月28日《工人日报》开卷　副刊

关注历史通道

关注文化，笔端流淌的不再是墨水而是文化的血液，耕耘的土壤里长出特具生命韧性的文字。写作者，害怕重复别人，尽可能把语言符号排列组合出新的形式，新的信息。但我们一旦无视传统，摒弃传统，那所谓新意不免让人产生一种无“根”的漂浮感。笔，抑或键盘播种无文化底蕴的东西，势必脆弱，是花，也是昙花，甚至连昙花也比不上，是工业化病态之媚俗矫情的塑料花。而现实，却是传统的延伸；现实是传统的通道。

董桥写到“根”与文化的脉源血缘关系时，笔尖汩汩宣泄“根”汁的浓味沉香：“……古今中外读书人对‘本’的观念又格外偏爱，于是喜欢用‘根’这个意象去观察文化、思想乃至个人的修养，借有根无根的标准以衡量好坏，比如苏轼所说的‘后生科举之士，皆束书不观，游谈无根’。”根里有我们的文化基因，以至到了现代社会，发达的物质文明让我们的精神有了更广阔的生存空间，或者说可以有条件借助丰富的物质来重新生长、支撑我们的精神，谁知我们的精神在物质文明流光溢彩的镀层之中，仍然割不断缠绕在根上的传统情结。于是，文化的历史显得厚重，几千年的沉淀被人文所取需，架构成我们民族文学特有的表述模式。

散文家贾宝泉认为“穿透皮肤是血管”，而血管是浸着思想的深潭，“好散文脚踏四只船：人情、历史、哲学、科学”（《散文拈花录》）。把四只船捆在一起，成了一艘大船，在民族文化历史背景前航行，传统是舵，决定着文化的流动方向。我们要创新、要突破，无论用笔、键盘，还是纸媒、网络，语言所蕴含的元概念却不可能蜕去，所以“另类”也好，“异类”也好，新概念作文（文学）大转盘的轴心却是传统文化，其遗韵飞腾出的艺术生命的音符，绵绵不绝，我们毕竟是用母语思考、写作……

倒不如把时空拉开，站在历史之当代前沿，当代之历史高度，做现代的后羿、精卫。文化的厚重感获得了释放，文章也就有了历史的通道和时代的气息。著名作家孙犁喜欢藏书、读书，他说并非沉湎故纸堆好古薄今，而是通过阅读经典，借鉴传统审美经验，加深对艺术的理解，没有广博的学识与深厚的功底，没有文化的良知和对传统取舍的自觉，文章就可能会飘浮，没有灵气。钱钟书、张中行、余秋雨、董桥、林清玄等，我读他们的作品，感到了文化的勃勃生机，心一起律动，拨响生命琴弦，让我在对作品的欣赏后，总感到得到了作品之外的一些无形的东西。原来，无法拒绝的语言的生命形态自身，文化的血流淌，载着我的艺术感觉，在具有历史感的时空通道里，得到了精神的慰藉和升华。圣洁的母语，根深叶茂的文学。

原载于2003年3月19日《中国国土资源报》社稷坛　副刊

戴花披草的屈原

五月花事浓，五月草叶茂，潺潺汨罗江，我看见屈原飘逸的身影。歌声踏岸拍水，委婉而动听，“扈江离与辟芷兮，纫秋兰以为佩”。三闾大夫是何等的风流与潇洒，郁郁香气，沁人心脾，诗人的内在品质与仪表修饰，交相辉映，融于自然，成为永恒。

仰望楚天阔，遥想当年济济楚国君子，决不会只有屈原一人喜爱披草戴花，否则他又何必把君王左右臣僚说成是“固众芳之所在”呢？屈原的鼻子太灵敏，他闻到了混杂于鲜花香草中品质低劣的种类所散发的浊气，那些媚俗伪善的谦谦君子，包藏邪恶之胎和卑鄙之心，如果不除掉这些败花莠草，不仅玷污整个花园苑圃的名声，还会危及国家的命运。“岂余身之惮殃兮，恐皇舆之败绩！”

于是披草戴花的屈原感到外表修饰美丽并不能说明内心的健康，不能说明品德的高尚和文化修养的高深。多少逆臣贼子，蝇营狗苟，但他们照样衣冠楚楚，又有多少“金玉其外，败絮其中”的假道学者，明唱颂歌，暗窃国权？理想和现实相碰撞，屈原在痛苦地理性思考，从一个对自然美的引用、效仿和推广的使者身份转变为对人类社会审视剖析的改革家角色，他一度不再只是爱好早晨在大坡采集木兰，傍晚在小洲中摘取宿莽了，而是花更多的时间和精力，用自己的美德和智慧，担负起帮助楚怀王锄奸除恶、革除弊政的重任，他立下豪言壮语：乘上千里马纵横驰骋吧，来呀，我在前面引导开路！

从虔诚对待自然和生命的唯美境界，上升到对社会和国家前途命运热忱关注的高度，诗人的人生价值同时提升，可是“上下求索”的过程，诗人付出了沉重的代价，那些冒充鲜花美草的伪君子，一边把君王迷惑，一边展开对屈原的围攻。诗人喟然悲叹：“哀众芳之芜秽!”他又亲自栽培起花草，“余既滋兰之九畹兮，又树蕙之百亩。畦留夷与揭车兮，杂杜衡与芳芷。”殊不知世风不正，人心善变，可恶的环境使“兰芷变而不芳兮，荃蕙化而为茅。何昔日之芳草兮，今直为此萧艾也?”诗人困惑而失望了，他认为“兰草”不再可靠，因为它抛弃了美质，追随世俗，失去个性。“花椒”也改变耿直性格而专横谄媚起来。那些热衷钻营、尔虞我诈、利欲熏心之徒，哪里配得上被称为吐芳散馨的香草呢?

挫折之后的诗人独善其身，但他并不葬花埋草，而是“朝饮木兰之坠露兮，夕餐秋菊之落英”，“制芰荷以为衣兮，集芙蓉以为裳”。想到政治理想的破灭，禁不住“揽茹蕙以掩涕兮，沾余襟之浪浪”。与其说看破了世事，不如说看清了一张张丑恶的灵魂！不愿与卑鄙小人同流合污，诗人最终选择远游，以追求灵魂“内美”，即寻找世界上一种固有的永恒的圣洁的美。天涯无处不芳草，投入大自然的怀抱吧，兰草水边，椒木山上都留下了诗人披草戴花的俊逸身姿。几千年风风雨雨，江山毓秀，一缕香魂不绝……

汨罗江水，忧思的浪花，打湿了多少凭吊古贤者的人的情感。花草簇拥着我，濡湿的土地，长出我的思想，求索的思想。

原载于2006年1月11日《读书时报》

文人见不得官

在一次酒会上，一位作家突然发脾气骂人："见不得你这当官的！……"原来他敬了一位当官的酒，而对方只是随意喝了一下，并且几巡过后作家仍不见当官的回敬他，他就怒发冲冠，破口大骂，搞得那当官的十分难堪。

文人是不怕官的一类人，甚至文人瞧不起当官的，因为文人特别在意自己是文人，肚子里有学识文章，觉得自己比当官的更有才华更有能耐，只是自己没当上官而已，其傲骨在当官的面前极容易变成傲气……

"书生自有嶙峋骨，最重交情最厌官"，实际上文人是很容易被当官的笼络的，稍对他们客气一点，他们就会成天围着你转，追随你左右，每天写一篇歌功颂德的文章也不在话下。最早的时候，很多文人都积极地向当官的身边靠拢，为其出谋划策，起草文书。尤其那些敬重文人的当官者，总是吸引大批文士，事业不一定搞得轰轰烈烈，但官场变成热闹的文坛，人气旺盛倒是事实。

文人以为自己聪明，点子多，今天向当官的提这建议，明天向当官的提那意见，差不多将当官的变成自己思想的推行者，甚至他们意识中认为文人比当官的素质就是高。一些视权力为命根子的人哪里受得了文人的指手画脚，历史上不少皇帝宁要宦官和太监也不要文人。有些当官的虽然没有公开说他讨厌文人，但私下里却在疏远着文人……

文人与当官的接触，形象上不卑不亢，这是一种人格力量使然，可没有"媚骨"的样子……文人也会主动地向当官的敬酒，一方面满足对方的心理，另一方面希望赢得当官的尊重，可是如果当官的小瞧文人，不回敬他的酒，摆官架子，那么文人就受不了了，立即视当官的为仇敌，甚者将“威武不屈”“杀身成仁”在酒桌上“现场直播”，可不管你是什么领导，顾不得思考自己的命运是否掌握在对方手上，击鼓骂曹，痛快淋漓。

文人最怕被人怠慢，而他们又容易在当官的面前被怠慢。常常是这两种角色本身固有的冲突，而不是哪个当官的故意怠慢文人，但文人骨子里清高，他们不愿一次次在当官的面前受“伤害”，受“压抑”，所以他们见不得当官的，见不得他们的样子，见不得他们的做法。文人很多时候是与官场对立的，是当官的最难招架的批评者。在我们的文化中，当官的喜欢凸现自己的权力，不够亲民，缺少平民色彩；文人喜欢在精神上拔高自己，写了几篇文章就放大自我优越感。因而，这两种人若相处好了，必体现双方的智慧。

原载于《杂文月刊》杂志2010年第3期

热不死的苏东坡

不习惯待在空调室又不习惯午睡的我，在这盛夏只能以读书来消暑。读苏东坡诗文，又读苏东坡传记，惠州的热浪，继而海南的流火，在书页的翻动中变成了一片清凉。

苏东坡因“乌台诗案”贬到离“火炉”武汉不远的黄州，夏天特别闷热，苏东坡却在这里感受到了真正的清凉，他读书作诗，饮酒夜游，耕作种植，“无事此静坐，一日当两日”（自撰联）。京城的朋友问他过得怎么样，他以诗回答：“长江绕郭知鱼美，好竹连山觉笋香……”

章惇这个人一定很害怕炎热的夏天，他以为高温是对人最大的折磨，于是当苏东坡再次受政治冲击而遭流放时，他向皇上建议将苏东坡贬到惠州，不死也得脱掉几层皮。苏东坡到了惠州，惊喜地发现中国的南方，和他以前所想象的不一样，处处是茂密的草木和挂满枝头的水果，赏心悦目，的确是“岭南万户皆春色”，他感觉不到一丝酷暑难耐。他写信给不少朋友夸赞惠州，这里山美水甜酒醇人好，惹得几个朋友不远千里赶到惠州来看他，游玩。

骄阳似火的天气，苏东坡静坐，读书，身旁燃着檀香，窗外凉风徐来，他觉得非常的惬意爽快；自检良心，一尘不染，无怍无愧，恬然自在。他看见河水的反光，映入书斋，非常的美，不禁感喟，这与明月在天一样好！他爱上了惠州，决定在此定居，“南北去住定有命，此心亦不念归，明年买田筑室做惠州人也……”

可是，政敌们不愿他在惠州活得舒服，于是又进谗言，将60岁的他贬到儋州，即海南岛。海南岛夏天极其潮湿闷热，蚊虫多，食物容易腐坏。苏东坡却发现，这里的人们身体耐性特别好，而且长寿者颇多，他写道："寿夭无定，习而安之，则冰蚕火鼠皆可以生。吾甚湛然无思，寓此觉于物表。使折胶之寒无所施其冽，流金之暑无所措其毒，百余岁岂足道哉！"

艰苦的环境，也许对于本地老人不算什么，而对于流放来此的老夫东坡来说，历经的是一场生死的折磨。然而过了一段时间，苏东坡如火中凤凰一样，俨然遨游飞翔，再无苦厄之忧了。他像在黄州、惠州一样，能与最底层的群众打成一片，为人不设防，说话不用看人脸色，槟榔树下，随便往地上一坐，开开玩笑逗逗乐，就消除了酷热。

他本是被贬之人，但他很快沉湎于海南的秀丽风光自然之色，"贪看白鹭横秋浦，不觉青林没晚潮"，"垂天雌霓云端下，快意风从海上来"，"半醒半醉问诸黎，竹刺藤梢步步迷。但寻牛矢觅归路，家在牛栏西复西。"……

高温热不死苏东坡，这让章惇和其他政敌很是烦恼，无可奈何。

苏东坡贬到海南第二年，内地就传言他受不住酷劣环境的折磨而死去。三年后，苏东坡被"赦罪"离开海南。在广州，朋友们听说苏东坡还活着，欢欣鼓舞，都去看望他。有个朋友在宴席上开玩笑地对他说："我以为你真的死了。"

苏东坡笑道："不错，我死了，并且还到了阴曹地府。在阴间路上遇见了章惇，决心又还了阳。"大家都笑起来，老苏啊，一点也没变，还是那么风趣，那么乐观！不，应该是变得更人情练达了，更富有人情味了。

原载于2010年8月6日《金陵晚报》雨花石　副刊

抉择中凸显高明

你说的“中庸”是一门入世的学问。事物是相对的，甚至是矛盾的，我们常常陷入两难之境，无所适从。这时，你教给我们抉择：

克己复礼——当仁不让。你懂得世界需要和谐，人伦人际均以“和为贵”，让人活得安心放心。这就要求每个人在社会规则面前约束自己，克己复礼，使社会机器运行有序。但你并不取缔人的个性，也不反对竞争。当仁不让，就是一种博弈；知其不可为而为之，就是一种进取。

明哲保身——勇者不惧。明哲保身，现在是个贬义词，实际上你并非叫人胆小怕事，做好好先生，而是要人们对自己行为进行必要的校正——慎独、反省，达到能被文明社会主流价值观所能接受与认可的状态，这就需要做出适当的放弃。但为了正义，公平，当见义勇为，勇者不惧，正所谓“三军可夺帅也，匹夫不可夺志也”！

从善如流——和而不同。你希望社会多些光明和美好，提倡发挥人的善性，播下仁爱的种子。现在所言人人献出一份爱，即为从善如流，社会风气必因大家的努力，春风化雨，清新可爱。然而，你知道人的修养、素质、能力是不可能完全一致的，因此“致中和”并非良莠不分，等齐划一。人各有志，志同道合是同志，和而不同是君子。大家彼此尊重，不要相互取代。

安贫乐道——富而可求。我曾以为你轻视物质利益，实际上误读了你。你也爱车，爱房子，爱位子，但车子房子位子与道义相较取舍，你不假思索选择后者，甚至杀身成仁。你并不反对利益，为了生活，你可以执鞭做车夫，但为钱财决不会唯利是图，利欲熏心，而是“君子爱财，取之有道”。

食不厌精——食不求饱。我们曾经错误地批评你是贵族阶级的代表，骂你四体不勤，五谷不分，抨击你食不厌精，脍不厌细。殊不知社会的分工“百工居肆以成其事”，一个人不可能什么事都会，而改善和提高生活质量，是每个正常人的向往。但人并非只是填食的臭皮囊，还得有精神追求。食无求饱，同样活得充实，正所谓“发愤忘食，乐以忘忧”。

我明白了，你教导我们中庸，就是防止走极端，走偏锋，懂得适度、适中、适可而止。所谓中，就是本体，就是方法；所谓庸，就是实用，就是实行。你说的中庸，就是用于中，行于中的大道。用一个形象的比喻，中与庸，好比船与锚的关系，船向前行驶，但如果没有锚，船就不能停下来，遇到大风大浪就会倾覆翻沉，然而船如果长期停泊，便会锈蚀腐烂。中庸，其学问当在船与锚之间找到一种方向、一种使命，乃至把握动态的平衡。

在现实生活中，我们处处面临这样或那样的选择和抉择，一些人常常采取两种有害的方法，一种为“忍耐学”，放弃竞争，脱离社会，自我封闭，造成性格的极其软弱，如鲁迅先生所批评：“哀其不幸，怒其不争。”另一种是“厚黑学”，脸厚心黑，为达目的不择手段，做事热衷于“潜规则”，把所谓的成功建立在别人的痛苦之上。这两种人，为人处世要么太过，要么不及。

“极高明而道中庸”，把握你孔圣人及儒家的学问，首先得明白什么是做人的根本原则。按一定的德道规范行事，营造一种充满爱的美好环境，使人活得自在，活得轻松。你要我们做一个心性相融的人——人际最主要的纽带是爱，仁者爱人，互敬互助；而不是做一个违心逆性的人，损人利己的人。

2009 年《江城日报》“‘智者乐水、仁者乐山’北山杯”纪念孔子诞辰 2560 周年征文三等奖

好文无匠意

文章读多了败胃口，“好文章”同样犯腻，如同扫一眼便叫撤下去的皇上对待丰盛的菜肴一样，可供阅读的东西无数却不能有享受之福。写作的人太多太多，写得好的人也不少，所谓“好”，就是文章挑不出毛病，层次分明，主题鲜明。可这些文章多有一股匠气，读了没有快感。能让我读两遍的文章，其中必有一点新意吸引了我，别具风味，刺激了我的舌头而咀嚼，如语言，如笔法，如思想。

我写文章已数十年，读初中时就知道所谓“散文要形散而神不散”，可真正理解透彻、下笔做到特别费劲。从词不达意的文字一堆，到文从字顺的文章一篇倒是做到了，比那些天赋好的人慢点，而比更多人所用的年限短些，但也不过如此。那些熬了数年的笨家伙，后来也纷纷写顺畅了，出了书，成了作家。

有一天我读一部写画家的书，才知“形散”可以不着边际，惟有不拘泥成法、放荡不羁、视野开阔、格局恢宏的人，才能笔藏“神通”的暗线。五代时的画家郭忠恕，绘画“游规矩准绳之内，而不为所窘”，“萧散简远，无尘埃气”。形越散，离常见，并非美感就越强，但陌生感会引发新鲜感，思接千壤、神游八荒，又揽形于方寸之间，自然就有了美的震撼力。

关于郭忠恕的故事不少，我喜欢这一则：一个富家子弟爱画，每天以美酒款待郭忠恕，日子一长，以为求画方便了，于是送郭忠恕一匹画绢请他作画。郭忠恕没有拒绝，他在画绢的这头画个小孩，那端画只风筝，中间是根风筝线，达几丈长。富家子弟见状气得发昏。但古人认为，这是一幅构思奇特的好画，“离绝匠意”，构思自然，形似散而不散，神韵逸飞。

几年前，我一看到被誉为“千朝第一人”的清代书法家邓石如的“疏处可以走马，密处不使透风”这句话就特别喜欢，觉得写文章也应该如此，能密能疏，紧密与疏散结合恰到好处。我在状物上试图用大篇幅的文字做到细致透彻，终是密度不够而琐碎有余；还想在论述上不惜文字使其逻辑缜密，结果也是拖沓有余而紧凑不够。对于文章之疏，我同样渴望掌握天马行空的技法，可不是放跑了野马，就是困住了家马。

文章写到一定数量，自以为会写了，只不过入门而已，天赋好一点的人登堂了。堂里或坐或站停留了不少有能力的人，眼巴巴地入不了室。现在装有才能的人又特别多，堂上更是拥挤吵闹。老子比你写得好！你那破文章简直非文学！他是写手怎么也混进作家队伍了？多少时光过去，也没几人入室，自诩搞纯文学的人到头来也不过是重复自己，手法娴熟，而匠意浓浓。曾经非常有才气的人，写过几篇好文章，后来却没能再拿出新作品，文章还在写，但不是新的，才气变成了匠气。

竹峰比我看得更苍茫萧瑟，他说本籍很多作者只是望见文学殿堂，而离得很远。我问：他呢？回答还有一段距离，担心能不能走过去。我又问：他呢？回答快摸到文章的门了。我继而笑问：你自己呢？他回答触到了门环，正在敲击。我一阵紧张慌乱，终没底气问我的情形。果真如竹峰所言吗？我的判断是，写文章的人确实很多，能让我获得审美享受的文章确实很少。但是，这只是自己的经验和感受而已，阅历、读龄和情趣决定我，发现匠意文章多之又多，清新自然、气象灵动的文章少之又少。

爱好文学的第一阶段，如刘姥姥进大观园，一切都是新鲜的，不做选择见书就读，感觉好文章读之不尽，若眼前每个小姐丫环都漂亮乖巧一般，每个写文章的人都有才华，了不起。那时候我敬佩很多作家，做梦也想自己成为作家。现在回头看，那个阶段是需要的，是必经的过程。刘姥姥即使被大家指指点点的取笑，她也认为是对她客气，没有恶意，她在行酒令时说出“大火烧了毛毛虫”也颇高兴。文青们一开始多以此状态畅游文学大观园。后来，我听说一些有名气的作家放弃写作，是由于写不下去，便纳闷文章还有写不下去的？再后来就理解了，摆脱不了匠意，控制不住匠气，又不愿效仿别人、重复自己，就干脆放弃。

我有数个笔名，其一“洪铺匠人”，起于十年前，或许当时是怕人笑我是写手、是码文字的匠人，不妨认了吧，自嘲比他嘲好。文章做到“似大匠运斤，不见斧凿之痕”也是很高明的。现在想法有变，读别人文章看自己的文章，受文体意识影响而不满意，而不安。若接受匠人定论也罢，在写作这个活儿中打发时光，充实精神未尝不可，可又拿文章自吹，还让别人说好，甚至要别人花钱买书，就弄得匠气太重令人生厌了。贾岛有诗：“心被通人见，文叨大匠称。”写文章作诗的人多有这种心理。几百年出不了几个文体家，自负者倒是很多。

原载于2017年9月9日《姑苏晚报》怡园　副刊

笔底明珠

齐白石曾效仿郑板桥，说自己愿做“青藤门下走狗”。青藤是指明代文人、画家徐渭。徐渭大半生穷困潦倒，再经他的诗句渲染，就更凄凉萧然，尤其晚景。徐渭画葡萄并题诗“笔底明珠无处卖，闲抛闲掷野藤中”，有明显的怀才不遇、愤世嫉俗之人生自喻。

徐渭的画，现在谁要是有一幅，那比家藏明珠还贵重。徐渭曾追随胡宗宪，笔下明珠是有人买过的。后来胡宗宪出事，他也跟着倒霉。再后来他政治上没问题了，可他仍那么任性，“眼空千古，独立一时”，不去依附谁而笔墨养珠。徐渭很有才华，只要改改脾气，为人随和一些，不至于画技愈长日子愈苦。

很多文人都是靠笔底明珠过上富裕的生活，当然受到的讽刺也不少。将价值观与人格及人品混在一起评是论非，即“重义轻利”的观念占统治地位，贩卖笔底明珠多被视为赚取不义之财，为清高者、傲骨者所不屑。文人惟笔最可以讨生计，若为权贵所用，乃金子发光，可又不得不面对道德攻击，如果权贵劣迹昭彰，更有明珠暗投之虞。

世上道理从来就是有人信之，有人说归说、做归做。清代“扬州八怪”之一的金农就笔底明珠有处卖，赚足了生活资本。有个盐商设宴平山堂，金农首座。席间，大家以古人诗句“飞红”为酒令作诗，到盐商头上，他苦思不得，将要受罚，突然胡诌出一句“柳絮飞来片片红”。合座笑其杜撰，唯独金农说，这是元人咏平山堂的句子，全诗为：“廿四桥边廿四风，凭栏犹忆旧江东。夕阳返照桃花渡，柳絮飞来片片红。”其实，这诗句乃金农口占，只为给盐商解围。盐商大喜，第二天送给他千两黄金。

元代的赵孟頫来得更直接，“写字必得钱，然后乐为之书”。他人长得帅，“神采秀异，珠明玉润”；字也写得漂亮，可谓字字珠玑。他是靠卖字脱贫的，发家的，艺术品交易意识特别强。一天，有两个道士登门求字，门房报告：“有居士求见。”赵孟頫不高兴地说：“什么居士？是香山居士，还是东坡居士？这种吃素的疯子也配称居士？”他夫人忙劝：“别焦躁，有钱买吃食了。”道士进屋后拿出十锭钱钞表明求字，赵孟頫笑了笑，呼道：“上茶给居士喝！”赵孟頫当了官之后，倒无贪墨劣迹，官声甚好。他有《自警》诗：“齿豁头童六十三，一生事事总堪渐。”

从郑板桥的墨竹上可以看出徐渭的影子，这位自称“青藤门下走狗”的怪才，说自己“少而无业，长而无成，老而窘迫，不得已，亦借此笔墨，为糊口觅食之资，其实可羞、可贱”，是否想起徐渭“笔底明珠无处卖”而有感而发？郑板桥比徐渭境况好，当官罢官，老年画稿不愁卖，他明码标价：“大幅六两，中幅四两，小幅二两，条幅、对联一两，扇子、斗方五钱。凡送礼物、食物，总不如白银为妙，盖公之所送，未必弟之所好也。若送现银，则中心喜乐，书画皆佳。”

我曾在一篇写齐白石的文章中，得知他一生从事绘画，十分富有，老婆前后娶了数位。齐白石喜爱徐渭的葡萄，读到“笔底明珠无处卖”心情如何，我不得而知。继郑板桥之后，又一“青藤门下走狗”，其必定知道徐渭的窘迫困顿，生活上不学故人先师，而只尊奉其笔墨画风，好让自己笔底生产串串明珠，全家人都过上好日子。

在当今这个拜金的时代，你写字画画不赚钱干啥？不赚钱还写什么字画什么画？你什么字画最值钱？遇到的最大买家出手多少？羡慕齐白石的人即使笔底没明珠，也将点墨炒作成明珠。自以为笔底有明珠的人，更是标榜高价大声吆喝。商业化养殖的明珠，跟大棚中的蔬菜别无二致。处处老蚌生珠，嫩蚌亦生珠，珠蚌塞天下。

原载于2015年2月2日《安庆晚报》月光城　副刊

发现的真实

五彩缤纷的世界，光怪陆离的现实。生命从黑暗中带着啼哭声走来，睁开眼睛左顾右盼，光亮使我们见识了许多在黑暗中不曾分辨的事物。但黑暗并没消失，正因为黑暗固在，光亮在我们生命中才有了意义，就像我们没有忘记哭，发自心底的欢笑才无比珍贵一样。

上帝创造了我们的眼睛，天赋发现的权利。一个人从成长到成熟，双眼经年跋涉，观察事物，分析事物，看出事物的规律与本质，怎么去看，看出了哪些问题，一定程度上能反映出你是否聪明。老子言，若绝圣弃智，乃闭目塞耳。目光交错的时空，你的目光最明亮，最独特，也最隐私。

所有的行动是目光的行动，所有的声音是目光的声音，所有的真实是目光的真实。弘一法师李叔同的目光与出身贫寒的刘质平的目光相遇，师生的情感、志向、抱负均有了着落。李叔同在绘画、音乐、书法、诗词上都有很高造诣，他同时又是一位实行人格感化的大教育家。他看出社会的动荡，百姓的疾苦，看出了多难的民族，仍有一双双眼睛盼望太阳出现在需要众人支撑不倒的大厦上，信念不灭，赤子之心不冷。青年的成长，人才的培育，需要的就是真诚的正气的目光给予沐浴、照耀。李叔同尽管生计艰难，但他慷慨解囊，资助刘质平去日本求学深造，不求回报师长，但愿回报祖国。先生的目光在寻找，播散爱的光芒，像坚强的种子一样，在恶劣的环境中发芽，长出绿色生命，开放美丽鲜花。

目光穿梭往来，没有地域和国界，我看到了法国加缪那双颇具穿透力的目光，一曲悲歌，飘荡出心底抗争的声音。加缪的目光又透过西西弗斯的目光，演绎着自己的人生哲学，对荒谬现实的反叛，不是绝望自杀；面对种种惩罚，目光不能畏葸，竭尽全力去穷尽它，义无反顾地在冰冷中燃烧，在生命有限中拓展精神世界，生活下去就是幸福。目光的发现，苦苦地思索，然后注入目光以理性，淌过时间的河流，留下灵魂不屈的脚印。

理想与生俱来，而现实绝对不会按理想的蓝图呈现，于是诞生理想主义，描绘现实添加许多主观色彩与内容。既然理想成为主义，现实主义立刻同行。于是目光或积极或消极，或乐观或悲观，游移、碰撞、交流，有“尚同”的目光，也有“求异”的目光。有人目光犀利，看出现实或人性阴暗与不健康的方面，随即揭露、批评，要净化这个世界，且扪心自问，身体力行，像呵护正义、公平、文明以及一切美好的事物，真乃“横眉冷对千夫指，俯首甘为孺子牛”。有人同样有眼力，看出了商品社会权钱交易、物欲横流、种种阴谋和圈套，可看穿之后，信息蜕化衍生为处世经验，指责别人，骂风气败坏，只是开脱自己，寻找“逼良为娼”的诉辞，俨然原告的角色。

目光始终在发现，看出、看穿、看通……贝多芬的目光在交响乐中闪耀幸福温暖的光芒，尽管悲惨的生活夺去了他的双眼；莫扎特的目光随着美妙的旋律起伏，温柔抚摸人类的心灵，尽管他一直被贫穷、疾病、妒忌、倾轧所困扰着……发现的真实，目光指引，心灵指引。

原载于2000年2月13日《安庆日报》皖江周末·七色人生 副刊

好作家住在树上

读卡尔维诺的小说《树上的男爵》时没有去想什么是好作家，只佩服卡尔维诺超常的想象力和区别于他人的叙事技巧。几天后我在读另一位作家的小说时，会不时地想起卡尔维诺的小说，并且心中怎么也按捺不住地评价卡尔维诺是一位好作家，同时想他笔下的柯希莫是喻指为一位“好作家”吗？

柯希莫从少年时爬上树之后就一直生活在树上，直到最后苍老的身躯干干净净地交给天空，生命终结之时仍发出遥远的精神的绝响。柯希莫生活在树上，却不是逃离人间，树是他生命的延伸，向下扎入大地，向上直指天空。如果从中国传统哲学来看，他何尝不是拥有了“三才”交融的全真，即天地人的合一体现于其生命过程。他行走在树上，了解了更多的民间疾苦，随之悲悯的情怀上升，心中荡漾无私大爱。他为老百姓做了不少好事，甚至改变了一个强盗的心性和行为，而他本是一位可以完全什么都不管，过所谓体面人生活的男爵，然而他却把自己的一生交给了树，交给了充分的真实与自由的自己。

我为什么说好作家要住在树上呢？这当然是揣摩卡尔维诺的心思，所做的一种精神意指。现实中的作家不可能住在树上，但是可以像柯希莫一样与现实保持一定距离又能清楚地看见大地上发生的一切，如可以旋转的摄像头，或隐蔽或公开，移动角度观察人们生活的不同侧面，以至于成为大多数底层人群的家园守护者。人们感觉不到他的具体位置，但他会突然出现，为人们传递信息，传达信号，代言，表达愿望，带来直接的帮助。人们不认为他生活在树上是一种“怪异”行为，同时却不能忽略他的存在以及存在的价值和意义。

好作家所立的位置与大地最远也不过树梢之上，而观察的角度在不断变化，视域范围很广，从一棵树到另一棵树，拓展着视野，并通过树感受大地的温度。在树上，是对身份颠覆后的自我确认。柯希莫如果生活于豪宅别墅，穿行往来于上流社会，那么他将是另一种人生轨迹，这种轨迹的男爵非常多，他们的故事更多的是傲慢与偏见。卡尔维诺让他笔下的男爵上树，是对特殊身世的背叛和对身份优越性的消解，以回到朴实的人性上来。他让柯希莫看到了其他男爵看不到的大地上的事情。在树上，柯希莫读了很多书，了解这个时代的变化并且站在“革命派”的一边参与活动——他以独特的方式试图拯救这个世界，帮助更多的穷人……所以，我有理由相信卡尔维诺是希望作家也像柯希莫一样生活在树上，至少要时常住在树上，他自己就是生活在树上。

精神的高度趋同于城市、城市之外以及乡野的树的高度——好作家在树上行走，可以把一切看得真真切切，却又不被世俗浸染，不受某种东西同化。精神不被水泥森林封锁才有益于作家去发现，去表达。房子再高也代表不了精神高度。生活在高楼上的作家如果把精神完全交给它，就不只是视线被楼房遮挡，思想也必然遭受切割。

卡尔维诺避谈“为什么写这些故事?”“想表达什么?”“实际上说了些什么?”“这种类型的叙事在当今文学中有什么意义?”我觉得他的叙事是在“树上”完成的，并且也只有让精神行走在树上的作家才能有如此独到出色的叙事。柯希莫看到的世界就是卡尔维诺眼里的世界——男爵在树上历练，阅尽形形色色的人，坚决不下树，下树就宣告失败，这是卡尔维诺的执着和卡尔维诺的精神向度，所以柯希莫最后抓着热气球的绳子，“消失在大海那边……”是卡尔维诺所期望的自己最好的归宿。

“生活在树上——始终热爱大地——升入天空。”卡尔维诺如此评价柯希莫。我现在把这句话再送给我敬佩的卡尔维诺。卡尔维诺看到“现代人是分裂的、残缺的、不完整的、自我敌对的”，而作家也不例外。他在《树上的男爵》后记中说：“显而易见的是现在我们生活在一个没有奇迹的世界，人们最简单的个性被抹杀了，而且人被压缩成为预定行为的抽象集合体。今天问题已经不再是自我的部分丧失，是全部丧失，荡然无存。”1960 年的卡尔维诺将人性状况看得这么糟糕，更让我有理由认为他希望作家乃至艺术家“生活在树上”，不是隐身树冠与世界格格不入，而是在保留个性的同时“始终热爱大地”。

卡尔维诺取得了巨大的文学成就，他对向他索要资料写传记的人说：“我仍然属于和克罗齐一样的人，认为一个作者只有作品有价值，因此我不提供传记资料。我会告诉你想知道的东西，但我从来不会告诉你真实。”据说，1985 年的诺贝尔文学奖将颁发给卡尔维诺，可是他却于当年 9 月 19 日离世。他就像他写的柯希莫一样，“升入天空”。

原载于 2017 年 10 月 18 日光明网·文艺评论

比艺亦比德

常闻人们比艺不比德。比艺，没有标准，或者自己的标准就是标准，不怕脸红；比德，却不敢了，品德好坏摆在那，众人是知道的。

明朝画家董其昌说："余画与文太史（文徵明）较，各有短长，文之精工具体，吾所不如，至于古雅秀润，更进一筹。"如此比较，因为前头有"各有短长"四字，以致他的目的是为了标榜自己的"古雅秀润"也似乎显得公允了，可见其人之精明。连老董家人，当代香港作家、收藏家董桥都于心里在意这种比较，"我常想着董其昌天生自负，有霸气……"

"吴中四才子"之一和"明四家"之一的文徵明做人清正，在京师，有人想提拔他，他怎么也不同意，藩王"以宝玩为赠"，他"不启封还之"。他的画当时就很值钱，他常常用画周济穷人，为贩夫、牧童作画，不要一分钱。他的弟子朱子朗临摹他的作品或者自画伪托老师的名字四处应酬，有个人想得到"朱作文画"赝本，派家童向朱子朗送礼，家童不熟悉路，竟然跑到了文徵明家。文徵明得知来意，接收了礼物，笑着说："我用真文徵明充假朱子朗，行吗?"文徵明活了90岁，人们说其"仁者寿"。

董其昌没有拿自己的道德人品与文徵明比较，或许自知不如人家。史载董其昌"私德不修，横行霸道，武断乡曲，纵容竖子夺人使女、搒掠民宅"，名声很不好。"夺人使女"是他61岁时干的坏事，他叫儿子董祖常为他强抢民女做小妾。董其昌是官场上混的人，即使退休了，仍然仗势欺人，松江百姓恨透了他。董其昌怀疑乡人范昶捣鬼，将他恶刑拷打致死，还对范昶女眷大打出手，百般凌辱。董其昌父子如此胡来，惹怒了华亭、金山、青浦民众，“三县军民，乌合万余，共称报仇”，1616 年春，终于招致灾难性打击，董府被民众纵火烧毁，他的家财收藏大多付之一炬。董其昌一时如丧家之犬，惶惶然逃到苏州、镇江等地，半年后才返回松江。董其昌平时要是有“比德”之意识，有心与文徵明比做人，不至于落此困局。

《国语·晋语》上说：“君子比而不别。比德以赞事，比也。”古人认为，自然物象之所以美，在于它作为审美客体可以与审美主体“比德”，也就是从自然中可以感受或体悟到某种人格美。进行艺术创作的人应该具备一定的道德情操，方可“心师造化”，否则发现不了自然中蕴含的人格力量。人与自然“比德”以示志洁，同时人与人“比德”以观操守。屈原以“纷吾既有此内美兮，又重之以修能。扈江离与辟芷兮，纫秋兰以为佩”，比较于“世溷浊而嫉贤兮，好蔽美而称恶”之徒。

孔子的学生子贡，“列言语科之优异者”，孔子曾称其为“瑚琏之器”，并“始可与言《诗》已矣”，说明子贡的口才、文才和文学造诣都很不错。鲁国大夫叔孙武叔曾在朝中向其他大夫说：“看来子贡要比他老师强些。”这话传到了子贡的耳朵里，他说，比方拿住宅四周的围墙来说，我家的围墙才肩头那么高，从墙外向里一望，屋子里有什么东西，谁都能全部看得清清楚楚，而我老师家的围墙却有几仞高，要是找不到大门，走不进去，就根本没法看到里面祖庙的雄伟美观、各种房屋的富丽堂皇。子贡这段话是说自己的品德学问都很肤浅有限，哪里比得上老师呢！子贡是谦虚，还是尊重老师？我理解为他是与老师比德，讲的是真心话。

人品即艺品，普遍成立，但也不绝对。正因为不绝对，所以强调艺术家的道德修养。陈衡恪说：“文人画之要素，第一人品，第二学问，第三才情，第四思想，具此四者，乃能完善。”一个艺术家被称为“德艺双馨”，是无上的荣耀！且不说得到它多么不容易，即使能够做到在自夸“我比你画得好”“比你写得好”时，冷静地想一下自己的德行如何就非常不简单了，也不至于自负狂妄与过于自鸣得意了。

原载于 2015 年 3 月 27 日《安徽日报》黄山　副刊

跋

我曾向往单纯的文学创作，却害怕陷入物质的困顿，故而怎么也单纯不了，向往便成了时时咀嚼的青橄榄，满口酸涩。

毕竟有向往给定的一种唯美的存在，诱导着精神接受创作本身的价值，否则一次次失去工作，竟然没有迷惘和恐慌，反而感到拥有充裕的创作时间而高兴。

单纯的创作，仿佛一尾自由的鱼，跃出水面，看到另一个世界，可毕竟生存维度不同，精彩地跳跃之后，是必然的坠落、入水。创作，若没有物质的基础，事关生计的那双手，让自由变成一瞬间的跳跃，然后拉进漫长的沉寂。

所以，工作与创作，无法彼此取代，并且创作不可以成其为工作，而工作又焉能覆盖创作？工作可以由文案材料占据，而创作凛然抵御公文的侵蚀。考验的是思维，是语言的转化能力。

写到何日就不写了？不写了干什么？创作需要一张平静的书桌，平静的书桌安放在平静的心房里。有后顾之忧，浮躁妄念，书桌震荡而倾斜。

历经几十年颇为艰辛、复杂的岁月，其间干过的工作不少于20种。有的工作又苦又累，有的工作清闲自在；有的工作表现极差，有的工作非常出色。而贯穿20多种工作的一样东西始终没变，那就是文学爱好。文章发表了一篇又一篇，书出版了一部又一部。没什么大不了的，就是爱好！文学即是我的道场，在这边缘化的地方修行、精进、觉悟。

这部新著，起名《文心开朗如满月》，是觉得文章贵乎亮色，所谓“文风关乎世运，世运隐于文风”，散文有着特别的文风倾向。我虽不写心灵鸡汤类的东西，但意识到通过意象、形象、哲理、义理等文学笔法，让读者在审美的同时得到文风的影响，也是必要的。我没有清末民初况周颐“万缘俱寂，吾心忽莹然开朗如满月，肌骨清凉，不知斯世何世”之意，而是认同美学家方东美的思想：“文学传心灵之香……文心开朗如满月，意趣飘扬若天风。”

此书问世，除了感谢支持和帮助的人，没有奢望，安于本分地珍惜一切缘分。手头还有未出版的文稿，并且还会继续写下去。依然希望做一个心灵无遮蔽、精神自由的写作者、生活者。

何诚斌

2018 年 3 月 27 日

图书在版编目(CIP)数据

文心开朗如满月/何诚斌著．—合肥:合肥工业大学出版社,2018．4
ISBN 978－7－5650－3907－2

Ⅰ．①文…　Ⅱ．①何…　Ⅲ．①散文集—中国—当代　Ⅳ．①I267

中国版本图书馆CIP数据核字(2018)第067519号

文心开朗如满月

何诚斌　著　　　责任编辑　朱移山　王钱超

出　版	合肥工业大学出版社	版　次	2018年4月第1版
地　址	合肥市屯溪路193号	印　次	2018年5月第1次印刷
邮　编	230009	开　本	710毫米×1010毫米　1/16
电　话	人文编辑部:0551－62903310	印　张	20．25
	市场营销部:0551－62903198	字　数	328千字
网　址	www．hfutpress．com．cn	印　刷	安徽联众印刷有限公司
E-mail	hfutpress@163．com	发　行	全国新华书店

ISBN 978－7－5650－3907－2　　　定价：36．00元